GrafiTäter & GrafiTote

Leo P. Ard/Michael Illner: Flotter Dreier - Gemischtes Doppel • *Leo P. Ard/ Reinhard Junge:* Der Witwenschüttler - Meine Niere, deine Niere - Die Waffen des Ekels - Das Ekel schlägt zurück - Bonner Roulette • *Dorothee Becker:* Mord verjährt nicht - Der rankende Tod • *Jacques Berndorf:* Eifel-Sturm - Eifel-Jagd - Eifel-Rallye - Eifel-Feuer - Eifel-Schnee - Eifel-Filz - Eifel-Gold - Eifel-Blues • *Horst Bieber:* Eckhoffs Fall - Kaiserhof • *Horst Eckert:* Finstere Seelen - Aufgeputscht - Bittere Delikatessen - Annas Erbe • *Christoph Güsken:* Pommes Rot-Weiß - Angsthase, Pfeffernase - Spiel's nicht noch mal, Henk - Mörder haben keine Flügel - Schaumschlägers Ende - Bis dann, Schnüffler • *Harald Irnberger:* Ein Krokodil namens Wanda - Das Schweigen der Kurschatten - Geil - Stimmbruch - Richtfest • *Andreas Izquierdo:* Jede Menge Seife - Das Doppeldings - Der Saumord • *Annette Jäckel:* Talk • *Reinhard Junge/Leo P. Ard:* Das Ekel von Datteln • *Reinhard Junge:* Straßenfest - Totes Kreuz - Klassenfahrt • *Jürgen Kehrer:* Vorbildliche Morde - Der Minister und das Mädchen - Irgendwo da draußen - Das Schapdetten-Virus - Das Kappenstein-Projekt - Bären und Bullen - Spinozas Rache - Schuß und Gegenschuß - Wilsberg und die Wiedertäufer - Kein Fall für Wilsberg - Gottesgemüse - In alter Freundschaft - Und die Toten läßt man ruhen • *Agnes Kottmann:* Tote streiken nicht • *Leenders/Bay/Leenders:* Ackermann tanzt - Eulenspiegel - Clara! - Feine Milde - Jenseits von Uedem - Belsazars Ende - Königsschießen • *Fabian Lenk:* Der Gott der Gosse - Mitgefangen, mitgehangen - Schlaf, Kindlein, schlaf - Brandaktuell • *Hartwig Liedtke:* Scharfe Schnitte - Tod auf Rezept - Klinisch tot • *Heike Lischewski/Stefanie Berg:* Banan[illegible] • *Reiner Nikula:* Tödliches Schach - Ein Stü[illegible] *Theo Pointner:* Und du bist weg! - Recht[illegible] dem andern - Scheinheilige Samar[illegible]mord • *Beate Sauer:* Der H[illegible] *Schmid:* Der Hundekno-[illegible] Alles im Fluss • *Werner* [illegible] Dienst nach Vorschuß - N[illegible]*haupt:* Zu bunt für Grappa - [illegible] und die fantastischen Fünf - Killt Gr[illegible] und der Wolf - Grappa fängt Feuer - Gra[illegible]urch - Grappa macht Theater - Grappas Trei[illegible] - Grappas Versuchung • *Jan Zweyer:* Siebte Sohle - Alte Genossen - Glück auf, Glück ab

grafit

az_krim1.0599.cdr5

Chemnitzer Str. 31, D-44139 Dortmund
Internet: http://www.grafit.de
E-Mail: Grafit-Verlag@t-online.de

Umschlagzeichnung: Peter Bucker
Druck und Bindearbeiten: Elsnerdruck GmbH, Berlin
ISBN 3-89425-213-8
2. 3. 4. 5./2000 99

Reinhard Junge

Straßenfest

Kriminalroman

grafit

Der Autor

Der Rektor seiner Grundschule prophezeite ihm eine Karriere als Volksredner, die Lateinlehrerin nannte ihn »gemeingefährlich«, für seinen Kompaniechef war er ein »Sicherheitsrisiko«, ein (einsamer) Universitätslektor hielt ihn für »hoch begabt«, ein Regierungspräsident kam zu der Diagnose »Verfassungsfeind«, ein Fraktionschef nannte ihn »Verbrecher«, ein in Bochum untätiger Kulturredakteur hält ihn für einen noch schlechteren Autor als sich selbst – die besten Voraussetzungen, um mit *Straßenfest* den neunten Krimi im Grafit Verlag zu veröffentlichen.

Die Hauptpersonen

Alexander Klink, *Schüler, 18:*	zitiert das Grundgesetz
Udo Scheppmann, *Polizeirat, 43:*	zitiert die Vorschrift
Corinna Karstadt, *Ärztin, 37:*	nutzt ihre Terrasse
Hugo Helgoland, *Rentner, 69:*	nutzt sein Fernglas
Rainer Thürk, *Richter, 55:*	fällt einen Baum
Jost Sawitzki, *Anwalt, 53:*	fällt ein Urteil
Ann-Kathrin S., *Schülerin, 16:*	spielt Violine
Marie-Luise S., *Schülerin, 18:*	bläst die Flöte
Waldemar Borodjuk, *Azubi, 18:*	vertraut der Polizei
Lukas Nagel, *Student, 30:*	vertraut keinem
Dagmar Eulenstein, *Kommissarin, 32:*	verfolgen
Ewald Hardenberg, *Hauptmeister, 26:*	nicht
Horst Lohkamp, *Hauptkommissar, 52:*	dieselbe Spur
Klaus-Ulrich Mager, *Kameramann, 45:*	verfolgen
Susanne Ledig, *Journalistin, 41:*	alle
Karin Jacobmayer, *Angestellte, 31:*	denselben
Kalle Mager, *Kundschafter, 22:*	Feind

Den AnwohnerInnen der Konsumstraße vielen Dank für manche Inspiration. Sollte aber jemand glauben, Menschen aus der Nachbarschaft oder sich selbst wieder zu erkennen, muss ich ihn (oder sie) enttäuschen: Eventuelle (und keineswegs beabsichtigte) Ähnlichkeiten wären rein äußerlich. Für die schlimmen Gedanken und bösen Taten der Romanfiguren gibt es nur eine Verantwortliche: die Phantasie des Autors.

1

Die schwarze Lederjacke hätte auch einem Catcherkönig gepasst. Auf der Rückseite leuchtete ein rotes Fadenkreuz. Weiße Buchstaben forderten: *Schieß doch, Bulle!*

Der Träger des Kleidungsstücks drehte sich um. Wer den Anblick eines Kämpfers erwartet hatte, wurde enttäuscht. Ein schmales, bartloses Gesicht mit lachenden Augen. Der Bursche, dem das Gesicht und die Jacke gehörten, war höchstens dreizehn.

Die Kamera schwenkte weiter.

Ein grüner Uniformrock und die dazu passende Mütze. Ein Blick, der Entschlossenheit und Härte verriet. Aus dem Off ertönte eine Frage: »Warum lassen Sie die jungen Leute nicht einfach in Ruhe feiern?«

Der Polizeirat ließ sein Walkie-Talkie sinken. Den Mund noch immer zum nächsten Befehl geöffnet, fixierte er die Frau, die ihn gestört hatte: Mitte bis Ende dreißig, knappe einssiebzig und schmal, struppiges Blondhaar mit grauen Strähnchen – ein cooler, nicht unattraktiver Typ, aber augenscheinlich niemand, der in Bochum irgendetwas zu sagen hatte.

Der Polizist verlor schon sein Interesse an der Dame und wollte sich abwenden, als er das grüne Mikrofon vor seinem Kinn entdeckte. Und die Video-Kamera, die auf ihn zielte.

»Wer sind Sie denn?«, entgegnete er, schroff die Anrede betonend, und holte endlich Luft. Mit geschlossenem Mund sah er gleich ein Stück intelligenter aus.

»Susanne Ledig, *WDR*. Wollen Sie mir nun meine Frage beantworten, Herr ...«

»Scheppmann, Polizeirat Scheppmann.«

»Also: Warum wollen Sie den Platz räumen?«

»Nun, das ist doch wirklich ganz einfach«, behauptete er. Der alte Politiker-Trick aus dem Rhetorik-Seminar brachte immer einen wichtigen Zeitgewinn. Diesmal verhalf die Denkpause Scheppmann zu der Erkenntnis, dass er vor

Millionen Menschen die Bochumer Polizei repräsentierte. Sein Kreuz straffte sich, die grauen Augen wurden härter, seine Stimme energischer. »Diese jungen Leute laufen Gefahr, die öffentliche Ordnung zu stören. Daran wollen wir sie hindern. Wir nehmen sie also vor ihrem eigenen Übermut in Schutz. Und handeln zugleich im wohlverdienten Interesse der Bürgerinnen und Bürger, die in Ruhe ihren Besorgungen nachkommen wollen.«

In den Augen der Reporterin leuchtete der Anflug eines spöttischen Lächelns auf: Mitten auf dem Husemann-Platz konnte sie höchstens fünf Leute entdecken, auf die Scheppmanns Beschreibung zutraf. Und die nahe Kortumstraße war an diesem Samstag so leer, als spielte Bochum gerade um den UEFA-Cup: Die Beerdigung einer englischen Prinzessin trieb die Nation schon mittags in die Fernsehsessel.

»Können Sie uns erläutern, welche konkrete Gefahr von den Jugendlichen ausgeht?«

Der Polizeirat hob verblüfft seine buschigen Augenbrauen. Die Antwort stand doch im Halbkreis um sie herum: gut zwanzig Figuren mit bunten Haaren und kunstvoll zerrissenen Kleidungsstücken.

»Wollen Sie etwa eine Bierflasche an den Kopf bekommen?«, fragte er barsch.

»Nein«, gestand Susanne Ledig. »Aber können Sie mir einen von diesen Punks zeigen, der eine Bierflasche werfen will?«

»Wir handeln prophylaktisch!«

»Hat überhaupt jemand eine Bierflasche?«

Der Ordnungshüter überflog die Runde, den Blick auf die Hände der jungen Menschen gerichtet.

»Da!«, sagte er und zeigte auf eines der Eisengeflechte, die in Bochum die Ruhebänke ersetzten. »Da steht schon die erste Weinflasche. Diese jungen Leute trinken öffentlich Alkohol.«

Die Frau mit dem Mikrofon lächelte ihn an: »Stimmt. Aber schauen Sie mal ...«

Mit dem freien Arm deutete sie über Scheppmann hinweg. Das weite Geviert war von der glatten Fassade des

Landgerichts, zwei Banken und mehreren Geschäftshäusern umzingelt. Außerdem gab es ein zweistöckiges Glas-Café, ein Figurenensemble, das eine Szene aus einem 200 Jahre alten Versroman materialisierte, sowie eine Bühne für Auftritte von Schunkel-Orchestern. Und an den Längsseiten des Platzes standen gut zwei Dutzend hölzerner Verkaufsbuden.

»Das dort hinten«, sagte die Frau vom Fernsehen, »ist das alljährliche Bochumer Weinfest. Ich sehe von hier aus an den Ständen mindestens dreißig Menschen, die öffentlich Wein trinken. Haben Sie all denen auch Platzverbot erteilt?«

Die Schaulustigen kicherten, und der Polizist holte Luft. Die Wolken auf seiner Stirn zeigten, dass er diese Frage als persönlichen Angriff empfand. »Sie müssen unterscheiden lernen, Frau Herrig ...«

»Ledig.«

»Wie auch immer: Die Menschen an den Ständen kommen zum Weintrinken her. Die Punker aber sind auf Randale aus.«

»Woher wissen Sie das?«, schaltete sich ein Glatzenträger ein. Jeans und Boots des Menschen sahen kaum besser aus als die Kostüme der Punks, aber mit rund dreißig Wintern war er eigentlich schon zu alt für diesen Job.

»Wir kennen die Szene seit langem. Sie tauchen doch an jedem ersten Samstag im Monat auf und randalieren.«

»Von Randale sehe ich hier nichts«, sagte Glatze. Um seine Nase hätte ihn ein Lämmergeier beneidet.

»Junger Mann, es ist jedes Mal dasselbe: Ihre Kollegen betrinken sich. Und wenn sie betrunken sind, pöbeln sie die Bürger an und pinkeln überall hin ...«

»Die Frauen auch?«

Gelächter.

Der Polizeirat sah den Frager irritiert an: »Die jungen Männer.«

»Und wohin pinkeln die Kunden des Weinfestes? Öffentliche Toiletten gibt es hier nicht.«

»Das entzieht sich meiner Kenntnis.«

Erneutes Wiehern in der Runde.

»Wie ist das?«, schaltete sich Susanne Ledig wieder ein. »Nach Fußballspielen und am Maiabendfest auf der Castroper Straße – räumen Sie auch da alle Männer ab, die an Häuserwände pinkeln?«

»Ihre Fragen sind wirklich beleidigend. Sie enthalten Unterstellungen, die das Ansehen der Polizei in der Öffentlichkeit herabsetzen. Ich werde mich bei Ihrem Sender beschweren, junge Frau.«

»Tun Sie das, junger Mann.«

Der Polizist starrte sie einen Augenblick nachdrücklich an. Er hatte sich ihr Gesicht gemerkt und wollte, dass sie das wusste.

»Das Interview ist beendet«, erklärte er dann.

Die jungen Leute rundum pfiffen, als Scheppmann brüsk abdrehte, um zu seinen Leuten zu gehen. Da trat ein Bursche von etwa achtzehn in seinen Weg. Die braunen Haare des Knaben waren mit gelben Strähnchen gespickt, um den Hals trug er eine silbern blinkende Kette, an der Brusttasche seiner verwaschenen Jacke einen fünfzackigen schwarzen Stern. »Sagen Sie, kennen Sie das Grundgesetz?«

Der Polizist musterte den neuen Kontrahenten. Dessen blaue Augen lächelten, als er seine Frage präzisierte: »Darin steht doch, dass alle Menschen das Recht haben, sich friedlich und ohne Waffen zu versammeln.«

»Stimmt«, meinte der Uniformierte. »Da hat endlich mal einer in der Schule aufgepasst.«

»Können Sie mir irgendeine nicht friedliche Handlung vorwerfen, Herr Scheppmann?«

»Nun, eh, wir haben unsere Erfahrungen.«

»Sehen Sie mich an: Trage ich eine Waffe?«

»Darum geht es doch gar ...«

»Sehen Sie: Ich habe keine Waffe, trinke keinen Alkohol und habe noch nie auf diesen Platz uriniert. Warum hat mir einer Ihrer Beamten gerade Platzverbot erteilt? Ich fühle mich dadurch persönlich diskriminiert ...«

Der Polizist schielte zur Seite: Noch immer schwebte das grüne Mikrofon in seiner Nähe, wie zuvor war die Optik der Kamera auf ihn gerichtet. Und außerhalb des Pulks warteten rund zwanzig Beamte, die schon viel zu lange in der warmen Sonne herumgammelten.

»Sie wissen genau, dass wir hier keine Randale dulden«, herrschte der Polizeirat den Jungen an.

»Wollen Sie mir unterstellen, ich wäre darauf aus?«

»Wir haben unsere Erfahrungen.«

»Mit mir?«

»Nun, so wie Sie sich heute verkleidet haben ...«

Der Kreis der Zuhörer buhte. Der junge Mann wartete das Ende dieser Meinungsäußerung ab und sagte sanft: »Ich muss Ihnen gestehen, dass Sie mit dieser Voreingenommenheit mein grundsätzliches Vertrauen in die Demokratie und in die Rechtmäßigkeit polizeilichen Handelns untergraben. In fünf Minuten zerstören Sie, woran meine Lehrer viele Jahre lang gearbeitet haben. Ich bin zutiefst ent...«

Der Rest des Satzes ging in Gelächter und Schulterklopfen unter. Der Polizist nutzte die Bewegung, um sich endgültig aus dem Kreis der Störenfriede zu verdrücken. Glatze lief hinterher, ein Glas Wein in der Hand: »Hier, Herr Innenminister, nehmen Sie ein Geschenk friedlicher Passanten ...«

»Lass, Lukas, der kapiert das nicht!«, schrie jemand der Glatze hinterher. Der Bursche mit der Geiernase blieb stehen, hielt das Glas wie einen Siegerpokal in die Luft und sah zu den Polizisten hinüber: »Prost auch! Ich trinke für euch alle!«

Klaus-Ulrich Mager setzte die Kamera ab.

»Mann«, stöhnte er und wischte sich den Schweiß aus der Stirn. »Das war knapp. Wir haben kaum noch Saft. Akku!«

Fordernd streckte er die Hand zu einem kompakt gebauten jungen Mann aus, der mit einem silbern glänzenden Köfferchen auf seinen Einsatz lauerte. »Mach schon, Kalle!«

Kalle machte. Er war seit zweiundzwanzig Jahren der Sohn des bärtigen Kameramannes und neuerdings auf Honorarbasis bei der Firma tätig, die zu einem Drittel seinem Erzeuger gehörte.

Mager reichte den leeren Akku weiter und rammte den neuen in die Kontakte.

»Was jetzt?«, fragte er und zog ein rotes Päckchen aus der Jackentasche. »Zeit für einen Joint?«

»Warte ...« Die Blonde sah sich suchend um. Einer der Punks stand jetzt an der Bühne und verhandelte mit einem smarten Typen, der sich mit Dreiteiler und Krawatte gepanzert hatte. Seine Kumpels standen in bester Laune auf dem Platz herum und genossen die Aufmerksamkeit, die ihnen die Sonne, die Weinliebhaber und die Polizisten schenkten.

»Vielleicht löst sich ja bald alles auf«, sagte Susanne, doch Mager grunzte: »Glaube ich nicht.«

Genussvoll rauchend musterte er die Männer und Frauen in Grün. Ganz im Trend moderner Deeskalations-Strategien trugen sie weder Helm noch Jacke und hatten angesichts des schönen Wetters die Ärmel hochgekrempelt. So standen sie, scheinbar entspannt, in kleinen Trupps locker über den Platz verstreut und gaben sich seichten Pausenplaudereien hin. Dabei ließen sie die Bunten nicht einen Moment aus den Augen.

»Klaus hat Recht«, bestätigte Kalle, der seinen Vater schon lange nicht mehr mit seinem Dienstrang ansprach. »Nachdem die Punks diesen Bullen so derbe angemacht haben, kann der sich einen weichen Abgang gar nicht leisten.«

Magers Herz wurde warm: Wenigstens der Sohn blickte durch.

»Aufpassen, Klaus!«, warnte die Blonde. »Es geht weiter!«

Einer der Punks erschien jetzt auf der Bühne, ein Mikro in der Hand: »Hi, Freundinnen! Hi, Freunde!«

Beifall bei seinen Kumpels, ungeteilte Aufmerksamkeit bei den Polizisten.

»Ich habe gerade mit dem ehrenwerten Herrn gesprochen, der das Weinfest leitet. Ganz im Gegensatz zu dem Kollegen von der Polizei hat er ein Herz für uns. Er ist damit einverstanden, dass wir das magere Mittagsgeschäft ein wenig beleben.«

Lautes Johlen bei den Punks und einigen Schaulustigen, die einfachen Polizisten standen plötzlich strammer, die Offiziere setzten ihre Funksprechgeräte in Betrieb.

»Unsere Laienspielschar hat nämlich ein kleines Stück

eingeübt und wird gleich ein paar Szenen aus dem Punkerleben vorspielen. Das Stück heißt *Robin Shoot und die Bullenherde.*«

Die Trupps der Polizisten lösten sich auf, bildeten rund um die Platzmitte eine lockere Postenkette.

»Danach machen wir ein Happening. Alle Bürgerinnen und Bürger sind eingeladen, mit uns durch die Stadt zu ziehen. Nein, keine Demo, sondern etwas Neues, was prima in die heutige Zeit passt. Pohlbürger, Punks und Polizisten vereinen sich – bei Bochums erstem Psychopathen-Marsch!«

Die Punks schrien vor Begeisterung, Kalle Mager seufzte, und sein Erzeuger stöhnte laut auf: »Meine Fresse, sind die bescheuert. Was Politisches fällt diesen Arschgeigen nicht mehr ein!«

Mehrere bunt gekleidete Teenies strebten jetzt nach vorn und entrollten ein Stück buntes Stoff.

In diesem Augenblick tauchten auf der Viktoriastraße zwischen Bühne und Gericht mehrere grüne Kleinbusse mit vergitterten Fenstern auf. Bevor sie angehalten hatten, flogen die Türen auf und spuckten die Passagiere aufs Pflaster – grüne Muskelpakete, gerüstet wie zu einem mittleren Bürgerkrieg: Kampfanzug mit Körperschutzpolstern, Helme mit noch hochgeklappten Visieren, feste Stiefel, locker baumelnde Pistolen, Schlagstöcke so lang wie Zaunlatten. Die Hand an den Griffstücken ihrer Hartgummiprügel, blickten sie voller Sehnsucht zu den Punks hinüber. Unverkennbar litten sie unter einem wilden Tatendrang.

»Da!«, rief die Blonde und stieß Mager an. »Draufhalten!«

Zwei Polizisten aus der Sommertruppe führten eine junge Frau ab. Genauer gesagt: Sie zerrten die Zwanzigjährige hinter sich her. Während der eine das Handgelenk der Frau gepackt hatte, zog sein Kollege der Einfachheit halber an ihrem Pullover – so lange, bis der Fetzen ihr unter die Achseln rutschte. Johlend begaffte die Schlägertruppe die nackte Brust des Mädchens, das in einen der grünen Wagen geschubst wurde.

»Hast du?«

Mager nickte.

»Da drüben!«

In der Mitte des Platzes pflückten die Polizisten ein paar Menschentrauben auseinander. Einige Punks schafften es noch, sich in Richtung Kortumstraße abzusetzen, andere wurden an der Bühne vorbei zu den Wannen geführt. Zwei Mädchen, höchstens sechzehn, ein schmächtiger Bursche, der schon unter einer Spraydose zusammenbrach, die Lederjacke mit dem Fadenkreuz, zwei zerzauste Irokesenkämme, ein paar gelbe Sprenkel, eine schöne Glatze ...

Mager schielte über die Kamera hinweg und ließ sie blind weiter laufen: Keiner der Punks leistete etwas, das man als Widerstand bezeichnen konnte. Aber als sie in die Wannen getrieben wurden, zischten die Knüppel durch die Luft. Dumpfes Klatschen, ein paar Schreie, Polizeirat Scheppmann tauchte irgendwo in dem Getümmel auf, dann rasten die Polizeifahrzeuge mit Blaulicht davon.

In den Gesichtern der Prügelexperten zeichnete sich grenzenlose Enttäuschung ab. Die meisten von ihnen waren gar nicht zum Einsatz gekommen.

2

Japsend wischte sich Hugo Helgoland einen Schlag Wasser von der Glatze und öffnete die Fahrertür: »Hasse angekoppelt?«

Sein Schwiegersohn nickte.

»Hasse?«

»Jau!«, schrie Achim Franke und kletterte auf den Beifahrersitz. »Mach!«

Helgoland startete seinen Golf und fuhr vorsichtig vom Parkplatz der Gaststätte *Pennekamp* auf die Konsumstraße. Als er beschleunigte, ächzte die Anhängerkupplung, aber sie schien zu halten. Trotz der Steigung zog sein Wagen die weiße Blechkiste in Richtung Königsallee, als wäre sie nicht schwerer als ein Handkarren.

»Zwölf Jahre alt!«, rief Helgoland. »Aber datt Schätzken zieht wie frisch ausse Fabrik!«

Fast behutsam zog er sein Fahrzeug in die schmale Stichstraße, die in die Siedlung führte. Von oben musste die Kolonie wie ein großes F aussehen: Links des senkrechten Striches hatten die Architekten sechs Eigenheime nahtlos aneinander gereiht, rechts gab es zwei quer liegende Dreierketten. Oben, am Ende der Straße, war ein geräumiger Wendehammer – und hier koppelte Rentner Helgoland seinen Anhänger ab.

»Bleib noch vonner Bremse wech«, rief er. »Erss mal sehn, ob ...«

Den Rest der Botschaft verschluckte der Innenraum der zweirädrigen Blechkiste. Aber Helgolands Schwiegersohn ahnte, was Hugo wollte. Amüsiert wartete er ab, bis der Alte innen ein paar Riegel gelöst hatte, dann stemmte Achim Franke die Klappläden nach oben und ließ die Streben einrasten. Hinter dem Zapfhahn tauchte Helgolands Speckkopf auf.

»Nich schlecht«, murmelte der Rentner und strahlte vor Zufriedenheit: »Jetzz kannze den Strom legen ...«

Helgoland klappte die Bodenstützen heraus und stabilisierte das Teil. Dann kletterte er wieder hinein und legte auf der Theke eine Wasserwaage aus.

»Mist, fadammta. Auch anne Straße ham die gefuscht!«

Ächzend stieg er wieder aus, ließ die rechte Seite seines Heiligtums ein wenig sinken, hievte die Stützen unter der linken Wand ein Stückchen an und warf einen erneuten Blick auf sein Messgerät.

»Blödsinn auch. 'n Häppken zu viel ...«

Zwei weitere Akte später stand die Bierbude endlich in der Waagerechten, und Helgoland hielt Ausschau, wie weit Achim mit dem Kabel gekommen war.

»Komm, Junge«, nölte er. »Schlaf nicht ein ...«

Bevor Franke reagieren konnte, betrat ein Urviech von Kerl die Szene: knappe zwei Meter hoch, einen Schädel wie ein Stier, die Spuren aller bekannten körperlichen Genüsse im Gesicht – und unter dem Holzfällerhemd der Größe XX-Rübezahl weit weniger Fett, als man zunächst glauben mochte. Die riesige Promenadenmischung, die er an der

Leine führte, sah aus wie der missglückte Versuch, seinen Herrn zu klonen.

»Ach, du liebe Neune!«, dröhnte Rainer Thürk, nachdem er Frankes Aktivitäten in Augenschein genommen hatte. »Sie können doch nicht fünfzig Meter Kabel lose über den Bürgersteig legen! Mindestens drei Leute brechen sich heute Abend die Knochen, Sie haben die Klagen am Hals, und ich arme Sau muss Sie dann verknacken.«

Achim Franke richtete sich auf und sah den Richter an: »Gemach, Herr Nachbar. Hier wird gar nichts passieren.«

Er deutete auf eine rote Plastikkiste, die vor dem ersten Haus auf dem Pflaster parkte. »Mit den Krampen kloppe ich gleich die Leitung im Rinnstein fest – und wenn Sie heute Nacht stürzen, dann nicht übers Kabel.«

»Nee«, meinte Thürk und kraulte die Zottelhaare des Bobtail-Verschnitts, der ungeduldig vorwärts drängte. »Eher wegen dem Sprit, den Ihr Schwiegervater verkauft. Hat er wieder diesen Blindmacher im Angebot?«

Franke zog eine Schachtel Zigaretten heraus und grinste: »Weiter so. Mein Anwalt prüft dann, ob es sich um üble Nachrede oder Beleidigung handelt.«

»Haben Sie Zeugen?«, fragte Thürk. »Ohne Zeugen können Sie mich verklagen, so lange Sie wollen!«

Sein Zyklopenlachen bollerte gegen die Hauswände, dann gab er den Bedürfnissen des vierbeinigen Wischmopps nach und zockelte mit ihm die Stichstraße hinunter: »Nicht so schnell, Alf! Ich komm ja schon!«

Achim Franke sah den beiden Freunden hinterher und passte auf, ob Thürk sich an die Regeln hielt, aber der Richter überquerte brav die Fahrbahn, bevor er dem Tier erlaubte, seine Ladung auf der bösen Seite der Konsumstraße abzusetzen: vor den billig hochgezogenen Übergangsquartieren für die Einwanderer aus Russland und Umgebung. Als Thürks Hund tat, was seiner Natur und den Wünschen seines Herrn entsprach, nickte Franke zufrieden, klemmte die Kippe zwischen die Lippen und kurbelte weiter.

»Gut«, meinte Helgoland schließlich. »Und jetzz machse die Schnur fest!«

Kaum hatte Franke die Hälfte der Krampen in die Fugen zwischen den Pflastersteinen geschlagen, keuchte ein schlanker, blasser Jüngling auf den Plan. Er war noch mindestens ein Jahr zu jung für den Führerschein, trug aber schon ein Button-down-Hemd für höchstens hundertzwanzig Mark auf dem mageren Leib. Außer seinen Pickeln schleppte er mit letzter Kraft zwei zusammengeklappte Tapeziertische über den Bürgersteig und ließ sie dicht neben Helgolands Bierwagen aufs Pflaster knallen.

»Watt gibt datt denn?«, fragte der Rentner und beugte seine Glatze über den Tresen.

»Das wird die Kuchentheke.«

»Die – watt?«

»Mutter und Frau Karstadt wollen etwas Gesundes anbieten. Torten ohne Gelatine und Gebäck aus Vollwertgetreide.«

Angewidert starrte der Rentner den Jüngling an: »Dann bau die Dinger aba lieba 'n Meta weita auf! In dem Gedränge for meine Bude garantier ich für nix!«

Ein rosafarbener Hauch überzog die Wangen des Knaben, als er die Tische ein Stück weiter zog. Dann begann er sie auseinander zu klappen und aufzubauen. Er stellte sich dabei so geschickt an, dass Achim Franke fürchtete, die Feuerwehr müsse den Jungen mit dem Schneidbrenner aus dem Gestänge befreien.

»Wenn ich das nur sehe«, sagte er und erlöste den Burschen aus der Klemme. »Sei froh, Florian, dass so was noch nicht im Abi verlangt wird.«

Während der Junge so rot anlief, dass seine Pickel fast unsichtbar wurden, näherten sich zwei Damen dem Schauplatz: Elvira Waggershausen-Rosenholz, die unglückliche Mutter des Bastelgenies, und Corinna Karstadt, die Ärztin aus Helgolands Nachbarhaus. Während die Frau mit dem Doppelnamen einen Korb mit Bestecken und Servietten mit sich führte, schleppte die Ärztin einen Wäschekorb aus Plastik, der mit Geschirr aus echtem Porzellan beladen war.

»Guten Tag, Herr Helgoland«, grüßte die Bindestrich-Frau. Sie sah auf den ersten Blick aus wie eine schwarz gefärbte Version von Catherine Deneuve, litt aber mindestens seit dem Beginn der Wechseljahre an Magersucht. »Florian, würde es dir etwas ausmachen, uns noch die Kühltaschen mit der Diät-Sahne herauszutragen?«

Der Sohn schluckte. Auf seinem Schreibtisch lag ein unvollendetes Referat über die Inzest-Symbolik in Carl Zuckmayers *Fastnachtsbeichte*, und für Latein musste er noch zwei Liebesgedichte von Catull übersetzen. Aber er nickte brav und tat, was von ihm erwartet wurde. Als Sohn einer Kinderpsychologin wusste er, dass jeder Widerstand zwecklos war.

»Vielen Dank, Herr Franke«, hauchte Elvira Waggershausen-Rosenholz, als Helgolands Schwiegersohn auch den zweiten Tapeziertisch so weit zurechtgerückt hatte, dass er nicht mehr wackelte. »Unser Florian stellt sich manchmal ja so ungeschickt an.«

»Manchma?«, schepperte der Rentner von seinem Bierwagen herab. »Wann denn nich?«

Während die Angesprochene eine passende Antwort suchte, beugte sich der Kahlkopf weiter vor. Zwar verbarg Florians Mutter ihre mandarinengroßen Hügelchen wie immer züchtig unter einer hoch geschlossenen Bluse, aber die Karstadt kannte zu Helgolands Freude weniger Hemmungen: Ihre weit ausgeschnittene Bluse legte eine üppige Gebirgslandschaft frei. Ohne seinen Blick von ihren Dolomiten abzuwenden, meinte Helgoland: »Meinen Se, diese Kuchn-Theke wird watt bringen?«

»Wie meinen Sie das?« fragte die Psychologin irritiert.

Helgoland deutete auf das Plakat an der Stirnwand seiner Blechkiste:

Bekanntmachung

Wie im letzten Jahr treffen wir uns zu einem gemütlichen Beisammensein.

Wann?	*6. September*
Wo?	*Wendehammer*
Zeit?	*15.00 Uhr*
Getränke?	*Herr Helgoland*
Grillgut, Stühle, Stimmung?	*Jeder für sich*

Zusatz: Wir hoffen auf gutes Wetter!

»Die Leute bringn ihre eignen Fressaljen mit!«, grinste der Alte. »Von 'nem Kuchen steht da nämmich nix!«

»Und?« fragte die Karstadt. »Von Ihrer Krankheit steht da ja auch nix!«

»Krankheit?«, staunte die Speckbacke. »Welche ...«

»Die Helgoländer Augenstarre. Noch nie davon gehört?«

3

Am Schwanenmarkt steuerte Mager den roten Lada mit dem PEGASUS-Team in die Castroper Straße und nahm die Steigung am Planetarium in Angriff. Er musste kräftig aufs Gas treten und warf einen besorgten Blick in den Außenspiegel: Die Rauchwolke hinter dem Kombi war schon einmal poröser gewesen.

»Weißte noch, Alter?«, meldete sich Kalle von der Rückbank und zeigte mit seiner Pranke den Hügel zur Linken hinauf. Mager gönnte dem Kuppelbau da oben einen kurzen, aber schmerzlichen Blick. Die Sonntage, da er den Sohn auf Mechthilds Geheiß zur Sternenparade kutschiert hatte, lagen Lichtjahre zurück. Und Enkel, denen er Begeisterung über die künstliche Milchstraße vorheucheln musste, waren zum Glück noch nicht in der Fertigung.

Nach dem Abzweig zum Tierpark wurde Mager wacher. Sein Interesse galt jedoch weder dem Vereinslokal des VfL Bochum noch den Lichtmasten des Ruhrstadions. Stattdessen starrte er über den Kirmesplatz hinweg auf die dunklen Ziegelbauten der Polizeikaserne, die sich hinter einer grünen Baumreihe und einem dichten Drahtzaun tarnten. Die milde Herbstsonne tauchte die Anlage in einen verlogenen Schimmer von Friedfertigkeit.

»Da drin mal 'ne knallige Reportage machen!«, träumte der Kameramann laut, während sie an der nächsten Kreuzung auf Grün warteten, doch Susanne winkte verächtlich ab: »Spiel lieber im Lotto!«

An normalen Wochentagen war der Highway nach Dortmund mit seinen überflüssigen Baustellen und endlosen Staus der Alptraum aller Werktätigen, die mit dem Auto zur Arbeit fahren mussten, aber an diesem Samstag hatten sie endlich einmal Glück: Die Piste war so leer wie in der Weihnachtsnacht.

Kaum hatten sie die Auffahrt am Bochumer Kreuz erreicht, trat der Kameramann durch und schaltete in den fünften Gang. Doch statt eines satten Dröhnens aus dem Motorraum erntete der Bärtige nur ein gequältes Zähneknirschen aus dem Getriebe.

»Au, Backe«, stöhnte Susanne. »Mach bloß keinen Mist. Wir müssen noch den Film schneiden!«

»Kein Problem!«, versprach Mager und drehte das Radio lauter: Die Stoppok-Ballade vom unglücklichen Willy, der im falschen Moment vom Klo zurück in die Kneipe kam, bebte in den Boxen. Dann nahte Magers Stichwort: *Und der Willy kommt*.

Er trat durch und versuchte es zum zweiten Mal. Stoppoks Willy kam, aber der Lada nicht. Stattdessen dröhnte die Karosse, als hätte sich auch die B 1 in eine jener Buckelpisten verwandelt, zu denen neuerdings die Innenstadtstraßen im Ruhrgebiet verkamen.

»Sachte, Klaus!«, riet Susanne und schaltete genervt das Radio ab. »Bloß kein Risiko!«

Mager nickte stumm. Mit schlappen achtzig kroch der Wagen über die Autobahn, näherte sich der Abfahrt Bochum-Werne. Den Stau hinter dem Lada konnte Mager im schwarzen Auspuffqualm nur noch ahnen.

»Los, runter. Wir fahren durch den Ort!«

Mager zögerte, dann lenkte er mit dem Starrsinn eines dem Tode Geweihten geradeaus weiter.

»Vatta!«, schrie Kalle, doch Mager schüttelte bockig den Schädel: »Hier oben muss ich viel weniger schalten.«

Susannes Hände wurden zu Fäusten, die weiße Haut über den Knöcheln stramm wie eine Trommel: »Wehe, wir bleiben liegen!«

In Dortmund-Kley klebten sie längst mit knappen sechzig auf der Standspur. Susannes Augen waren beschwörend auf das Schild mit der Aufschrift *Ausfahrt* gerichtet, Kalle hatte das Gesicht in den Händen vergraben, und Mager lief das Wasser literweise den Rücken herunter. Als sie endlich unten auf der Borussiastraße waren, stöhnten alle auf.

»Na also!«, triumphierte Mager. »Hat doch geklappt!«

Mit vierzig passierten sie den alten Bahnhofsplatz, mit dreißig krochen sie in die Steinhammer Straße. Der leichte Rückenwind sorgte dafür, dass die Rauchfahne den Wagen überholte.

»Lass die Kiste gleich hier!«, schlug Kalle vor und deutete nach draußen. Durch den Qualm hindurch gewahrten sie die Umrisse einer alten Tankstelle, in der ein türkisches Familienunternehmen Autos reparierte.

»Quatsch«, sagte Mager. »Der Wagen ist noch nicht reif für Mehmet!«

Endlich tauchte in den Rauchschwaden die PEGASUS-Zentrale auf: ein vom Kohlenstaub geschwärztes Zechenhaus, das schon beim Richtfest vor 92 Jahren als Sicherheitsrisiko galt. Mit letzter Kraft wummerte der Lada durch die enge Gasse, die auf den staubigen Hinterhof führte, und Mager lenkte die Kiste auf ihren Stammplatz. Der Motor sonderte noch eine Giftwolke ab und erstarb.

»Seht ihr!«, behauptete Mager. »Auf den Lada ist Verlass!«

»Quatsch nicht!«, befahl Susanne. »Ausladen, Kalle kocht Kaffee, wir schneiden!«

Kaum hatte Mager am Schneidetisch Platz genommen, war der Lada vergessen. Während der Sohn Kaffee aufsetzte und dann in Susannes Büro den Firmenrekord im *Tetris* attackierte, ließ der Vater die Kassette des Tages durchlaufen. Susanne sah ihm über die Schulter und wählte die Takes aus, die ihrer Ansicht nach in den Film gehörten: Schwenk über den Husemann-Platz, kurze Blicke auf die Bretterbüdchen der Winzer, das Lächeln der Weinkönigin und drei Sätze aus dem belanglosen Interview mit dem Veranstalter ...

»Okay?«

»Nee«, widersprach Mager und ließ die Copy-Taste unberührt. »Das mache ich nicht mit.«

»Was machst du nicht mit?«

»Dieses Heile-Welt-Getue nach dem Motto: Bochum feiert und ist glücklich. Und wo bleiben die Punks? Und die Bullen? Die Gummiknüppel?«

Susanne stöhnte. »Hör mal, Klaus ...«

»Nein, Klaus hört nicht.«

Auge in Auge ließen sie einige Sekunden verstreichen. Auch ein alter Streit, diesmal ein existenzieller: PEGASUS zwischen Auftrag und Aufklärung, Kommerz und Politik, Profit- und Lustprinzip. Vielleicht hatten sie ja alle Niederlagen nur überlebt, weil beide Seiten hin und wieder ein Stück nachgaben – aber einfach so ging das nicht.

Die Zeit verrann. Im Vorderraum hackte Kalle noch immer auf der Tastatur herum. In einer halben Stunde sollte er den Film zum Sender bringen.

Susanne brach das Schweigen: »Bitte, Klaus ...«

Da fegte ein Orkan in die Büroetage.

4

Die kleine Anliegerstraße nahe der Bochumer Königsallee belebte sich. Nach und nach wagten sich rund zwanzig Erwachsene ins Freie, um das seltene Beisammensein mit den Nachbarn zu suchen. Einige waren so verwegen, ihre Kinder mitzubringen und sie miteinander spielen zu lassen, und die ganz Mutigen riskierten es, mehr Campingtische und Sitzmöbel aufzustellen, als sie für sich selbst benötigten: Ein derart freizügiger Umgang mit Privateigentum konnte als die größte deutsche Revolution seit 1848 gelten.

Tatsächlich entspann sich anschließend sogar so etwas wie ein Gespräch: Man redete. Übers Wetter und über die Karriere, über Katzen und Kinder, über die neuen gelben Mülltonnen und die Anliegergebühren ...

Dennoch waren der Gemütlichkeit von Anfang an enge Grenzen gesetzt. Da niemand seinen Garten für die Festlichkeit geöffnet hatte, musste der staubige Charme des Wendehammers reichen. Selbst die bei anderen Straßenfesten üblichen Papiergirlanden fehlten: Was einem selbst gehörte, verschwendete man nicht leichtfertig an Fremde. So blieb zwischen nackten Häuserwänden, schmucklosen Garagen und der mit Efeu überwucherten Mauer der alten Konsumverwaltung nur der übliche Ausweg der Deutschen – die fehlende Romantik durch Unmengen von Alkohol zu kompensieren. Das war Hugo Helgolands große Chance.

»Noch 'n Pilsken, Herr Professor?«

Klink nickte. Zusammen mit Helgolands Schwiegersohn hatte er zwischen Bierstand und Kuchentheke zwei Grillanlagen in Betrieb gesetzt. Während der Germanist darauf achtete, dass die Fleischwaren nicht verkohlten, wachte der Autohändler Franke darüber, dass niemand sich ein Schnitzel oder Steak vom Feuer fischte, der vorher nur ein paar simple Würstchen hingelegt hatte.

Das Pils war fertig.

»Fiah Mark«, dröhnte Helgoland, und Klink angelte ein paar Münzen aus der Hecktasche seiner Jeans. »Alles im Griff, Herr Helgoland?«

»Klar doch!,« strahlte der Alte und sah kurz in die Runde: Acht der zwölf Hausbesitzer, zumeist samt Gattin, waren bisher zum Feiern angetreten. Zwei Delegationen würden später kommen, und der Historiker aus der ersten Reihe hatte sich wegen einer Vortragsreise durch den Fernen Osten entschuldigt. Ob der Kerl wirklich Chinesisch und Japanisch konnte?

»Sind fast alle da«, ergänzte er. »Ohne 'tschuldigung fehlt widda nur der Diesel.«

Klink zog die Schultern hoch. Buchhändler Diesel bekam nicht einmal das Unkraut in seinem Vorgarten unter Kontrolle. Er hatte genug damit zu tun, die häufigen Damenbesuche in seinem Haus kollisionsfrei aufeinander abzustimmen. Wer so lebte, konnte auch in ein Hochhaus ziehen.

»Was soll's«, meinte Klink und prostete dem Kahlkopf zu. »Jeder wie er will!«

Er wendete die nächste Reihe Bauchfleisch und Schnitzel, griff zum Glas und zählte beim Schlürfen die Leute selbst einmal durch. Die Garde der Hausbesitzer war wirklich fast vollständig angetreten, sogar dieser Polizeimensch aus Nummer 8 war da. Wer sich hier ausgrenzte, war kein Verlust.

Klink schniefte leicht und wischte sich den Schaum von der Oberlippe. Ginge es nach ihm, konnte der Historiker gleich ganz in Thailand oder auf den Philippinen bleiben – ein Konkurrent weniger, wenn im nächsten Jahr die Rektorwahl an der Ruhr-Universität anstand.

»Ist mein Kotelett durch?«

»Moment, Frau Nachbarin«, bat Klink und stellte sein Bierglas ab. »Mal sehn ...«

Die mütterlich wirkende Frau Schulte musste knapp unter sechzig sein und gehörte zu den wenigen Mietern, die es in der Siedlung gab. Wer mit den beiden unteren Etagen auskam oder einen kräftigen Zuschuss für die monatliche Abzahlung brauchte, vermietete halt das Obergeschoss unter der Dachschräge – an kinderlose Paare oder berufstätige Singles wie Hedwig Schulte. Mit ihrem Langhaardackel, den sie morgens und abends pünktlich um acht Gassi führte, gehörte sie auch ohne Grundbesitz zum festen Inventar der Siedlung.

»Ich glaube, das Fleisch ist gut. Haben Sie ein Sößchen mitgebracht?«

»Ja. Die Plastikflasche mit dem Curry gehört mir.«

Als sie abzog, prüfte Klink den Vorrat an Grillkohle: Wenn das Feuer nicht ausgehen sollte, musste er bald nachlegen. »Wer ist dran?«, fragte er Helgolands Schwiegersohn.

»Moment«, sagte Franke und befragte eine Liste, die er aus der Brusttasche zog: »Sawitzki hat noch nichts gegeben!«

Während sich Franke auf die Suche nach dem Rechtsanwalt begab, um dessen Anteil an der Befeuerung einzufordern, tauchte Besuch auf: ein Kerl wie ein Arbeitselefant, fast so groß wie Richter Thürk, aber auf dem Kopf so kahl wie Helgoland. Zielsicher steuerte er mit seinen kleinen Töchtern auf den Bierstand des Rentners zu und gab schon von weitem seine Bestellung auf: »Zwei Cola, zwei Pils!«

»Watt willz du denn bei uns?«, fragte Helgoland, nachdem er sich von seiner Überraschung erholt hatte. Zwar handelte es sich um keinen der ›Russen‹ von der anderen Straßenseite, aber immerhin: »Du woonz doch ganz woandas!«

Udo Underberg grinste. Sein Garten grenzte direkt an das Grundstück der Frankes, aber sein Zweifamilienhaus stand dreißig Meter unter der Siedlung gleich an der Konsumstraße – im strengen Sinne gehörte er wirklich nicht auf das Fest. Doch auch er war Mitglied im Kampfverband der Haus- und Grundbesitzer und besaß genug Selbstbewusstsein, um zu wissen, was wirklich zählte: »Mensch, Hugo, sonne große Klappe steht 'nem Untermieter gannich zu!«

Die Gespräche an den nächsten Tischen verstummten. Einige Siedler drehten sich mit unverhohlener Neugier um, andere hoben lediglich die Köpfe zum kleinen Lauschangriff. Die beiden Kontrahenten fochten es laut genug aus, um das Geschrei der Kinder und das Bollern der Roller-Blades zu übertönen.

»Watt haißt hier Untermieta – ohne meine Kohle hätten die Kinda datt nie geschafft!«

Achim Franke lachte auf: »Deine paar Kröten ...«

»Mach schon«, forderte Underberg und trommelte mit seinen Schaufeln ungeduldig gegen das Blech des Bierwagens.

»Von mia krisse nix!«, beharrte Helgoland. »Jeden Samstach bausse an deine Bude rumm. Nervss uns mit Sägen und Hämmern. Kaine Rücksich auf Mittachsruhe und sonzwat. Nee, hier hasse nix zu suchn.«

»Mensch, Vatta«, meldete sich Achim Franke. »Du verdirbs die Stimmung. Das ist ein Fest hier. Gib ihm ruhig datt Pils und die Cola.«

»Dem nich. Der kricht im besten Fall 'ne Anzaige wegen Belästigung«, beharrte Helgoland und verließ demonstrativ seinen Arbeitsplatz. »Ich muss sowieso mal wech.«

Eine ungemütliche Stille breitete sich aus. Da kletterte Achim Franke hoch und öffnete den Zapfhahn: »Kommen Sie, Herr Underberg, ich mach das schon.«

Alle atmeten auf, die Lage entspannte sich. Klink leerte sein Glas und schaute in die Runde. Gattin Jessica plauderte gerade mit Elvira Waggershausen-Rosenholz, und Tochter Helena hockte im Kreis der halbwüchsigen Kinder, die sich auf dieser Art Fest eher langweilten. Als das Mädchen herüberschaute, winkte er sie heran: »Wo ist dein Bruder?«

»Alexander? Der ist doch noch in der Stadt.«

Klinks Gesicht verdüsterte sich: An einem Tag wie diesem gehörten die Kinder nach Hause. Auch wenn sie schon achtzehn waren.

5

Die Bürotür wurde aufgestoßen und schepperte gegen den Metallschrank am Ende des Flürchens. Ein heftiges Klirren – die letzte von den alten Scheiben hatte ausgedient. Dann ließen kräftige Schritte den Boden erbeben. Aufgescheucht flog Mager auf seinem Drehstuhl herum: Polizei?

Als er den Besuch erkannte, schloss er für eine Sekunde die Augen. Ein Sondereinsatzkommando wäre ihm lieber gewesen. Die Bullen hielten sich immer noch an gewisse Regeln.

»So!«, schrie die Erscheinung, die sich auf der Schwelle ausbreitete und damit den wichtigsten Fluchtweg versperrte. »Das ist der Beweis!«

Triumphierend hob die Dame den linken Arm. Sie hatte die vierzig überschritten und war im Kampf gegen die Pfunde mal wieder auf die Verliererstraße geraten. Irgendjemand hatte sie so heftig in die schwarze Stretchhose geschossen, dass sich die Fettpolster vom Unterleib zum Ansatz ihres Brustkastens verschoben hatten.

»Siehst du?«

Mager sah. Erstens hatte seine Geschiedene mal wieder die Haarfarbe gewechselt: rostrot mit lila Strähnchen. Und zweitens baumelte an ihrem fleischigen Handgelenk ein Sonderangebot von *Saturn*, wo man diese Woche *am sparsten* und *am vielsten* einkaufen durfte. Die kleine Kamera war so konstruiert, dass auch Leute mit dem Intelligenzquotienten der WerbetexterInnen sie bedienen konnten.

»Ich sehe«, bekannte der Kameramann und steckte sich genüsslich eine neue Zigarette an. »Du hast bei Leuten gekauft, die unserer Jugend aus Profitgier falsches Deutsch beibringen. Schämst du dich nicht?«

Diese Forderung irritierte Mechthild höchstens für eine Sekunde. Dann befahl sie: »Sieh auf den Hof!«

Mager erhob sich und schaute aus dem Fenster: ein voller Container für Hausmüll, Susannes weißer Golf, der Lada, Mechthilds lilafarbener Astra. Dann das zweigeschossige Hinterhaus, in dem sich die entscheidenden Katastrophen seiner Ehe ereignet hatten. Alles wie gehabt.

»Und was soll da sein?«, wollte er wissen.

»Das fragst du noch? Kannst du erkennen, wo deine Rostlaube geparkt ist?«

»Da, wo sie immer ...«

»Geh raus und guck nach!«

Mager hob den Blick. Störungen dieser Art waren Mechthilds Spezialität. Eines Tages würde er sie dafür büßen lassen.

»Mechthild«, versuchte Susanne es im Guten. »Wir sind mitten in einer dringenden Arbeit ...«

»Diese Ausrede kenne ich seit mehr als zehn Jahren! Entweder verschwindet der Lada sofort von meiner Seite des Hofes ...«

»Da steht er doch gar nicht!«

»Doch. Und ich habe es fotografiert.«

Die Tastatur im Nebenraum verstummte, ein Stuhl bewegte sich, Kalle erschien im Flur: »Hallo, Mutter!«

Er nahm sie in den Arm, hauchte ihr einen Kuss auf die Stirn und betrachtete ihr überraschtes Gesicht. »Gut siehst du aus. Wie geht's dir?«

Sprachlos sah Mechthild zu ihrem Sprössling hoch. Mit Bart und Brille sowie einer etwas spitzeren Nase würde sein Antlitz dem des Vaters gleichen wie ein Abziehbild dem anderen. Aber von welchem seiner Vorfahren er diesen Charme geerbt hatte, war ihr schon lange ein Rätsel.

Trotzdem fand die Rachegöttin zu ihrem Konzept zurück: »Dein Vater verstößt wieder gegen unsere Vereinbarungen.«

Kalle sah hinaus und nickte: »Er wird wirklich langsam vergesslich. Aber lass die beiden weiter arbeiten, ich mach das schon. Und reg dich nicht so auf. Das nützt nur deiner Therapeutin.«

Mit sanfter Gewalt lotste er sie aus dem Büro und erschien kurz darauf mit ihr auf dem Hof. Mager sah zu, wie der Sohn die Bremse des Ladas löste, am Lenkrad drehte und den Kombi per Hand ein Stück zurück und wieder nach vorn bewegte. Die Mutter des Burschen stand daneben und überwachte das Manöver mit zusammengekniffenen Augen. Endlich nickte sie und verschwand. Der rote Wagen stand jetzt mindestens fünf Zentimeter näher zum Vorderhaus.

»Also«, sagte Susanne und rang sich in der noch offenen Streitfrage zu einem Kompromiss durch. »Machen wir weiter. Zwanzig Sekunden mit den Punks und den Bullen. Einverstanden?«

Mager nickte, und sie machten sich auf die Suche nach geeigneten Szenen: der argumentierende Junge mit den gelben Strähnchen, die Schlägergarde mit den wippenden Knüppeln, das Mädchen mit dem hochgerissenen Pullover, der Tumult beim Verpacken der Punks in die grünen Wannen – und mehrfach das aufgeblasene, mühsam beherrschte Gesicht des Einsatzleiters.

»42 Sekündchen«, sagte Mager, doch Susanne schüttelte den Kopf: »Die Hälfte. So war's abgemacht.«

»Ich erinnere mich«, gab Mager zu und machte sich ans Kürzen, während Susanne begann, den Text zu formulieren. Wie sie ihren Teilhaber kannte, mussten in der Passage über den Polizeieinsatz unbedingt Adverbien wie ›unmotiviert‹, ›unverständlich‹ und ›überzogen‹ vorkommen. Obwohl PEGASUS schon Härteres gefilmt hatte, fiel es ihr nicht schwer.

Eine halbe Stunde später war der Beitrag fertig. Mager kopierte die Kassette und brachte sie nach vorn, wo Kalle wieder die Tastatur bearbeitete: »Ab zum Sender.«

Der Sohn stöhnte, hackte noch ein paar Mal auf den Pfeiltasten herum und stieg aus: »Mehr als 70.000 schaffe ich heute sowieso nicht ...«

»Wie bitte?« Erschrocken blickte Mager auf die Tabelle: Kalle hatte ihn aus den Medaillenrängen gekeult.

»Tja, Alter, nun musse wieder 'ne Nachtschicht einlegen!«, grinste Kalle. Er zog seine Lederjoppe über, verstaute die Kassette und hielt die Hand auf: »Kohle.«

»Das macht Susanne!«

Die Blonde schob ihm einen Quittungsblock hinüber und öffnete den Mini-Safe: »Hundertfünfzig. Und denk an die Steuer.«

Eine Minute später stieg Kalle vor dem Haus in seinen Wagen und startete. Mager und Susanne räumten den Schreibtisch frei.

»Schon was vor heute Abend?«, fragte Susanne beiläufig.

Mager nickte: »Der harte Kern aus meinem Abi-Jahrgang. Wenn genug Leute kommen, spielen wir 'ne Runde Doppelkopf.«

»Und Karin?«

»Die hat doch Familientag. Hochoffizielle Fete – ich würde eher auf Schalke gehen.«

Die Blonde sah ihn nachdenklich an: »Ich dachte, ihr würdet irgendwann heiraten.«

»Ich? Heiraten?« Mager hob entsetzt beide Hände und bildete mit den Zeigefingern jenes Folterinstrument nach, das zur Abwehr von Ketzern noch immer in den Schulen des Freistaates Bayern hing: »Nie wieder!«

»Nie?«

Der Kameramann grinste die PEGASUS-Chefin an: »Naja, für unsere Firma würde ich natürlich jedes Opfer bringen.«

6

Gegen Sonnenuntergang kamen die Kleinkinder ins Bett – und das Sommerfest auf Touren. Mit viel Getöse karrten Richter Thürk und Heinz-Walther Karstadt, der Gatte der Ärztin, Keyboard, Boxen und Verstärker heran. Eifrig begannen sie, die Anlage anzuschließen – und hatten schon jetzt jede Menge Spaß.

Überaus zufrieden mit dem Verlauf der Dinge war auch Hugo Helgoland. Einerseits hatte sich seine Voraussage über die biodynamische Kuchentheke bewahrheitet. Nur wenige Leute gingen das Risiko ein, sich an dem steinharten Backwerk ein paar Zahnkronen abzubrechen. Andererseits hatte er bereits das dritte Fass Pils angezapft und seinen voraussichtlichen Gewinn überschlagen; nun lauschte er, eifrig zapfend und kassierend, den geistreichen Gesprächen vor seinem Blechtresen.

»Sorgen?«, fragte Rechtsanwalt Sawitzki und sah Professor Klink tief in die Augen.

Der Germanist schüttelte den Kopf: »Ach was. Aber dass mein Sohn sich in der Stadt herumtreibt, während wir hier feiern – das ärgert mich.«

Sawitzki graste mit den Augen die dicht umlagerten Tische ab: »Dafür ist Ihre Tochter da.«

»Zum Glück. Wenn die mit ihren sechzehn Jahren auch schon auf Tour ginge ...« Der Professor zündete sich einen schwarzen Zigarillo an und paffte los. »Sie haben ja mit Ihren Töchtern richtiges Glück gehabt.«

Der Anwalt nahm das Stichwort dankend auf: »Ist nicht mein Verdienst. Meine Frau hat die Arbeit geleistet. Aber Sie haben Recht: Sie hat die Mädels prima hingekriegt.«

Seine Augen richteten sich auf einen Kreis edler Damen, die sich wie beim Fünf-Uhr-Tee verhielten. Flankiert von ihrer kompakten Mutter und der magersüchtigen Psychologin hockte dort ein Mädchen mit schulterlangen, rotblonden Haaren. Sie besuchte dieselbe Stufe wie Klinks Sohn, trug aber das Outfit einer behüteten Fünfzehnjährigen und lauschte den Weisheiten der Ladys so bescheiden, als wäre sie gerade zwölf geworden. Ihr gegenüber kauerte der pickelgesichtige Rosenholz und schmachtete sie gedankenverloren an.

»Marie-Luise!«

Das Mädchen sah auf.

»Komm mal zu deinem Vater!«

Sie stand auf und trat neben ihren Erzeuger, der sofort den Arm um sie legte.

»Gucken Sie, Klink, bildhübsch und, wenn man ihren Lehrern glauben darf, hoch begabt. Aber was will sie werden? Ich will es Ihnen verraten: Zweimal war sie schon mit ihrer Schwester zu Exerzitien bei den Ursulinerinnen, und wenn Gott will, dann treten die beiden nach der Reifeprüfung ganz ins Kloster ein. Stimmt's, mein Mädchen?«

Marie-Luise schlug verschämt die Augen nieder und deutete ein Nicken an. Fehlt nur noch der Knicks, dachte Klink und fühlte sich an die bürgerlichen Trauerspiele von Lessing, Schiller und Wagner erinnert. Als Regisseur eines dieser Selbstentleibungsdramen hätte er Sawitzkis Tochter ohne Bedenken die Rolle der verführten Unschuld anvertraut.

»Marie-Lu – wo ist deine Schwester eigentlich?«, forschte der Rechtsanwalt.

»Ihr war nicht gut. Sie ins Haus gegangen und hat sich hingelegt.«

»Doch nichts Ernstes? Soll Frau Karstadt mal nach ihr sehen?«

Erschrocken sah ihn die Tochter an, eine tiefe Röte auf den Wangen: »Nein, bloß nicht – es ist doch nur – du weißt schon, wir Frauen ...«

Sawitzki lachte erleichtert auf: »Ich sag's doch: wohl geraten und gesund. Möchtest du noch etwas trinken? Nein? Dann setz dich ruhig wieder.«

Er nahm einen tiefen Schluck, wischte sich den Schaum von der Lippe und wandte sich wieder dem Germanisten zu: »Sehen Sie, Klink, so ist das: fromm – und musikalisch. Wenn Sie mal die Zeit fänden, bei unserer Hausmusik zuzuhören – Ann-Kathrin spielt eine vorzügliche Violine!«

Ein kräftiges Tutti ertönte: Karstadt hatte in die Tasten gegriffen. Und jetzt schnappte sich Rainer Thürk das Mikrofon: »Meine Damen und Herren! Sie dürfen unbesorgt sitzen bleiben – ich werde kein Urteil verkünden. Aber es gibt eine musikalische Premiere. Sie dürfen sich dabei auch weiter unterhalten – unsere Anlage ist sowieso lauter. Hau rein, Heinz-Walther!«

»Was kommt denn jetzt? Pavarotti?«, fragte jemand.

»Quatsch. Der kann nur Heino«, mutmaßte Nachbar Gustl Gloria, ein Lebenskünstler, der keiner geregelten Arbeit nachzugehen schien.

Aber Thürk überraschte sie alle mit einem originalgetreuen Remake: »Tief im Westen, wo die Sonne verstaubt ...«

Während alle Augen nach vorn gerichtet waren, hasteten in der Dunkelheit zwei Gestalten vom Wendehammer zum Anfang der Stichstraße: kräftig, sportlich und zielstrebig die eine, schmächtig, ungelenk und zögerlich die zweite. Aber die Hand der ersten Person zog so fordernd, dass der zweiten keine andere Möglichkeit blieb, als stolpernd zu folgen.

Zehn Meter vor dem Eckhaus der ersten Querreihe blieben sie stehen.

»Jetzt dichter an die Hecke!«, raunte eine Mädchenstimme. »Dann springt der Bewegungsmelder nicht an.«

»Aber ...«

»Quatsch nicht!«, sagte sie, schlich voran und öffnete. »Komm schon!«

Sie machte erst Licht, als die Haustür wieder geschlossen war, und deutete nach unten.

»Und wenn deine Schwester ...«

»Die ist oben. Und schläft!«

Marie-Luise Sawitzki zog den Burschen mit in den Keller und schob ihn an der Waschküche vorbei in einen Abstellraum: »Hier findet uns keiner!«

Ihr Begleiter sah sich ängstlich um: voll gestopfte Regale, ein paar verstaubte Stühle, ein Rasenmäher – und in einer Ecke eine ausrangierte Couch. Enttäuscht fragte er: »Was willst du mir eigentlich zeigen?«

»Mensch, bist du blöd!«, stöhnte die Tochter des Anwalts. Dann zog sie sich den Pullover über den Kopf, ließ das T-Shirt folgen und nestelte bereits an ihrem Tragegestell. »Was ist mit dir? Mach schon!«

Knallrot im Gesicht, starrte der Bursche auf ihre wippenden Brüste und bewegte sich nicht: »Ich ... das geht mir alles ... außerdem ...«

»Angst?«

Sie zog eine kleine Plastikpackung aus ihren Jeans und riss sie auf: »Alles da.«

»Aber ich ...«

Endlich begriff die Anwaltstochter: »Du bist noch Jungfrau?«

Er nickte leicht, und seine Augen suchten die Tür. Da kam das Mädchen näher und tastete nach seinen Schwellkörpern: »Prima! Ist doch alles in Ordnung ...«

Entschlossen zog sie ihm den Reißverschluss herab und packte aus, was er in der nächsten Minuten brauchen würde: »Komm, einmal muss es sein. Und ich verspreche dir, es tut gar nicht weh.«

Gelähmt sah er zu, wie sie die Gummihülle auspackte und sie geschickt an ihren Einsatzort verbrachte. Ob es das war, was Mutter ›animalische Begierde‹ nannte? Hatte er sich als Mann nicht zu beherrschen, bis ...

Eine Minute später hatte Florian Rosenholz diese Fragen längst vergessen.

Zwei Stunden später sank auch Professor Klink auf ein weiches Lager – aber er weniger wegen eines Übermaß an Leidenschaft als vielmehr wegen einer ungewöhnlich hohen Dosis Alkohol. Während Jessica sich routiniert abschminkte, suchte er nach seinen Zigarillos und steckte sich einen an.

»Du wirst noch mal das Haus abbrennen!«, fauchte sie. »Und im Schlafzimmer mag ich das sowieso nicht.«

»Nur heute, Schätzchen«, sagte er und betrachtete zufrieden den entblößten Rücken seiner Gattin. Im Gegensatz zu Karstadts oder Sawitzkis Frau hatte Jessica kein Gramm Fett angesetzt. Schlank wie eh und je. Aber lange her, dass ...

»Außerdem solltest du dir langsam Sorgen um deinen Sohn machen«, erzählte sie seinem Spiegelbild und griff zu dem Fläschchen mit Gesichtsmilch. »Dass er ohne jede Erklärung einen ganzen Tag lang wegbleibt, beunruhigt mich. Sollten wir nicht lieber die Polizei ...«

Klink stöhnte auf. »Jessica! Die Polizei wird uns auslachen: Unser Sohn ist achtzehn. Wahrscheinlich liegt auch er längst im Bett.«

»Unsinn! Ich habe gerade noch einmal in seinem Zimmer nachgesehen ...«

»Liebste!« Mühsam drückte Klink seinen Oberkörper mit den Ellenbogen hoch. »Es muss ja nicht sein eigenes Bett sein, wenn du verstehst ...«

Sie schoss herum und sah ihn entsetzt an: »Alexander? Bei einer Frau?«

»Wahrscheinlich«, meinte Klink. »Andere Neigungen habe ich bei ihm bisher ...«

»Harry, untersteh dich!«

Klink zog die Schultern hoch und lächelte, aber so leicht war sie nicht zu besänftigen: »Nein, wirklich. Zu glauben, dass unser Junge bereits – so etwas tut ...«

Der Gatte seufzte leicht: Einst war Jessica der heißeste Feger der Roten Zelle Germanistik gewesen. Aber nach acht oder neun Jahren Ehe hatte sie plötzlich die Moral entdeckt und war nicht mehr bereit, ungeniert über sexuelle Themen zu sprechen. Eine Zeit lang hatte sie wenigstens noch oft daran gedacht und entsprechend gehandelt. Aber in den letzten Jahren hatten Migräne, Rückenschmerzen und andere Wehwehchen mehr und mehr von ihr Besitz ergriffen.

So wechselte sie auch bewusst das Thema, bevor sie unter die Decke schlüpfte: »Dass ausgerechnet Sawitzki sich so daneben benehmen musste ...«

Klink stöhnte: »Daneben benommen? Er hat sich doch nur ein Bier über die Hose gekippt. Kommt in jeder Kneipe vor. Und er ist sofort los, um sie zu wechseln.«

»Diesel war übrigens allein da!«, fuhr sie fort und zog die Bettdecke hoch. »Ob er wohl etwas mit seiner Mieterin hat? Denn die scheint ja sonst niemanden zu haben.«

»Weiß ich doch nicht«, murmelte Klink. »Du kannst ja rübergehen und nachsehen.«

»Zu spät«, sagte sie so ernsthaft, dass er ihr überrascht ins Gesicht sah. Meine Güte, dachte er, in ihrer Neugier macht die das eines Tages wirklich ...

Mehr als ihr Gesprächsthema brachte ihn der Anblick seiner Frau auf eine interessante Idee, und er schob seine Hand unter Jessicas Decke: »Hallo, junge Frau ...«

»Lass das, Harry!«
»Was ist, Schätzchen?«
»Nicht.«
»Eben noch hast du noch die Bachler bedauert, weil sie allein lebt. Aber du hast einen Mann.«
»Bitte, nicht! Nicht heute.«
»Wieder die Migräne?«
»Ja. Hilf mir doch!«

Ächzend stand er auf, holte ein Glas Wasser und die gelben Pillen, die Corinna Karstadt ihm gegeben hatte: »Nimm eine, mein Schatz!«

Begierig nahm sie ihre Medizin und schien mit nach innen gerichtetem Blick den Weg der Tablette bis in den Magen zu verfolgen. Dann nickte sie, sank nieder, vergaß ihr Leiden und schlief in Rekordzeit ein.

Achselzuckend löschte Klink das Licht. Grübelte. Wälzte sich. Stand schließlich auf und schlich ins Wohnzimmer, suchte die Programme nach einem Krimi ab, den er noch nicht kannte. Landete bei den Privaten. Und blieb endlich, die rechte Hand in der Schlafanzughose versenkt, bei *Vox* hängen.

Die Mädels auf dem Bildschirm brauchten noch kein Placebo.

7

Die Sonne stand schon in Südost, als Mager von kräftigem Kaffeeduft geweckt wurde. Wie immer brauchte er einige Sekunden, um den Tag zu erkennen, und gab sich der Vorstellung hin, Karin wollte ihn mit einem Frühstück zu zweit überraschen. Doch als er weder Schritte noch das Klappern von Bestecken hörte, erinnerte er sich an die Zeitschaltuhr, die seinen neuen Kaffeeautomaten steuerte – kein Grund also, gleich aus dem Bett zu fallen.

So streckte und dehnte er sich noch ein paar Mal. Dachte genussvoll an den gelungenen Abend zurück: Noch nie zuvor hatte er den drei Gaunern aus seiner alten Klasse beim Doppelkopf so viel Geld abgezockt, dass er damit seine Zeche *und* das Taxi bezahlen konnte.

Endlich betätigte er die Fernbedienung seiner Stereoanlage und tastete nach den Zigaretten. Die erste Lunte brannte genau in dem Moment, als Dortmunds beste lebende Rockband ihn an sein altes Lebensmotto erinnerte: »I wanna better, I wanna better world ...« Eilig drehte er die Anlage so weit auf, dass man *Axxis* auch in Mechthilds Hinterhaus nicht länger ignorieren konnte.

Mitten in das harte Gitarrensolo, das nach 51 Sekunden zum nächsten Song überleitete, ging das Telefon. Mager griff zum Hörer, bevor der Anrufbeantworter anschlug: »Ja?«

»Karin hier. Schon wach?«

Dem Kameramann wurde es warm ums Herz: »Halbwegs. Wie geht's dir?«

»Danke, gut. Es gibt Arbeit. Weck Susanne, pack die Kamera und komm!«

»Ist dein Turm umgekippt?«

Karin Jacobmayer stöhnte: Der steinerne Förderturm vor ihrem Fenster hielt mindestens so lange wie die Akropolis – und stand erst seit 1877. »Lass den Quatsch. Im Polizeifunk haben sie einen Toten gemeldet.«

»Traurig. Aber Bochum ist ein großes Dorf. Da sterben jeden Tag ein paar Menschen.«

»Es geht um Mord. An einem Punk!«

Schlagartig zogen die Bilder vom Polizeieinsatz auf dem Husemann-Platz an Magers Augen vorbei. »Okay. Wo?«

»Eine Abfahrt weiter als zu mir. Richtung Innenstadt. An dem Hochhaus ...«

»Klar.«

»Ich warte dort an der Straße. Beeilt euch!«

Mager sprang auf, goss einen Kaffee ein und klingelte seine Chefin aus dem Bett. Zwischen zwei Schlucken aus dem BVB-Becher kletterte er unter die Dusche und erledigte die dringendsten Hygienemaßnahmen. Zehn Minuten später stand er mit nassem Haar und knurrendem Magen im Büro und packte die Ausrüstung. Als Susanne vor die Tür trat, war nach alter Gewohnheit alles bereits verstaut – im Lada.

»Lass uns den Golf nehmen«, schlug die Blonde vor. »Dann kommen wir wenigstens an!«

Aber Mager hatte die Schreckensfahrt vom Samstag bereits verdrängt. Lächelnd drehte er den Zündschlüssel und lauschte. Aber statt eines satten Brummens gab der Motor nur ein wildes Husten von sich und spie eine Ladung Ruß in den Hinterhof.

»Scheiße auch!«, schrie Mager und versuchte es zum zweiten Mal. Husten, Würgen, Qualm. Wütend hämmerte er auf das Lenkrad ein.

»Den Golf!«, beharrte Susanne. »Sonst können wir ...«

Mager verdrehte die Augen: »Quatsch nicht. Die Karre kommt gleich.«

Tat sie aber nicht. Stattdessen öffnete sich Mechthilds Küchenfenster, und das Antlitz von Magers Ex-Gattin erschien. Ihr Kreischen war durch die geschlossenen Scheiben des Lada deutlich zu vernehmen: »Musst du auch noch am Sonntag die Luft verpesten?«

Mit verkniffenen Lippen versuchte Mager es ein viertes Mal. Diesmal passierte gar nichts mehr.

»Okay. Nehmen wir deine Schrottkiste ...«

Als er aus dem Wagen sprang und den Heckraum öffnete, meldete sich Mechthild wieder: »Wenn das noch einmal passiert, zeige ich dich an. Wegen ruhestörenden Lärms!«

Mager trug bereits den Alukoffer zu Susannes Wagen hinüber. Ohne seine Ex auch nur anzusehen, hob er den freien Arm und streckte den Mittelfinger in den Himmel.

»Schwein! Andreas, lässt du das zu?«

Andreas?

Die Hand schon an der Kamera, blickte Mager zum Hinterhaus: Hinter Mechthild tauchte ein Zwei-Meter-Mann auf, nackter Oberkörper, Fetthaare bis zu den Hüften, Schultern wie ein Diskuswerfer, die Oberarme tätowiert und ein gutes Jahrzehnt jünger als die Dame, bei der er offensichtlich übernachtet hatte. In einem der Billigfilme auf *Kabel 1* hätte er einen prima Triebtäter abgegeben.

»Was iss?«, fragte er. »Will der Dicke was von dir?«
»Er hat mich beleidigt!«
»Dich kann man doch gar nicht beleidigen!«, schrie Mager, während Susanne den Wagen startete.
»Schnauze halten!«, beschied ihn der Catcher.
Die Hand schon am Türgriff, fragte Mager: »Wo hast du den denn aufgetrieben? Aus der Disco stammt der doch nicht. Leihst du dir jetzt in Werl die Freigänger aus?«
»Komm!«, zischte Susanne und zerrte an Magers Jeansjacke. Als er saß, setzte sie zurück und ließ den Wagen durch die Gasse zur Straße gleiten, nahm Kurs auf den alten Bahnhof.
»Normalerweise wäre es mir ja egal, wenn dich der Typ ordentlich aufmischt.«
»Aber?«, fragte Mager, während er neidvoll dem sanftem Schnurren des Motors zuhörte.
Susanne lächelte: »Wo kriege ich so schnell einen neuen Kameramann her?«

8

Auch Harry Klink war später als gewöhnlich erwacht. Für einige Augenblicke hatte er mit dem Gedanken gespielt, das tägliche Training ausfallen zu lassen. Aber der Anblick der schlafenden Gattin und die Ruhe im Haus verrieten ihm, dass er nichts verpassen würde. So streifte er den Joggingанzug über, schlürfte in der Küche einen Joghurt-Drink und checkte den Akku seines Walkmans. Tatendurstig öffnete er die Tür und trabte los, die Sängerin von *Pulp Culture* in den Ohren.
Am Ende der Stichstraße stieg gerade Familie Sawitzki aus dem Wagen: bestens gekleidet und noch von der Ergriffenheit gebannt, mit der sie der Frühmesse gelauscht hatten.
Klink winkte einen Gruß hinüber und blickte dabei in die Madonnengesichter der Töchter: Wenn sie wirklich ins Kloster gingen, wäre das ein herber Verlust für einen Teil der Menschheit ... Er zog bergauf und schwenkte an der Königs-

allee in Richtung City, am früheren *Konsumverein Wohlfahrt* vorbei, der jetzt als Büropark diente. Durch diese Neubebauung der alten Gemäuer waren die Abstellplätze in der Konsumstraße so rar geworden, dass Siedler und Büromensch sich regelrecht hassten.

Vor dem Chefeingang mit dem säulengestützten Tempeldach fiel Klink die Gedenktafel für die ermordeten Widerstandskämpfer ein, die im Treppenhaus hing. Den Yuppies, die jetzt hier walteten, traute er zu, die Tafel durch eine *Red Bull*-Reklame zu ersetzen.

Klink erreichte die Brücke, über die einst die Bahn von Altenbochum am jüdischen Friedhof und der Zeche *Prinz Regent* vorbei nach Weitmar und Dahlhausen geführt hatte. Er war im Rhythmus. Locker und leicht näherte er sich der Fabrik für Bergbaumaschinen und dem nackten Arbeiter, der an der Freitreppe vor den Büros fleißig und unbeirrt seinen Abbauhammer schwang.

An der Wasserstraße bog Klink nach links ab und freute sich, dass der Weg leicht bergab ging. Am Eingang zum ehemaligen Zwangsarbeiterlager der Eickhoffs vorbei prustete Klink munter in Richtung Weitmar. Seit dem Bau der lange umstrittenen Stadtautobahn war zumindest hier die Luft deutlich besser geworden.

Im Wiesental bog Klink ab und nahm sich drei große Runden um die Badeanstalt des Schwimmvereins *Blau-Weiß* vor. An lauen Sommerabenden saß der Gemanist bisweilen mit Gattin und Tochter vor der Schwimmbad-Kneipe im Freien, um ein mediterran gestricktes Mahl und ein Gläschen Rotwein vom Stiefel zu genießen. Während Helena noch richtig gern mitkam, nahm ihr Bruder schon seit zwei Jahren nicht mehr an solch ›bürgerlichen‹ Unternehmungen teil ...

Alexander!

Erst jetzt fiel Klink ein, dass er noch gar nicht wusste, ob der Sohn überhaupt nach Hause gekommen war. Was für eine Frau der Bursche wohl diesmal flach gelegt hatte? Bei der kleinen Russin aus dem Aussiedlerheim konnte er sicher nicht für eine ganze Nacht unterkriechen ...

Und wenn doch keine Frau dahinter steckte?

Bei diesem Gedanken befielen den Läufer Seitenstiche – viel früher, als sie eigentlich kommen durften. Kurz entschlossen brach er schon die erste große Runde durch den Park ab und nahm den direkten Weg nach Hause.

Auf der Talsohle der Konsumstraße spürte Klink die Folgen des Sommerfestes. Gewöhnlich gönnte er sich hier einen Blick nach rechts, zum Lärmschutzwall der Stadtautobahn. Eines der Häuschen, die für die Piste geopfert worden waren, hatte Bochums einzige Kriminal-Autorin beherbergt, bevor sie vor den Terrorismus-Fahndern des Bundeskriminalamtes abgetaucht war. Jetzt hatte er andere Sorgen. Ohne Verzug keuchte er die Konsumstraße hinauf, bis er wieder den Anfang der Stichstraße erreichte.

Die Siedlung hatte sich belebt. Sylvia Franke-Helgoland sammelte in der Garageneinfahrt Bonbonpapier auf, das die Kinder während des Festes verstreut hatten. Sieben Meter weiter war Heinz-Walther Karstadt damit beschäftigt, die Pflasterfugen vor seinem Haus mit einem Hochdruckreiniger zu säubern.

Gerade als Klink dem Wasserschwall, der durch die Gosse strömte, ausweichen wollte, öffnete Jost Sawitzki die Tür. Den schwarzen Anzug, in dem er zur Kirche gefahren war, hatte er abgelegt. Stattdessen trug er über der Schulter ein kräftiges Rundholz mit einem großen Schild.

Verblüfft blieb der Läufer stehen und vergaß im ersten Augenblick sogar, im Stand weiterzurennen: Wollte der Anwalt zu einer Demo?

Sawitzki klärte diese absurde Frage, bevor Klink sie formulieren konnte. Einen Teil seines Vorgartens diente als Parkbucht für den Wagen seiner Frau – und genau hier rammte er das Rundholz mit der Hinweistafel in den Boden. Als er einen Meter zurücktrat, um sein Werk zu betrachten, konnte auch der Sportler lesen, was da stand: *Privat.*

Klink dämmerte es: Das Schild gab es schon ewig. Aber etwas war anders.

»Urin!«, verriet Sawitzki. »Irgendjemand hat heute Nacht gegen das Schild gepinkelt. Naja, und meine Frau hat es wieder gesäubert und poliert. Wurde sowieso Zeit.«

Der Zuschauer nickte: »Sieht wirklich wie neu aus. Schön!«

Ob der Anwalt die Ironie herausgehört hatte, war Klink unklar, als er wieder lostrabte und den Blick nach vorn richtete. Im Wendehammer war der kahle Helgoland damit beschäftigt, seinen Bierwagen reisefertig zu machen, während Franke begann, das Versorgungskabel aufzurollen. Wütend schaute der junge Mann zu Karstadt hinüber, der sich noch immer bemühte, die Siedlung unter Wasser zu setzen: »Blödmann! Der hätte zumindest warten können, bis das Kabel weg ist ...«

Klink nickte abermals und wandte sich der Haustür zu, als ein dunkler Wagen die Stichstraße hochpreschte, die Fahrt verlangsamte und hielt – genau vor seinem Eingang. Der Fahrer, ein Mittzwanziger mit kurzen, strohfarbenen Haaren, blieb sitzen, aber die Beifahrerin stieg aus. Mit schnellen Schritten kurvte sie um das Heck des Passat und kam auf den Professor zu. Sie war sehr groß, höchstens dreißig und sah aus, als käme sie gerade aus der Disco: Haare und Blazer, die enge Samthose und die flachen Schuhe glänzten in tiefem Schwarz. An ihrer Schulter hing ein Lacktäschchen, das nicht allein von Lippenstift und Tempotüchern so schwer sein konnte: »Herr Klink?«

Er nickte.

»Eulenstein. Kripo Bochum.«

Er sah ihr in die grauen Augen – ernst und hart. Die Seitenstiche meldeten sich erneut – viel schärfer als beim ersten Mal.

»Herr Klink, darf ich einen Moment reinkommen?«

»Um – um was geht's denn?«

Sie sah ihn an, senkte die Stimme: »Ich fürchte, ich habe eine böse Nachricht für Sie.«

9

Als PEGASUS den Sheffield-Ring verließ, leuchtete oben an der Königsallee eine rote Ampel auf. Eine Gruppe Radfahrer rauschte vorbei; die Köpfe mit den Gehirnschutzschalen über die Lenker gebeugt, genossen sie die lange Abfahrt in Richtung City – und die Kontaktschaltung, die für einen einzigen Radler die Zufahrten der Stadtautobahn blockierte.

Mager betrachtete die Pedalisten mit böser Verachtung. Es war Jahrzehnte her, dass er zuletzt im Sattel gesessen hatte. Und Karins Wunsch, einmal die neuen Radwanderwege des Ruhrgebiets zu erproben, fand bei ihm keine Gnade. Er wollte den Grünen nicht den kleinsten Vorwand liefern, den Rückbau weiterer Ausfallstraßen zu fordern.

Im Vorüberfahren warf der Schlussmann der Kolonne den Wartenden eine Kusshand herüber. Susanne lächelte zurück, aber Mager stöhnte, als hätte er einen Schlag in den Magen bekommen: »So 'n Blödmann. Glaubt wohl, er hätte mit dieser komischen Ampel die Klimakatastrophe besiegt.«

»Geht's dir jetzt besser?«, fragte Susanne, aber Mager schniefte nur.

»Pass lieber auf, wo Karin steht.«

Sie ließ den Wagen an einem langen Rohbau vorübergleiten, mit dem die Bundesknappschaft ihre Bürofläche erweiterte. Die in den Himmel ragende Fassade des Altbaus am Ende der Baustelle hatte ohne Zweifel etwas Imposantes, wirkte aber auch bedrohlich: Der Turm ließ alle Bauten der Umgebung so aussehen, als wären sie Zubehör einer Modelleisenbahn.

»Da vorne«, sagte Mager und fuhr seinen fleischigen Zeigefinger aus. An der Kreuzung vor dem Hauptgebäude hatte sich eine größere Gruppe von Menschen versammelt; gebannt schauten sie in die schmale Querstraße, die hinter die Zentrale der Knappschaft führte.

Susanne schaltete den Blinker ein, aber auch diese Ampel sprang auf Rot.

»Bochum!«, stöhnte Mager.

Aus der wartenden Menge löste sich eine schlanke junge Frau und lief mit wehenden roten Haaren auf den Golf zu. Bevor sie den Wagen erreicht hatte, zog Mager den Stift hoch, der die hintere Tür sicherte.

»Morgen!«

Karin warf sich auf den Rücksitz und wuselte kurz durch

Magers Haare. Dann wurde sie dienstlich: »Da kommen wir nicht rein! Die haben alles abgesperrt!«

Susanne ließ den Wagen einen halben Meter weiter rollen, so dass sie an der Menschentraube vorbeischauen konnte. Ein quer gestellter Streifenwagen sperrte die Fahrbahn ab, und weiter hinten wurden gerade rot-weiße Absperrgitter aufgestellt.

Ganz sacht ließen sie sich bergab treiben, ohne die Fahrzeugschlangen zu beachten, die sie durch ihre Schleichfahrt provozierten.

»Der Tote muss irgendwo hinter dieser Kirche liegen«, berichtete Karin und zeigte auf einen Komplex flacher Gebäude, in deren Mitte sich ein Pyramiden ähnliches Gebilde erhob.

»Nimm die Einfahrt vor der Kneipe!«, empfahl die Rote und deutete auf das erste Haus hinter dem sakralen Grundstück. Direkt davor führte ein schmaler Weg nach hinten, ins Grüne.

Zwischen Kirche und Kneipe kroch der Wagen an parkenden Fahrzeugen vorbei hinter die Häuserreihe. Links ein alter Kiosk, den laut Aufschrift jetzt ein Rennverein nutzte. Geradeaus das Gehölz, das den Nordrand des Knappschafts-Areals bildete. Und noch weiter links ein kleiner Parkplatz für die Schrebergärtner.

Susanne liess den Wagen in die letzte Lücke rutschen. Sie war so schmal, dass Mager beim Aussteigen Mühe hatte, dem BMW nebenan keine Delle zu verpassen.

»Guck mal!«, sagte Susanne.

Zwischen Schrebergärten und Gehölz führte ein Fußweg zur Wiemelhauser Straße hinüber. Von da aus kam man vielleicht zum Parkplatz durch. Aber als sie nur drei Schritte getan hatten, sahen sie die Polizeiposten.

Ratlos blickte Karin zu den Wohnhäusern zurück. Mager folgte der unsichtbaren Bahn und schüttelte den Kopf: »Viel zu niedrig ...«

Seine Hand tastete die Jacke ab, zog eine rote Schachtel heraus, suchte nach dem Feuerzeug. Zündete sich endlich eine an. Rauchte. Lauschte dem Gesang, der aus der Kirche herüberdrang: »In allen meinen Thaten/Lass ich den Höchsten raten ...«

»Bingo!«, grinste der Dicke plötzlich. »Und wir hören auf Paul Fleming.«

Susanne hatte schon intelligenter geguckt, aber Karin hatte auch ein paar Semester Germanistik durchlitten: »Und was will uns der Autor des Chorals sagen?«

»Ich nehm es, wie er's gibet«, versprachen die SängerInnen, und Mager deutete auf das Kirchengrundstück: »Leb ich nach seinen Sätzen/So wird mich nichts verletzen,/ Nichts fehlen, was mir nützt!«

Eine halbe Minute später drang das PEGASUS-Trio über das Kirchengelände vor und umkreiste die Pyramide der Andacht. Als Mager sich in einen üppigen Holunderbusch schob und vorsichtig einen Zweig zur Seite zog, stieg sein Herz wie ein Falke in die Luft: Zehn, fünfzehn Meter vor ihm standen etliche Polizisten, grün und zivil, männlich und weiblich, und sahen zu, wie sich eine junge Frau über einen Körper beugte, der im Gras lag.

Er nickte, und Susanne beugte sich vor, um den tarnenden Trieb festzuhalten. Mager hievte die Kamera und ließ sie laufen. Wie durch einen Nebel hörte er die Stimme der jungen Frau: »...fraktur durch Schlageinwirkung von schräg vorn. Vermutlich stumpfer Gegenstand. Außerdem Hämatome im Gesicht. Möglicherweise Schläge mit der Faust, ein paar Stunden vor dem Tod ...«

Sie öffnete die Kleidung: Etwas Helles, vielleicht ein Reißverschluss, blitzte auf. Hing an verwaschenem Stoff. Noch etwas blinkte – eine Kette?

»Hämatome an Schultern und Brust. Eventuell Tritte mit festen Schuhen oder Stiefeln. Ich sehe mir den Bauch an ...«

Als sie das Shirt vorsichtig anhob, begann die rote Warnlampe in der Optik zu blinken: der Akku!

Mühsam unterdrückte Mager einen Fluch: Komm, halt noch eine Minute aus!

»Weitere Hämatome. Gleiche Ausprägung wie die anderen, offenbar gleichzeitig entstanden. Mein Gott, die sind auf dem herumgesprungen!«

Jetzt winkte sie einen der Männer heran: »Helfen Sie mal. Ganz leicht anheben. Ich will sehen ...«

Braunes, verklebtes Haar, ein paar gelbe Strähnchen. Dann war der Saft weg.

»Akku!«, flüsterte Mager. »Und 'ne neue Kassette!«

Während er die Kamera leise entlud und wieder schussbereit machte, gab es auf dem Parkplatz Bewegung: Ein Motor summte heran und wurde abgestellt, Türen klappten. Dann schnelle Schritte, eine andere Frauenstimme: »Wenn Sie bitte ...«

Eilig verschloss Mager die Kamera und schulterte sie erneut. Ein schlanker Mann im Jogging-Dress, höchstens einsachtzig, das schüttere Haar verklebt, hatte sich vor den toten Körper gestellt und sah hinab. Sekunden der Stille. Keine Regung. Dann nickte er. Und ließ sich ohne Widerstand wegziehen.

»Schade«, sagte Mager, als sie wieder den Kirchenvorplatz erreichten, »dass wir sein Gesicht nicht haben.«

»Ist schon besser so«, widersprach die Rote.

»Wieso das denn?«

Die Frauen blickten sich an.

»Männer«, knurrte Susanne.

»Die Bilder sind gut. Aber das Gesicht wäre das Tüpfelchen auf dem I«, beharrte Mager.

»Stell dir vor, da hätte Kalle gelegen«, begann die Rote. »Und du müsstest deinen Sohn identifizieren ...«

Der Kameramann sah sie aufmerksam an.

»Das Gesicht, das du dann machst – wolltest du dich so in der Glotze sehen?«

10

Wortlos saß Klink in seinem Wohnzimmer. Die Ellenbogen auf die Knie und die Stirn in die Hände gestützt, starrte er auf das Stück Parkett zwischen seinen Füßen – scheinbar taub für die Geräusche, die von oben herunterdrangen: das hemmungslose Schluchzen seiner Frau, die beruhigende Stimme der Ärztin und der Lärm, den die Tochter verursachte, wenn sie schreiend irgendwelche Gegenstände gegen eine Tür warf.

Dagmar Eulenstein und Kriminalhauptmeister Hardenberg warteten in den Korbsesseln am Esstisch. Während die Kommissarin den Professor beobachtete, musterte ihr Kollege den großen Raum: hausbreite Fensterfront, flankiert von meterhohen HiFi-Boxen; ein leicht stumpfer Parkettboden, auf dem helle Rattanmöbel standen, eine Vitrine mit Geschirr zwischen Essplatz und Küche. Und genau gegenüber führte eine Wendeltreppe in die erste Etage.

»Herr Klink«, sagte Eulenstein mit einer Sanftheit, die Hardenberg noch nie an ihr erlebt hatte. Das Schluchzen oben war leiser geworden, dann ging eine Tür, die Wurfübungen hörten auf, eine Frauenstimme redete auf das Mädchen ein. »Ich verstehe Ihren Schmerz. Aber ich muss Ihnen ein paar Fragen stellen – und je eher Sie antworten, desto größer sind unsere Chancen ...«

Hardenberg war nicht sicher, ob der Mann auf dem Sofa überhaupt zugehört hatte. Er hob den Kopf nicht einmal, als es oben gänzlich still wurde und jemand mit vorsichtigen Schritten die hölzerne Treppe herabkam: Corinna Karstadt, die Nachbarin. Sie stellte ihren Arztkoffer ab und setzte sich neben den Hausherrn.

»Jessica schläft jetzt«, sagte sie. »Und Helena ist unter ihre Kopfhörer geflüchtet. Brauchst du etwas, Harry?«

Klink benötigte mindestens zehn Sekunden, bis die Frage zu seinem Gehirn durchgedrungen war. Und noch einmal dieselbe Zeit, ehe er gemerkt hatte, an wen sie gerichtet war.

»Nein, danke«, antwortete er endlich und hob den Kopf. Bis auf die Druckstellen oberhalb der Augenbrauen waren Stirn und Gesicht weiß. »Es muss so gehen. Danke, Corinna.«

Die Ärztin nickte, erhob sich, sah die Polizistin an: »Frau Klink können Sie in den nächsten Stunden nicht befragen. Und Harry ...«

»Wir machen es kurz«, versprach Eulenstein und wartete ab, bis die Nachbarin das Wohnzimmer verlassen hatte und die Haustür ins Schloss fiel.

»Wann haben Sie Ihren Sohn zum letzten Mal gesehen?«

Klink atmete durch: »Beim Frühstück. Gestern Morgen, gegen zehn. Dann wollte er in die Stadt ...«

»Weshalb – und wohin?«

»Alexander ist – war achtzehn. Ich habe ihn nicht gefragt.«

»Hat er von sich aus etwas gesagt?«

Klink schüttelte seine verklebten Haare. Er trug noch immer den durchgeschwitzten Jogging-Anzug und kratzte sich mit einer unbewussten Bewegung ausgiebig den linken Oberarm.

»Aber – Sie hatten doch gestern hier ein Fest ...«

»Alexander war es zu langweilig. Er hatte, sagte er, keine Lust, seine Zeit mit uns Spießern zu vertrödeln.«

»Hatte Ihr Sohn Geld mit?«, schaltete sich Hardenberg ein.

Der Professor sah ihn erstaunt an.

»Wenn er so lange wegbleiben wollte – er musste doch etwas essen.«

»Weiß ich nicht«, sagte Klink nach kurzem Nachdenken. »Er hat am Ersten sein Taschengeld bekommen. Hundertfünfzig Mark. Und er gibt zweimal die Woche Nachhilfe. Wie viel er bei sich hatte ...«

»Was wissen Sie über seine Freunde?«

Klink hob die Schultern.

»Eine Freundin?«

»Bestimmt. Aber mit wem er zurzeit ging ...«

Er dachte nach, sprach dann aus eigenem Antrieb weiter: »Fragen Sie meine Tochter. Sie waren auf derselben Schule. Helena hat wohl mehr mitbekommen als meine Frau und ich.«

»Für einen Vater wissen Sie aber ...«

Klink sah hoch, auf dem Gesicht keine Spur mehr von der versteinerten Resignation. Der Widerspruch der Polizistin hatte ihn ins Leben zurückgeholt: »Ich kann Ihnen jede Menge über seinen Charakter und seine Ansichten sagen. Aber er war erwachsen – und ich bin nicht die Hauspolizei.«

Die beiden maßen sich fünf, sechs Herzschläge lang. Kalte Feindseligkeit beherrschte plötzlich den Raum. Hardenberg hielt, während er das stumme Duell beobachtete, den Atem an. Aus einem unerfindlichen Grund wünschte er plötzlich, dass Klink nicht als Erster aufgeben würde.

»Herr Klink!« Eulenstein ließ den Blick nach draußen gleiten, schien die Bäume im Garten und die Stühle rund um den Holztisch zu zählen und kehrte erst nach diesem Umweg zu dem Mann mit dem schütteren Haar zurück: »Je mehr Informationen wir bekommen, desto ...«

Klink zuckte die Achseln. Der dünne Faden war zerrissen, Eulenstein hatte den Kontakt verloren.

Hardenberg beugte sich vor: »Herr Klink, würden Sie uns das Zimmer Ihres Sohnes zeigen?«

Durch das enge Treppenhaus stiegen sie hintereinander in den zweiten Stock. Klink wirkte auf Hardenberg müde und ausgebrannt. Ihr Weg endete auf einem kleinen Absatz mit zwei Türen. Die rechte führte in eine separate Wohnung, hinter der anderen vermutete der Hauptmeister eine weitere Treppe bis unters Dach.

»Wohin geht es da?«, fragte er.

»Nach oben. Zu meinem Arbeitszimmer ...«

Sie betraten einen quadratischen Vorraum, und Hardenberg schaute sich um. Zur Straße hin gab es einen kleineren Raum, der offenbar als Rumpelkammer diente, in der Mitte konnte er durch eine halb geöffnete Tür ein Badezimmer erkennen.

»Hier!«

Klink trat an die Seite. Vor ihnen lag ein breites Zimmer, das die gesamte Westseite des Hauses einnahm und über einen eigenen, in die Dachschräge eingelassenen Balkon verfügte. An den Türrahmen gelehnt, sah der Germanist zu, wie sich die Polizisten orientierten: ein riesiges, ungemachtes Bett in der entfernten Ecke; unter dem Fenster ein überladener Schreibtisch mit Ablagen, Computer, Drucker und Telefon; auf den metallenen Regalen linker Hand lässig sortierte Bücherstapel, dazwischen als Relikt aus alter Zeit eine flache Reiseschreibmaschine.

Meine Güte, dachte Hardenberg, dem zuerst die ganz in Lila gehaltenen Stirnwände aufgefallen waren. Nicht auszuhalten, so was. Im Kopf überschlug er noch einmal die Aufteilung des Hauses. Wenn in der ersten Etage das Elternschlafzimmer und der Raum der Tochter waren und Klink oben zum Arbeiten mehr als eine Besenkammer hatte, kam man locker auf 200 Quadratmeter für vier Personen.

»Darf ich?«, fragte Eulenstein und deutete auf den Schreibtisch.

Klink nickte. Während die Polizistin die Schubladen öffnete, musterte Hardenberg den Rest der Einrichtung: eine beachtliche Stereoanlage, rund zweihundert Platten aus Vinyl, aber höchstens dreißig CDs, ein schlecht verschlossener Kleiderschrank mit voll gestopften Ablagen, an den Wänden Plakate: der mit erhobenen Händen sterbende Soldat unter der Frage *Why?*, ein fünfzackiger Stern, halb rot, halb schwarz, gegenüber die Forderung nach ›Animal Peace‹ und ein Fahndungsplakat mit dem Foto des Wattenscheider Bürgers Borchert, der in seiner Funktion als Bundeslandwirtschaftsminister wegen millionenfachen Mordes an zwei- und vierbeinigen Lebewesen gesucht wurde. Hätte jemand das Plakat in der Stadt angeklebt ...

Mach schon, befahl Hardenberg und nahm sich den Kleiderschrank vor. Systematisch arbeitete er sich durch, leerte Taschen, tastete Nähte ab, roch an den Stoffen. Die meisten Stücke waren gebraucht, aber sauber, und die üblichen Renommier-Marken der Kids fehlten völlig.

Enttäuscht schloss der Polizist den Schrank. Es gab keine versteckten Zettel mit aufschlussreichen Botschaften, keine Fotos, keine Spuren von Tabak oder Drogen. Wenn Dagmar Eulenstein nicht erfolgreicher war, hätten sie über den jungen Klink nur erfahren, dass er etwas unordentlich war – und das war ihnen noch nie als Mordmotiv begegnet.

»Kann ich das mitnehmen?«

Einen Moment lang hielt Eulenstein eine schwarze Kladde hoch, rund 100 Seiten, auf dem Umschlag bizarre Zeichnungen in Rot. Schon öffnete sie das Heft und begann zu blättern.

Klink kam näher, sah hinein, schüttelte den Kopf: »Ein Tagebuch? Das bleibt hier. Ich lese es zuerst.«

»Herr Klink, Sie machen uns die Arbeit nicht gerade ...«

»Ich habe nein gesagt!«

In Eulensteins Gesicht war keine Regung zu erkennen, als sie die Kladde beiseite legte und zu einem Notizbuch griff: »Was ist hiermit? Adressen, Telefonnummern, Verabredungen. Es könnte wichtig sein.«

Der Vater zögerte, nickte dann: »Nur gegen Quittung.«

»Und was ist mit dem Computer?«

»Ich prüfe die Festplatte und die Disketten. Wenn etwas Interessantes dabei ist ...«

Ungerührt deutete Eulenstein auf eine Schublade, in der ein Zettel, Briefe und alte Notizbücher lagen, doch Klink blieb hart: Schriftliches, was nach privaten Bekenntnissen oder Geheimnissen aussah, wollte er zuerst zensieren.

Während Hardenberg die Bücherregale durchforstete, empfand er wider Willen so etwas wie Respekt gegenüber dem Mann: Er war, auf seine Art, konsequent. Und als der Beamte flüchtig daran dachte, was auf seiner Festplatte alles gespeichert war, verstand er Klink sogar.

»Darf ich das Bad sehen?«

Der Professor nickte, blieb aber in der Tür stehen, um beide Polizisten im Auge zu behalten. Da schlenderte Hardenberg zum Schreibtisch, nahm den Hörer ab und drückte, ehe Klink reagieren konnte, auf die Taste für die Wahlwiederholung. Nacheinander erschienen zehn Ziffern auf dem Display: die Vorwahl von Hattingen und die Nummer des Anschlusses. Als der Ruf hinausging, stand Klink neben dem Schreibtisch und drückte auf die Gabel. Aber Hardenberg hatte sich die Zahlen bereits gemerkt.

11

»Erst mal 'nen Kaffee!«, gestand Klaus-Ulrich Mager und griff zur Speisekarte.

Noch bevor er den blau gefärbten Karton geöffnet hatte,

zündete er das nächste Rauchopfer an. In Kneipen wie diesen wusste man nie ...

»Die Küche hier ist wirklich gut«, versicherte Karin und orderte, um ihren Appetit in Gang zu bringen, ein Schälchen Knoblauchsoße mit Fladenbrot.

Susanne und Mager sahen sich um. Das *Simplon* war lange Zeit eine stinknormale Vorstadtkneipe gewesen und hatte von den ortsansässigen Gewohnheitstrinkern gelebt, die sich aus drei wichtigen Bevölkerungssegmenten rekrutierten: den lärmgeplagten Anwohnern der Poststraße, dem zuständigen Ortsverein einer ehemaligen Arbeiterpartei und dem Vorstand des Bürgerschützenvereins – die Behauptung, die Letzte dieser Gruppen hätte allein so viel Umsatz gemacht wie die beiden anderen zusammen, ist nie wissenschaftlich bewiesen worden.

Dann hatten jüngere Leute den Laden übernommen und alles umgekrempelt. Die Säufer hatten sich murrend in jene Gasthäuser verzogen, in denen sie ungestraft über Obdachlose, Sozialhilfeempfänger und Asylbewerber herziehen konnten, aber in der Bochumer Szene gab es einen neuen Geheimtipp.

»Noch drei Stunden bis zur Pressekonferenz«, seufzte Mager und lauschte ein paar Sekunden lang versonnen der Liveaufnahme, die im Hintergrund lief: Heather Nova mit *Maybe An Angel*.

»Schade nur, dass wir es bis zur *Aktuellen Stunde* nicht mehr schaffen, den Film zu schneiden«, wandte Karin ein, doch Mager zog die Schultern hoch: »Susanne hat den Film per Handy für die *Lokalzeit* morgen früh angemeldet. Bringt auch Geld.«

Die Chefin nickte. Doch dann brachte sie ein Grundproblem der Firma zur Sprache: »Mit 'nem besseren Draht zur Polizei hätten wir die fehlenden Fakten schon zusammen.«

Karin stippte bereits den ersten Brocken Brot in ihre Knoblauchtunke: »Mag sein. Aber nur auf dem Papier. Oder meinst du, der hätte uns vorab was für die Kamera erzählt?«

»Wer weiß«, lächelte die Blonde und sah zu, wie Mager bedächtig seinen Zeigefinger in die Schale mit der Soße tunkte und misstrauisch probierte. Dann erhellte sich sein Gesicht: »Nicht schlecht. Wenn der Rest ...«

Die beiden Frauen stöhnten – dieses Lied kannten sie. Fast so gut wie den nächsten Song in den Boxen: Alice Cooper schrie nach *Poison*.

Als der Refrain zum zweiten Mal herüberpfiff, fiel der Chefin etwas ein: »Sag mal, was würdest du dafür tun, Mechthild endgültig loszuwerden?«

»Endgültig?« Mager naschte zum zweiten Mal von Karins Aioli und leckte schmatzend den Finger ab. »Nichts. Für *endgültig* gibt es lebenslänglich.«

»Manchmal ist er wirklich blöd«, meinte Karin.

Die Blonde grinste: »Manchmal?«

Demonstrativ studierte Mager die Plakate an dem dicken Pfeiler, der die Bewohner der ersten Etage des Hauses davor bewahrte, in die giftigen Tiefen seines Aschenbechers zu stürzen. Für den nächsten Monat drohten zwei mäßig bekannte Bochumer Krimiautoren damit, einen ganzen Abend lang aus ihren Werken zu lesen – Mager würde dafür keinen Fuß vor die Haustür setzen.

»Also – was habt ihr euch ausgedacht?«, fragte er endlich.

»Ist schon irre, was du aus Klaus-Ulrich gemacht hast«, bekannte die Chefin. »Als ich mit ihm zusammen war, hätte er Frauen noch keinen Gedanken zugetraut.«

Mager seufzte: »Macht ruhig weiter. Ist ein echtes Erlebnis für einen Mann, wenn Frauen sich in seiner Gegenwart hemmungslos über ihr Intimleben unterhalten.«

Karin beugte sich zu ihm herüber und drückte ihm einen Kuss in den Bart: »Intim? Das ist doch stadtbekannt. Intimes bereden wir wirklich ohne dich ...«

Sie rückte dicht an die Blonde heran und flüsterte ihr etwas ins Ohr. Sofort begannen beide zu lachen.

Mager ignorierte diese Provokation und zog als Entschädigung die Schale mit dem Knoblauchzeug über die Tischmitte: »Lecker!«

»Hömma«, sagte Susanne und holte Luft. »Wir haben wirklich einen Weg gefunden, Mechthild aus dem Hinterhaus zu jagen.«

Prüfend blickte Mager der Chefin ins Gesicht. Aber ihre Augen verrieten, dass sie es ernst meinte. Seine Augen begannen zu leuchten: »Prima. Wenn es klappt, gebe ich ein Festessen aus. Was muss ich tun?«

»Tja«, sagte Karin und blickte den Bärtigen an, räusperte sich und verstummte, erneut mit Flammen im Gesicht. »Ich – also, von einem Weg kann man noch nicht sprechen. Das wäre übertrieben. Aber es deutet sich so etwas wie eine vage Möglichkeit an.«

»Erzählt!«

»Nun, der erste Teil ist ganz einfach«, begann Karin und versetzte Susanne unter dem Tisch einen leichten Tritt.

»Stimmt«, nickte die Chefin. »Meine Bausparverträge sind auszahlungsreif.«

Mager hatte gar nicht gewusst, dass Susanne ihr Geld auf diese Weise verschleuderte.

»Also, ich habe rund 100.000 Mark zur Verfügung.«

»Du willst Mechthild doch kein Geld ...«

Die Blonde blies die Backen auf: »Nicht einen Pfennig. Nein, ich würde gern das Haus in der Steinhammer Straße kaufen.«

»Unsers? Ich meine – das Vorderhaus? Mit dem Büro?«

Susanne nickte.

Das Essen wurde gebracht. Susanne bekam einen gemischten Salat mit gebratenem Hühnerfleisch, Karin einen Viktoriabarsch mit diesem und an jenem, und Mager atmete den Duft eines türkischen Spinatauflaufs ein.

»Alles gut und schön«, sagte der Kameramann. »Aber was hat das mit Mechthild zu tun?«

Karin stocherte in ihrem Fisch herum, als könnte sie dort den Schatz der *Titanic* finden.

»Ganz einfach: Der Besitzer verkauft nur das ganze Grundstück. Komplett – mit Hinterhaus. Und den Kredit, den ich dafür noch brauche, kann ich nicht zurückzahlen.«

Gespannt ließ Mager die nächste Gabel mit Spinat sinken und schaute Susanne in die grauen Augen. Er hatte das dumpfe Gefühl, dass die Geschichte noch nicht zu Ende war – und eine ungute Wendung nehmen könnte.

»Und jetzt kommt der zweite Akt«, begann die Blonde und schluckte. Als sie endlich ihren Mund öffnete, ließ Karin ihr Besteck fallen, sprang auf und stürzte an der Säule vorbei in Richtung Toilette.

Irritiert sah Mager ihr nach. Zum letzten Mal hatte er so etwas erlebt, nachdem Mechthild ihm erklärt hatte, dass sie schwanger war.

»Ganz ruhig«, sagte Susanne. »*Das* ist es nicht.«

»Jetzt red doch mal Klartext! Die ganze Zeit höre ich dunkle Worte, eine Einleitung, so lang wie die erste Szene von *Spiel mir das Lied vom Tod* – aber irgendwann ist auch Charles Bronson zur Sache gekommen ...«

»Also gut. Karin hat auch 100.000 Mark.«

Während Mager an seiner Maulsperre arbeitete, bestellte Susanne bei der jungen Bedienung drei Cognac.

»Karins Eltern haben ihrem Bruder ihr Haus in Wattenscheid überschrieben – und der hat letzte Woche die beiden Schwestern ausbezahlt. Karin will einen zusätzlichen Kredit aufnehmen, das Hinterhaus kaufen und Mechthild einfach kündigen. Wegen Eigenbedarfs.«

Der Cognac schwebte heran – und Mager musste sich zwingen, die kostbaren Tropfen nicht wie einen Klaren einfach wegzukippen.

»Eigenbedarf? Mechthild wird nicht freiwillig gehen – die lässt sich rausklagen. Außderdem: Das Hinterhaus hat vier große Räume. Als Single verliert Karin jeden Prozess.«

Behutsam netzte Susanne mit dem Cognac ihre Lippen und sah Mager durch das Glas hindurch versonnen an: »Stimmt. Als Single verliert sie den Prozess ...«

Neun lange Sekunden vergingen. Die ersten drei brauchte Mager, um in seinem dicken Schädel die Fortsetzung des Satzes zu formulieren. Die nächsten drei benötigte er für die Erkenntnis, von wem jetzt eine entscheidende Tat erwartet wurde. Und den Rest brauchte er, um einen Entschluss zu fassen.

Dann kippte er den Cognac und rannte los. Zu seinem ersten Heiratsantrag auf einem Damenklo.

12

Vor dem ersten Haus lauerte ein übergewichtiger Kahlkopf den beiden Polizisten auf. Aus seinen Schweineaugen sprang ihnen die pure Sensationslust entgegen – jeden Augenblick musste ihm der Sabber aus den Mundwinkeln laufen. »Sind Sie von der Polizei?«

»Und Sie?«, fragte Eulenstein zurück.

»Helgoland. Kollege. Pensioniert natürlich ...«, eiferte er. Den ersten Vokal seines Statusbegriffs sprach er tatsächlich wie ein helles E aus.

»Ich habe Sie aber nie in Bochum gesehen.«

»Naja«, wand sich Fettbacke. »Ich habb zwanzich Jaare inne *Krümmede* geabaitet ...«

Schließer, dachte Hardenberg geringschätzig. Für die normale Bullerei zu dösig. Ein Kollege? Sie hatten nicht einmal für denselben Minister gearbeitet.

»Hamse Zeit fürn Gespräch? Gantz kuatz – und vertraulich, natüalich?«

Sie folgten dem Mann nach oben. Helgoland hatte seine gute Stube in dem gleichen Balkonzimmer, das im Hause Klink dem jungen Alexander gehört hatte.

»Bitte!«

Vorsichtig nahm Eulenstein auf der Sesselkante Platz. Wie zufällig rutschte das karierte Kissen auf den Boden. Der Bezug sah aus, als hätte er sein letztes Bad noch in einer Maschine mit Wassermotor genommen.

»Um was geht's?«

»Stimmt doch, dasses Klinks Sohn iss, dense gefunnen ham?«

Sätze mit zwei Kommas hätte Hardenberg dem Typen gar nicht zugetraut. Auch seine Chefin schien überrascht und nickte erst nach einem kurzen Zögern: »Ja.«

Zu verheimlichen gab es hier nichts mehr. Die Nachricht war sowieso schon in der Siedlung herum.

»Also, ich habb 'nen Verdacht ...«

Wenn Helgoland erwartet hatte, man würde ihm um den Hals fallen, wurde er enttäuscht: Eulenstein sah den Glatzkopf abwartend an. Und Hardenberg hütete sich, ihr das Wort abzunehmen. Stattdessen trat er in die geöffnete Balkontür und bewunderte den Kunstrasen, auf dem ein bunter Liegestuhl stand.

»Der junge Klink – der hat ma mit eina von den Russen da drüben poussiert.«

Hardenberg brauchte eine Weile, bis er den Mann verstand. Seit dem Tod seiner Großmutter hatte er diesen Ausdruck nicht mehr gehört.

»Aber ihr Bruder iss ihnen auffe Schliche gekommen. Oder jemand anners von der Mischpoke da. Haben den Burschen auf jeen Fall aufgemischt. Fresse poliert ...« Er stockte eine Sekunde und lachte dann: »Jachtschein hieß das früha.«

Hardenberg hob den Blick. Die Skyline wurde von dem Heizkraftwerk beherrscht, über der Brüstung schimmerten die Dächer der Zechensiedlung, die in der nächsten Querstraße begann, und im toten Winkel mussten die Gärten dieser Häuserreihe liegen. Und dann war da noch etwas ...

»Un gessern Vormittach – da iss der Klink mitte Tanja – so heißt se – los. Rauff zum Bus und von da inne Statt.«

»Wie können Sie das wissen?«

»Naja, ich war draußen. Unterwegs. Habb imma fiel zu tuan. Und da habbich se gesehn.«

Hardenbergs Augen glitten über die Balkonbrüstung bis zu der Wand, an der die Betonwanne endete. Helgoland hatte dort zwei Blumentöpfe mit Efeu aufgestellt, der rankend am Putz hochkroch. Und mitten in den grünen Blättern glänzte ein Fremdkörper. Der Rückspiegel eines Lkw. War der Alte total bescheuert?

»Wie heißt diese Tanja weiter?«, fragte Eulenstein.

»Weiß ich doaunich. Kommen Se mal, vielleicht kannich se Ihnen ja zaign ...«

Hardenberg nützte die Chance und lehnte sich weit über die Brüstung. Das isses, dachte er. Zur Probe ließ er sich in den Liegestuhl sinken und schaute hoch: Der Spiegel war tatsächlich auf die Terrasse des Nebenhauses gerichtet. Auf einem bequemen Gartenstuhl räkelte sich in der Sonne eine dralle Bikini-Frau – Corinna Karstadt, die Ärztin ...

Alter Wichser, dachte Hardenberg, stand auf und folgte den beiden in die Küche. Sie roch nach Erbsensuppe und verschaltem Bier, auf dem Tisch lagen ein Schnellhefter und ein Fotoapparat.

»Hier, kuckense!« Der Kahle öffnete das in die Schräge eingelassene Fenster. Unten sah man die Stichstraße, gegenüber die beiden quer liegenden Häuserreihen, rechts die Konsumstraße. In der Einfahrt zu den Unterkünften der Aussiedler debattierten einige Jugendliche, umschwirrt von tobenden Kindern.

»Die kleine Blonde da. Mitti gelben Bluse und den dicken Dingern ...« Grinsend hob Helgoland die Hände und tat so, als höben sie zwei schwere Bälle.

»Danke«, sagte Eulenstein kalt. »Präzise Beschreibungen hören wir immer wieder gern.«

Der auf Russisch geführte Wortwechsel verstummte, als die Polizisten herantraten. Die Jugendlichen sahen die beiden neugierig an. Alle irgendwo zwischen sechzehn und zwanzig, viele mit Baseballkappen, Pullis mit den Werbeaufdrukken expandierender US-Firmen und den beliebtesten Turnschuhen der NBA-Stars.

»Sie heißen Tanja?«, fragte Eulenstein.

Das Mädchen nickte.

»Wir sind von der Polizei und haben ein paar Fragen.«

Der Schrecken der Blonden war unverkennbar.

»Worum geht es denn?«, wollte ein schlanker Bursche mit Elvis-Tolle wissen. Sein Deutsch war absolut akzentfrei.

»Das sagen wir Tanja schon. Wo können wir reden?«

Sie zögerte, dann deutete sie zu den Billighäusern hinüber, die hinter dichten Büschen längs der Konsumstraße und tiefer im Gelände lagen. An ihrem schlanken Hals kroch ein rosafarbener Schimmer hoch.

»Bitte!«

Während sie auf das letzte Gebäude zuliefen, schloss sich ihnen der Bursche mit der Elvis-Tolle an. Eulenstein wollte ihn schon anfahren, doch Tanja blockte sie ab: »Das ist mein Bruder.«

Hardenberg sah sich um. Zweistöckige, schmucklose Bauten, eingekesselt von Stadtautobahn, Königsallee und Konsumstraße, an der Westseite der Sportplatz der *Preußen* und das Vereinshaus – an Sommerabenden wurde hier bis tief in die Nacht gegrillt, gesoffen und gegrölt.

»Wir wohnen ganz hinten ...«

Eine alte Frau mit Kopftuch und Krückstock stand vor einem Holunderbusch und starrte auf die verstaubten Blätter. Ob sie im Winkel zwischen Königsallee und Autobahn gefunden hatte, was ihr in den Weiten Kasachstans gefehlt hatte – das runzlige Gesicht verriet es nicht.

»So, hier sind wir ...«

Tanja führte sie in eines dieser abgewohnten Treppenhäuser: defekte Lampen, beschädigte Wände, und die Bodenfliesen lechzten nach einem Eimer Wasser.

»Wir müssen auf die erste Etage.«

Während der Elvis-Fan missmutig die Nachhut bildete, nahm das Mädchen sportlich locker die Stufen als Erste und wartete oben auf sie. Gegenüber der Treppe gingen zwei Türen geradeaus und je eine zu den Seiten. Namensschilder und Klingeln fehlten, aber was sich in der Mitte befand, konnte man an den Geräuschen erahnen: Duschen und Toiletten für vier Familien.

Tanja wandte sich nach links. Bevor sie die Tür aufstieß, sah sie die Beamten an: »Sie müssen schon entschuldigen, aber es ist etwas eng bei uns. Wir haben nur eine Küche und zwei Schlafräume bekommen ...«

Sie folgten ihr in einen engen Flur. Ohne anzuklopfen, öffnete Tanja die nächste Tür: Herd, Kühlschrank, ein Schrank mit verblasstem Schleiflack, Fernseher, ein großer Tisch mit sechs Stühlen. Ein Zopfmädchen von höchstens zehn Jahren saß bei den Schularbeiten, aufmerksam kontrolliert von ihrer Mutter, einer Frau, die gerade die vierzig hinter sich haben mochte. Beide blickten überrascht auf – und Hardenberg hatte das Gefühl, dass die Frau auch ohne Erklärung wusste, wer sie waren.

»Schto slutschilas?«

Ein kurzer Wortwechsel auf Russisch, dann wechselte die Frau ins Deutsche: »Was wünschen Sie?«

Die Kommissarin hatte längst den Ausweis parat und legte ihn auf den Tisch. Tanjas Mutter heftete ihre braunen Augen aufmerksam auf das eingeschweißte Teil. Sie war nicht ganz so schlank wie ihre Töchter, aber alle drei hatten die gleiche Haarfarbe und Mundpartien, die sich sehr ähnelten.

Bevor die Frau mit der Prüfung fertig war, fing Eulenstein an: »Wir möchten wissen, was Ihre Tochter gestern Mittag gemacht hat.«

»Hat sie – etwas angestellt?«

»Vermutlich nicht, Frau ...«

»Borodjuk.«

Eine Pause entstand. Hardenberg schielte zu Tanjas Bruder hinüber. Er hatte sich eine Dose Cola aus dem Kühlschrank geholt und an den Tisch gesetzt, zog jetzt eine Schachtel Marlboro heraus und steckte sich eine an. Haar und Haut waren dunkler als bei den weiblichen Familienmitgliedern, sein Körperbau war etwas breiter – bestimmt glich er dem Vater, vermutete Hardenberg und suchte mit den Augen Wände und Kommode nach einem Foto ab, das ihm Recht geben könnte.

Endlich sagte Tanjas Mutter: »Sie sollten uns schon sagen, um was es geht.«

»Alexander ist tot«, verriet Eulenstein ohne Vorwarnung und musterte das Mädchen.

Die Blonde erblasste. Dann schluckte sie, und ihre Augen wurden feucht. Die Reaktion war echt – daran hatte Hardenberg keinen Zweifel.

»Was haben wir damit zu tun?«, wollte der Bruder wissen.

»Wir müssen herausfinden, was Alexander gestern getan hat.«

Finster blickte der Bursche seine Schwester an, doch das Mädchen bestätigte stockend, was Helgoland ihnen bereits erzählt hatte: Gegen halb elf war sie mit Alexander in den Bus gestiegen.

»Und in der Stadt?«

»Auf dem Weinfest hat er die anderen Punker entdeckt und ging hin, um ihnen zu helfen. Er wollte nicht, dass die Polizisten wieder schlagen oder alle mitnehmen.«

»Und Sie?«

»Ich hatte Angst. Ich will keinen Ärger mit der Polizei. Also bin ich zu einer Schulfreundin gegangen.«

»Wer ist das?«

Hardenberg hielt bereits den Block in der Hand und schrieb die Angaben mit.

»Auf welcher Schule sind Sie?«

»Schiller.«

Das beliebteste Gymnasium im Bochumer Süden lag an der Königsallee, ein paar hundert Meter weiter in Richtung Stadtmitte – und die meisten Schüler hatten in ihren Kinderzimmern mehr Platz als hier die gesamte Familie.

»Zusammen mit Alexander?«

Sie schüttelte den Kopf: »Der war schon in der Dreizehn.«

»Waren Sie mit Alexander verabredet oder haben Sie sich zufällig getroffen?«

»Zufällig.«

»Welch eine – Beziehung hatten Sie zu ihm?«

»Beziehung?«, schaltete sich die Mutter ein. »Tanja ist siebzehn.«

»Mama, lass das. Ich kann alleine antworten.«

Einige schnelle Sätze auf Russisch folgten – dem Tonfall nach schien Mutter Borodjuk gar nicht überzeugt davon, dass ihre Tochter für die Antworten alt genug war. Doch das Mädchen setzte sich durch.

»Wir waren befreundet. Nichts Ernstes, einfach so.«

»Geknutscht haben sie«, mischte sich plötzlich die kleine Schwester ein. »Abends, hinten an der Hecke ...«

»Tanjuschka, Tanjuschka!« Die Mutter schlug auf den Tisch. »Wir haben dir hundertmal gesagt, mit Leuten von der anderen Seite haben wir nichts zu tun. Die wollen uns nicht. Und wenn einer von diesen Jungs ...«

»Hör auf! Es war nichts – und Alexander ist nicht so!«

Hardenberg bemerkte eine Spur von Spott auf dem Gesicht ihres Bruders, doch als Eulenstein ihn ansah, war diese Regung schon wieder verschwunden: »Warum haben Sie Alexander verprügelt?«

»Ich?«

»Spielen Sie kein Theater.«

Der Bursche griff sich in die Haartolle und dachte nach. Schließlich meinte er: »Ich habe ihm nur gesagt, er soll meine Schwester in Ruhe lassen. Da ist er frech geworden, und ich habe ihm eine geknallt. Das war's auch schon.«

»Und was war gestern?«

Überrascht sah der Junge auf: »Wie? Was soll gestern gewesen sein?«

»Wir wollen wissen, wo Sie waren«, klärte Hardenberg ihn auf. »Am Nachmittag und am Abend – möglichst präzise!«

Seine Mutter wurde blass: »Sie wollen doch nicht ...«

»Lassen Sie ihn selbst antworten!«, unterbrach Eulenstein. »Also: Wo waren Sie?«

Er hob die Hände: »Am Nachmittag waren wir unten an der Ruhr. Von – etwa von zwei bis um sechs. Dann haben wir geduscht und uns umgezogen. Ein Häppchen gegessen. Und sind gegen halb neun zur *Farm* gelaufen. Zurück waren wir – weiß nicht.«

»Um kurz nach elf!«, verriet seine Mutter.

»Haben Sie Zeugen?«

»Klar. Wir sind den ganzen Tag zusammen gewesen: Sascha, Pjotr und Ewald. Die Jungs stehen noch unten. Sie können Sie ja fragen.«

»Werden wir!«, versprach die Kommissarin und stand auf, aber Hardenberg deutete auf ein Familienfoto, das über der Anrichte hing: »Leihen Sie uns das? Sie bekommen es morgen zurück.«

Als Eulenstein und Hardenberg das Haus verließen, standen die Jungs wie erwartet unten. Und bestätigten, was Waldemar Borodjuk behauptet hatte – auf die Minute genau.

13

1929 eingeweiht, war das Bochumer Polizeipräsidium an der Uhlandstraße einer dieser Protzbauten aus glasiertem Backstein, mit denen in der kurzen Phase des Aufschwungs zwischen Inflation und Weltwirtschaftskrise das halbe Ruhrgebiet voll gepackt wurde. Indem Staat und Städte die Steuergelder für Repräsentatives verpulverten, wurden zugleich die Behörden der Weimarer Republik gegen die demokratischen Regungen im Land abgeschottet. Wann immer ein Architekt einen weiteren Spagat zwischen *Neuer Sachlichkeit* und *Oberhausener Barock* versuchte – es war doch nur ein Bauwerk herausgekommen, das an die Trutzburgen mittelalterlicher Raubritter erinnerte.

Vom *Simplon* aus brauchte die PEGASUS-Crew gerade mal fünf Minuten bis zum Hauptquartier der Polizei. Als sie von der Herner Straße aus auf den Stadtpark zusteuerten, grinste Mager. Sein fleischiger Zeigefinger deutete auf den alten Förderturm, dem die Wiese vor dem Bergbaumuseum gehörte: »Da sieht man's wieder: Ohne Dortmund ist Bochum nicht mal die Hälfte wert!«

»Ja?«, fragte Karin. Ihr Ton verriet, dass sie auf diese Erkenntnis ein Leben lang gewartet hatte.

»Ja«, meinte Mager und dozierte unbeirrt: »Der Turm stand früher auf der Zeche Germania in Marten – ganz in der Nähe der Firma.«

»Aha«, machte Susanne.

Bei den Steuerfahndern bogen sie rechts ab und hielten in einer Parkbucht neben dem Haupteingang. Mager schulterte die Kamera, Karin schnappte sich den Aluminiumkoffer, Susanne nahm Stativ und Handlampe mit.

Es war fünf vor fünf, und während Magers Blick den modernen Erweiterungsbau des Präsidiums streifte, dachte der Dicke kurz darüber nach, wie viele Wochenenden ihn der Job allein schon im laufenden Jahr gekostet hatte. Vermutlich war es zum ersten Mal richtig sinnvoll, dass er das

Kopfrechnen genauso wenig beherrschte wie die restliche Mathematik. »Kommt!«

Bochums Bullen hatten sich verschanzt, als erwarteten sie einen Angriff der Stadtguerilla. Auf dem Vorplatz begegneten die drei einer Zwei-Personen-Patrouille mit MPi und Handy, die ihnen misstrauisch hinterher sah. Am Eingang wurden sie per Videoanlage gecheckt, bevor man ihnen das schwere Tor zur Sicherheitsschleuse öffnete. Der Ausweis wurde hinter Panzerglas geprüft, und Mager musste sich zusätzlich nach Waffen abtasten lassen. Er war geladen, noch ehe sie den Presseraum erreichten.

Seine Laune besserte sich, als sie die Tür öffneten: Bisher langweilten sich hier lediglich zwei Lokalreporter der Bochumer Druckmedien und eine Freie von der *Ruhrwelle*. Falls keine weiteren Fernsehleute auftauchten, würden sie den Stoff mindestens zweimal verkaufen können ...

Der neue Pressesprecher hieß Gaius Stahl und sah auch so aus. Punkt siebzehn Uhr trug er seinen tadellosen Dunkelblauen in den Saal und eröffnete die Pressekonferenz, als wäre sie eine Krisensitzung des Weltsicherheitsrats. Dann stellte er die beiden Personen vor, die rechts und links von ihm Platz genommen hatten: einen eher salopp wirkenden Staatsanwalt, der deutlich auf die fünfzig zuging, es aber noch nicht wahr haben wollte, und eine Kriminalpolizistin, die auf den altertümlichen Namen Eulenstein zugelassen war, aber mit ihrem brisanten Outfit jede Diskothekentür geknackt hätte.

»Meine Damen und Herren, wie Sie vielleicht schon wissen, wurde heute Morgen von einem Anwohner der Konsumstraße die Leiche eines jungen Mannes gefunden ...«

»Der berühmte Rentner mit dem Dackel«, witzelte der Polizeireporter der *Allgemeinen*, wurde aber sofort von dem saloppen Justizmenschen ausgekontert: »Falsch. Der Mann ist dreiundzwanzig und übte Einparken – mit einem ferngesteuerten Modellauto. Nebenbei bemerkt eine naturgetreue Nachbildung eines Maserati.«

Heiterkeit kam auf. Als sie sich gelegt hatte, spulte der Staatsanwalt alle unverfänglichen Fakten über die Identität des Toten ab und gab den Ball, als die ungeklärten Fragen an der Reihe waren, geschickt an die Kommissarin weiter.

»Zunächst«, sagte sie und stand auf, »möchte ich Ihnen Fotos des Getöteten übergeben. Es wäre schön, wenn die Printmedien und das Fernsehen sie veröffentlichen würden. Denn ohne die Hilfe der Bevölkerung kommen wir nur schwer weiter.«

Sie teilte die Schwarzweißabzüge eines Fotos aus, das einen vergnügt grinsenden Alexander Klink zeigte, der seine Haare zu einem Zöpfchen hochgebunden hatte, und ein weiteres, das am Fundort aufgenommen worden war. Als Susanne einen Blick auf die Bilder warf, war sie sicher, das Gesicht zu kennen.

»Vorbehaltlich den Obduktionsergebnissen lässt sich jetzt schon sagen, dass der junge Mann gestern Abend zwischen achtzehn und vierundzwanzig Uhr zu Tode gekommen sein muss. Eine erste Auswertung der Spuren zeigt jedoch, dass der Fundort der Leiche nicht der Tatort ist. Unsere Fragen an die Bevölkerung lauten also: Wer hat Alexander Klink gestern nach elf Uhr morgens gesehen? Mit wem war er zusammen? Wo und von wem wurde er verprügelt, getreten, erschlagen? Wie gelangte der Leichnam an den Fundort an der Königsallee?«

»Also wissen Sie noch gar nichts«, konstatierte die Frau vom Privatsender. Gaius Stahl schenkte ihr einen Blick, der jeden Legionär aus der Rüstung gefegt hätte, doch der Staatsanwalt sprang ein – freundlich und verbindlich: »Der Ausdruck ›nichts‹ wäre übertrieben – aber wir wissen natürlich noch zu wenig. Immerhin haben die Ermittlungen erst vor wenigen Stunden begonnen. Aber wenn Sie sich die Aufnahmen ansehen, wird klar, dass der junge Mann sich selbst wohl als Punker eingestuft hätte ...«

Der Mensch von den *Nachrichten* hob die Hand: »War er gestern Mittag auf dem Husemann-Platz dabei?«

»Das wissen wir nicht. Aber wir werden selbstverständlich jeder Möglichkeit nachgehen.«

»Darum auch«, zog Eulenstein die Rede wieder an sich, »sind wir auf Zeugen angewiesen: Wir müssen rekonstruieren, was der Getötete gestern am Nachmittag gemacht hat.«

Susanne bat per Handzeichen ums Wort und wartete geduldig ab, bis man sie bemerkte: »Sie haben eben gesagt, der junge Mann sei ›verprügelt, getreten, erschlagen‹ worden – war das also ein ohne Pause durchgehender Tatablauf? Ein eskalierender Streit, der mit Mord endete?«

»Ob es Mord war«, meldete sich der Staatsanwalt, »müssen wir noch ermitteln. Aber alles sieht nach einem Streit aus, der tödlich endete.«

»Uns liegen aber Informationen vor, dass es zwischen den Trittverletzungen und dem Tod einen längeren Abstand gegeben haben muss.«

»Informationen? Von wem denn?«

Susanne schenkte dem Mann ihr schönstes Lächeln: »Herr Staatsanwalt, ich bitte Sie! Aber wie ist das: Bis Blutergüsse sichtbar werden, vergehen doch ein paar Stunden. Also kann Alexander Klink nicht direkt nach Erleiden der anderen Verletzungen umgebracht worden sein.«

Stille. Gaius Stahl musterte die Frontfrau des PEGASUS-Teams, als hätte sie soeben die Grundfesten des Abendlandes zerstört. Aber nach einer kurzen Aufmunterung durch den Staatsanwalt sprang die Kommissarin ein. Sie warf einen Blick auf die Anwesenheitsliste, die vor dem Pressesprecher lag, und erklärte: »So allgemein gesprochen haben Sie sicher Recht, Frau Ledig. Wie es genau war, werden die Obduktion und unsere Ermittlungen zeigen. Setzen Sie doch vorerst zwischen das zweite und dritte Verb statt des Kommas ein ›und‹ – dann sind wir in jedem Fall wieder auf einem Nenner.«

Zwei Stunden später stand der Bericht. Zufrieden steckte Susanne die Kassette ein, um sie zum Sender zu bringen.

»Und was ist mit der Zweitverwertung? Ein Abklatsch für die Gangster von *SAT 1* oder *RTL*?«

Die Chefin schüttelte entschieden den Kopf: »Die Sache ist noch nicht vorbei – und wenn der *WDR* den Braten riecht ...«

Mager gab sich geschlagen. Er schaltete die Geräte ab und

verschloss den Raum, sah Karin an: »Was machen wir mit dem angefangenen Abend?«

Die Rote trat dicht an ihn heran und legte ihre Arme um seine Rettungsringe: »Immerhin habe ich heute einen Heiratsantrag bekommen. Das sollten wir feiern.«

»Fein«, meinte Mager, als Karins Lippen wieder aus seinem Bart aufgetaucht waren. »Ein gediegenes Abendessen beim Thai in Benninghofen, ein schönes Gläschen Sekt – und für den Abschluss des Abends wüsste ich auch etwas ...«

»In Ordnung«, flüsterte Karin. »Aber können wir heute nicht mit dem Ende beginnen?«

14

Den Nachmittag über hatte Klink sich vor allem um Frau und Tochter gekümmert. Gegen fünf waren seine Schwiegereltern eingetroffen und hatten das Kommando in den unteren Etagen des Hauses übernommen. Er selbst hatte des Anstands wegen noch eine halbe Stunde bei der Familie ausgeharrt, bevor er in den zweiten Stock geflüchtet war, um in den Hinterlassenschaften seines Sohnes zu stöbern.

Beklommen betrachtete er das Balkonzimmer. Noch sah es fast so aus, wie Alexander es verlassen hatte, und der Gedanke daran, dass er niemals zurückkehren würde, schien ihm undenkbar.

Dann riss sich Klink zusammen. Er griff zum Tagebuch des Sohnes und setzte sich an den Schreibtisch. Dass die Polizei für die Kladde ein besonderes Interesse zeigte, war nicht verwunderlich. Hier konnte sie am ehesten Aufschlüsse über Alexander und Informationen über seine Aktivitäten und seine Freunde erwarten. Aber was suchte er selbst? Die Erwartung, entscheidende Hinweise auf den Täter zu finden, wäre sicher naiv gewesen. Aber so gut, wie er es gegenüber den Bullen behauptet hatte, kannte er seinen Sohn vielleicht doch nicht.

Viel klüger wurde er bei der Lektüre nicht: lange Tiraden gegen die faschistoiden Tierfresser in Familie und Gesellschaft, beißende Ergüsse über verblödete Lehrerinnen und faule Lehrer, expressionistische Hymnen auf exaltierte Punk-Bands, deren Namen Klink noch nie gehört hatte – als die *Schmetterlinge* ihre Klampfen schwangen, hatten diese wilden Heuler vermutlich noch im Teich gelegen.

Vertrauter waren dem Vater hingegen jene Passagen, die der Sohn den Frauen und Mädchen gewidmet hatte, denen er seine sexuellen Erfahrungen verdankte. Bis zur letzten Eintragung kamen mindestens zwölf Namen zusammen, aber nur zwei Frauen hatte Alexander wirklich nachgetrauert – denjenigen, die ihn bald wieder auf die Piste geschickt hatten. Die anderen jedoch hatte er selbst nach kurzer Zeit abgehängt, und die Nachrufe auf sie waren kürzer als die Totenlieder, die er den Tieren im Kochtopf seiner Eltern gewidmet hatte.

Klink überlegte, ob er die Namen notieren sollte, unterließ es dann aber: Eifersucht als Motiv für Alexanders Tod schloss er aus. In seinem Alter trauerte man eine Weile und tröstete sich dann mit dem nächsten Abenteuer. Außerdem – da waren noch diese winzigen Papierfasern zwischen den Seiten ...

Klink betrachtete die Fäden, mit denen die einzelnen Bögen gebunden waren, zählte schließlich sogar die Blätter, die noch an ihnen hingen. Zehn, zwölf Mal hatte Alex eine Seite herausgerissen und auch das lose, noch unbeschriebene Gegenstück entfernt. Warum? Um ein einfaches Verschreiben konnte es sich nicht handeln – so ordentlich war der Sohn nicht gewesen, wie viele durchgestrichene Passagen zeigten, die er in der Kladde gelassen hatte. Vermutlich hatte er es genauso gemacht wie fast vierzig Jahre zuvor der Vater: an einzelnen Kapiteln so lange gefeilt, bis nur noch schöne Worte geblieben, aber die ersten Schreibimpulse, die ursprünglichen Gefühle unkenntlich geworden waren.

Das ›Tagebuch‹ war zu einer Schreibübung mutiert – und hatte kaum mehr Wert als jede andere Fiktion.

Gegen halb sieben schellte es. Als Klink noch darüber grübelte, wer es sein könnte, meldete sich seine Schwiegermutter über die Sprechanlage: »Ein Herr Sawitzki möchte dich sprechen.«

Der Spießer hat mir noch gefehlt, dachte Klink und stieg die steile Treppe zum zweiten Stockwerk hinab, um den Anwalt unten zu empfangen. Wie erwartet, kam Sawitzki ihm im bedeckten Dreiteiler, dunkler Krawatte und glänzenden schwarzen Schuhen entgegen.

»Tag, Herr Sawitzki ...«

»Ich weiß nicht, wie ich es sagen soll ...«

Klink wartete ab, keine Regung im Gesicht.

»Ich finde das mit Alexander sehr schrecklich.«

Klink nickte, seufzte und zeigte nach oben: »Wenn Sie sich bemühen würden ...«

In Klinks Arbeitszimmer ließ sich der Anwalt erschöpft in den Besuchersessel sinken. Nach einer winzigen Atempause brachte er sein Programm zu Ende: »Auch von meiner Frau einen herzlichen Gruß. Wir alle fühlen mit Ihnen und können uns vorstellen ...«

»Danke«, sagte Klink geduldig. »Können Sie mir jetzt sagen, was Sie möchten?«

»Entschuldigung. Ich habe hier etwas, das Sie interessieren dürfte!« Sawitzki zog die bunte Hülle einer Video-Kassette aus der Jackentasche und wedelte sie durch die Luft. »Die *Aktuelle Stunde* von gestern. Wegen des Festes habe ich die Sendung aufgenommen. Ich bin gerade erst dazu gekommen, sie mir anzusehen. Es könnte wichtig sein!«

Klink sah ihn fragend an.

»Alexander!«

Eine Minute später lief der Bericht über den kleinen Fernseher, den Klink gegenüber dem Schreibtisch aufgebaut hatte. Man sah den Husemann-Platz mit dem Glascafé, die Probierstände der Winzer, das Lächeln der Weinkönigin ...

Während Sawitzki steif und gespannt da saß, hatte sich Klink fast lässig in seinen Schreibtischsessel gefläzt. Nichts verriet, ob ihn die Bilder langweilten oder ob er gleich explodieren würde.

Endlich tauchte die Schlägertruppe auf: entschlossene Gesichter, wippende Stiefel, Knüppel, die in hohle Hände klatschten. Sekunden später zeigte die Kamera die jungen Leute mit den schrillen Frisuren und den abgerissenen Kleidern.

Sawitzki schielte zu Klink hinüber: Der Professor wandte kein Auge vom Bildschirm.

Ein Glatzkopf erschien, geiernasig, im Gespräch mit einem Polizeioffizier. Die kurz geschorenen Nackenhaare des Beamten schienen sich vor mühsam unterdrücktem Zorn zu sträuben. Dann tauchte ein Bursche mit braunem Haar und gelben Strähnchen auf, lächelnd, mit seinem wichtigsten Argument: »Sagen Sie, kennen Sie das Grundgesetz?«

Klink stöhnte auf. Er saß jetzt senkrecht, hatte die Hände um die Sessellehnen gekrallt und biss die Zähne zusammen.

Die Fernsehleute hatten offenbar einen Sinn für Pointen: Unmittelbar nach dem Stichwort *Grundgesetz* kamen die beiden Polizisten mit der halb entblößten jungen Frau ins Bild, dann tanzten die Schlagstöcke, eine Glatze schimmerte auf, gelbe Haarsträhnen leuchteten, danach flimmerte Blaulicht über die geschlossenen Türen eines Mannschaftswagens.

Klink drückte auf *Stopp*. Sah Sawitzki an, wartete auf eine Erklärung.

»Das war gestern Mittag. Die Frage ist: Hat die Polizei Ihren Sohn mitgenommen?«

Das schmale Gesicht des Germanisten blieb eine Zeit lang fast unbewegt. Dann nickte er, griff zum Telefon, wählte die 110. Erfuhr, dass er an der falschen Stelle war und die Notleitung frei machen müsste. Notierte die diktierte Nummer. Wählte erneut, wurde mindestens zweimal durchgeschaltet. Die Prozedur dauerte so lange, dass sich der Videorekorder zwischendurch selbstständig ausschaltete. Das Standbild verschwand, und in den Nachrichten auf dem Dritten lächelte noch einmal das Gesicht dieser Prinzessin, die man tags zuvor beerdigt hatte.

Jetzt schien Klink an der richtigen Stelle zu sein – er drückte die Mithörtaste.

»Eulenstein.« Die Stimme der Frau klang nicht mehr so frisch wie am Mittag.

»Klink. Haben Ihre Kollegen gestern auf dem Husemann-Platz meinen Sohn einkassiert?«

Die Kommissarin war offenbar verblüfft. Schließlich fragte sie zurück: »Das weiß ich nicht. Was soll die Frage?«

Klink erklärte es ihr.

»Herr Klink, ich werde das prüfen. Wenn ich heute noch etwas erreiche, rufe ich Sie an. Ansonsten melde ich mich spätestens morgen Mittag ...«

Die Stimme des Professors wurde schärfer: »Hören Sie, wenn herauskommt, dass Ihre Kollegen ...«

»Herr Klink, Sie haben zu viele schlechte Filme gesehen. Was Sie da unterstellen, ist einfach absurd. Wir sind hier nicht in irgendeiner Militärdiktatur in Mittelamerika, sondern in einem Rechtsstaat.«

»Es ist klar, dass Sie das sagen müssen ...«

»Ich *muss* gar nichts sagen!«, blaffte sie dazwischen, atmete heftig durch und bezwang sich dann. »Ich nehme an, Ihre Nerven sind nicht mehr die besten. Schlafen Sie über die Sache. Und warten wir ab, was sich ergibt. Aber ich muss Ihnen gleich sagen: Selbst wenn Alexander zur Überprüfung mitgenommen wurde – das sagt noch gar nichts. Er ist erst abends gestorben. Zwischen acht und zwölf. Der Einsatz war Stunden früher. Und die Kollegen lassen die Punks meist schnell wieder laufen.«

»Meist ist nicht immer ...«

Eulensteins Stimme blieb geduldig, wurde aber merklich bestimmter: »Selbstverständlich werden wir den Sachverhalt prüfen. Aber ich warne Sie vor voreiligen Schlüssen, Herr Klink!«

Er legte auf, dachte nach, den Kopf die Hände gestützt. Brauchte, bis er sich Sawitzki zuwandte: »Was kann ich tun, damit die nichts vertuschen?«

Der Anwalt zuckte die Achseln: »Erst mal würde ich abwarten, was diese Frau Ihnen berichtet. Wenn Sie den Eindruck haben, dass etwas nicht stimmt, sollten Sie als Nebenkläger auftreten. Dazu brauchen Sie einen Anwalt. Der kann die Akten einsehen und notfalls bei der Staatsanwaltschaft intervenieren.«

Klink nickte.

»Im Übrigen«, sagte Sawitzki und zeigte auf das Gerät: »Da fehlen noch drei oder vier Sekunden. Lassen Sie mal weiterlaufen!«

Alexanders Vater brauchte einen Augenblick, um den Themenwechsel zu verdauen. Dann schaltete er den Rekorder wieder ein. Ein paar Bilder, die sie schon gesehen hatten, dann tauchte noch ein bekanntes Gesicht auf: der Einsatzleiter, diesmal von vorn, die Zähne gefletscht und die rechte Hand befehlend ausgestreckt.

»Das ist doch Scheppmann!«, sagte Klink, den Daumen auf der Taste für das Standbild. »Unser Nachbar!«

Sawitzki nickte: »Genau. Wussten Sie das nicht? Er ist Chef der Bochumer Einsatzhundertschaft, die immer an den Brennpunkten eingesetzt wird ... «

Eine Sekunde passierte gar nichts. Dann sprang Klink auf und rannte zur Treppe: »Mal sehen, ob Herr Scheppmann zu Hause ist.«

»Das bringt doch nichts!«, warnte der Anwalt, doch Klink war nicht zu bremsen: »Den kaufe ich mir!«

Drinnen gab ein Dreiklang-Gong bereits sein Abendkonzert, als Sawitzki den Professor eingeholt hatte.

»Was wollen Sie denn hier erreichen?«, keuchte er.

»Klarheit«, knurrte Klink.

»Der wird Ihnen nichts sagen. Er ...«

Eine gepflegte Frau um die vierzig öffnete: Jeans, bunte Bluse, in den Händen ein Trockentuch. Im Hintergrund lief einer dieser Schlager, die dem Fremdenverkehrsamt von Oberammergau die Arbeit abnehmen.

»Ach, Herr Klink«, sagte sie. »Frau Schulte hat mir gerade das mit Ihrem Sohn erzählt. Schlimm, schlimm. Mein Beileid auch. Was kann ich ...«

Der Professor übersah die ausgestreckte Hand: »Ist Ihr Mann zu Hause?«

Überrascht schaute sie ihn an. Erst jetzt schien ihr aufzugehen, was sein Besuch bedeuten konnte.

»Im Wohnzimmer!«, sagte sie kurz.

Den Weg zu finden, war nicht schwer: Die Grundrisse der Häuser waren völlig gleich. Aber statt der weichen Farben und warmen Hölzer, die bei Klinks vorherrschten, dominierten hier sterile Töne und Materialien: viel weißer Kunststoff, oft von schwarzem Glas unterbrochen, im Rahmen gekaufte Hochglanzdrucke, die abstrakte, aber geometrisch geordnete Formen zeigten. Und nirgendwo ein Hauch von Staub.

Der Herr des Hauses kniete, als Klink den Raum stürmte, vor einem Aquarium und streute mit einem Löffelstiel Futter in das Becken. Die Neonfische sahen aus, als kämen sie frisch aus der Lackfabrik – und waren doch das einzig wirklich Lebendige hier.

Scheppmann schien über den Besuch weit weniger überrascht als seine Frau. Er erhob sich, stellte das Fischfutter ab, stand auf und richtete seinen Leibriemen, kam auf Klink zu: »Mein Beileid. Ich wäre ...«

»War mein Sohn gestern unter den Festgenommenen?«

Scheppmann blieb, wo er war, nahm aber merklich Haltung an: »Weshalb fragen Sie?«

»Nun«, begann Klink, aber Scheppmann lächelte spöttisch: »Sie glauben doch nicht im Ernst, dass meine ...«

»Ich will etwas wissen.«

Das Lächeln verschwand vom Gesicht des Polizisten: »Ihr Sohn war nicht dabei. Ich habe ihn persönlich weggeschickt, damit wir ihn nicht schon wieder mitnehmen müssen. Mehr kann ich Ihnen nicht sagen.«

»Oder wollen Sie nicht mehr sagen?«

Scheppmann schüttelte leicht den Kopf: »Mehr kann ich nicht sagen. Und jetzt entschuldigen Sie mich bitte ...«

Klink blieb stehen, wo er war. Für einen Wimpernschlag hatte Sawitzki den Eindruck, als würde sich der Professor auf den Polizisten stürzen oder sonst eine Dummheit begehen. Doch dann sagte er: »Beten Sie zu Gott oder was weiß ich wem, dass Sie nicht gelogen haben.«

»Drohungen nützen auch nichts.«

»Ich drohe nicht, ich kündige nur an. Damit Sie wissen, woran Sie sind.«

Bevor Scheppmann etwas darauf erwidern konnte, schob Klink, bereits halb im Gehen, noch einen Satz nach: »Wir sind noch nicht fertig miteinander, Herr – Nachbar.«

15

Die Morgenkühle holte Mager aus dem Schlaf: Karin hatte es wieder mal geschafft, das ganze Oberbett auf ihre Seite zu ziehen und sich darin wie eine Mumie zu verpacken. Ohne sie zu wecken, hätte er keinen Zipfel zurückerobern können.

Fröstelnd verließ er die Matratze, um das weit geöffnete Giebelfenster zu schließen. Schon bei Sonnenschein war der Anblick der Steinhammer Straße weit von einem ästhetischen Genuss entfernt, aber in der Nacht waren graue Wolkenschleier aufgezogen, und die Örtlichkeit taugte gerade noch als Kulisse für ein Bergarbeiterdrama.

Als der Kaffee lief, kletterte Mager im Bademantel nach unten und fischte die *Rundschau* aus dem Kasten. Um wirklich wach zu werden, brauchte er die Morgenzeitung genauso nötig wie das schwarze Gesöff und die erste Zigarette.

Wieder oben angelangt, baute er die drei Fitmacher geradezu akribisch neben seinem Lieblingssessel auf und freute sich auf das gewohnte Ritual. Doch kaum hatte er Platz genommen, meldete sich aus der Schlafecke unter der Dachschräge eine müde Stimme: »Hast du auch eine Tasse für mich?«

Mager seufzte. Dann stemmte er sich hoch und tat seine Pflicht. Als er Karin den Becher mit der eingebrannten Sonnenblume reichte, sah er ihr in die Augen: »Darüber müssen wir noch einmal reden.«

»Worüber?«

»Wenn Eheleben heißt, dass ich morgens nicht in Ruhe Zeitung lesen kann ...«

»Hast du eben ›Eheleben‹ gesagt?«

Mager nickte.

Da tauchte ein nackter Arm unter der Bettdecke auf und zog ihn näher heran: »Sollen wir das nicht schon mal üben?«

Zweifelnd sah er nach dem Wecker: noch eine Stunde bis zum Dienstbeginn.

»Oder klappt das in deinem Alter nicht mehr so oft?«

Mager hatte sich schon lange nicht mehr so jung gefühlt.

Als sie kichernd das Büro betraten, hatte Susanne schon Kaffee gekocht und den Tisch gedeckt. Was immer die Consulting-Gurus dieser Welt auch behaupten mögen – das Firmenfrühstück zur besseren Motivierung der Belegschaft hatte PEGASUS erfunden.

»Morgen, Chef!«, strahlte Mager und überprüfte das Angebot: Mohnbrötchen und Stachelbeermarmelade waren da.

»Morgen«, erwiderte Susanne. Von der Seite musterte sie ihre MitarbeiterInnen. Die beiden hatten schon frischer ausgesehen – doch was hatte die Firma von einem Kameramann, der ausgeschlafen, aber mürrisch war?

»Was liegt an?«, fragte der Bärtige, als der größte Hunger gestillt war. »Am liebsten wäre mir ein Hintergrundbericht über den beschissenen Saisonbeginn bei Borussia.«

»Aber nicht in dieser Firma!« Susanne zog einen Notizzettel heran: »Zwei Aufträge vom Sender. Nummer 1: Medienstandort Dortmund ...«

Mager stöhnte: Der Musiksender *Onyx* warb für sich selbst, und die Dreharbeiten zu *Balko* hatten sie schon dreimal ins Visier genommen. Nach den witzigen Anfängen hatte *Der Kommissar aus dem Ruhrgebiet* damit begonnen, die gesamte Region einfach abzufackeln. Es gab Tage, da fand Mager diese Variante gar nicht so unsympathisch.

»Nummer 2: Die Querelen in der Mehrheitspartei. Jetzt will der Ortsverein Menglinghausen den Oberbürgermeister abschießen.«

Mager zog die Schultern hoch: »Menglinghausen? Seit wann hat ein Bezirksfriedhof einen Ortsverein?«

Strafend sah Susanne ihren Vize an: »Die Filme sind in zwei Tagen abgedreht. Bei dieser Auftragslage haben wir keinen Grund zum Witzeln.«

»Nee. Aber ein paar wirklich gute Themen, die wir denen vorschlagen könnten.«

»Lass!«, schrie Susanne, aber Mager wetzte schon los, um seine rote Ablagemappe zu holen. Die Bestechungsskandale in Dortmund und Umgebung boten genug Stoff, um damit einen eigenen Nachrichtenkanal zu füllen – seltsamerweise fand gerade dieses Projekt keine Sponsoren.

»Hier«, sagte er, »da wären ...«

»Ich war schon dran«, beschied ihn Susanne. »Ausgelutschte Schlagzeilen aus dem Sommerloch. Stattdessen habe ich ein wenig im Internet geforscht.«

»Und?«

»Bochums Polizeichef wäre kein schlechtes Thema: vom Juso-Chef zum König der Platzverbote. Das Feature werden wir immer los ...«

Mager nickte: Das war nach seinem Geschmack.

»Okay. Ich kläre dann die Termine für die Pflichtthemen. Karin kann das Exposé für die Story über Präses Flenner schreiben. Und was machst du in der Zwischenzeit?«

Der Bart des Kameramannes reichte nicht aus, um die Furchen in seinen Mundwinkeln zu tarnen: »Mehmet anrufen.«

Susanne lächelte gequält. Der türkische Autohändler war der einzige Kraftfahrzeugmechaniker, der sich noch ohne Risikoversicherung unter den aufgebockten Lada stellte.

»Und was soll er?«

»Was schon?«, fragte Mager so erstaunt, als ginge es nur um einen Ölwechsel. »Die Kiste abschleppen, durchchecken und fit machen.«

»Klaus?«, fragte Karin.

Mager sah sie an.

»Kauf dir doch endlich ein Auto.«

16

Kriminalrat Westhoff war an diesem Montag nur noch zweiundzwanzig Kalendertage von der Rente entfernt. Auch wenn ihn alle für senil hielten, so hatte er doch gemerkt, dass hinter seinem Rücken das Gerangel um seinen

Posten längst begonnen hatte. Mindestens drei Leute arbeiteten daran, sich als neuer Leiter der Kriminalgruppe 1 zu empfehlen. Mit Überstunden, Ellenbogen, Vitamin B und Arschkriecherei.

Westhoff hatte für diese Leute nur noch ein müdes Lächeln übrig. Völlig schnuppe war ihm auch die Taktik des smarten Dezernenten für Kriminalangelegenheiten, ihn von allen wichtigen Entscheidungen fern zu halten und sich stattdessen stets an den Favoriten des Präsidenten zu wenden. Westhoff ließ dieses Verfahren Zeit und Muße, seinen Schreibtisch aufzuräumen, den dritten Herzinfarkt zu vermeiden – und darauf zu achten, dass er nicht kurz vor Schluss auf der Schleimspur ausrutschte, die seine potentiellen Nachfolger überall hinterließen.

»Herr Westhoff?«

Der Kriminalrat ließ die neueste Ausgabe von *Revier Sport* sinken und drückte auf die Sprechtaste: »Bitte?«

»Anruf vom Präsidenten. Sie möchten in fünf Minuten zu einer Besprechung kommen.«

Auch das noch! Er war so überrascht, dass er ein paar Sekunden brauchte, um die Bestätigung durchzugeben: »In Ordnung. Ich komme!«

Während er vor dem Spiegel die Krawatte und die letzten Haare richtete, überlegte Westhoff, was ihm die Ehre der Einladung verschafft haben konnte. Die Urkunde zum Oberrat etwa?

Er schüttelte den Kopf und grinste sich an. Das Land war so gründlich pleite – die würden einen Rentenanwärter lieber um drei Stufen degradieren als um eine nach oben klettern lassen. Also war wieder irgendetwas im Busch – und der Polizeichef hatte Schiss, dass ihn der neue Skandal den Posten kosten könnte.

Dieser Eindruck verstärkte sich, als Westhoff das Vorzimmer des Präsidenten betrat und gleich durchgewunken wurde: »Sie werden schon erwartet.«

Er öffnete die Tür und war zum zweiten Mal verblüfft. Außer dem Boss saßen noch vier weitere Leute an dem blanken Konferenztisch: der gelackte Pressesprecher Stahl, der Dezernent für Kriminalangelegenheiten, wie man den Kripochef neuerdings nannte, eine kompakt gebaute Frau um die fünfzig und, als einziger Uniformträger, der Herr der fliegenden Knüppel – Deppmann, oder wie immer er noch hieß ...

»Schön, dass Sie so schnell kommen konnten«, sagte Flenner und deutete auf einen freien Stuhl. Mit dem gepflegten Bärtchen und der dünn gerandeten Brille sah der Präsident aus wie ein Alt-Achtundsechziger, der rechtzeitig den Absprung ins bürgerliche Lager gewagt hatte. Vor ihm lag die aktuelle Ausgabe der *BLUT*-Zeitung, deren fette Überschrift Westhoff schon in der U-Bahn gelesen hatte: ***Alex (18) tot – Russenmord?***

»Herrn Stahl und den Dezernenten kennen Sie ja«, konstatierte Flenner und deutete auf den Pressesprecher und den lässig gekleideten Kripochef. »Der Kollege in Uniform ist Herr Scheppmann von der Einsatzhundertschaft, und die Kollegin Hell vertritt das Polizeibüro II.«

Westhoff nickte in die Runde und verweilte eine Sekunde bei der Frau vom Staatsschutz: Mit den ungeschickt gestutzten Haaren und dem handgestrickten Pulli konnte sie auch für eine Lehrerin der nahen Gesamtschule gehalten werden.

»Es geht um den Mord an dem Schüler Klink.« Flenner legte seine schmalen Hände so auf den polierten Tisch, dass sie wie ein Richtungspfeil auf die schwarzen Lettern der Zeitung zeigten. »Was uns dabei beunruhigt, ist nicht diese Schlagzeile, die rein spekulativ ist ...«

Stahl nickte heftig und warf ein: »Die waren gestern nicht mal auf der Pressekonferenz.«

»Uns beunruhigt vielmehr die Möglichkeit, dass die Polizei im Zusammenhang mit dem Getöteten in die Schlagzeilen gebracht werden könnte.«

Also doch ein Skandal, dachte Westhoff und starrte, um seine Gedanken nicht zu verraten, auf den hellen Konferenztisch. Das Büro war am Tage vor Flenners Ankunft neu eingerichtet worden. Auch wenn die Möbel auf den ersten Blick nach Ikea aussahen – allein der Tisch hatte, wie ein böses Gerücht behauptete, rund achttausend Mark gekostet.

»Um es offen zu sagen: Sie alle wissen, dass ich mich bei meinem Amtsantritt nicht habe politisch kastrieren lassen – und ich soll heute Abend auf dem Unterbezirksparteitag das neue Polizeikonzept für Bochum vorstellen.«

Wie Westhoff reagierte auch keiner der anderen Anwesenden: Polizeipräsidenten wurden von den Parteien ausgekungelt, und wer in dieser Stadt die Mehrheit besaß, wusste jeder.

»Vermutlich wird die Vorstellung des Konzepts eher auf eine Verteidigung hinauslaufen – wir haben da ein paar junge Leute mit vielen flotten Sprüchen und wenig Wissen um das, was wir hier tun müssen. Das wird also schwer genug, und ich möchte sicher sein, dass man mir nicht im Zusammenhang mit diesem Klink auch noch vorwerfen kann, die Polizei hätte ihre Kompetenzen überschritten oder sich in ihren Methoden vergriffen.« Flenner sah in die Runde, wandte sich dann an den Kripo-Chef: »Wenn Sie den Fall kurz zusammenfassen würden?«

Westhoff zuckte mit keiner Wimper, aber in diesem Moment tat es doch weh: Der Dezernent hatte sich unter Umgehung des Dienstwegs direkt von der Eulenstein berichten lassen – so, als läge Westhoff schon im Koma.

»Wie Sie alle wissen, wurde der junge Mann gestern Morgen nahe der Königsallee tot aufgefunden: Schädelbruch, aber auch einige frische, nur Stunden vor der Tötung erlittene Hämatome. Möglich, aber nicht zwingend, dass es sich bei Misshandlung und Tötung um zwei voneinander zu trennende Tatvorgänge und Täter handelt. Wir haben bisher weder den Tatort noch zweifelsfrei belegbare Motive. Was den in *BLUT* genannten Hintergrund, nennen wir ihn mal Familien- oder Cliquenehre, angeht, so handelt es sich um Spekulation. Ein entlastendes Alibi für einen möglichen Verdächtigen wird heute noch gegengeprüft.«

Nicht schlecht, dachte Westhoff neidlos. So kurz hätte er selbst es nicht geschafft. War wirklich Zeit, dass er abtrat und Jüngeren den Stress überließ. Aber dass sie ihn bei dieser Sache einfach übergangen hatten, war schon ein starkes Stück – oder saß er nur mit am Tisch, damit diese Frau Pell und dieser Weckmann nicht vergaßen, dass es die Kriminalgruppe ›Gewaltdelikte‹ noch gab?

»Zum Opfer ist polizeilich wenig zu sagen«, ergänzte der Dezernatsleiter. »Im August zu einer Personenfeststellung mitgenommen – ansonsten nicht in Erscheinung getreten. Keine Drogen, keine Formen der Jugendkriminalität. Inwieweit er in die Punker-Szene oder in autonome Strukturen verstrickt war – dazu müsste Kollegin Hell etwas sagen können.«

Die Frau mit dem Strickpulli nickte, wartete aber brav ab, bis Flenner ihr das Wort erteilte.

»Zu den Autonomen gehörte er nach unseren Erkenntnissen nicht«, begann sie. Ihre Stimme war erstaunlich tief für eine Frau und verriet jene Zielstrebigkeit und Unbeirrtheit, wie sie Leuten eigen sind, die fest an die Berechtigung und Notwendigkeit ihres Tuns glauben.

»Unter den Punks war er offenbar stets auf eine gewisse Abgrenzung bedacht. Er gehörte keinen festen Gruppen oder Cliquen an und nahm nur selten an den exzessiven Auftritten in der Öffentlichkeit teil. Häufig besuchte er die bekannten Treffpunkte oder Konzerte von Punk-Bands, mied aber kollektive alkoholische Rituale oder entfernte sich aus den Gruppen, wenn sie zu Randale und Gewalttaten übergingen.«

»Hört sich fast wie ein Loblied an«, warf Stahl ein – er konnte es nicht ertragen, wenn er irgendwo länger als fünf Minuten nicht zu Wort kam.

»Warten Sie ab«, erwiderte die Hell und sah ihn mit ihren grauen Augen ausdruckslos an. »Er war für solche Sachen vielleicht einfach nur zu intelligent.«

Sie warf einen kurzen Blick auf ihren Stichwortzettel und machte weiter, wo sie unterbrochen worden war. »Politisch war der junge Mann sehr interessiert und aktiv. Nahm an vielen Diskussionsveranstaltungen teil, vor allem zu den Themenkomplexen Rechtsradikalismus und so genannte Polizeiübergriffe. Gab zweimal ein eigens Fanzin für die Punkszene ...«

»Ein was?«, fragte Westhoff.

»Ein Fan-Magazin, abgekürzt Fanzin«, strunzte Stahl mit seinem Wissen. »Gibt es nicht nur in der Fußballszene.«

»Ein DIN-A5-Heft, sechzehn bis vierundzwanzig Seiten stark. Machte offenbar selbst das Layout und verfasste auch die meisten Artikel. Politisch auffällig sind einige Beiträge zu den bereits genannten Themen mit eindeutiger und scharfer Ablehnung von rechtsstaatlichen Gesetzen und Organen sowie eine durchgehende Werbung für vegane Lebensweise.«

Stahl machte sich wieder bemerkbar und blickte Westhoff an: »Wenn es nach den Veganern ginge, müssten Sie vor allem auf dem Schlachthof ermitteln und jeden Metzger wegen Mordes an Lebewesen festnehmen.«

»Ansonsten«, sagte die Hell, und ihre leicht gehobene Stimme verriet, dass sie die Witzeleien des Pressesprechers nicht besonders schätzte. »Ansonsten seitenlange Ergüsse über Konzerte im Punk-Underground, Kritiken zu Auftritten oder CDs von Punk-Bands, die bei keinem Rundfunksender eine Chance hätten.«

Sie machte eine kleine Pause, schob dann das Fazit nach: »Das Ganze ist also eher Ausdruck pubertären Aufbegehrens als ein Hinweis darauf, konkrete politische Ziele auch tatsächlich durchsetzen zu wollen.«

»Fertig?«, fragte Flenner, und die Hell nickte knapp, bevor der Präsident sein Dankeschön loswerden konnte.

Der Leiter der Einsatzhundertschaft räusperte sich und meldete sich per Handzeichen zu Wort.

»Bitte, Herr Scheppmann!«

»Verzeihung, Herr Flenner – aber ich frage mich die ganze Zeit, weshalb Sie mich um eine Teilnahme gebeten haben. Mit der kriminalpolizeilichen Ermittlungsarbeit habe ich nun wirklich nichts zu tun. Stattdessen wartet an der Castroper Straße ein Menge Arbeit auf mich.«

Flenner antwortete nicht, sondern gab dem Pressesprecher einen Wink. Stahl sprang auf, schob eine fahrbare Video-Station heran und schaltete ein: Der *WDR*-Bericht aus der *Aktuellen Stunde*. Als Alexanders Frage nach dem Grundgesetz kam, atmete nicht nur Scheppmann genervt auf – aber dann erschien der Polizeirat selbst auf dem Monitor, und Stahl drückte auf *Standbild*.

»Ich sehe noch immer keinen Zusammenhang«, sagte der Uniformierte fest.

»Den wird Ihnen der Leiter der Kriminalpolizei erläutern«, sagte Flenner scharf und gab dem Dezernatsleiter erneut das Startzeichen.

»Herr Scheppmann«, sagte der Kollege sanft und geduldig. »Gestern Abend bekam die ermittelnde Kollegin aus dem KK 11 einen Anruf vom Vater des Getöteten. Er schließt aus diesem Fernsehbericht, dass sein Sohn festgenommen und ins Polizeigewahrsam verbracht wurde. Welche Schlussfolgerungen der Mann daraus ziehen wird, wenn wir seine Frage bejahen müssen ...«

Scheppmann unterbrach ihn: »Weiß ich doch.«

»Was wissen Sie?«, pfiff der Präsident dazwischen.

»Dass Klink glaubt, sein Sohn sei von Kollegen misshandelt und eventuell sogar zu Tode gebracht worden.«

»Hat er Sie etwa auch angerufen?«, fragte Stahl spöttisch.

»Nein, er war da.«

»Wo?«

»Bei mir zu Hause.«

Die Runde glotzte ihn an, als hätte er vom Besuch eines Marsmenschen erzählt.

»Wir sind Nachbarn. Wohnen fast Tür an Tür ...«

»Und?«

»Ich konnte ihn ein wenig beruhigen. Alexander war weder im Polizeigewahrsam noch ist er überhaupt registriert worden.«

»Dafür legen Sie die Hand ins Feuer?«

»Ja!«, bestätigte Scheppmann, und plötzlich kam ihm ausgerechnet der smarte Stahl zu Hilfe: »Ich habe den Bericht mehrfach angesehen. Er beweist nur, dass der später Getötete auf dem Platz war, aber nicht, dass er auch festgesetzt und abtransportiert wurde.«

»Was ist mit den Aufnahmen des Dokumentationstrupps?«

»Werden gerade bei uns bearbeitet. Wenn wir die Anzeigen geschrieben haben, gehen sie weiter an den Staatsschutz«, antwortete Scheppmann.

Flenner dachte einen Augenblick nach. Offenbar kann er noch gar nicht glauben, dass wir aus dem Schneider sind, dachte Westhoff.

17

»Und?«, fragte Karin und sah Mager gespannt an. »Was ist mit dem Wagen?«

Der Bärtige zuckte die Achseln: »Was soll sein? Mehmet checkt ihn durch ...«

Er goss eine Tasse Kaffee ein und ließ sich hinter seinen Schreibtisch sinken. Zog eine Schublade heraus und legte seine Füße gemütlich darin ab, bevor er trank und eine Zigarette anrauchte. Dann streckte er einen Arm aus und spähte vorsichtig unter die verschiedenen Zeitungen, die seinen Arbeitsplatz wie ein Teppich bedeckten.

»Was suchst du?«

»Die Fernbedienung. Mal gucken, was sie aus unserem Film gemacht haben ...«

Dazu kam er nicht. Es klingelte, Karin tastete um den Türrahmen nach dem Druckknopf, und Sekunden später stürmte ein schlanker Mensch mit bleichem Gesicht und Schlägermütze in den Raum.

»Bin ich hier richtig bei PEGASUS?«

Mager starrte den Besucher verwundert an. Wenn es kein Verrückter war, dann kam er vom Schauspielhaus und sollte demnächst in einem Enthüllungsdrama über Bert Brecht die Hauptrolle spielen.

»Gut«, sagte der Mann und nahm seine Schlägermütze ab. Begehrlich richteten sich seine Augen auf die Kaffeemaschine. Da durchzuckte Mager eine Erinnerung.

»Kennen wir uns?«, fragte der Besucher irritiert.

Mager zog die Schultern hoch: »Du mich wohl kaum.«

Er schlürfte genüsslich an seinem Kaffee und sah zu, wie Karin dem Gast eine Tasse von dem Schwarzen einschüttete und die Tüte mit der Kondensmilch danebenstellte. »Aber ich dich. Die Uni-Vollversammlungen im Hörsaalzentrum Ost. Oder in der Abteilung Germanistik. Aktionen gegen das Ordnungsrecht, die Dekanats-Besetzung im Jahre ...«

Der Brecht-Imitator lächelte geschmeichelt: »Das ist lange her. Heute habe ich einen Lehrstuhl für moderne Literatur.«

»Wie wird man das – mit solch einer Vergangenheit?«

Der Bleiche stutzte: »Wie meinen Sie das?«

»Naja, ich denke da an dieses und jenes proletarische Zentralkomitee und die eine oder andere Aufforderung zum Sturz des imperialistischen Räubersystems. Was muss man tun, damit sie einen trotzdem nehmen? Und kein Berufsverbot bekommt, Genosse Klink?«

Der Professor holte tief Luft: »Hören Sie, es geht jetzt um etwas anderes. Vorgestern wurde mein Sohn ermordet.«

Mager setzte die Kaffeetasse ab. Ihm dämmerte noch etwas.

»Das letzte Lebenszeichen stammt von Ihnen.«

»Bitte?«

»In Ihrem Bericht in der *Aktuellen Stunde*. Über das Weinfest. Sie zeigen Alexander im Gespräch mit Polizisten. Aber aus dem Bericht geht nicht hervor, ob er auch in einen dieser Wagen geladen wurde.«

Mager wartete.

»Wenn die Polizei ihn nämlich mitgenommen hat ...«

Der Kameramann verstand plötzlich.

»Vielleicht – vielleicht haben Sie noch Filmmaterial, das beim Schneiden weggefallen ist. Oder das der Sender herausgenommen hat. Vielleicht ist Alexander ja darauf noch mal zu sehen ...«

Bullen als Mörder? Dieser Gedanke hatte etwas, woran Mager Gefallen finden konnte. Aber so einfach ...

»Klaus!«, schaltete sich die Rote ein. »Ist doch klar, dass wir helfen.«

Bevor Mager reagieren konnte, wandte sie sich an Klink: »Uns tut das sehr Leid um Ihren Sohn. Selbstverständlich werden wir ...«

»Moment!«, rief Mager ein. Sacht pflückte er seine Füße

aus der Schublade und drückte seinen Körper etwas mehr in die Senkrechte. »Wir stecken bis zum Hals in Arbeit ...«

Klink grinste spöttisch und griff in seine Jackentasche, zog ein Scheckheft heraus: »Wenn es das ist, was Sie meinen?«

Angebissen, dachte Mager, zwang sich jedoch zu einer mimischen Glanzleistung. Er streifte das Scheckheft mit einem verächtlichen Blick und schaltete den Computer ein: »Geld! Darum geht es doch gar nicht!«

Während das Gerät bootete, suchte er die Maus, klickte sich schließlich zum Schreibprogramm durch und hackte einige Augenblicke auf der Tastatur herum. Eine halbe Minute später summte der Drucker los und gab endlich ein bedrucktes Blatt frei. Mager überflog es, nickte und schob es dem Bleichen hinüber: »Aber wir bekommen das Exklusiv-Recht, wenn an der Sache etwas dran ist ...«

Klink las den Text, zuckte die Achseln und machte sich in seinen Taschen auf die Suche nach einem Schreibgerät.

»Bitte!«, sagte Mager und hielt ihm einen Kugelschreiber hin.

Angewidert griff Klink zu – und unterschrieb.

18

Kurz vor elf geschah Unglaubliches im 11. Kommissariat: Westhoff trommelte die Truppe zu einer Sondersitzung zusammen.

Sichtlich geschockt blickte Dagmar Eulenstein auf den Terminplaner, der aufgeschlagen auf ihrem Schreibtisch lag: Gewöhnlich versammelte der Chef die gesamte Gruppe am Donnerstag zum Rapport. Diese Ein-Mann-Shows galten weit über das Präsidium hinaus als dienstliche Höchststrafe.

»Vielleicht hat er endlich seine Rente durch«, tippte Hardenberg und öffnete die Zwischentür zum nächsten Büro: »Wisst ihr, was Sache ist?«

»Keine Ahnung«, erklärte Katharina Thalbach und stopfte ein paar Schnellhefter in den Blechschrank. »Komm, Berthold!«

Hofmann, ihr Kompagnon, warf sich nicht minder eilig in die neue Lederjacke und verstaute Pfeife und Tabaksbeutel in den Seitentaschen.

»Ewald, sei so gut«, bettelte Thalbach. Sie schenkte dem Hauptmeister einen ihrer berühmten Barbie-Blicke – der Sozialarbeiter, mit dem die Kollegin seit Jahren schlief, hätte ihn darum beneidet. »Wenn der Alte nach uns fragt – wir sind seit zehn Minuten weg.«

Schon wehte ihr Blondhaar hinaus, der Schlüssel drehte sich von außen, und Hardenberg bewunderte das leere Büro. Er nickte: Eine Flucht aus dienstlichen Gründen war sicher die eleganteste Art, Westhoffs Tiraden zu entgehen. Doch er war wieder einmal nicht schnell genug.

»Kommen Sie«, sagte die Frau in Schwarz. »Je eher wir anfangen, desto schneller haben wir es hinter uns.«

Lustlos folgte er ihr zum Besprechungsraum. Die Gesichter der meisten Kollegen, die sie auf dem Flur trafen, entsprachen seiner eigenen Stimmung: Der Ausdruck *genervt* wäre eine starke Untertreibung gewesen.

Westhoff selbst merkte nichts von alledem – oder nutzte ganz bewusst eine der letzten Gelegenheiten, ungestraft ein Dutzend Menschen so weit zu provozieren, dass sie über Formen des kollektiven Totschlags nachdachten.

»Guten Morgen, allerseits«, begann er und überflog die Köpfe der Anwesenden. Mindestens die Hälfte der Truppe fehlte, aber die wahre Ursache ignorierte er: »Wie ich sehe, sind viele Kollegen schon außer Haus – aber das macht nichts. Alle, die ich brauche, sind ja hier.«

Er lachte, bückte sich und zerrte etwas noch Unsichtbares aus seiner Aktentasche – das zurückgebliebene Käsebrötchen musste sich jetzt sehr einsam fühlen.

»Das hier kennen Sie ja wohl schon«, sagte er und hielt die *BLUT*-Zeitung in die Höhe.

»Anders herum!«, zischte jemand.

»Was? Ach ja!« Der Chef drehte das bebilderte Papier vom Kopf auf die Füße und hielt es erneut in die Luft: ***Alex (18) tot – Russenmord?***

Er wartete ab, bis alle die Schlagzeile verarbeitet hatten,

und wandte sich an Dagmar Eulenstein: »Wieso weiß der Dezernatsleiter vor mir, dass das Quatsch ist?«

Der Kommissarin war sichtlich unbehaglich, aber es half nichts: »Tut mir Leid. Er konnte Sie wohl gerade nicht erreichen und rief deshalb bei direkt mir an.«

»Wie schön«, knurrte Westhoff. »Also, Kollegin Eulenstein: Würden Sie bitte den Fall auch noch einmal hier schildern?«

Unterdrücktes Stöhnen. Jeder hatte genug Arbeit auf dem Schreibtisch oder Außentermine auf dem Plan – so wurden völlig sinnlos Überstunden produziert.

Äußerlich unbewegt legte Eulenstein ihre Armbanduhr auf den Tisch: Zeichen dafür, dass sie die Geduld der Kollegen nicht zu sehr strapazieren wollte. Und sie brauchte knapp viereinhalb Minuten, bis sie zum Schlusssatz kam: »Wir haben also bisher kaum verwertbare Spuren. Und falls das Alibi des jungen Aussiedlers weiter erhärtet wird, müssen wir uns um andere Motive kümmern – und zudem die letzten sechs bis zehn Stunden im Leben des Getöteten rekonstruieren.«

»Woher hat *BLUT* eigentlich diese Infos?«, fragte jemand.

Hardenberg schob ihm das Blatt hinüber und deutete auf ein eingeklinktes Foto im Passbildformat: Ein kahlköpfiger Rentner mit Speckbacken grinste wichtigtuerisch in die Kamera.

»Dieser Zeuge«, erklärte die Kommissarin, »ist ein Schwätzer und Spanner.«

Westhoff manövrierte sich wieder in den Vordergrund: »Man muss auch die Aussagen solcher Leute beachten.«

»Sicher«, sagte Eulenstein. »Wir gehen jeder Spur nach.«

Wieder dieses Grinsen am Tisch, das man nicht sehen, aber mit etwas Einfühlungsvermögen deutlich spüren konnte. Mit dieser Standardantwort hatte sich Westhoff in den letzten zehn, zwölf Monaten stets zufrieden gegeben.

Die ersten Kollegen begannen bereits damit, ihre Stühle zu rücken: Nur weg hier, bevor der Alte ins Schwadronieren geriet! Doch der Versuch misslang. Westhoff blickte noch einmal auf die Kommissarin und fragte: »War's das?«

»Nein.«

Die Gesichter wurden länger: Begann jetzt Eulenstein zu spinnen?

»Aus unserer Kommission sind zwei Leute im Urlaub, einer liegt im Krankenhaus – wir brauchen dringend Verstärkung.«

Die Belegschaft nickte, doch niemand wagte es, Westhoff dabei anzusehen: Er brachte es fertig, ihnen noch mehr Überstunden aufzuladen.

»Backen kann ich die Ersatzleute auch nicht«, verriet Westhoff und versank für lange Sekunden ins Grübeln. Dann leuchteten seine Augen auf: »Ich werde mich mit dem Dezernatsleiter ins Benehmen setzen. Vielleicht hat er ja noch jemanden in Reserve. Das zeichnet nämlich gute Kripochefs aus: Sie gehen sparsam mit den Leuten um, damit sie im entscheidenden Moment klotzen können. Als ich damals in Lüdenscheid anfing ...«

Hardenberg spürte, wie es in seinem Bauch zu brodeln begann. Wenn Westhoff nicht bald in Rente geht, hole ich mir hier noch Magengeschwüre, dachte er. Ein Wunder, dass wir überhaupt noch Fälle lösen.

Zehn Minuten später hatte Westhoff diesen Teil seiner Memoiren beendet und kehrte zum Ausgangspunkt des Exkurses zurück: »Bis ich jemanden aufgetrieben habe, können Sie ja Thalbach und Hofmann hinzuziehen.«

Jeder wusste: Die beiden Frauen mochten sich so sehr, dass sie nicht einmal in denselben Aufzug stiegen.

»Und wer soll leiten?«, fragte Eulenstein.

Der Alte sah sie mit einem tückischen Blick an: »Machen Sie es doch einfach mal kollegial.«

19

Mager ließ die Rollläden herab, schaltete den Monitor ein und schob ein paar Stühle zurecht, damit Klink und die beiden PEGASUS-Frauen optimale Sicht auf den Bildschirm hatten. Die Originalkassetten vom Samstag lagen noch am

Schnittplatz, und Mager ließ die erste im Schnellgang durchlaufen. Als das Gesicht des Einsatzleiters auftauchte, beugte sich die Bert-Brecht-Kopie vor: »Langsamer!«

Magers Hände misshandelten die Tasten.

»Genau. Scheppmann. Ein Nachbar. Bis zu dem Bericht in der *Aktuellen Stunde* wusste ich gar nicht, dass er die Knüppelgarde leitet.«

Er zog ein Blechkästchen mit Zigarillos aus der Tasche und sah die PEGASUS-Leute fragend an.

»Nur zu«, ermunterte ihn Mager und tastete nach seinen Zigaretten. Wenn er nicht sofort eine fand, wurde er krank, und hatte der Einfachheit halber überall im Haus Depots angelegt.

Ein Glatzkopf mit Geiernase füllte den Monitor, aber von dem Germanisten kam keine Reaktion. Also spulte Mager wieder schneller vor: Noch einmal Susanne, ein Schwenk über den Platz mit den Verkaufsbuden, dann dieser Typ mit den gelben Strähnchen.

Klink stöhnte auf, und Mager begriff. Fuhr an den Anfang der Sequenz zurück und schaltete den Ton zu: »Sagen Sie, kennen Sie das Grundgesetz?«

Der Professor schniefte, und die PEGASUS-Leute vermieden es, ihn anzusehen. Stumm verfolgten sie das rhetorische Duell des achtzehnjährigen Schülers mit dem Polizeirat. Mager fand, dass der Bursche absolut klasse war.

»Ich muss Ihnen gestehen«, sagte der Junge nun, »dass Sie mein grundsätzliches Vertrauen in die Demokratie und in die Rechtmäßigkeit polizeilichen Handelns untergraben. In fünf Minuten zerstören Sie, woran meine Lehrer viele Jahre lang gearbeitet haben ...«

Als die Zuschauer auf dem Husemann-Platz lachten, verzog auch Klink das Gesicht: Sein Sohn hatte ihn an die guten alten Zeiten erinnert, als er selbst noch daran glaubte, dass er die Welt in eine andere Richtung lenken könnte.

»Kann ich – kann ich eine Kopie der Kassette bekommen?«

»Klar«, preschte Karin vor und schaute Mager an, als ob sie ihn hypnotisieren wollte. Er rümpfte leicht die Nase:

Vermutlich hatte sie befürchtet, er würde auch noch um die Konditionen für diese Arbeit feilschen.

»Kein Problem«, bestätigte er dann. »Ich ziehe dir das Teil auf eine normale VHS-Kassette.«

Jetzt waren sie beim Polizeieinsatz angelangt: die beiden jungen Mädchen, das Fadenkreuz auf der Lederjacke, die Irokesenkämme, ein paar gelbe Sprenkel ...

»Da ist er wieder!«

»Ja«, sagte Mager, »aber hier laden sie noch nicht ein.«

Klatschende Knüppel füllten das Bild und rückten langsam an den rechten Rand weiter, dafür schoben sich von links die geöffneten Türen der grünen Wannen ins Blickfeld: Einer nach dem anderen wurden die Punks hineinbefördert – geschubst, gestoßen und geprügelt.

»Da!«, schrie Klink.

Der Hinterkopf seines Sohnes tauchte auf. Mager schaltete auf Standbild: Eine leichte Verzerrung, aber die gelben Strähnchen waren unverkennbar. Langsam drückte er die Aufnahme weiter, so dass sie die folgenden Ereignisse in allen Einzelphasen verfolgen konnten: Als er in den Heckraum der Wanne flog, drehte sich Alexander so, dass man sein Gesicht erkennen konnte, bevor er auf dem Boden des Polizeifahrzeugs aufschlug. Dann ruckelte der Körper des Glatzkopfs durchs Bild. Zwei Polizisten kletterten hinterher, die Türen des Wagens wurden ins Schloss gerammt, und er zog seitlich weg. In normaler Geschwindigkeit dauerte diese Sequenz nur Sekunden – aber sie beantwortete die Frage, die Klink nach Dortmund getrieben hatte.

»Komisch«, sagte Susanne plötzlich. »Die haben nur die beiden abtransportiert: Alexander und die Glatze. In den anderen Wagen waren viel mehr Leute!«

Mager fuhr den Film vor und zurück, damit sie vergleichen konnten – es stimmte.

»Kennst du den anderen?«

Klink betrachtete den kahlen Kopf und die Geiernase, musste aber passen: »Nie gesehen.«

»Haben wir die Gesichter der Polizisten?«, wollte Karin wissen.

Noch einmal fuhr die Kassette zurück. Aber die Beamten, die Alexander und den Glatzkopf eingeladen und begleitet hatten, waren nur von hinten zu sehen – Mager hatte die Kamera einfach zu früh weitergeschwenkt.

Während der Bärtige das Material auf VHS-Format kopierte, saß man schweigend beieinander.

»Lasst uns mal nachsehen, was wir gestern aufgenommen haben«, schlug Mager anschließend vor. Karin rammte ihm den Ellenbogen in die Rippen, aber Klink merkte schon auf: »Was haben Sie gestern aufgenommen?«

»Die Arbeit am Fundort.«

Klink knirschte mit den Zähnen und atmete tief durch. »Okay, will ich sehen.«

Mager schob die nächste Kassette ein und ließ sie laufen. Als der am Boden liegende Körper seines Sohnes auftauchte, knetete Klink eine tiefe Delle in das Blech der Dose mit den Zigarillos.

Jetzt zoomte die Kamera heran: gelbe Strähnchen, eine blinkende Kette, der schwarze Stern.

»Und das habt ihr gestern nicht gemerkt?«, fuhr Klink auf.

»Was?«

»Dass es sich um denselben Menschen handelte, den ihr schon am Samstag gefilmt habt?«

Die Frauen schwiegen betreten, aber Mager sah Klink an: »Nein. Und ich will dir auch sagen, warum.«

Er paffte die nächste Zigarette an und bemühte sich, sachlich und überzeugend zu argumentieren. »Schau mal: Wir machen im Jahr hundertfünfzig oder zweihundert Reportagen. Anschließend haben wir einige hundert Gesichter auf Kassette, die oft nur für Sekunden im Bild waren. Keiner von uns kann sich all diese Menschen merken. Die meisten würden wir nach ein paar Tagen nicht mehr wieder erkennen.«

Klink verzog das Gesicht – eine Spur Verachtung wurde sichtbar.

»Es kommt noch schlimmer«, sagte Mager und lächelte. »Dein Sohn war ja etwas länger im Bild als die anderen Punks. Aber ich habe gerade eben zum ersten Mal mitbekommen, wie elegant er diesen Bullen fertig gemacht hat. Eine wahre Freude, das zu hören. Ein prima Kerl.«

Zum Trost für Klink ließ er den Satz einen Moment hängen – der harte Teil seiner Erklärung kam erst noch.

»Aber beim Drehen kann ich das gar nicht wahrnehmen. Auf den Text achtet Susanne, auf Lautstärke und Tonschärfe Karin oder eine andere dritte Kraft. Und die Gesichter? Wenn ich merke, dass die Bildschärfe stimmt, habe ich das Gesicht meist schon wieder vergessen. Ich muss nämlich darauf achten, dass die Helligkeit stimmt. Dass ich keine Köpfe oder Personen wegschneide. Dass die Proportionen stimmen. Und dass dieser Scheiß-Akku noch genug Saft hat. Wie soll ich da noch ein Gesicht im Gedächtnis behalten?«

»Zyniker.«

»Würde ich an deiner Stelle auch sagen«, gab Mager zu und holte die Flasche mit dem Calvados und vier Gläser hervor. Susanne wehrte ab, aber die beiden anderen nickten.

»Ich habe auch einen Sohn. Ein bisschen älter als deiner. War immer ein Rotzbengel. Aber ich würde Amok laufen, wenn ihm was passierte.«

Mager tauchte seine Nase in die Öffnung des Glases und sog den leichten Apfelgeruch ein, der über dem braunen Saft lagerte. Grübelnd ließ er ein paar Tropfen über seine Zunge rollen. »Lass uns versuchen, Alexanders Mörder zu finden. Wenn's die Bullen waren, geben sie das sowieso nicht freiwillig zu. Und wenn wir sie haben, führen wir sie öffentlich vor. Mehr können wir für deinen Sohn nicht mehr tun – aber das wäre ganz in seinem Sinne.«

Ihm war klar, dass er damit seine Kompetenzen wieder einmal weit überschritten hatte. Aber als er prüfend zu Susanne hinübersah, nickte sie und blickte den Bleichen fragend an.

Klink seufzte, dachte nach und kippte den Calvados hinab, als wäre es Himbeersaft: »In Ordnung.«

»Gut«, sagte Susanne. »Ich schlage vor, dass Sie zuerst Frau Eulenstein anrufen. Fragen Sie, was sie herausbekommen hat. Aber sagen Sie ihr noch nichts von dem, was wir wissen. Schaffen Sie das?«

»Ja.«

Klink wischte sich eine unsichtbare Schweißspur von der Stirn, zog sein Notizbuch und tippte die Vorwahl von Bochum ein, die 909 und vier weitere Ziffern. Bevor sich jemand am anderen Ende melden konnte, drückte Susanne auf die Taste zum Mithören.

»Mitschneiden!«, flüsterte Mager – und schon drehte sich das Band.

»Kommissarin Eulenstein. Was kann ich für Sie tun?«

Arrogante Ziege, dachte Mager, als er die unterkühlte Stimme der Polizistin hörte. Vielleicht melde ich mich demnächst mit *Chefkameramann* oder *Reservegefreiter* ...

»Klink. Sie hatten mir versprochen, eine wichtige Frage zu klären. Haben Sie?«

»Natürlich«, meldete die Stimme und verstummte. Stattdessen fummelte die Frau an ihrem Telefon oder auf dem Schreibtisch herum.

»Also: Haben Ihre Kollegen meinen Sohn am Samstag mitgenommen?«

»Nein, Herr Klink«, antwortete die Kommissarin, und ihre Stimme schwankte nicht um eine Nuance.

Bingo, dachte Mager und warf einen Blick auf Klink. Der Mann hatte offenbar Mühe, diese verlogene Hippe nicht anzuschreien.

»Ihre Vermutung war falsch«, fuhr Eulenstein unbewegt fort. »Ihr Sohn ist nur einmal bei uns registriert worden, im August. Also war er letzten Samstag weder im Polizeigewahrsam, noch haben wir eine Anzeige gegen ihn geschrieben.«

»Haben Sie alle Möglichkeiten ...«

»Ja. Es muss so sein, wie es Ihnen Herr Scheppmann bereits privat erklärt hat. Wir müssen mindestens acht Stunden im Lebenslauf Ihres Sohnes rekonstruieren. Es wäre gut, wenn Sie uns dabei helfen könnten ...«

Klink konnte sich nicht länger beherrschen und knallte den Hörer auf die Gabel. Rauchte einen weiteren Zigarillo an und tötete ihn nach wenigen Zügen ab. »Diese Heuchlerin«, zischte er.

Karin zog die Schultern hoch: »Kann ja sein, dass sie es wirklich nicht besser weiß. Sie ist doch auch nur ein kleiner Fisch ...«

Sie dachten nach und stimmten ihr zu: Konnte sein – konnte aber auch nicht sein.

»Und wie geht's nun weiter?«, fragte Klink und schaute dabei Susanne an.

»Wenn Sie einverstanden sind, fahren wir jetzt nach Bochum. Wir brauchen Bilder von der Siedlung, von Ihrem Haus, von Alexanders Zimmer. Wenn's geht, noch ein paar Statements von Nachbarn oder Bekannten. Und ich lasse mir unterwegs noch für heute einen Termin beim Pressesprecher geben. Anschließend sieht der Mann älter aus als seine Großmutter.«

Nach kurzem Zögern stimmte Klink zu. Das war nicht die Revolution, von der er früher mal geträumt hatte. Aber eine Menge mehr, als hundert angepassten Studenten an einem Gedicht von Ulla Hahn den Unterschied zwischen einem Vergleich und einer Metapher zu erklären.

20

»Was kann ich für Sie tun?«

Hardenberg merkte auf, als Eulenstein die Mithörtaste drückte. Er schob die Fotos zur Seite, die auf seinem Schreibtisch lagen: Porträts von Waldemar Borodjuk und die Familienaufnahme, aus der ihm die Techniker den Burschen mit der Haartolle herauskopiert hatten. Die Ellenbogen auf die Platte und das Kinn in die Hände gestützt, hörte er zu.

Dass es Klink war, erkannte er weniger an der Stimme als an der Frage des Professors: »... versprochen, eine wichtige Frage zu klären. Haben Sie?«

»Natürlich«, bestätigte die Kommissarin. Wie Susanne Ledig es am anderen Ende getan hatte, schaltete auch sie sofort ein Tonband ein. Dann schnippte sie mit den Fingern, um Hardenbergs Aufmerksamkeit auf sich zu ziehen, zeigte auf das Display an ihrem Gerät und bedeutete ihm, die

Nummer des Anschlusses zu notieren, von dem aus Klink sich meldete.

Gute Polizisten schaffen das auch beim Reden, dachte er. Und sie *ist* gut. Aber immer noch ein verwöhntes Blag ...

Trotzdem stand er auf und beugte sich über den Apparat. Klink rief nicht von zu Hause, sondern aus Dortmund an. Eilig schrieb Hardenberg die Nummer auf und schob die Telefon-CD ins Laufwerk, während er weiter zuhörte.

Eulenstein war schon bei der Seelenmassage: »... wäre gut, wenn Sie uns dabei helfen können.«

Ein Knacken verriet, dass der Anrufer einfach aufgelegt hatte. Verärgert starrte die Kommissarin auf den Hörer. Solche Abfuhren trafen sie an ihrem empfindlichsten Punkt.

»Wenn ich mal den Zweifler spielen darf«, tastete sich Hardenberg vorsichtig an die Frage heran, die ihn im Augenblick am meisten interessierte: »Können wir sicher sein, dass Scheppmann ...«

Sie sah ihn an, als hätte er bezweifelt, dass einfache Polizisten wie er Vorgesetzte brauchen.

»Haben Sie den Anschluss ermittelt?«

Hardenberg nickte und las die Zeile vor, die der Cursor markiert hatte: »PEGASUS Film & Video GmbH. – Sind das nicht die Typen, die den *WDR*-Bericht gemacht haben?«

»Ja«, bestätigte sie. Grübelte eine Weile. Gab dann einen ihrer seltenen Kommentare ab: »Wenn Klink sich an diese Journalisten herangeschmissen hat, werden die Ermittlungen noch richtig lustig.«

In ihrer eigenwilligen, leicht nach links geneigten Schrift fertigte sie eine Notiz über das Telefonat an und schlug die Ermittlungsakte auf, um das Blatt abzuheften.

Hardenberg wandte sich wieder dem Computer zu, um die Telefonnummern in Alexanders Notizbuch zu identifizieren. Da fiel ihm etwas ein: Er hatte doch gestern in Alexanders Zimmer eine Nummer ...

In den Jackentaschen fand er nichts. In der Hose verstaute er solche Notizen nie. Blieb das Portemonnaie. Jede Menge Kassenzettel. Hardenberg drehte sie um. Es war wie immer: Auf dem letzten Fetzen fand er, was er gesucht hatte.

Er gab die Ziffern ein. Wenig später hatte der Computer den Anschluss identifiziert: *Fietes Café*, ein gemütliches Kneipchen in der Altstadt von Hattingen, die letzte Zuflucht von Outlaws und Alternativen, seit die *Kanne* nicht mehr existierte. Hardenberg war als Schüler in beiden Häusern versackt – und das nicht nur einmal.

Bevor er seine Entdeckung an die Frau gegenüber weitergeben konnte, klingelte wieder das Telefon. Erneut war die Eule schneller und fragte, was sie für den Anrufer tun könne. Sekunden später erhellte sich ihr Gesicht ein wenig: »Wir kommen! Rühren Sie nichts an!«

Sie legte auf, zog ihr schwarzes Jäckchen an und griff nach der Schultertasche: »Kommen Sie! Wir haben den Tatort!«

21

»Nein, Berti, nicht in der Siedlung!«, rief Gustl Gloria und zog seinen fiependen Hund geduldig auf die böse Seite der Konsumstraße. Angesichts der jahrelangen Berieselung mit Giftstoffen grenzte es an ein Wunder, dass die Eichen drüben noch nicht eingegangen waren – Beton wäre längst zerbröckelt.

Während der Schnauzer seinen Naturprodukten freien Lauf ließ, schaute sein Besitzer neugierig dem PEGASUS-Team zu. Nach den Aufnahmen im Hause Klink brauchten sie noch ein paar Schnittbilder von der Siedlung, der Straße und den Unterkünften der Neubürger aus Russland und Kasachstan.

»Ausgerechnet heute haben wir so 'n Wetter!«, klagte Mager, während Susanne einen großen Schirm aufspannte, um die Ausrüstung vor dem leichten Nieselregen zu schützen. Mit Karins Hilfe baute der Dicke Stativ und Kamera auf und prüfte die Aussicht – berauschend war sie nicht.

»Jeweils fünf Sekunden«, entschied Susanne. »Sonst schlafen uns die Leute vor dem Fernseher ein!«

»Sie hätten mal am Samstag kommen sollen!«, schaltete sich Gloria ein und schüttelte mit einer heftigen Bewegung die Regentropfen aus seinen Dauerwellen – sein Hund hätte es nicht eleganter gekonnt.

»Warum?«, wollte Mager wissen.

»Das Wetter, die Leute, das Straßenfest«, zählte Gloria auf.

»Ach ja, die Leute!« Susanne hielt ihm das Mikrofon unter das Kinn. »Wie haben Sie die Nachricht vom Tod Alexander Klinks aufgenommen?«

Der Mann war so überrascht, dass ihm sekundenlang keine passende Antwort einfiel. Dann erklärte er: »Dazu sage ich nichts. Alex war ein prima Kerl. Gerade mal achtzehn. Nee ...«

»Warum fanden Sie ihn prima? Viele Leute haben sich sicher an seinem Aussehen gestoßen.«

Gloria zog die Schultern hoch: »Irgendwelche Spießer, ja. Mir war's egal, wie er rumlief. Ein netter Typ. Freundlich, höflich, hilfsbereit.«

»Aber es hat jemand ein Motiv gehabt, ihn umzubringen.«

»Muss wohl. Doch ich weiß nicht, wer es gewesen sein könnte. Und die Spekulationen überlasse ich anderen.«

Einen Moment lang sah es so aus, als wollte er noch eine Begründung nachschieben, aber dann wurde er abgelenkt: Von der Königsallee näherte sich ein dunkler Benz, bog in die Stichstraße ein und hielt vor dem Eckhaus auf der rechten Seite.

»Fragen Sie den mal, der ist Rechtsanwalt«, empfahl Gloria und zockelte mit seinem Hund die Straße hinunter.

»Also, los!«

Gemeinsam schleppten Karin und Mager das Stativ auf die andere Seite und brachten die Kamera in Stellung. Susanne baute sich neben der Limousine auf und wartete, bis der gepflegte Herr seinen Platz hinter dem Steuer verließ.

»Ja, bitte?«

»Ledig. Ich arbeite für den *WDR*. Würden Sie mir ein paar Fragen beantworten, Herr ...«

»Sawitzki. Haben Sie auch diese Reportage über das Weinfest gemacht? Und den Film über den Mord?«

Die Chefin nickte: »Wie ich sehe, sind Sie ein treuer Freund der *Aktuellen Stunde* ...«

»Treu – ja. Aber ein Freund? Vielleicht.« Er lüftete den linken Ärmel seiner Anzugjacke, um seiner Rolex etwas Frischluft zu gönnen. »Viel Zeit habe ich nicht. Ich muss ...«

»In Ordnung«, versprach Susanne und schoss dieselben Fragen ab, mit denen sie auch den Hundebesitzer überfallen hatte.

Sawitzki antwortete so geschliffen, als hätte er die Situation zuvor geübt. Sein Lob für Alexander fiel zwar wesentlich zurückhaltender aus als das des Hundebesitzers, aber er mochte angesichts des Todes wohl nichts Schlechtes sagen: »Mein Vater hätte mir sicher gesagt, es gehöre sich nicht für einen Jungen aus gutem Hause, in solch einem Aufzug herumzulaufen. Aber ich glaube, wir neigen bisweilen dazu, Äußerlichkeiten zu stark zu bewerten.«

Ganz entschieden lehnte er den *BLUT*-Artikel über den Toten ab: »Ich mag diese Leute da drüben auch nicht in meiner Nähe haben. Aber ihnen einfach die Schuld für einen Mord in die Schuhe zu schieben – das ist abenteuerlich. Unverantwortlich sogar. Ich hoffe nur, dass nicht wir alle für diesen Blödsinn büßen müssen.«

»Watt denn büßen?«, mischte sich eine ölige Stimme ein. »Dieses Pack lebt hier auf unsre Kosten, nich, und dann sollense sich auch benehmen, meinich.«

Mager gelang es gerade noch, die Kamera umzuschwenken: Das selbstgefällige Speckgesicht, das an diesem Montag auf der letzten Seite von *BLUT* prangte, füllte jetzt das Objektiv der PEGASUS-Kamera.

»Un wenn alle vor diesn Fabrechan da drübn kuschn – ich habb vor son paa Russn kaine Angst!« Sprach's, drohte mit der Faust zur anderen Seite der Konsumstraße hinüber und schleppte sich von dannen.

Mager folgte ihm mit einem viel zu langen Schwenk und schaltete die Kamera ab. Sekunden später brannte seine nächste Zigarette. »Manchmal«, bekannte er, »frage ich mich doch, warum wir uns so abrackern.«

Die beiden Frauen sahen ihn erstaunt an: Kritische Reflexionen des eigenen Tuns gehörten nicht zu Magers starken Seiten.

»Und wie kommst du darauf?«, fragte Susanne, nachdem sie ihre Erschütterung überwunden hatte.

»Früher«, begann Mager, und die Frauen stöhnten: ›Früher‹ war für Mager die Zeit vor der Erfindung der Videokamera und des Privatfernsehens.

»Wenn damals *Panorama* oder *Monitor* einen Skandal aufdeckten, sprach am nächsten Morgen das ganze Land davon. Warum? Sechzig oder siebzig Prozent der Leute hatten den Film gesehen.«

Er zog an seiner Kippe und testete mit dem freien Arm, ob es außerhalb des Regenschirms noch nieselte. »Und heute? Da wissen vielleicht zehn Prozent der Leute, dass es solche Sendungen überhaupt gibt – und die Einschaltquoten sind noch geringer. Schlussfolgerung: Du kannst den größten Skandal auf der Pfanne haben – und keine Sau kriegt es mit.«

Er warf die Kippe weg, schimpfte noch einmal auf die Privaten und richtete sein Auge auf die andere Straßenseite: Jenseits der Demarkationslinie war die Anwesenheit der Medien nicht unbemerkt geblieben. Eine Gruppe junger Menschen hatte sich ein Stück hinter der Einfahrt aufgebaut und schielte feindselig herüber.

»Komm, Susanne«, empfahl Mager. »Die nehmen wir noch mit.«

Mit laufender Kamera überquerten sie die Fahrbahn, und Susanne streckte das Mikrofon voraus wie eine Fahne. Die Jungs auf dem Pflaster zogen die Hände aus den Hosentaschen.

»Guten Tag. Wir sind vom *WDR* ...«

»Haut ab!«, rief einer der Jugendlichen. Seine Elvis-Tolle war fast besser als das Original.

»Wir möchten wissen ...«

»Stopp!«, schrie jemand, und eine breite Hand legte sich quer über das Objektiv.

Mager senkte seine Waffe und schaute die Jungs an: »Towarischtschi!«

Sie lachten, als hätte er den besten Blondinenwitz aller Zeiten erfunden.

»Towarischtschi? Die sind in Afghanistan verreckt!«, brüllte die Haartolle und rollte sich ab. Dann wurde er ernst und blickte Mager in die Pupille: »Hören Sie! Wir wollen Sie hier nicht sehen. Sie haben zehn Sekunden Zeit.«

Selbst Mager wusste, wann er verloren hatte.

22

Die Pommesbude am Anfang der Konsumstraße war kaum größer als die hölzernen Geräteschuppen, die manche Anwohner in ihren Gärten aufgestellt hatten. Dennoch stellte sie für die Mehrheit ein solches Ärgernis dar, dass Rechtsanwalt Sawitzki und Historiker Ohmsen deswegen bereits Presse, Bauamt und Verwaltungsgerichte belästigt hatten. Überall abgewiesen, bereiteten die beiden Kämpfer nun eine Eingabe an den Petitionsausschuss des Düsseldorfer Landtages vor und hatten sich bereits vorsichtig bei Klink erkundigt, wie man Demonstrationen organisiert.

Dabei waren die Motive für den allgemeinen Hass recht unterschiedlich. Neid auf die gute Geschäftsidee gehörte in jedem Fall dazu. Die weiße Blechkiste wurde genau zu jenem Zeitpunkt in den Winkel zwischen Siedlung und Gewerbepark gestellt, als auf der anderen Seite der Königsallee die Fundamente für den Erweiterungsbau der Knappschaft ausgebaggert wurden. Die Bauarbeiter waren die ersten Kunden, ihnen folgten die Angestellten aus dem Hauptgebäude, die in der Warteschlange aber schon die Beschäftigten aus dem Gewerbepark vorfanden. Und schließlich bogen sogar die Autos von der Königsallee zu einem Boxenstopp in der Konsumstraße ab.

Vor allem Rentner Helgoland blickte voller Neid auf die Bude, sooft er in ihre Nähe kam: Einerseits hätte er selbst gern hinter dem Tresen gestanden, um ihn als *Checkpoint Hugo* zu nutzen und den gesamten Reiseverkehr der Konsumstraße zu überwachen; andererseits gab es zwischen elf Uhr morgens und acht Uhr am Abend kaum eine Minute, in der nicht jemand Pommes Schranke, eine Currywurst oder das Tagesgericht verlangte. Die Bude war so profitabel wie ein Dukatenesel, und Pfiffikusse wie Richter Thürk und Helgolands Schwiegersohn hatten bald zahlreiche Ideen ausgebrütet, wie man mit dem Wurstverkauf das Finanzamt bescheißen könnte – ein Akt, der unter den Siedlern meist nicht als unehrenhaft, sondern eher als lebensnotwendig angesehen wurde.

Gesundheitspolitische Aspekte bedrückten die zweite Gruppe der Frittenfeinde. Dass die ›Russen‹ von gegenüber sich und ihre Brut mit Ketschup und Majonäse vergifteten, mochte ja noch angehen; aber dass sie ihre Pommes mit hörbarem Genuss auch vor den Augen der Siedlerkinder mampften, wurde als Anstiftung zum kollektiven Selbstmord angesehen. Strikt verbot man Söhnen und Töchtern, an diesem bösen Ort auch nur einen Zahnstocher zu erstehen, aber dennoch (oder deshalb) besaß die weiße Kiste eine starke Anziehungskraft und gefährdete alle Erziehungskonzepte, in denen der Vollwertkost eine entscheidende Bedeutung zukam.

Am größten war die Empörung über *Charly's heiße Kiste* naturgemäß in den sechs Häusern östlich der Stichstraße: Wenn der Wind – was besonders bei Schönwetterlagen der Fall war – nicht von Westen wehte, zogen Fettgerüche durch Gärten und Fenster und brachten sämtliche Geschmacksnerven in Verwirrung.

Diese Attacke gegen die Unverletzlichkeit der Wohnung hatte nicht nur zu einem gemeinsamen Feldzug gegen den Betreiber der Pommesküche, sondern auch zu einer heftigen Fehde zwischen dem Historiker und seinem nächsten Nachbarn Papke geführt: Dieser hätte, so Ohmsen, als Abteilungsleiter im Bauamt die Aufstellung der Bude von vornherein unterbinden müssen. Dass Papke aber nicht einmal den Versuch einer Verhinderung unternommen hatte, führte zu wilden Gerüchten, die vor allem das Bankkonto des Nachbarn betrafen.

So hatte die Pommesbude Herrn Papke zwar etwas vereinsamt, die Mehrheit der Nachbarn aber zusammengeschweißt. Nach den ›Russen‹ war die Pommeskiste der zweite Feind, gegen den man die Häuser am liebsten zu einer Wagenburg umgruppiert hätte.

Und jetzt klebte an der Pommesbude Blut.

Hardenberg stellte den Passat im Halteverbot ab und bemühte sich, die Kommissarin einzuholen: Mit ihren langen Beinen schwebte sie bereits die wenigen Stufen zu der Blechkiste hoch und tauchte unter das aufgeklappte Vordach: »Eulenstein, Kripo Bochum. Sie haben uns angerufen?«

Die dralle Dame hinter dem Tresen ließ einen Wischlappen fallen. Der Gegensatz zu der schlanken, schwarz gestylten Kommissarin war vollkommen – hier stand das wirkliche Leben, in dem man steuerfrei für 620 Mark jobbte und keine unkündbaren Dienstverhältnisse kannte.

»Kommense mal rum und kuckense sich diese Schweinerei an, junge Frau!«

Eulenstein hatte die Bude genauso schnell umrundet, wie die Pommesfee brauchte, um die Hintertür zu öffnen.

»Da!«, sagte die Kittelträgerin und zeigte auf den schmalen Gang zwischen der Bude und der dichten Hecke, die Ohmsens Grund begrenzte. Im niedergetretenen Gras schimmerte eine rostbraune Lache, die kaum größer als ein Teller und längst eingetrocknet war. Jetzt, im Nieselregen, schien sie wieder aufzuweichen.

»Sonne Schweinerei auch. Im ersten Augenblick habbich ja gedacht, die Lisbeth hätte am Freitach hier 'nen Rest Soße ausgekippt. Aber das hier iss kein Ketschup und keine Currysoße! Und dann fiel mir ein, dasse ja da drüben 'ne Leiche entdeckt ham.«

»Wieso Freitag?«, fragte Eulenstein.

»Bitte?«

Die Frittengöttin sah die Kommissarin entgeistert an. Aber dann hatte sie es geschnallt: »Am Wochenende iss hier zu. Kein Umsatz, wenn die Knappschaft nicht arbeitet.«

Eulenstein blickte sich zu ihrem ständigen Begleiter um: »Die Techniker!«

Der Hauptmeister hatte sein Handy schon gezückt. Während er telefonierte, hockte sich Eulenstein dicht hinter die braune Pfütze und spähte über den Boden hinweg in Richtung Bürgersteig. Hardenberg hielt es für ein Wunder, dass die Nähte ihrer Hose diese Belastung aushielten.

»Sehen Sie?«

Hardenberg ging ebenfalls in die Knie: Im Schatten der stacheligen Hecke zogen sich, gerade noch erkennbar, Reste von Schleifspuren durch das Gras. Am Rande des Bürgersteigs schienen sie zu enden.

»Sehen wir mal unten nach!«

Um keine Spuren zu zerstören, gingen sie den gepflasterten Weg zur Straße zurück und sahen sich alles aus der Gegenrichtung an: undeutlich, aber keine Einbildung.

»Und hier!« Sie deutete ins Gras: Ein paar winzige Sprengsel, rostbraun, begleiteten die Spur nach oben.

»Hier also war's!«, legte sie sich fest.

Während sie warteten, versuchte Hardenberg, sich die nächtliche Szenerie vorzustellen: die tödliche Begegnung genau dort, wo sie standen – Ohmsens Hecke knickte hier vom Bürgersteig weg und führte zwischen seinem Haus und der Pommesbude in die Tiefe des Geländes. Danach hatte der Täter das Opfer an dem grünen Grenzwall entlang gezogen, um die Leiche hinter der Hütte zu verstecken. Vorläufig ...

»Hat seinen Wagen geholt, um die Leiche wegzubringen. Keine zweihundert Meter weiter ...«

Hardenberg folgte dem Blick der Kommissarin über die breite Kreuzung und nickte. Auch der stumpfsinnigste Mörder hätte das Risiko gescheut, eine Leiche auf den Armen über die Königsallee zu tragen – selbst bei Nacht hätte ihn jemand sehen können.

»Aber wieso sind sie sich gerade hier begegnet?«, fragte er.

»Denkbar, dass der Täter gewartet hat. Als Alexander kam, tauchte der Täter aus dem Schatten auf und schlug zu. Die Kollegen müssen auch an der Hecke nachsehen.«

»Und woher stammt der Täter?«

Sie sahen die Konsumstraße hinunter. Rechts begann mit Ohmsens Haus die Siedlung, genau gegenüber stand der erste Block des Übergangsheims.

»Von den Aussiedlern – oder von den Häuslebauern.«

»Möglich«, sagte Eulenstein. »Das würde auch erklären, warum er die Leiche nicht weiter weg versteckt hat.«

Hardenberg wartete.

»Zumindest auf dem Fest wäre es aufgefallen, wenn jemand nachts zu lange weg war.«

»Schon möglich«, meinte der Hauptmeister und riskierte einen Einwand. »Aber dann wird der Täter nicht lange auf den jungen Klink gewartet haben können.«

»Auch wahr.« Eulenstein grübelte. »Aber wieso verlässt der Täter seine Wohnung genau im richtigen Moment, um den Jungen hier zu treffen?«

Hardenberg wusste es auch nicht. Stattdessen fiel ihm etwas anderes ein: »Ich habe mal nachgerechnet. Die Zeiten für Waldemars Alibi.«

»Und?«

»Von hier zur *Farm* läuft man dreißig, vierzig Minuten. Um halb neun ist Waldemar angeblich losgezogen, war aber um kurz nach elf schon wieder zu Hause.«

Eulenstein sah ihn jetzt aufmerksam an.

»Da ist der Bursche insgesamt sechzig bis siebzig Minuten gelaufen, um gerade mal anderthalb Stunden in der Disko zu sein? Und kommt zurück, wenn andere Achtzehnjährige überhaupt erst losgehen, weil ...«

Sie nickte: »Vorher sind nur die Vierzehnjährigen da.«

Sie ließ die Stimme hängen, überlegte, zog endlich die Schultern hoch: »Ich weiß nicht. Wir hätten früher für eine Stunde Disco manchmal noch viel mehr getan.«

Angesichts dessen, was sie sonst von sich erzählte, war das schon ein intimes Geständnis.

23

Mager knallte die Klappe des Kofferraums so heftig in die Halterung, dass Susannes Wagen bebte.

»Mensch, Klaus, ein Golf ist kein Panzer!«, schrie die Chefin.

»Ich weiß!«, knurrte der Bärtige und musste sämtliche Reste seiner Selbstbeherrschung aufbieten, um dem Wagen nicht noch einen Tritt in die Weichteile zu verpassen. Solch ein Gesindel! Wie konnten sie ihn derart abblitzen lassen! Diese ...

»Komm, steig ein!«, drängelte Karin und hielt ihm die Tür auf.

Mager warf sich in den Sitz, aber sein Zorn flaute schon wieder ab. Sein Lieblingsgedicht aus dem Englisch-Unterricht fiel ihm ein: Rudyard Kiplings endlose Aufzählung all der Demütigungen, die man cool wegstecken müsse, wenn man ein Mann sein wolle. Sechsundzwanzig Jahre nach der Erstlektüre des Textes schaffte er es noch immer nicht, auch nur eine Niederlage zu schlucken ...

»Was ist das denn?« Susanne starrte auf die Sammlung von Zetteln unter dem Scheibenwischer: »Soll ich im Blindflug zum Präsidium?«

Seufzend wuchtete sich Mager hoch, stellte seine Füße auf den Asphalt und fuhr seinen Greifarm aus. Ein Knöllchen? In Rot?

Sehr geehrte Verkehrsteilnehmerin,
sehr geehrter Verkehrsteilnehmer,
Sie beachteten nicht das bestehende VERKEHRSVERBOT Zeichen 250/251/253/260 der STVO. für die Konsum und die Pilgerstr.
Ihre Kfz.Nr. werden bei nichtbeachtung dem Straßenverkehrsamt gemeldet. (KNÖLLCHEN ?) Beweiß Bild v. Pkw
Mit freudlichen Grüßen
die Anwohner.

»Jetzt haben schon Analphabeten einen Computer!«, knurrte Mager und reichte Susanne den Wisch weiter: »Mindestens ein Tempus-, ein Grammatik- und drei Rechtschreibfehler. Von der Zeichensetzung ganz zu schweigen.«

Er faltete das Beiblatt auseinander. Dem Schriftbild nach eine Kopie aus der *Allgemeinen*. Im Mittelpunkt das Foto eines kahlköpfigen Mannes, der mit glänzendem Speckgesicht in die Kamera grinste. »Hömma, das ist der Typ von eben. Der heute Morgen in *BLUT* war!«

Erst amüsiert, dann empört und zum Schluss wütend las Mager, dass der Mensch im Namen aller Anwohner einen heißen Kampf gegen die Falschparker in der Konsumstraße führte. Besonders die Beschäftigten des nahen Gewerbeparks nähmen den Anliegern die Parkplätze weg. Er, Helgoland aber, hätte im laufenden Jahr bereits 1000 Anzeigen geschrieben – pro Werktag im Schnitt fünfeinhalb.

»Dieser Arsch!«

Neben dem Fahrzeug tauchte ein Schatten auf. Ein runder Bauch verdunkelte die Scheibe, dann beugte sich ein Kahlkopf herab und klopfte ans Glas. Der Sheriff war persönlich aufgetaucht.

»Ja?«, fragte Mager, als die Scheibe unten war.

»Ich seh gezz erss, dasse die Leute sinn, die bei Klink waan«, sagte der Mann. »Wennse wolln, nehmich Se in maine Liste auf. Ich frach natülich beim Klink nach – damitse mich nicht verarschen. Aba als offiziella Besucha habbich Se dann inne Liste, und Sie kriegn kain Knöllchen mea, nicht ...«

»Was für 'ne Liste?«, fragte Mager verdattert.

»Hier!« Der Speckkopf klopfte auf einen Schnellhefter: »Da habbich alle Hausbesitzer und die Nummern von Besuchan, die oft hier paakn tun. Dann weissich imma genau, welcha Wagen hier hingehöat und welcha nich.«

»Hör mal, du Denunziantenarsch!«, sagte Mager und bemühte sich, nicht zu komplizierte Sätze zu bauen. »Bei den Nazis wärst du sicher ein guter Blockwart geworden. Aber wag es nicht, mich in deine Liste aufzunehmen ...«

»Hörnse ma, ich weiß gannich, wasse von mia wolln!«

Mager streckte den Arm aus und zerrte an der Besucherliste, aber der Fette draußen war bei weitem nicht so schlapp, wie er aussah: »Wennse mich beklaun wolln, kommense grade richtich ...«

»Lass los!«, rief Susanne, aber Mager hörte nicht. »Ich habe keine Lust ...«

»Hilfe!«, schrie Helgoland. »Ich werde beklaut!«

»Klaus!«, flüsterte Karin, aber statt nachzugeben, packte

Mager an den Türöffner: »Dem Arsch werde ich ...«

Susanne fuhr einfach los – und Mager zog grollend seine Füße ein. Auf diesen Stunt hatte er nun auch keinen Bock.

24

Die *Farm* stand in einem Gewerbegebiet, das noch Anfang der fünfziger Jahre den staubigen Westen Bochums bildete: Am Schnittpunkt der Eisenbahn nach Essen und der Kohlenstraße hatte der *Bochumer Verein* Stahl geschmolzen, Glocken gegossen und Straßenbahnschienen gewalzt.

Inzwischen waren nicht nur die Hochöfen geschleift. Von der Backsteinmauer, die mit ihren Erkern das Areal umfriedet hatte, gab es nur noch Reste; die weißen Lettern, die *Freiheit für Jupp Angenfort* forderten, waren unter den Plakaten der Konzertagenturen verschwunden. An alte Zeiten erinnerten nur noch die große Halle der Gießerei, in der man jetzt Squash spielte, und ein würdiges Bürogebäude. Wie versteinerte Dinosaurier lagen sie zwischen gesichtslosen Neubauten, in denen man fast alles unterbringen konnte: Baumärkte, Gartencenter, Speditionen – und Bochums bekannteste Diskothek.

»Links!«, kommandierte Eulenstein, als sie die Kohlenstraße erreicht hatten.

Der Hauptmeister seufzte unhörbar. Die *Farm* kannte jeder, seit ihr Laserstrahl nächtens über Weitmar und das Ehrenfeld glitt. Hardenberg selbst war zum ersten Mal hier gewesen, als er in Omas Auftrag seine kleine Schwester zum Kinderkarneval geführt hatte, setzte aber freiwillig längst keinen Fuß mehr in den Schuppen: Echte Raver tanzten woanders ab. Außerdem missfielen ihm die muskelbepackten Türhüter der *Farm*, die ausländische Besucher so gründlich nach Gut und Böse selektierten, dass sie dafür in Bayern den Alpenorden bekommen hätten.

Bei Tageslicht sah der Laden ernüchternd ehrlich aus. Allem nächtlichen Glamour zum Trotz diente die Einrichtung dazu, aus viel Kohle noch mehr Geld zu machen. Wie gut das klappte, verrieten die beiden Wagen vor dem Portal: Neben einem BMW, der schwer an seinen Zusatzspoilern trug, und dem Geländewagen mit verchromtem Kuhfänger sah ihr Passat geradezu mickrig aus.

Die Eule stieg aus und steuerte zielstrebig auf das Türchen neben dem Haupteingang zu.

»Mordkommission?« Der Geschäftsführer lachte und strich sich gekonnt über das blonde Haar mit dem imposanten Mittelscheitel – er musste denselben Frisör wie Robert Redford haben. »Sonst kommt höchstens mal die Sitte ...«

»Ich weiß«, unterbrach die Kommissarin das Geschwätz. »Aber ich muss wissen, wer Samstag hier Schicht hatte und wo die Leute wohnen.«

»Von einem Ermittlungsverfahren gegen mich ...«

»Weiß ich auch nichts«, griff Eulenstein erneut ein. »Aber wir sind ja auch nicht von der Steuerfahndung. Ich will Ihre Angestellten nur nach einem Gast befragen.«

»Schwierig. Zu uns kommen samstags so viele Leute ...«

»Hören Sie«, schaltete sich Hardenberg ein. »Time is money. Und das gehört dem Steuerzahler. Lassen Sie uns doch einfach unseren Job tun.«

Redford jr. verzog sein Gesicht – dieser blasierte Ausdruck gehörte wahrscheinlich zu den wichtigsten Voraussetzungen seiner Tätigkeit. Dann warf er die Sprechanlage auf seinem Schreibtisch an: »Angie, druck mal die Liste aus, wer letzten Samstag bei uns gearbeitet hat.«

Als er aufsah, waren die beiden Beamten schon auf dem Weg zur Tür.

25

»Kann ich Ihnen etwas anbieten? Einen Kaffee vielleicht? Oder ein Mineralwasser?«

Susanne sah Mager an und zog die Augenbrauen hoch: Gaius Stahl gab den charmanten Gastgeber. Bisher hatten sie in Polizeipräsidien eher den Eindruck gehabt, als müssten die Beamten das Kaffeewasser noch vom Brunnen holen.

»Danke, nein«, entschied Susanne, und Mager hatte Mühe, eine Äußerung des Bedauerns zu unterdrücken. Ein Tässchen frisch Gefilterten hätte er gut gebrauchen können.

»Sie sagen, Sie hätten einen Hinweis darauf, wo dieser Alexander Klink nach den Vorfällen auf dem Husemann-Platz verblieben ist?«

Susanne nickte. Zu einem Interview ins Blaue hinein hatte sich der Mann leider nicht überreden lassen – sie hatte am Telefon mehr verraten müssen, als ihr lieb war.

»Dann sind Sie bei mir eigentlich an der falschen Adresse«, lächelte Stahl und griff zum Hörer, tippte vier Ziffern ein und sagte anschließend nur: »Sie sind da.«

Er legte auf und spielte weiter den Charmeur: »In Leichensachen fehlt mir einfach die Erfahrung. Ich hoffe, Sie sind einverstanden, dass ich eine kompetente Kollegin hinzugebeten habe. Wir verfügen da nämlich über so eine Einrichtung, die wir Mordkommission nennen.«

»Gerüchteweise haben wir auch schon davon gehört«, murmelte Mager. »Aber man soll nicht alles glauben, was die Leute so sagen ...«

Susanne räusperte sich und sah Mager knapp an. Der Bärtige schloss seinen Mund und schluckte die Frage herunter, die er als nächste loswerden wollte.

»Wir brauchen einen Video-Rekorder«, verriet die Chefin und sah den Pressesprecher fragend an.

»Kein Problem.«

Stahl erhob sich, knöpfte vorschriftsmäßig seine blaue Anzugjacke zu und öffnete stattdessen eine Doppeltür in der neuen, hellen Einbauwand. Wie die übrige Einrichtung signalisierte sie den Besuchern sanfte Freundlichkeit. Das matte Grau und ein augenfreundliches Lindgrün ließen keinen Platz für die dunklen, rissigen Schränke alten Stils – Holzwürmer suchten hier vergeblich eine Bleibe.

»Wie Sie sehen, haben wir hier schon elektrischen Strom«, witzelte der Smarte und deutete auf die Anlage: Außer einem modernen Fernseher besaß er gleich zwei Video-Rekorder – für den Fall, dass Bochum wirklich einmal in zwei Kanälen gleichzeitig zu sehen war.

Die Tür öffnete sich, und das lebendige Gegenstück dieser amerikanischen Ausziehpuppe kam herein: blond, langhaarig, in einem modisch bunten Pullover, Designer-Jeans und schwarzen Schläppchen, die bei diesem Wetter vielleicht etwas zu leicht waren. »Frau Eulenstein ist leider außer Haus. Aber ich bin auch informiert.«

Sie wandte sich dem PEGASUS-Team zu und streckte die Hand aus: »Thalbach. Ich bin Kriminalkommissarin.«

Nach Susanne war Mager an der Reihe. Von wegen Ausziehpuppe – die Frau hatte einen Händedruck wie ein Pferdeschmied.

»Was gibt's?«, wurde Stahl jetzt dienstlich.

Susanne sah sich nach Mager um, und der klappte den silbernen Zubehörkoffer auf. Entnahm eine VHS-Kassette und reichte sie an die Chefin weiter.

»Wie Sie vielleicht wissen, haben wir am Samstag auf dem Husemann-Platz eine Reportage über das Bochumer Weinfest gemacht. Bei der nochmaligen Auswertung des Materials hat sich für uns alle eine Überraschung ergeben.«

»Und jetzt haben Sie ein paar Fragen«, vermutete Stahl.

»Genau!«

Mager stand auf und trat hinter die Kamera, die auf Stahls Bürosessel ausgerichtet war, doch der Gelackte winkte ab: »Später. Wollen wir doch erst mal sehen, was Sie zu bieten haben.«

Susanne reichte die Kassette weiter. Stahl schob sie in den Schacht und drehte sich wieder um. Seine Kollegin hatte den letzten freien Platz in der Sitzecke belegt. Als er hinter seinen Schreibtisch trat, atmete Mager auf.

»Können wir?«, fragte Stahl und begann sofort, mit den beiden Fernbedienungen zu jonglieren: der Husemann-Platz am Samstag. Alexander Klink im Gespräch mit Polizisten. Dann eine junge Frau, die am Pullover zu einer Wanne gezerrt wird, den Oberkörper halb entblößt, das lachende Gesicht eines Bullen ...

Während Susanne den Pressesprecher nicht aus den Augen ließ, beobachtete Mager die blonde Kommissarin. Wie die meisten Polizeileute hatte sie sich gut in Gewalt: Kein

Muskel zuckte, als ihre Geschlechtsgenossin von den männlichen Kollegen malträtiert wurde. Aber wie der Nachrichtenverkäufer in Blau wandte sie keinen Blick von dem Monitor. Da fuhr Mager den rechten Arm aus und stellte die Kamera an.

»Jetzt!«, sagte Susanne.

Alexander tauchte wieder auf: im Polizeigriff, mehr fallend als stolpernd vor der offenen Hecktür einer Wanne, hineingestoßen; eine zweite zivile, abgerissen gekleidete Gestalt, die bereitwillig hinterher kletterte; zwei grüne Gestalten, die den jungen Männern folgten ...

»Wie bringen Sie diese Bilder mit Ihrer gestrigen Erklärung in Einklang? Wenn ich Sie erinnern darf: Sie haben behauptet, Alexander Klink sei nicht festgenommen worden.«

Der PR-Mann war sichtlich angeschlagen. Sein Gesicht hatte sich den matten Farben des Inventars angepasst, und sein Atem ging flach. Von Lächeln keine Spur.

»Festgenommen?«, fragte er endlich zurück. »Wir haben Samstag auf dem Platz überhaupt niemanden festgenommen.«

Susanne beugte sich vor: »Es geht jetzt nicht um juristische Spitzfindigkeiten, Herr Stahl. Sie haben behauptet, der später tot aufgefundene Alexander Klink sei nicht in den Händen der Polizei gewesen. Und das war, wie wir jetzt sehen können, nicht die Wahrheit.«

Stahl stemmte sich hoch, vergaß den Jackenknopf nicht und zog die Manschetten seines weißen Oberhemds zurecht, sah auf die PEGASUS-Leute hinab: »Wissen Sie, seit der Pressekonferenz sind fast 24 Stunden vergangen. Wir können immer nur das sagen, was wir wissen, und unser Wissensstand verändert sich ständig. Selbstverständlich werden wir ...«

Thalbach beendete den Redeschwall. Sie stand auf, drückte die Kassette aus dem Schacht, nahm sie fest in ihre linke Hand und reichte Susanne die rechte: »Vielen Dank, Frau Ledig, für das Untersuchungsmaterial. Wir freuen uns immer, wenn die Bevölkerung uns hilft.«

Bevor jemand etwas sagen konnte, war sie verschwunden – und die Kassette auch. Sprachlos starrten die Männer ihr hinterher. Was für ein Biest, dachte Mager.

Stahl erholte sich als Erster von der Überraschung: »Wie Sie sehen – die Beweissicherung geht vor! Hat mich sehr gefreut ...«

Mager trat hinter das Stativ, löste die Kamera aus der Halterung, zeigte Stahl beim Absetzen des Geräts seinen Rücken und stellte das Maschinchen ab: Dieser Stahl würde sich noch wundern.

»Und noch eins«, meldete sich der Pressesprecher, als sie schon auf der Schwelle standen. Mager drehte sich um, und Stahl deutete auf die Kamera: »Falls Sie irgendwelchen Unsinn gemacht haben und ich mein Gesicht heute Abend im Fernsehen entdecke – dann haben Sie zu diesem Haus nie mehr Zutritt!«

26

Im Wagen überflog Eulenstein die Personalliste, die ihnen der Chef der *Farm* hatte mitgeben lassen: »Vier oder fünf Leute können wir noch schaffen. Einer von diesen Türstehern wohnt ganz in der Nähe.«

Hardenberg schielte auf seine Uhr und meldete Bedenken an: »Die vom Personalrat haben neuerdings so komische Worte drauf. Eins davon heißt Feierabend.«

»Also gut«, gab die Kommissarin nach. »Zwei bis drei. Ich muss auch noch einkaufen.«

Bin gespannt, was sie noch alles von sich erzählt, dachte der Kriminalhauptmeister.

Thomas Sachse wohnte in einem der Sozialbauten, die anstelle der alten Radrennbahn das Dreieck zwischen Hattinger und Friederikastraße füllten: ständiger Straßenverkehr auf der einen, der Anblick des Wiesentals auf der anderen Seite, Grünanlage, dazu ein Feuchtbiotop, das mit Regenwasser gefüllt war.

»Die Kollegen sind schon da!«, witzelte Hardenberg, als sie auf den Parkplatz bogen. Ein grün-weißer Vectra mit dem charakteristischen Blaulicht auf dem Dach döste in einer der Buchten vor sich hin, aber von der Besatzung war niemand zu sehen.

Wenn das Klingelschild stimmte, wohnte Sachse im dritten der zwölf Stockwerke. Eulenstein drückte und wartete, den Blick auf die Sprechanlage gerichtet. Aber niemand meldete sich. Stattdessen summte der Öffner und gab den Weg in einen abgenutzten und schlecht gesäuberten Hausflur frei. Einige der 24 Briefkästen waren schon mal ohne Schlüssel geöffnet worden, und niemand schien es darauf ankommen zu lassen, hier sein Fahrrad oder einen Kinderwagen abzustellen.

»Wohin?«

Ohne Antwort oder Zögern betrat Eulenstein den Aufzug und legte den Zeigefinger mit dem schwarzen Nagel auf die Drei. Hardenberg wünschte sich, nur etwas von dieser Selbstsicherheit zu besitzen. Unvorstellbar, dass diese Frau jemals aus Verlegenheit feuchte Hände bekam.

Oben sah der Hausflur etwas freundlicher aus – und eine der Türen war nur angelehnt. Die Kommissarin klopfte an die Zarge und trat ein, bevor man drinnen reagieren konnte.

»Hasse die Pizza?«, fragte eine Männerstimme.

»Nein!«, antwortete die Kommissarin.

Jemand schien panikartig auf die Füße zu springen, und eine Sekunde später schoss ein langer Typ mit breiten Schultern in den Korridor, die dunklen Haare nicht länger als einen Millimeter. Verblüfft blickte er auf die beiden Fremden, und auch die Beamten mussten eine Schrecksekunde überstehen: Der Mann trug Uniform.

»Wer sind Sie denn?«

Die Kommissarin ließ ihren Ausweis aufblinken und starrte dem Kollegen neugierig ins Gesicht. Verlegenheit war noch eine milde Umschreibung dessen, was sich da abspielte: Sie hatten ihn bei einem illegalen Päuschen erwischt.

»Sind Sie Thomas Sachse?«

Der Bodybuilder nickte: »Um – was geht es denn?«

Hardenberg unterdrückte ein Grinsen. Inzwischen hatte er ein Auge dafür, wann ihre Kunden etwas zu verbergen suchten.

»Wollen wir das im Korridor klären?«

»Was – ach so. Kommen Se doch rein.«

Er führte sie in einen geräumigen Wohnraum, der für einen einfachen Streifenbullen um ein paar Tausender zu kostspielig eingerichtet war: Strukturtapete, dicke Polstergarnitur, eine zweifarbig lackierte Anbauwand mit beleuchteter Vitrine und einem Türmchen mit Rundbogen. In einem der Sessel hockte der zweite Mann aus dem Streifenwagen, die Mütze vor sich auf dem Tisch, und schlürfte Kaffee.

»Um was geht es denn?«, fragte Sachse erneut, ohne seinen Kollegen vorzustellen.

»Um Ihren Job in der *Farm*«, verriet die Kommissarin und ließ die Stimme hängen. Was für ein Aas, dachte Hardenberg.

Empört blies der Mann die Backen auf: »Was geht Sie das an? Ich bin immer pünktlich auf Schicht gewesen. Und war immer fit.«

Eulenstein öffnete ihre Schultertasche und begann zu kramen: »Nebenjobs sind genehmigungspflichtig.«

»Und das hier?« Die Hand des Polizisten deutete auf die Einrichtung. »Von was soll ich das bezahlen? Mit den paar Kröten von meinem Gehalt?«

»Nicht mein Problem«, bekundete die Eule gleichgültig. »Was Sie verdienen würden, haben Sie schon bei der Einstellung gewusst.«

»Besuch?«, fragte eine verwunderte Frauenstimme.

Hardenberg sah auf: In der Tür stand eine Frau, Mitte zwanzig wie Sachse, aber deutlich kleiner als er. In der Hand hielt sie zwei der flachen Schachteln, in denen die Pizzabäcker ihre Lieblingsprodukte verpackten.

»Thomas, was ist los?«

Äußerlich wirkte sie zuerst wie ein munteres, unbeschwertes Diskomäuschen, aber dann entdeckte der

Hauptmeister die Schatten unter den Augen. Sie schienen nicht allein vom Make-up zu stammen.

»Thomas!«, forderte sie die überfällige Antwort ein, aber er winkte ab: »Klappe! Das ist Kripo. Ihnen gefällt unsere Einrichtung nicht.«

Stimmt, dachte Hardenberg.

»Was hat denn die Kripo damit zu tun?«

Sachse ignorierte die Frage. Stattdessen blickte er auf die Wanduhr, an der sich etliche Kunstschmiede versucht haben mussten: »Kommst ganz schön spät. Wir können gar nicht mehr in Ruhe aufessen.«

»Was kann ich dazu ...«

Eulenstein zog jetzt das Foto aus der Tasche und hielt es Sachse hin: »War der Samstag in der *Farm*?«

Der Pizzafresser starrte auf Waldemar mit der Haartolle und zog seine gezupften Brauen zusammen: »Kommt mir bekannt vor. Aber Samstag?«

»Gehört zu einer Gruppe junger Aussiedler. Kann sein, dass sie sich untereinander auf Russisch unterhalten.«

»Ach, diese Polacken ...« Er biss ein Stück Pizza an und warf den Rest in die Schachtel zurück, schnallte sich schon das Koppel um.

»Weiß nicht. Sind so viele Leute. Fragen Sie mal bei den Tänzerinnen nach. Oder der Barfrau. Da hängen diese Brüder immer herum ...«

Er winkte seinem Kumpel. Der Mann zog sich an den Armlehnen des Sessels hoch, setzte seine Mütze auf und packte sich die Pizza auf die Faust. Hardenberg fragte sich, mit welch einer Ausrede sie sich bei der Leitstelle abgemeldet hatten.

»Ich muss jetzt. Die Pflicht ruft«, behauptete Sachse und blickte unmissverständlich zur Tür. »Und meine Frau weiß sowieso nix.«

Eulenstein steckte das Foto ein und schritt als Erste durch die Tür: »Danke für die Mühe. Freut mich immer, wenn Kollegen unsere Arbeit unterstützen.«

»Geht schon klar, Frau Kollegin!«, dröhnte Sachse. Das Wort Ironie war ihm wohl noch nicht oft begegnet.

Dicht hinter den Kriminalbeamten schleppten sich die Streifenbullen treppab – offenbar trainierten sie in ihrem Studio die falschen Muskeln. Im ersten Stock musste Eulenstein einer jungen Frau ausweichen, die versuchte, die Treppenstufen mit Wischwasser einzuweichen. Hardenberg fragte mit aller Freundlichkeit, ob er passieren könne, und erntete ein erfreutes Lächeln: »Sicher doch.«

Kaum hatten sie die Gefahrenstelle hinter sich gelassen, stoppten die Schritte der uniformierten Kollegen. Sachses Stimme dröhnte durch das Treppenhaus: »Ach, Frau Riemann. Gut, dass ich Sie sehe ...«

Er brach ab, und Hardenberg glaubte, den Blick des Bullen in seinem Nacken zu spüren. Was immer er klären wollte – die Anwesenheit der Kripoleute schien ihn zu stören. Warte nur, Bursche!

Auf dem nächsten Treppenabsatz schob Hardenberg sich an der Kommissarin vorbei. Unten blieb er stehen und legte den Finger auf den Mund, ehe er die Haustür aufriss. Zwei, drei Sekunden ließ er die dumpfen Straßengeräusche herein, dann gab er den Schließmechanismus frei. Die Tür schlug gegen den Rahmen und sperrte den Verkehrslärm wieder aus.

Im selben Augenblick polterte Sachses Stimme von oben zu ihnen herunter: »Also! Wenn Ihr Sohn noch einmal meinen Christopher anpackt, haue ich ihm eigenhändig den Arsch. Und wenn Sie noch einmal irgendwelche Sachen erzählen, dann komme ich mal mit meinem Kollegen vorbei – wenn Sie verstehen, was ich meine.«

27

Auch bei PEGASUS gab es noch keinen Feierabend. Während Karin liegen gebliebenen Bürokram durcharbeitete, strickten die Chefin und ihr Kameramann im Schneideraum noch an dem Bericht für die *Aktuelle*.

»Wo steckt Kalle eigentlich?«, fragte Susanne, die ihren Text glattbügelte. Mager zog die Schultern hoch und kopierte den Schluss ihres Film auf das Band, das der Sender bekommen sollte: »Wie du dich vielleicht erinnerst, waren wir den Tag über zusammen unterwegs. Woher soll ich mehr wissen als du?«

»Männer!«, schimpfte die Blonde und drückte die Ruftaste der Sprechanlage: »Kalle ist überfällig. Treib ihn bitte auf, Karin!«

Ohne auf eine Antwort zu warten, beugte sie sich wieder über ihren Text und änderte noch eine Formulierung. Dann blickte sie den Bärtigen an: »Fertig?«

Er fuhr die Kassette an den Anfang zurück und nickte ihr zu: »Fertig zum Probedurchgang ...«

Sie strich noch einmal den Zettel mit dem Text glatt und holte Luft: »Also, mach!«

Mager startete das Band. Drei Sekunden Vorlauf, dann war Susanne dran: »Bochum. Dramatische Zuspitzung bei der Aufklärung des Mordes an dem 18-jährigen Alexander K. Noch gestern hatte ein Polizeisprecher bestritten ...«

Sie sprach den Text so ernsthaft und betont ins Mikrofon, als würde er bereits aufgenommen. In Wirklichkeit ging es darum, Länge und Inhalt der einzelnen Passagen mit den Filmbildern zu vergleichen – und beide Elemente aufeinander abzustimmen.

»Fast«, sagte Mager nach genau 150 Sekunden und stoppte die Anlage. Mit seinem dicken Zeigefinger markierte er eine Stelle im Manuskript. »Diesen Satz müssen wir um fünf oder sechs Worte kürzen, und hier brauchen wir eine Pause von zwei Sekunden ...«

Susanne griff zum Kugelschreiber und machte sich an die Arbeit. PEGASUS lebte davon, die Recherchen eines Tages in zweieinhalb Minuten zusammenzufassen. Welche Verrenkungen dabei nötig waren, um die Wahrheit nicht völlig zu entstellen, interessierte in der Redaktion niemanden – und sie waren lange genug im Geschäft, um an einmal festgelegten Sendezeiten nicht zu rütteln.

»Okay«, sagte die Chefin schließlich. »Nächster Test!«

»Nicht nötig«, widersprach Mager. »Das schaffst du jetzt schon.«

Karin steckte ihre Mähne durch die Tür: »Zu Hause ist Kalle nicht.«

Der Bärtige sah unwillkürlich auf den Hof hinaus und schluckte: Das war nicht mehr ihr Zuhause. Bei der Trennung der Eltern hatte auch Sohn Kalle seine Sachen gepackt und sich zusammen mit seiner Freundin Rosa Pawlak eine Wohnung in Dorstfeld gesucht.

»Hast du es bei Rosas Eltern versucht?«

Magers Sohn gehörte dort längst zur Familie, so wie Rosa zu PEGASUS gehörte. Gemeinsam mit Kalle hatte die ehemalige Punkerin PEGASUS manchen wertvollen Dienst geleistet. Wie es aussah, passte sie in den Laden – und zu Kalle.

»Hab ich«, nickte Karin. »Aber da sind sie auch nicht.«

Susanne blickte auf die Uhr. »Bestell zur Sicherheit ein Taxi. Soll in zehn Minuten hier sein.«

»Wird gemacht!«, bestätigte Karin und warf noch einen Blick auf Mager. Aber der schüttelte nur seine dünn gewordenen Haare. Wenn der Film fertig war, hatten sie Zeit genug, um sich Sorgen zu machen. Sacht schloss Karin die Tür von außen.

»Mach die Schotten dicht!«, kommandierte Susanne und schaltete das rote Warnlicht auf dem Flur ein. Mager stand auf und liess die Rollläden herab. Selbst wenn Mechthild einmal Ruhe gab und nicht zum falschen Zeitpunkt das Getriebe ihres Wagens quälte – die Enkelkinder der Türken aus dem Nachbarhaus wussten auch schon, wie man Lärm machte.

»Jetzt!«, sagte Mager und startete.

Zweieinhalb Minuten später hatten sie den Film im Kasten. Mager tütete die Kassette ein, Susanne füllte den Laufzettel aus und bewahrte eine Durchschrift für Karin auf – die Rote musste am nächsten Morgen die Rechnung schreiben.

»Was ist mit Kalle?«, fragte Susanne, als der Film per Taxi unterwegs zum *WDR* war.

»Weiß ich wirklich nicht!«, bekannte Mager und griff zum Telefon, tippte auf das Symbol für die Kurzwahl und dann die Neun. Vier Freizeichen, dann kam der Anrufbeantworter und sagte den Spruch auf, mit dem er gefüttert war.

Ungeduldig wartete Mager auf das Startsignal, dann schrie er los: »Kalle, wenn du zu Hause bist, dann heb endlich den Scheiß-Hörer ab. Mit dem Film hat alles geklappt – aber um dich machen wir uns langsam ernsthafte Sorgen.«

Mager warf den Hörer in die passende Vertiefung, stand auf, zog seine Jeansjacke an und stopfte sein Rauchzeug in die Taschen.

»Wohin?«

»Zu Mehmet. Er müsste jetzt den Lada fertig haben.«

28

Gegen Abend versiegte der Nieselregen so sanft und undramatisch, wie er begonnen hatte. Der Grauschleier über dem Ruhrgebiet wurde durchsichtiger, und am westlichen Horizont zeigte sich ein heller Schimmer.

Misstrauisch öffnete Hugo Helgoland die Balkontür und streckte prüfend eine Hand ins Freie. Tatsächlich: Die Regenjacke konnte auf dem Bügel bleiben. Und der Himmel hinter dem Kraftwerk sah ganz danach aus, als kehrte der Sommer noch einmal zurück.

Mit dieser Entwicklung war Helgoland voll einverstanden. Sommer – das war seine Zeit! Vielleicht morgen schon schwebten die Weiber wieder in kurzen Röckchen und knappen T-Shirts über die Straßen. Und wenn er Glück hatte, lag auch Corinna Karstadt mit blankem Busen auf der Terrasse. Von diesen Visionen begeistert, brachte der Rentner den Liegestuhl wieder in Position und rieb den Lkw-Rückspiegel auf der Brüstung blank. Was immer auch geschah – er war gerüstet.

In der Diele streifte Helgoland seine graue Windjacke über, überprüfte den ordnungsgemäßen Zustand seiner Hosenknöpfe und griff nach dem Stapel Papier, der auf dem Schuhschrank lag. Voller Stolz betrachtete er den Text: ***Alex (18) tot – Russenmord?***

Dieser Aufmacher war sein bislang größter Erfolg. Schade nur, dass die *BLUT*-Zeitung in der Siedlung kaum gelesen wurde! Die Nachbarn griffen meist zu Blättern, in denen es kaum Fotos, dafür aber umso längere Artikel gab. Wenn er seine *BLUT* ausgelesen hatte, waren diese Blödmänner bestenfalls mit der ersten Seite fertig. Richter Thürk zum Beispiel saß oft stundenlang im Garten und lernte sein dickes Wochenblatt auswendig. Der Buchhändler Peter Diesel las, so weit Helgoland das erkennen konnte, noch mindestens drei andere dieser Produkte.

Der Rentner schüttelte seine Glatze. Was brachte es, stundenlang von Sachen zu lesen, die alle längst passiert und sowieso nicht mehr zu ändern waren? Diesel sollte lieber im Vorgarten Unkraut ziehen ...

Auf jeden Fall würde von allein kaum jemand davon erfahren, dass Hugo Helgoland die Polizei auf die richtige Spur gesetzt hatte. So hatte er den *BLUT*-Beitrag ausgeschnitten und auf zwei Blätter geklebt, war ins Kirchviertel gefahren und hatte das Meisterwerk hundert Mal kopiert. Bald würde jeder wissen, dass er in jeder Beziehung seine Pflicht tat.

Rentner Hugo schnappte die abgewetzte Aktentasche und ließ seine Sandalen die Treppen hinunterklappern. Vor der Tür gönnte er sich einen tiefen Zug von der frischen Luft, die nach dem Regen durch die Siedlung zog – sie wirkte wie ein Aufputschmittel. Mit fast jugendlichem Tatendrang lief er über die Straße und schellte zuerst bei Sawitzki.

Wütendes Hundegebell beantwortete die Störung. Fremde mussten hinter dem geriffelten Glas mindestens einen Rottweiler vermuten. Aber Helgoland grinste nur: Das Kläffen kam vom Tonband. Ob das einen echten Einbrecher täuschen konnte? Der Rentner hatte seine Zweifel.

Endlich ertönten im Hausflur Schritte, dann öffnete sich die Tür. »Ach, Sie sind es ...«

Wie immer war der Rechtsanwalt so gekleidet, als müsste er gleich zum größten Prozess seines Lebens starten – das einzige Zugeständnis an den Feierabend bestand darin, dass er seine Krawatte um mindestens einen Zentimeter gelockert hatte. »Was ist: Wollen Sie schon wieder Geld für Filme und Porto kassieren?«

»Nein, habbich doch schon letzte Woche. Bei Ihre Frau. Die nächsen hunnert Anzaign sinn finanssiert.«

Sawitzki machte noch immer keine Anstalten, den Weg ins Innere des Hauses freizugeben.

Also hielt der Rentner ihm einen seiner Raubdrucke entgegen und kam zur Sache: »Hier. Das stann heute in *BLUT*. Muss dochma watt geschehen mit die Russkis da drüben. Dachte, interessiert Sie.«

Zögernd nahm der Anwalt das Blatt entgegen: »Habe ich schon gesehen. Hoffe, Sie können das auch beweisen. Schönen Abend noch.«

Die Tür war zu, bevor Helgoland einen weiteren Satz anbringen konnte. Arschloch, dachte er. Aba für dain Paakplatz soll ich mich abrackan!

Er wischte sich den Schweiß von der Glatze und tauchte in den Weg, der zu den beiden nächsten Häusern führte.

Papke, Abteilungsleiter im Bauamt der Stadt, nahm das Blatt mit einem beifälligen Nicken entgegen: »Gut, dass du die Augen offen hältst, Hugo!«

Am Ende der Gasse wohnte der Historiker. Der Rentner schob den Artikel durch den Türschlitz. Der Mann trieb sich noch immer in Asien herum und hielt vor den Eingeborenen Reden über das Dritte Deutsche Reich und den Zweiten Weltkrieg. Helgoland konnte sich nicht vorstellen, dass jemand freiwillig zu solch einem Vortrag ging.

Er machte kehrt und ächzte zwischen den Haustüren der ersten und den Gärten der zweiten Häuserreihe zur Stichstraße zurück. Zwanzig Meter in Richtung Wendehammer, dann stand er vor Gustl Glorias Tür. Klingeln war unnötig – der Mann stand bereits draußen, um seinen Riesenschnauzer auf die Abendrunde zu führen.

»'namd, Herr Helgoland!«, grinste der Mann mit dem gewellten Haar. »Immer auf dem Posten?«

Der Kahle hielt ihm ein Blatt entgegen: »Hier, ausse Zeitunk. Müssense undingt lesen ...«

Gloria warf nur einen Blick auf die Schlagzeile und

schüttelte den Kopf: »Habe ich alles schon auf der Mittagsrunde gehört. Behalten Se mal!«

Er nickte noch einmal, verlängerte seinem Hund per Knopfdruck die Leine und tröstete das Tier: »Ja doch. Ich komm ja schon, Berti!«

Idiot, dachte Speckbacke und zog weiter. Im nächsten Haus öffnete niemand, also musste er sich wieder bücken, um die Blätter durch den engen Schlitz zu zwängen. Wieso zwingnse die Leute nich mittnem Gesetzz, oantliche Briefkästn anzubringen, dachte Helgoland. Kein Wunna, datter Postbote moans so lange braucht!

Zum Ausgleich für die Mühe kam bei Scheppmanns der Hausherr persönlich an die Tür.

»'namd, Herr Scheppmann. Wollte Ihnen ma watt zu lesen bring.«

»Kenn ich schon!«, blaffte der Polizeirat und schlug dem Nachbarn die Tür vor der Nase zu.

Ähnlich rüpelhaft benahm sich eine Minute später Professor Klink. Helgoland gab sich alle Mühe, sein Mitgefühl mit der vom Leid geprüften Familie in einer Art Hochdeutsch auszudrücken, aber dieser Bücherheini ließ ihn gar nicht ausreden: »Mann, wischen Sie sich den Arsch mit dem Mist. Und betreten Sie nicht noch einmal mein Grundstück. Ist das klar?«

Undank, dachte Helgoland, nix wie Undank. Unsaraina jaacht den Möada fon saim Soon – und dann sowatt!

Mehr Aufmerksamkeit fand Helgoland bei Richter Thürk. Der nahm grinsend die Kopie entgegen und schwenkte sie wie eine Trophäe durch die Luft: »Danke. Mal sehn, ob das als Beweismaterial reicht!«

»Beweis – watt?«

»Beweismaterial.«

»Unn wofüa?«

»Volksverhetzung!«, klärte ihn der Jurist auf. »Das ist ein Offizialdelikt ...«

Helgolands Stirn bildete schon Furchen, da schob der Riese vom Landgericht eine Erklärung nach: »Wenn Sie beleidigt werden, müssen Sie Anzeige erstatten, wenn wir aktiv werden sollen. Bei Mord aber müssen wir in jedem Fall was tun.«

»Unn Sie mainn ...«

»Genau. Volksverhetzung, zum Beispiel gegen Aussiedler, ist in dieser Hinsicht das Gleiche wie Mord.«

Tief in den Sud versunken, den man bei anderen Menschen mit dem Begriff ›Gedanken‹ umschreiben würde, trottete Helgoland weiter und vergaß vor Schreck, seine Botschaften auch bei Peter Diesel und seiner Mieterin abzugeben. Doch eine Haustür weiter wurden Kräfte in ihm wach, die keines Gedankens bedurften. Automatisch zog es ihn zu Corinna Karstadt – ein Ritter, der auf Grund eines inneren Zwangs seiner Dame den Beweis für treue Minnedienste präsentieren möchte.

Das Ergebnis glich einer Katastrophe. Kaum hatte die Karstadt gesehen, was er ihr andrehen wollte, sah sie ihn empört an. Und fragte, bevor die Tür ins Schloss fiel: »Sind Sie jetzt bei den REPs?«

29

»Nee, Klaus, nix zu machen!«, beteuerte der Monteur und hob zum Beweis seine Hände. Sie waren frisch in Motoröl gebadet und passten farblich gut zu den listigen Augen, mit denen er den bärtigen Brillenträger musterte. »Die Karre ist hin!«

»Glaub ich nicht, Mehmet!«, erklärte der Kunde und richtete seinen Zeigefinger auf die altersschwache Hebebühne, die unter einem noch älteren Fahrzeug ächzte. »Bis gestern ist der Wagen wie eine Eins gefahren!«

»Wenn du es sagst ...« Der Typ im Blaumann breitete die Arme aus und schielte vorsichtig nach oben. »Aber dann hat Allah ein Wunder vollbracht ...«

»Wieso?«

»Der Motor läuft nur noch auf drei Pötten, das Getriebe liegt trocken, die Stoßdämpfer sind im Arsch, die Lenkung taugt gerade noch für einen Ochsenkarren. Und dann ist da noch dies!« Er zog einen Schraubendreher aus der Beintasche und trat auf das Fahrzeug zu. Spielerisch kratzte er an mehreren Stellen des Bodenblechs und an den Kotflügeln. Braunrotes Gebrösel regnete herab, und die Metallspitze des Werkzeugs tauchte mühelos in die Eingeweide des Schrotthaufens. »Siehst du?«

Der Besitzer stöhnte auf: »Mensch, die Karre ist gerade mal fünf Jahre alt. Das ist doch kein Alter!«

»Für ein Auto nicht«, bestätigte der Türke und tippte beiläufig an den rechten Vorderreifen. Während er auf der Innenseite noch Spuren von Profil besaß, so war das Gummi außen glatt wie ein Babykinn. »Aber das hier war ein Lada!«

Der bärtige Mann mit dem Bierbauch starrte auf sein Gefährt, als könnte er es per Hypnose aus dem Tiefschlaf erwecken. Doch nichts geschah. Die Scheinwerfer, mit Dutzenden Mückenleichen verklebt, erinnerten eher an die gebrochenen Augen eines Toten.

»Aus und vorbei!«, fasste Mehmet seine Bilanz zusammen und klopfte seinem besten Kunden aufmunternd auf die Schulter. »Lass das Radio drin, und ich verschrotte dir die Kiste kostenlos!«

Stumm blickte Mager die staubige Straße entlang, in der er seit zwei Jahrzehnten wohnte und arbeitete. Die beiden Häuserzeilen waren insgesamt so trostlos wie das Gelände, auf dem er sich befand. In der ausgedienten Tankstelle mit der maroden Abschmierhalle hatte schon manch ein Existenzgründer seinen Glauben an die freie Marktwirtschaft verloren. Wie sich ausgerechnet Mehmet bis jetzt den Gerichtsvollzieher vom Leib gehalten hatte, gehörte zu den ungelösten Rätseln des Weltalls.

»Aber ohne Auto bin ich aufgeschmissen!«

»Ich weiß«, sagte der Türke. »Ich habe da gestern einen schönen Benz hereinbekommen. Gerade mal acht Jahre alt ...«

»Vergiss es. Solch einen Schrott fahre ich nicht.«

»Und wie wär's mit dem Escort da drüben? 115 PS, TÜV-frei, Sportfelgen, Stereo-Anlage und so rot wie dieser Lada. Die Mädels fliegen auf so eine Karre.«

»Kein Interesse. Ich brauche keine Kiste, wie sie jeder Techno-Frickel fährt. Ich brauche ein Auto mit Charakter ...«

Grübelnd kratzte der Monteur sein Kinn und hinterließ eine breite Ölspur in seinem Gesicht. Plötzlich grinste er und deutete mit dem Kopf zu dem verglasten Raum hinüber, in dem er sein Büro eingerichtet hatte: »Komm mal mit!«

Er stieß die Tür auf, fischte sich eine Cola aus der Kühlung und überschüttete die dunkelhaarige Frau hinter dem Schreibtisch mit einem Wortschwall, in dem dreimal der Name Volvo auftauchte und an dessen Ende mindestens vier Fragezeichen hingen. Doch Tuba sah ihn nur ratlos an und zog die Schultern hoch.

»Dann ruf doch mal an!«, schnauzte Mehmet auf Deutsch. Während seine Schwester eine lange Nummer in die Tasten tippte, hielt er Mager eine Schachtel hin. Wenn man der Werbung glaubte, kam kein amerikanischer Cowboy ohne diese Sorte aus. Doch Mager war Kameramann und stammte aus Dortmund.

»Pass auf!«, erläuterte Mehmet. »Ich habe einen Cousin in Berlin, der auch mit Autos handelt. Mal sehn, ob der den Lada nimmt und dir mit demselben Transporter ein Auto mit Charakter zurückschickt.«

»Einen Volvo? Teuer, schwer. Viel Sprit ...«

Tuba unterbrach ihren Bruder und hielt ihm den Hörer entgegen: »Sprich selbst mit ihm ...«

Die nächsten zehn Sätze gingen auf Türkisch durch die Leitung, und der Monteur trommelte ungeduldig mit den Fingern auf die Schreibtischkante. Dann stoppte die Rhythmus-Maschine, und seine Augen leuchteten: »Hast du noch? Wunderbar! Wie viel? Ach komm, das ist doch zu teuer. Der Wagen ist schließlich zehn Jahre alt, und du hast ihn schon acht Wochen da stehen ...«

Die Augen des Türken blitzten Mager kurz an, und er legte die Hand auf die Sprechmuschel: »Er will uns über den Tisch ziehen. Aber das mache ich nicht mit!«

Dann riet er dem Cousin aus Berlin: »Geh noch fünfhundert runter. Ich schick dir einen Lada-Kombi vom Feinsten.

Garagenwagen. Sehr gepflegt. Prima Maschine und so gut wie rostfrei. Wenn du nur einen Tag Arbeit reinsteckst, lekken sich die Leute in Weißrussland die Finger danach ...«

Mager war froh, dass der Verhandlungspartner ihn nicht sehen konnte: Stirn und Achselhöhlen wurden feucht, und auch ohne Spiegel wusste er, dass die Scham ihm ein leuchtendes Rot in die Wangen trieb. Außerdem, was sollte er mit einem zehn Jahre alten Luxus-Liner aus Schweden?

»Ich frage ihn. Bleib mal dran.«

Mehmet stellte das Telefon auf stumm und sah Mager an: »Also, Volvo, zehn Jahre jung, neunzigtausend gelaufen ...«

»Ist der Lada auch!«

»Ja, aber glaub mir: Ein Volvo ist da gerade erst eingefahren. Außerdem: TÜV-frei, generalüberholt, Ledersitze, Armaturen mit Tropenholz verkleidet, Einwegscheiben, Glas und Blech absolut kugelsicher ...«

»Wie bitte?«

»Du wolltest doch ein Auto mit Charakter! Und das ist eins! Kannst du als Journalist gut gebrauchen. Wenn ich dran denke, wer dir schon alles auf die Bude gerückt ist ...«

»Mensch, wer hat die Kiste denn gefahren?«

Mehmet sah ihn an und grinste: »Wer ihn gefahren hat, weiß ich nicht. Aber ich weiß, wer hinten gesessen hat ...«

Er legte eine kunstvolle Pause ein, lutschte noch einmal an seiner Coladose und nannte einen Namen mit drei Silben.

»Honecker?«

»Fünfzehntausend, mein Junge. Ein Prachtstück. Die Leute werden dich darum beneiden ...«

Mager schluckte. War schon bereit, den Handel perfekt zu machen. Aber dann fiel ihm eine Kleinigkeit ein: Er konnte den Volvo gar nicht kaufen – kaufen konnte ihn nur die Chefin der Firma, für die der Wagen fahren sollte. Und die ging mit dem Geld verdammt kniepig um.

»Vergiss es«, sagte Mager und spürte, dass seine Hände feucht wurden. »Viel zu teuer. Mehr als zehn – nie im Leben.«

»Zehn?«, schrie Mehmet. »Unmöglich.«

Er gab die Botschaft durch und schien in Berlin einen Herzinfarkt auszulösen. Erneuter Wortwechsel mit dem Cousin, das Angebot sank auf vierzehn, auf zwölf – und nicht weiter.

»Muss ich mir überlegen«, sagte Mager. »Ich gebe dir morgen Bescheid.«

Stolz schwebte Mager über die zweihundert Meter zum PEGASUS-Hauptquartier hinweg: Er hatte die Burschen ganz schön abgezockt. Und wenn er sie noch bis auf zehn drückte, würde Susanne vielleicht doch zustimmen.

Als er die Haustür öffnete, stieg seine Laune um weitere Grade – schon auf der Treppe hörte er Kalles Stimme. Der verlorene Sohn war wieder aufgetaucht.

Im Trab nahm er die letzten Stufen, hielt aber auf dem obersten Absatz an. Irgendetwas am Tonfall des Knaben war seltsam und ungewohnt. Mager stieß die Tür auf.

Kalle lag in Karins Armen. Und heulte.

»Kalle!«, schrie Mager. »Was ist passiert? Etwas mit Rosa?«

Der Spross seiner Lenden nickte.

»Unfall?«

Kalle schüttelte den Kopf.

»Schwanger?«

»Mein Gott, bist du blöd!«, flüsterte Karin. »Sie hat einen anderen!«

30

»Sie sind Lohkamp?«

Westhoff musterte den Mann vor seinem Schreibtisch: Knapp über fünfzig und noch immer kein Krawattenmann, ein frisch gebliebenes Gesicht, aber graue Schleifspuren in den rötlich-blonden Haarwellen. Irgendwo, dachte der Kriminalrat, hat jeder eine Stelle, die sein wahres Alter verrät.

»Von Recklinghausen die Nase voll?«

Der Hauptkommissar zog sacht die Schultern hoch. Zehn Jahre und acht Tage hatte er am Nordrand des Ruhrgebiets

Leichensachen aufgeklärt. Aber vor einer Stunde hatten sie ihn zur Präsidentin geholt.

»Dienstlich abgeordnet«, sagte Lohkamp schließlich. »Und als Beamte dienen wir eben da, wohin uns die Behörde stellt.« Er zog sich unaufgefordert einen Stuhl heran, setzte sich und fischte aus der Tasche seiner Kordjacke ein Päckchen Filterzigaretten heraus. »Ich darf doch?«

Die Lunte brannte, bevor Westhoff reagieren konnte. Und nach dem zweiten Zug fügte Lohkamp hinzu: »Außerdem – Bochum ist doch wirklich eine schöne Stadt.«

Es klang tatsächlich so lässig, wie er es gewollt hatte. Aber er hatte Mühe, seine Stimme unter Kontrolle zu halten. Gegen eine unerwünschte Versetzung hätte er sich wehren können – aber bei einer ›Abordnung aus dienstlichen Gründen‹ musste auch der beste Personalrat kapitulieren.

»Ich habe immer etwas anderes gehört«, tastete sich Westhoff vor.

»Über Bochum?«

»Auch. Aber ich meine Ihr Verhältnis zur Behörde.«

Lohkamp sah den Kriminalrat schweigend an. Das waren nun wirklich alte Geschichten: sein Ausstieg beim BKA. Der Krach bei der Aufklärung des Mordes an einem Minister. Die Disziplinarmaßnahme, die ihm sein früherer Chef bei der Sonderkommission Terrorismus reingewürgt hatte ...

»Die Fettnäpfchen-Falle«, verriet er schließlich. »Einige sieht man zu spät, um den Fuß noch zu stoppen, und andere sind so verlockend, dass man einfach reintreten muss.«

»Und Sie haben keines ausgelassen«, konstatierte der Leiter der Kriminalgruppe Gewaltverbrechen.

»Wenn Sie so wollen«, sagte Lohkamp und entschied sich, nicht in die Details zu gehen. Wer wusste schon, wie dieser Westhoff gepolt war? »Das war die Kurzfassung. Die Langfassung würde den Steuerzahler zwei gut bezahlte Arbeitstage kosten. Wollen wir ihm das antun?«

Wie erwartet winkte Westhoff ab: So sehr hasste er die Steuerzahler doch nicht. Stattdessen fragte er: »Kennen Sie sich in Bochum aus?«

»Grob. Ich stamme aus Wanne-Eickel.«

»Es gibt Schlimmeres«, sagte Westhoff und deutete auf einen Schnellhefter, der viel zu dünn war, um von der Leere auf seinem Schreibtisch abzulenken. »Wir haben einen aktuellen Tötungsfall, die Mordkommission IV ist zurzeit dramatisch unterbesetzt, und als Fachmann sind Sie ja eigentlich unumstritten.«

Schleimbeutel, dachte Lohkamp. Wenn er so anfängt, kriege ich den beschissensten Fall, den sie gerade haben.

»Ich habe Sie deshalb angefordert und möchte, dass Sie den Laden zeitweise übernehmen.«

Dass man ihm diesen Vogel einfach so ins Nest gesetzt hatte, hatte Westhoff bereits verdrängt. Er schob die dünne Mappe etwa zehn Zentimeter näher zu Lohkamp hinüber. »Hier gebe ich Ihnen schon mal die Presseberichte von den beiden letzten Tagen. Die Ermittlungsakte wird Ihnen die Kollegin Eulenstein zeigen.«

»Was hat sie für einen Dienstrang?«

Westhoff stutzte, dann lachte er: »Ich verstehe. Aber Frau Eulenstein ist Kommissarin. Sehr ehrgeizig zwar, aber eben zwei Stufen unter Ihnen. Die Hauptkommissare aus der MK IV sind nämlich entweder krank oder in Urlaub.«

Schlechte Planung, dachte Lohkamp. Da hätte er gleich umbesetzen müssen.

»Donnerstag um acht haben wir Lagebesprechung, da erwarte ich Vollzähligkeit. Ansonsten steht meine Tür immer offen.«

Lohkamp unterdrückte den Wunsch, sich umzusehen, doch Westhoff durchschaute ihn: »Jetzt ist sie geschlossen. Das mache ich immer dann, wenn es um heikle Sachen geht. In solchen Fällen geht die Tür erst wieder auf, wenn ich es will – egal, ob draußen ein Massenmörder rumläuft oder ...«

Lohkamp wartete, aber Westhoff fiel offenbar keine passende Fortsetzung ein. Stattdessen besann er sich auf den Fall. »Da ist noch etwas.«

Er öffnete eine Schublade und zog eine Video-Kassette heraus: »Das Fernsehen hat einen Bericht gebracht, der uns sehr zu schaffen macht ...«

Der Hauptkommissar schickte seinen Blick für ein paar

Sekunden zu dem ausgedienten Förderturm hinüber, der das Dach des benachbarten Bergbaumuseums überragte. Mit unbequemen Fernsehberichten hatte er so seine Erfahrungen.

»Es wäre schön, wenn wir diesen Burschen nachweisen könnten, dass sie schwindeln.«

»Ist das ein Befehl?«, fragte Lohkamp und sah den Alten an. Doch gegen das Licht konnte er den Ausdruck in den Augen des Kriminalrats nicht mal erahnen.

»Unsinn. Eine Hoffnung.«

Westhoff sah auf die Uhr, und Lohkamp verstand. Er löschte die Zigarette in dem schweren Metallaschenbecher und stand auf: »Ich habe auch noch etwas.«

Westhoff deutete an, dass er für einen Wunsch offen war.

»Ich brauche einen neuen Dienstausweis.«

Der Kriminalrat nickte: »Schon angeordnet. Es fehlt nur noch Ihr Foto.«

»Gibt's hier in der Nähe ...«

»Nein. Aber gehen Sie zum Erkennungsdienst. Die Kollegen schießen wunderschöne Fotos.«

31

Magers Kopf war an diesem Morgen noch ein Stück schwerer als sonst: Kalles Liebeskummer, glaubte er, war nur mit Alkohol zu bekämpfen. So hatte er den Sohn schließlich aus Karins Armen befreit und die Therapie noch in der Dachstube mit einer halben Flasche Calvados eingeleitet.

Anschließend hatten sie sich über die Steinhammer Straße ostwärts nach Marten begeben – einem dieser einst heilen Vororte, die im Yuppie-Zeitalter weder in Frieden leben noch in Ruhe sterben konnten.

Gleiches galt für die Gaststätten dieser Ortschaft, und so orderten sie bald ein Taxi nach Lütgendortmund. Die entscheidenden Gläser leerten sie im *Piano* – einer maroden Kneipe, in deren Saal einst Hochzeitsfeiern, Tanzabende und KPD-Versammlungen stattgefunden hatten.

Als sie Stunden später vor der PEGASUS-Residenz aus dem Taxi fielen, konnte der Kameramann nur noch lallen: »Ich leeb imma fon foane, imma wieda fon foane ...«

»Was war das eigentlich für ein Liedchen, das ihr gestern Abend vergewaltigt habt?«, fragte Susanne, als die beiden Kerle endlich am Frühstückstisch saßen.

Vier stumpfe Augen sahen sie ratlos an.

»Also gut: die Daumenschrauben«, seufzte die Chefin und sang ihnen den Refrain vor. Nach dem dritten Anlauf kehrte eine Spur von Leben in Magers Maske zurück: »Puhdys. Ihre Antwort auf diese komische Wende neunundachtzig. Aber so, wie du das singst ...«

»Ihr hättet erst einmal euch hören sollen«, sagte Karin und riss die Folie von ihrem Becher mit Magermilchjoghurt ab. »Als hätte man zwei Kater ohne Betäubung kastriert ...«

Die nächsten Minuten gehörten vor allem den Geräuschen, mit denen Mager seiner Umwelt den Appetit verdarb. Als er mit seinem dritten Brötchen fertig war, suchte er ein frisches Päckchen von den Harten und zündete sich eine an: »Was liegt heute an, Boss?«

Susanne kaute noch mindestens siebenmal auf dem Klumpen herum, der einmal ein gesundes Roggenbrötchen gewesen war, ehe sie mit dem Daumen zum Korridor zeigte: »Die Geschichte mit dem neuen Putsch gegen den Oberbürgermeister ist gestorben ...«

Mager atmete auf.

»Und die Mediengeschichte kann noch zwei Wochen warten. Zuerst sollen wir die Mordgeschichte recherchieren.«

Das war endlich eine gute Botschaft!

»Dafür brauchen wir aber die Porträts von den abgeräumten Punks ...«

Mager stöhnte. Ihre Software war wirklich gut. Aber jeden einzelnen Punk herausfiltern und ausdrucken – das war Maloche. Und für derart filigrane Arbeiten fehlte dem Kameramann noch immer die nötige Geduld.

»Vor allem brauchen wir diesen Glatzkopf, der zusammen mit Alexander in die Wanne geschubst wurde. Er müsste wissen, was passiert ist.«

Vorsichtig deutete Kalle ein Nicken an: »Hoffentlich erwischen wir ihn vor den Bullen.«

»Glaube ich nicht«, widersprach sein Vater. »Die haben doch die Daten. Sie fahren vor und brauchen den Typen nur noch abzuernten.«

»Trotzdem«, sagte Susanne. »Wir können dem Sender nicht immer nur diese Pressekonferenzen anbieten ...«

Mager grunzte zustimmend: Jahrelang hatte er vergeblich gepredigt, dass sie besser recherchieren müssten. Aber ohne Susannes Augenmaß für das Kosten-Nutzen-Verhältnis ihrer Arbeit wäre die Firma schon längst Pleite gegangen.

»Anschließend fahren wir nach Bochum. Alexanders Schule und alles, was wir für ein Porträt brauchen.«

Auch das war ganz nach Magers Geschmack. Aber zugleich meldete sich eine böse Vorahnung: So viel Einigkeit bei PEGASUS war geradezu unheimlich. Die nächste Zeitbombe musste schon ticken.

»Jetzt die schlechte Nachricht«, bat er die Chefin und sah sie gespannt an.

Doch diesmal kam der Dolchstoß von der Dame seines Herzens. »Was hat es gestern Abend eigentlich bei Mehmet gegeben?«

Mager ging schon auf die fünfzig zu und brauchte seine Zeit, um den Themenwechsel zu verkraften.

»Naja, der Lada ist nicht mehr der Jüngste. Ziemlich viel zu tun. Genauer gesagt: Er ist im Arsch!«

»Gott sei Dank!«, seufzte Kalle. »Vielleicht fahren wir demnächst wirklich im Auto zum Dreh.«

Mager nickte strahlend: »Tun wir. Mehmets Cousin hat mir nämlich ein vorzügliches Angebot gemacht. Ein Auto mit absolutem Seltenheitswert.«

Die anderen sahen ihn skeptisch an.

»Einen Volvo. Gerade zehn Jahre alt. Früher ist damit Honecker zur Arbeit gefahren.«

Es wurde so still im Büro, dass man Karins Magen knurren hörte. Seit die Rote angeblich ein Kilo zu viel wog, fütterte sie ihren Verdauungsapparat nur noch mit Hungerrationen.

»Gib mal das Branchenbuch!«, flüsterte Susanne schließlich.

»Wieso?«

»Ist doch klar, Alter! Sie sucht dir einen guten Psychologen raus.«

Der Dicke reagierte mit einer Geste, die er nicht bei seiner Mutter gelernt hatte.

»Ich brauche ein Hörrohr«, verriet Susanne. »Hast du wirklich ...«

Mager nickte, und die Blonde lächelte: »Aber nicht auf Firmenkosten. Was du dir privat anschaffst, ist mir egal: Von mir aus sogar die Rikscha, die den letzten Kaiser von China transportiert hat.«

Mit jenem Herrn hatte Mager noch nie etwas im Sinn gehabt. Trotzig sagte er: »Dann hole ich mir die Karre eben privat.«

»Von welchem Geld denn?«, wollte die Rote wissen.

»Naja, so eine stille Reserve hat schließlich jeder ...«

»Du doch nicht!«, behauptete Kalle.

»Doch. Ich erhöhe einfach meinen Dispo.«

Da sprang Karin auf: »Und was ist mit unseren Plänen?«

»Welche Pläne?«

»Das Hinterhaus.«

Mager schwieg. Die Sache mit dem Volvo hatte sich erledigt.

32

Frustriert arbeiteten Eulenstein und Hardenberg ihre Ermittlungen vom Vortag auf: vier Besuche und kein Ergebnis. Waldemars Alibi stand noch immer. Letzte Hoffnung der Kommissarin war die Barfrau aus der *Farm* – aber die war verreist und würde erst am Freitag wieder in Bochum sein.

Die Arbeitsteilung glich schon einem Ritual: Die Kommissarin blätterte in den Notizen des Hauptmeisters und befragte ihr Gedächtnis, um Hardenberg dann zu diktieren, was in der Ermittlungsakte abgeheftet werden sollte. Wie immer schwankte der Polizist dabei zwischen Wut und Bewunderung: Einerseits wandelte sie seine Stichworte in präzise Sätze um, die mit seinem Beamtendeutsch nichts mehr zu tun hatten; andererseits plagte ihn das frustrierende Gefühl, bei dieser Frau die Arschkarte gezogen zu haben.

»Fertig?«, fragte sie und warf einen Blick über seine Schulter. Ihre schwarz gelackten Fingernägel zeigten auf den Bildschirm: »Was immer die Rechtschreibreform verlangt – wir setzen vor Konstruktionen mit *um zu* weiterhin ein Komma.«

Als Hardenberg den Cursor ein paar Zeilen zurückfahren ließ, öffnete sich die Tür. Ein nicht sehr großer Mensch mit rötlich-blondem Haar stand auf der Schwelle und ließ seinen Blick kurz durch das Büro schweifen, bevor er eintrat und den Mund öffnete – eines der Indizien dafür, einen Kollegen vor sich zu haben: »Lohkamp. Darf man?«

Mit glatter Stirn sah Eulenstein ihn an. Endlich sagte sie eisig: »Ich kann es Ihnen nicht verbieten.«

»Wie wahr«, grinste der Hauptkommissar und streckte ihr die Hand entgegen. »Aber ich bin wirklich nicht gekommen, um Sie in den Kindergarten zurückzuschicken.«

»So war's nicht gemeint.«

»Nicht schwindeln«, sagte der Neue. »Ich würde das so meinen, wenn ein Fremder hereinschneite, um sich meinen Fall an Land zu ziehen.«

Zum ersten Mal erlebte es Hardenberg, dass Dagmar Eulenstein unter ihrem perfekten Make-up erbleichte. Im Kontrast zu ihren schwarzen Schickimicki-Klamotten stand ihr sogar diese Farbe.

»Lassen Sie uns das doch gleich klären, Frau Eulenstein: Jeder sagt ungeschminkt seine Meinung. Das ist nicht immer leicht, aber sicher eine bessere Arbeitsgrundlage als irgendeine Form von Heuchelei. Meinen Sie nicht auch?«

Sie zwang sich ein Lächeln ins Gesicht: »In Ordnung. Aber ich habe Haare auf den Zähnen.«

»Besser als im Gesicht«, grinste Lohkamp.

»In Ihrem oder in meinem?«

»Wow«, machte Lohkamp und tat so, als hätte er sich die Finger verbrannt. »Und statt einer Zunge ein Rasiermesser!«

Er wandte sich an Hardenberg: »Die Sache mit der Meinungsfreiheit gilt natürlich auch für Sie.«

»Freut mich«, meinte der Hauptmeister. »Wenigstens einmal sind die Männer gleichberechtigt.«

Der Neue hängte seine Jacke auf und zeigte auf den dritten Schreibtisch, der quer zu Hardenbergs und Eulensteins Arbeitsplatz stand. Einerseits fehlte es da an Sonnenlicht, andererseits bot er die Aussicht auf den grünen Förderturm vor dem Museum.

»Für mich?«

Hardenberg nickte.

»Wem gehört er sonst?«

»Der Kollege hat noch zwei Wochen Urlaub.«

Lohkamp öffnete die Schublade: das übliche Sammelsurium an Kugelschreibern, Feuerzeugen und Büroklammern, angereichert mit einem Brillenputztuch und einem guten Dutzend Notizzetteln.

»Soll ich die Sachen in den Schrank packen?«, fragte Hardenberg, doch der Hauptkommissar lehnte ab: »Lohnt nicht. Sie werden mich nur so lange hier lassen, bis sie mich in irgendeine Asservatenkammer abschieben können.« Er zog ein Päckchen Zigaretten heraus. »Darf ich?«

»Ungern«, bekannte die Kommissarin.

»Pro Stunde eine?«

Sie nickte, stand aber sofort auf, um das Fenster zu öffnen. Nach dem kühlen Wetter vom Vortag wehte milde, fast sommerliche Luft herein – eigentlich ein schlechter Tag, um im Büro zu hocken.

Lohkamp wartete geduldig, bis Eulenstein wieder saß, und bat sie um einen Kurzbericht. Automatisch machte sie eine Bewegung, als wolle sie ihm die Akte hinüberschieben, doch dann riss sie sich zusammen.

»Gut«, sagte der Hauptkommissar. »Irgendwelche Kampfspuren an der Leiche oder am Tatort?«

Sie schüttelte den Kopf: »Keine Hautpartikel unter den Fingern, keine fremden Haare. Der Täter hat zugeschlagen, und der Kampf war vorbei.«

»Die Tatwaffe?«

Eulenstein schlug die Akte auf: »Rundes Holz, geglättet und mit einem Pflanzenöl behandelt ...«

»Ein Schaufelstiel?«

»Denkbar. Wir haben das Ding nicht gefunden.«

»Haben Sie denn danach gesucht?«

Ein Flackern in ihren Augen, aber sonst verriet nichts, dass diese Frage sie nervte: »Am Tatort und am Fundort – ja. Aber ansonsten ...«

Lohkamp winkte ab und hob die Video-Kassette hoch, die er von Westhoff erhalten hatte: »Wo können wir uns das ansehen?«

Sie wechselten in den Besprechungsraum und schoben die Kassette in den Player. In Zeitlupe demonstrierte *WDR* III, dass und wie Alexander Klink in die Wanne verfrachtet wurde und dass der Bochumer Polizeisprecher falsch informiert war – oder gelogen hatte. Noch bevor die Namen der Mitglieder des Fernsehteams eingeblendet wurden, ahnte Lohkamp, wer auch bei diesen Ermittlungen seinen Weg kreuzen würde. Er verdankte PEGASUS manchen guten Tipp – aber noch mehr unnötigen Ärger.

Die Stille nach dem Film war mehr als beklemmend. Man war lange genug dabei, um zu wissen, dass Gaius Stahl nach einem zweiten Auftritt dieser Art nicht mehr Pressesprecher sein würde.

Lohkamp fing sich als Erster: »Unangenehme Aufgabe, was? Einer von uns muss sich den Einsatzleiter vornehmen.«

Schweigen. Der Job war mehr als ›unangenehm‹: Die beiden anderen waren viel jünger als Lohkamp und wollten noch Karriere machen. Und dann war da noch der Korpsgeist der Polizei.

»Verstehe«, seufzte Lohkamp. »Also gut, dann mache ich das. Ich bin sowieso nur noch zum baldigen Verbrauch bestimmt.«

Eulenstein ging auch auf das zweite Stichwort nicht ein, sondern fragte: »Sie wollen also einen Kollegen ans Messer liefern?«

Lohkamp beugte sich vor: »Sie haben eben selbst gesagt, dass wir in verschiedene Richtungen ermitteln. Sie im schulischen und privaten Umfeld, und diese Frau Thalbach und der andere Kollege können sich in der Punk-Szene ...«

Eulenstein schüttelte den Kopf: »Das würde ich mit dem Polizeibüro II abstimmen. Die haben da eine verdeckte Aktion laufen. Wir dürfen den Kollegen nicht gefährden.«

Hardenberg starrte die Kommissarin überrascht an: Davon hatte sie selbst ihm bisher nichts gesagt.

Der Neue nahm es äußerlich gelassen: »Na, dann. Ich hoffe, die Kollegen sind wenigstens kooperativ.«

Die beiden anderen schwiegen: PB II liebte nichts mehr als das Spiel mit verdeckten Karten.

»Aber um auf Ihre Frage zurückzukommen ...«

Eulenstein sah ihn gespannt an.

»Ich hoffe sehr, dass die Polizei am Ende sauber dasteht – aber nicht, weil wir sie sauber waschen, sondern weil es keiner von uns war.«

»Und wenn es einer von uns war?«

»Dann ist es kein Kollege mehr.«

33

Wenn man von Norden kommt, ist der *Dortmunder Rücken* der erste Vorbote der Mittelgebirge des Sauerlandes. Hinter der Eisenbahnlinie Bochum-Hamm steigt das Gelände auf einer Breite von vielen Kilometern allmählich um mehr als fünfzig Meter an, bis es etwa jene Linie erreicht, die von der alten B 1, dem *Ruhrschnellweg*, markiert wird. Wesentlich schroffer geht es dann wieder dreißig, vierzig Meter bergab ins Tal der Emscher. Als diese betonierte Kloake noch ein richtiger Fluss war, hatte sie dort, wo heute Dorstfeld liegt, die einzige Bresche in diesen Höhenzug gespült, um sich durch die Sümpfe einen Weg zum Rhein zu suchen.

Während der letzten hundertfünfzig Jahre wurde der *Dortmunder Rücken* unter so vielen Häusern und Fabriken versteckt, dass man ihn nur noch bemerkte, wenn man ihn per Fahrrad überquerte – eine schweißtreibende Tortur, die ein Mensch wie Klaus-Ulrich Mager schon seit dem Abitur bewusst vermied.

Dennoch ist der *Rücken* für diese Geschichte aus mindestens zwei Gründen bedeutsam. Einerseits hätten Vater und Sohn Mager sich ohne diesen Höhenzug mit Bier aus fremden Landen betrinken müssen. Bevor der Boden mit Pflaster, Asphalt und Beton versiegelt wurde, sprudelten am Nordrand Quellen mit einer so vorzüglichen Wasserqualität, dass sich dort über viele Jahrzehnte mindestens vier Brauereien halten konnten. Zum anderen hatte die Dortmunder Polizei ihr Präsidium nicht nur wegen der B 1 auf den Scheitelpunkt der Erhebung gesetzt: Als die Streifenwagen in den fünfziger Jahren mit UKW ausgerüstet wurden, konnte der Sender der Zentrale sie an fast allen Stellen der Bierstadt erreichen.

»Und diesen Scheiß hörst du dir den ganzen Tag an?«, fragte Kalle Mager entgeistert.

Atze nickte und stellte einen der Empfänger lauter: »... an Tremonia. Personenfeststellung. Booß, Ludger, siebzehn drei dreiundvierzig ...«

»Zivilstreife«, erläuterte der Bursche. »Säubern mal wieder die Innenstadt und kassieren alles ein, was potentielle Kaufhauskunden vertreiben könnte.«

Kalle riskierte einen Blick aus dem Fenster. Es befand sich dicht unter dem Dach des riesigen Terrassenhauses, das man auf die Brache der Zeche Dorstfeld geklotzt hatte: dicht neben die B 1, in einer Höhe mit dem *Dortmunder Rücken*.

»Toll!«, sagte er fast andächtig und genoss noch einige Augenblicke die Aussicht: die Schnettgerbrücke, auf der die Autobahn über die Emscher und die Eisenbahn nach Hagen geführt wurde. Im Osten der Bauhaus-Turm der Nikolaikirche, das gelbe U auf dem Dach der Westfalenhalle und die Flutlichtmasten des Westfalenstadions. Halb links die City mit der Reinoldikirche, ganz rechts die Uni, Hombruch, das

Ardeygebirge. Mit diesem Angebot konnte das PEGASUS-Hauptquartier nicht mithalten.

»Nicht schlecht, was?«, meinte Atze. Aber er hatte andere Kriterien als Kalle: »Beste Empfangslage für den Polizeifunk. In Essen und Bochum zum Beispiel spinnen sie heute auch total ...«

Er drehte den Empfänger für Dortmund leiser und zog eines der anderen Geräte höher: »Irma 11/24 an Irma. Eine Halterfeststellung. Golf III. Bochum Katharina Lotta zweihundertfünfzig. Wie viele Punkte hat der Mann?«

Beeindruckt nickte Kalle dem Burschen zu. Mit seiner runden Brille und der schwarzen Samtweste über dem gebügelten Hemd sah der Dreißigjährige aus wie ein Justizsekretär, der auch bei größter Hitze nicht auf Jackett und Krawatte verzichten würde. Und doch war er Kalles Kontaktmann zum autonomen Underground.

»Ehrlich, ich würde in dieser Bude bekloppt«, gestand Kalle. »Den ganzen Tag Polizeifunk in drei Städten ...«

»Drei?«, grinste Atze. »Ich höre fast das ganze Ruhrgebiet. Dazu den Tower vom Dortmunder Flughafen und die Autobahnpolizei ...« Er zündete sich einen dünnen Zigarillo an und paffte ein paar Mal. »Die normalen Durchsagen registriere ich schon gar nicht mehr. Aber sobald die auf Sonderkanäle umschalten, weil sie wieder irgendwo eine Razzia machen, bin ich ganz Ohr. Oder letzten Samstag – als sie im Ruhrpott die Punks gejagt haben.«

»Danke für das Stichwort«, meinte Kalle.

Atze sah ihn an.

»Hast du zufällig Samstag die Bochumer abgehört?«

Der UKW-Freak schüttelte den Kopf: »Beim Punkertreff in Dortmund war auch jede Menge los. Geht es um den Toten?«

Magers Sohn nickte und erzählte. Meinte dann resignierend: »Das Größte wäre es ja gewesen, wenn du in Bochum etwas über die Festnahmen aufgeschnappt hättest ...«

»No, Sir. Aber vielleicht kann ich dir die Bänder besorgen. Noch was?«

»Ja. Ich brauche in Bochum einen Kontakt.«

»Schwer. Die schotten sich völlig ab. Vor allem, wenn es um Presse und so weiter geht.«

»Wir brauchen Zeugen. Die uns erzählen, was nach dem Abtransport gelaufen ist.«

»Meine Güte – was willst du mit den Punks?«, fragte Atze und winkte ab. »Die holen mit sechzehn die Indianerspiele nach, die sie mit zehn versäumt haben. Sind glücklich, wenn du ihnen eine Pulle Bier schenkst. Und vögeln sich durch die Botanik, als wäre Aids 'ne Erfindung von Stephen King.«

Kalle warf dem Mann ein paar Fotos auf den Tisch, suchte dann eines heraus: »Und was ist mit dem?«

Interessiert beugte sich Atze vor und musterte die Glatze: »Komisch.«

»Was?«

»Ziemlich alt für einen Punker-Treff. Und ganz schön abgewrackt. Ein Alki?«

»Keine Ahnung.«

»Und was ist mit dem?«

Der PEGASUS-Beauftragte erzählte auch das, und Atze nickte: »Kannst du mir das Foto hier lassen?«

»Hab nur eins.«

»Kein Problem ...«

Er schaltete Computer und Scanner ein und zog sich das Bild auf die Festplatte. Es kam in tadelloser Qualität auf den Monitor. PEGASUS konnte von dem Mann eine Menge lernen.

»Was machste damit?«

»Ich frag mal rum. Und verschick das Ding über Internet.«

»Keine Angst, dass man sich auf diesem Weg eines Tages zu dir durchklickt?«

Atze lächelte: »Meine Leitung hängt an einer anderen. Deren Besitzer nicht den geringsten Schimmer davon hat.«

Kalle nickte. In diesem riesigen Silo musste es einige Anschlüsse geben, bei denen zweihundert Mark an fremden Gebühren gar nicht auffielen ...

»Und was ist mit dem Kontakt?«

»Ich check das. Wie gesagt: Mit den Punks haben wir eigentlich nix am Hut. Aber wenn es klappt, gehst du morgen Nachmittag in Bochum ins *Konkret*. Ich sag dir am Telefon nur die Uhrzeit.«

»Wie finde ich den Menschen?«

»Er findet dich!«

Kalle zog die Brauen hoch. Doch Atze grinste, verließ die Scanner-Funktion, klickte sich in ein völlig anderes Verzeichnis ein und tippte so schnell ein paar Buchstaben in die Tastatur, dass Kalle nicht einen von ihnen erkannte. Aber dann war die Sache klar: Auf dem Monitor baute sich ein Foto auf. Eine Porträtaufnahme von Kalle Mager – noch als Zivildienstleistender beim *Guten Deutschen Kreuz*.

»Wieso hast du mich da drin?«

Atze ließ die Schultern zucken: »Immerhin warst du mal einer von uns!«

34

Während Hauptmeister Hardenberg den Wagen über Königsallee und Südring in Richtung Präsidium lenkte, blätterte die Kommissarin bereits in den Statements, die sie sich von Alexander Klinks Mitschülern hatte aufschreiben lassen. Gegen alle Erfahrung hatte sie gehofft, einen wichtigen Tipp zu bekommen, aber das Ergebnis war frustrierend: viele wilde Spekulationen – aber wenig Handfestes.

»Wenn ich Sie nicht zu sehr störe«, begann Hardenberg, als sie an der Fußgängerampel vor dem Hauptbahnhof warten mussten, »würde mich ja eines brennend interessieren: irgendeine Sensation dabei?«

Viel Hoffnung, dass Eulenstein ihm vorzeitig etwas verraten würde, hatte er nicht. So konzentrierte er sich schon wieder auf die Menschen, die vor ihrem Wagen den Zebrastreifen überquerten. Aber da war kein Gesicht, das ihm von den Fahndungsfotos her bekannt vorkommen musste.

»Nichts«, sagte Eulenstein plötzlich, die Stimme rau genug, dass der Mann am Lenkrad ihre Enttäuschung ahnen konnte. »Einer vermutet, dass diese Russlanddeutsche etwas damit zu tun hat. Dann ein Hinweis auf den Punkertreff an der Unistraße ...«

Hardenberg nickte. Wenn die monatlichen Treibjagden in der City überstanden waren, versammelten sich die versprengten Punks oft vor einem politischen Antiquariat hinter dem Hauptbahnhof. Mit den Bierdosen, die der langhaarige Besitzer des Ladens in der Kühlung bereit hielt, machte er an solchen Tagen mehr Umsatz als mit alten *Trikont*-Bänden und den Gesammelten Werken, auf denen neben Marx und Engels noch zwei andere Köpfe abgebildet waren.

»Vielleicht hat ja dieser Schreiber Recht«, fügte Dagmar Eulenstein hinzu, als sie die nächste Kreuzung und das schiefe Rostding von Richard Sierra passierten. »Er oder sie schreibt: ›Warum A. sterben musste, weiß wohl noch keiner. Wahrscheinlich war es irgendetwas, an das keiner denkt‹.«

Nachdem sie den Wagen im Hof des Präsidiums abgestellt und die erste Etage erreicht hatten, fanden sie das Büro leer vor: Lohkamp war offenbar schon zur Polizeikaserne unterwegs. Täuschte sich Hardenberg – oder atmete Eulenstein wirklich erleichtert auf?

Im Korb für die eingehende Post lagerten einige Papiere, die am Morgen noch nicht eingegangen waren – obenauf der offizielle Tatortbericht.

Da Eulenstein das Elaborat der Spurenfreaks sofort auf ihren Schreibtisch packte, blieben dem Hauptmeister nur die Rundschreiben, die vor allem dem Zweck dienten, die Arbeitsplätze der Schreibkräfte zu erhalten. Die einzig wichtige Botschaft stammte vom Personalrat: Die Kollegen protestierten scharf gegen die Ankündigung des Präsidenten, er werde wegen der explodierenden Telefonkosten jedem Beschäftigten des Präsidiums monatlich fünf Mark für die unerlaubten Privatgespräche abziehen lassen.

»Und?«, fragte Hardenberg.

Eulenstein schüttelte unwillig den Kopf, und so widmete sich der Kollege den Statements der Schüler, die mit Alexander zusammen in England gewesen waren. Nach dem siebten oder achten Blatt war ihm klar, dass Kollegin Eulenstein völlig zu Recht frustriert war. Anders als sie hätte er jedoch den ersten Preis an einen Satz vergeben, der von einem Mädchen stammen musste: »Was immer die anderen sagen: Alex war ein Lieber ...«

Versonnen starrte Hardenberg auf das linierte Blatt. Wieder einmal fiel ihm auf, wie wenig sie von dem Getöteten wussten. Ohne Rücksicht auf die Lesepause der Kommissarin fragte er: »Was ist eigentlich mit dem Tagebuch? Und der Festplatte seines Computers? Können wir den Vater nicht zwingen ...«

»Fragen Sie ihn doch einfach noch mal!«

Hardenberg streckte die Hand aus und wählte die Nummer der Klinks, aber die Familie hatte sich offenbar hinter dem Anrufbeantworter verschanzt. Er legte auf, nachdem er dem elektronischen Speicher die Bitte um Rückruf hinterlassen hatte. Was jetzt?

Endlich regte sich die Kommissarin und schob ihm die Analyse der Techniker hinüber: »Der Tatortbericht. Ein paar schwache Fußabdrücke, etwa Größe 43. Blutspuren ausschließlich von Alexander Klink. Ein paar Wollfussel. Vermutlich von derselben Sorte, die auch an der Kleidung der Leiche gefunden worden sind. Werden analysiert. Könnte sich um eine Decke handeln.«

»Irgendetwas über die Waffe?«

»Nichts Neues. Sie haben aber die Holzpartikel ans LKA geschickt ...«

Die Tür zum Nachbarzimmer wurde aufgestoßen, Kollege Hoffmann streckte den Kopf herein: »Leute, kommt mal in den Flur ans Fenster. Stahl zieht da unten eine große Show ab!«

Bevor die Kommissarin reagieren konnte, war Hardenberg unterwegs. Am Ende des Korridors leuchtete das Blondhaar von Katharina Thalbach, die schon nach unten spähte. Hardenberg stellte sich so dicht hinter sie, dass er ihr Parfüm einatmen konnte, und sah ihr über die Schulter.

Vor dem Präsidium lauerten mehrere Fernsehteams und einige Journalisten, die nur mit Kassettenrekorder oder Notizblock ausgerüstet waren. Alle zusammen bildeten einen Halbkreis, in dessen Zentrum sich jetzt der Pressesprecher stellte. An diesem Dienstag trug er einen Anzug in mildem Grau, aber eine Krawatte, die mindestens drei Farben zu viel hatte. Als er zu reden begann, öffnete Katharina vorsichtig das Fenster.

»... haltlos«, dozierte Gaius Stahl gerade und meinte offenbar die Vorwürfe dieser Dortmunder Fernsehtruppe. »Alle jungen Leute sind nach spätestens drei Stunden entlassen oder von ihren Eltern abgeholt worden. Alexander Klink ist nicht im Polizeigewahrsam gewesen. Definitiv. Aber wir prüfen den Fall. Und besonders das vorliegende Pressematerial.«

Er legte eine Pause ein und ließ seinen Blick über die Meute schweifen. »Es ist nämlich denkbar, dass es sich um alte Aufnahmen handelt.«

Das Raunen der Versammlung schwappte wie eine heftige Welle gegen die Hauswand.

»Alexander K. ist nämlich im letzten Monat beim Punkertreff festgenommen worden. Somit ist nicht auszuschließen, dass es sich bei dem Film um altes Material handelt, das uns aus mehr als durchsichtigen Gründen untergeschoben wird. Es gibt eben Journalisten, die in ihrem Übereifer nur eines erreichen: die Polizei zu diskriminieren.«

Im Hintergrund meldete sich eine schmale, blonde Journalistin zu Wort, während neben ihr ein untersetzter, bärtiger Kameramann durch die Optik blickte, als hätte er einen feindlichen Zerstörer im Visier.

»Herr Stahl, ich ...«

»Da es keine Fragen gibt«, bellte der Medienexperte des Präsidenten, obwohl die erhobene Hand der blonden Frau unübersehbar war, »ist die Pressekonferenz beendet.«

»Kaltschnäuzig ist er ja«, flüsterte Thalbach.

»Ja«, meinte Hardenberg. »Aber ob er mit diesem Affentheater durchkommt?«

Sein Nacken fühlte sich plötzlich so an, als hätte jemand mit einem dünnen Gegenstand nach seinem Rückgrat gezielt. Schnell drehte er sich um. Aber da gab es gar keinen Eispickel. Sondern nur Eulensteins Blick.

35

»Und was wollen Sie von mir?«

Polizeirat Scheppmann streckte angriffsbereit sein Kinn in die Luft und sah von oben auf den Hauptkommissar hinab.

»Sehen Sie«, versuchte es Lohkamp mit Geduld. »Die Presse hat uns in der Mangel. Diese Brüder werden keine Ruhe geben, bis ...«

Der Chef der Einsatzhundertschaft hörte ihm überhaupt nicht zu, und so folgte der Kripo-Mann beim Reden dem Blick des Uniformierten. In dem neuen Hörsaalgebäude, das sich gegenüber der Polizeiunterkunft befand, hatte offenbar die Mittagspause begonnen. Zwei, drei Dutzend Beamte in grüner Einsatzkluft drängten ins Freie; während einige in aller Ruhe eine Zigarette anzündeten, strebte der Rest bereits an der Grünanlage in der Mitte des Hofes entlang tiefer ins Gelände. Dort musste sich das Wirtschaftsgebäude mit der Kantine befinden.

»Darum brauchen wir Ihre Mitarbeit«, beendete Lohkamp seinen Appell an die Vernunft, aber Scheppmann presste nur die Kiefer zusammen und warf einen knappen Blick auf die Uhr an seinem Handgelenk. Offenbar wollte er kontrollieren, ob man die Truppe zu früh in die Pause entlassen hatte.

»Sie sind bei mir an der falschen Adresse!«, entgegnete der Polizeirat endlich und sah erneut auf die Uhr.

Der falsche Kampfplatz, dachte der Hauptkommissar, er fühlt sich hier wie 'n Landgraf in seiner Burg.

»Also«, formulierte Lohkamp seine Forderung, »ich brauche die Kolleginnen und Kollegen, die am Samstag im Einsatz waren.«

»Sie sind beim Mittagessen«, beschied ihn der Polizeirat. Es hörte sich an, als spräche er von einem komplizierten chirurgischen Eingriff, bei dem die Operateure auf keinen Fall gestört werden durften.

»Ganz so eilig habe ich es nicht. In einer Viertelstunde?«

Als Antwort knirschte der Polizeirat wieder mit den Backenknochen.

»Herr Scheppmann, wenn ich hier ohne Ergebnis rauskomme, haben Sie morgen die Staatsanwaltschaft im Haus!«

Diese Vorstellung kam offenbar einer Horrorvision gleich. Jedenfalls war der Schock schwer genug, dass Scheppmann nickte. Bevor er loszog, um die Samstagstruppe von dem Termin zu informieren, deponierte er den Kriminalbeamten im Treppenhaus des Hörsaalgebäudes.

Holzkopf, dachte Lohkamp und spürte das Knurren in seinem Magen. Dass Scheppmann ihm kein Mittagessen angeboten hatte, war noch verständlich. Die Portionen waren im Voraus bestellt und abgezählt. Aber er hätte mir wenigstens einen Kaffee anbieten können, dachte der Hauptkommissar, stand auf und ging hinaus, um sich eine zu rauchen.

Um den rund fünfzig Polizisten sein Anliegen zu erläutern, brauchte Lohkamp keine zehn Minuten, aber die Temperatur im Saal sank während dieser Zeit bis unter den Gefrierpunkt. Mit verschränkten Armen zurückgelehnt, bekundeten die Beamten ihr Desinteresse an Lohkamps Problem oder saßen in steifer Abwehrhaltung, ohne die Rückenlehnen ihrer Stühle besonders zu belasten. Es war, als hätte der Kriminalpolizist in einer fremden Sprache zu ihnen geredet.

»Meine Damen und Herren«, unternahm der Hauptkommissar einen zweiten Anlauf. »Solange *ich* zu Ihnen komme, ist es noch eine Angelegenheit innerhalb der Polizei. Aber der Staatsanwalt hockt schon auf dem Startblock.«

Ein junger Mensch mit einem offenen, sympathischen Gesicht meldete sich: »Das Ganze ist eine riesen Sauerei. Während unsere Familien samstags auf uns warten, schlagen wir uns mit den Chaoten herum. Und dann kommen Sie und werfen uns einen Knüppel zwischen die Beine. Wir sind doch nicht die Sündenböcke der Nation!«

Beifälliges Gemurmel.

»Was meinen Sie, was wir uns von diesen Punkern anhören müssen?«, fragte eine aufgebrachte Polizistin. »Die harmloseste Frage ist noch, ob wir in der Polizeikaserne zur Vereinsmatratze ausgebildet werden.«

»Genau!« – »Wir werden beleidigt und angespuckt!« – »Müssen uns von Rotznasen beleidigen lassen!« – »Lehrer und Eltern sollten den Kerlen mehr Ordnung beibringen!« – »Diese Chaoten sollten lieber arbeiten gehen, statt dem Sozialamt zur Last zu fallen!«

Lohkamp hörte eine Weile schweigend zu, sah den jeweiligen Sprechern aufmerksam ins Gesicht. In Wahrheit musste er sich gewaltig zusammennehmen, um nicht laut loszuschreien. Die Statements der Kollegen hätte jeder REP-Mensch oder DVU-Schreier ungekürzt als Wahlkampfrede übernehmen können. War das noch die Polizei, bei der er sich vor dreißig Jahren freiwillig beworben hatte? Oder – hatten sich seine eigenen Maßstäbe so sehr geändert?

»Also«, forderte er. »Ich brauche von den Zugführern Ihre Namen. Dann will ich Sie einzeln sprechen ...«

Die Reaktionen im Saal kamen einem Tumult gleich.

Scheppmann stoppte ihn, indem er sagte: »Heute nicht. Wir haben noch einen Einsatz, auf den wir uns vorbereiten müssen. Vor morgen früh läuft da nichts.«

»In Ordnung«, sagte Lohkamp. »Aber mit Ihnen muss ich jetzt noch fünf Minuten reden!«

»Länger habe ich auch wirklich keine Zeit mehr!«

Draußen steckte sich Lohkamp erneut eine Zigarette an: »Ich brauche alle Unterlagen über den Einsatz am Samstag. Außerdem will ich das Wachbuch aus dem Polizeigewahrsam sehen.«

Schweigend lief Scheppmann voran in sein Büro. Knallte ihm einen vorbereiteten Schnellhefter hin: »Alles, was Sie brauchen: Analyse der Lage, Einsatzbefehl, die Berichte samt den Namen der Kolleginnen und Kollegen. Noch was?«

Mein Gott, dachte Lohkamp, wenn die heute einen Einsatz fahren, lässt er die Knüppel tanzen. Und sagte: »Das Wachbuch!«

»Gehen Sie allein rüber – ich muss jetzt wirklich etwas anderes tun. Aber ich rufe drüben an, damit man Ihnen die Schwarte zeigt.«

»Danke«, sagte Lohkamp und klemmte sich die Mappe mit den Schriftstücken unter den Arm. Dann lief er über den Hof zum Polizeigewahrsam, das seit einer halben Ewigkeit provisorisch im Keller des wuchtigen Eckhauses an der Castroper Straße untergebracht war. Wer hier eingeliefert wurde, blieb normalerweise höchstens zwei Nächte und durfte zudem noch hoffen, dass es nach der nächsten Vernehmung nicht in Untersuchungshaft, sondern nach Hause ging.

Während der Wachhabende seinen Dienstausweis studierte, als sähe er solch ein Plastikkärtchen zum ersten Mal, blickte Lohkamp sich um. Im Erdgeschoss, wo sich auch die Sprechzimmer für die Besuche der Anwälte befanden, sah das Gebäude noch halbwegs manierlich aus. Aber wie es um die Kellerräume stand – darüber dachte er besser nicht nach.

»Und was wollen Sie?«

»Das Wachbuch!«

Der Mann hinter der Glasscheibe verdrehte die Augen, dann öffnete er die Tür: »Kommen Sie rein ...«

Lohkamp zog sich einen Stuhl heran und blätterte in der großen Kladde. Wie in alten Zeiten wurden alle relevanten Daten noch per Hand notiert: Wer wurde wann von wem weshalb eingeliefert, abgeholt, zurückgebracht, überstellt oder entlassen ...

»Letzten Samstag? Da müssen Sie ein paar Seiten zurück. Am Wochenende haben wir hier nämlich immer Hochbetrieb.«

Endlich fand Lohkamp, wonach er gesucht hatte: Den ersten Punker hatte man um 12.09 Uhr eingetragen, der letzte Schub kam um kurz nach eins. Entlassen wurden die jungen Leute einer nach dem anderen erst nach achtzehn Uhr, der Letzte erst am Morgen danach.

Dreimal ging Lohkamp die in Frage kommenden Seiten durch, und er prüfte auch, ob jemand radiert, getrickst oder einfach ein paar Seiten herausgerissen hatte. Doch dann war er fest davon überzeugt: Hier war Alexander Klink am letzten Samstag nicht gelandet.

36

An Nachmittagen wie diesem konnte es auf dem Husemann-Platz beinahe idyllisch sein. Die Bürger schoben nach Feierabend an den Verkaufsständen der fliegenden Händler vorbei, ein Straßensänger samt Gitarre und Mundharmonika salbte die Ohren mit Oldies, an den Freiluft-Tischen der Cafés handelten frisch Verliebte die Vornamen ihrer künftigen Kinder aus, auf den eisernen Bänken an den Längsseiten des Platzes ließen sich ein paar Rentner und Nichtsesshafte die Sonne auf den Bauch scheinen und träumten von den besseren Zeiten. Manchmal war Bochum wirklich schön.

Punkt siebzehn Uhr schlug die Situation um: Wie auf ein geheimes Kommando tauchten Dutzende lässig gekleidete Jugendliche auf und strömten in der Mitte des Platzes zusammen. Nach wenigen Minuten war die Menge auf über dreihundert Menschen angeschwollen, und noch immer eilte aus den Nachbarstraßen Verstärkung herbei.

»Fang an!«, rief Susanne. Sie schob Mager in den Schatten, wo es noch freie Parkbänke gab. »Von oben! Außerdem hast du hier die Sonne im Rücken ...«

Die ersten holprigen Sprechchöre hallten von den Mauern der Banken und Geschäftshäuser wider, zur selben Zeit wurden weiße Stoffbahnen mit grellen Losungen entfaltet. Von Kalle gestützt, stand Mager auf seinem Podest und tat, was er gelernt hatte.

»Klappt es?«, schrie Susanne.

Der Bärtige knurrte unwillig und sparte sich das Nicken, mit dem er die Aufnahmen verwackelt hätte. In schneller Folge schoss er kurze Takes von den diversen Transparenten. Wie immer war es unmöglich, genau zu lesen, was behauptet und gefordert wurde. Aber aus allen Texten sprang ihm ein und dieselbe Wortkombination ins Auge: *Bullen-Terror*. Nie war ihm diese Formulierung sympathischer gewesen.

Der Schalltrichter eines Megaphons tauchte über den Köpfen auf: »Bochumerinnen und Bochumer! Wir haben uns hier versammelt, um gegen den Bullen-Terror zu protestieren. Seit Jahren werden tagtäglich Punker und Autonome, Nichtsesshafte und vermeintliche Suchtkranke schikaniert. Platzverbote, Personenüberprüfungen, Festnahmen sind an der Tagesordnung. Wer nicht spurt, spürt den Knüppel. Diese Attacken gegen die Bevölkerung fanden letzten Samstag einen traurigen Höhepunkt: Der junge Antifaschist Alexander Klink wurde ermordet ...«

In der Ferne erscholl das Lalü-Lala eines Martinshorns, zwei, vier, acht andere fielen in das Konzert ein und kamen schnell näher. Auch wenn vielen Anwesenden die Wimpern flatterten und der ganze Haufen enger zusammenrückte – die Kundgebung ging weiter.

»Und jetzt spricht zu euch der Vater des Ermordeten: Professor Harry Klink von der Ruhr-Universität Bochum.«

»Los!«, schrie Susanne.

Mager sprang aufs Pflaster und folgte der Chefin und Kalle, der ihnen mit seinen breiten Schultern den Weg durch die Menge bahnte. Wenn sie nicht nahe genug herankamen, konnten sie sich die Aufnahme schenken: Das Gequäke aus der Flüstertüte der Demonstranten bekamen sie über das Mikro nur verzerrt aufs Band. Aber wo war Klink?

»Da!«, zeigte ihm die Chefin das Ziel. Mager blickte nach vorn. Zwischen mehreren Köpfen tauchte im Schatten einer Schlägermütze das hagere Gesicht mit der Bert-Brecht-Brille auf. Aber Kalle musste zwei weitere Leute beiseite schieben, bis Mager den Professor richtig ins Bild bekam. Still verfluchte er den unabänderlichen Umstand, dass er für dieses Leben ein Stück zu klein geworden war. Jahr für Jahr wuchs die heranwachsende Generation ein Stück mehr in den Himmel und behinderte überall seine Sicht – bei Stoppok-Konzerten, im Stadion und bei der Arbeit.

»Meine Damen und Herren, Bürgerinnen und Bürger von Bochum, liebe Freunde! Mein Name ist Harry Klink, und ich klage die verantwortlichen Politiker und Polizisten Bochums an: den Oberbürgermeister, der sich seine Polizeistrategie von den Geschäftsleuten diktieren lässt, die eine klinisch saubere City wollen; den Polizeipräsidenten, der seine Beamten unbequeme Minderheiten niederknüppeln lässt, um von den Korruptionsskandalen im Präsidium abzulenken; den Leiter der Einsatzhundertschaft, der aus persönlicher Eitelkeit bei den Punker-Treffs auf diesem Platz ein Schmierentheater aufführt, in dem er selbst die Rolle eines zweiten Caesar spielen möchte ...«

Besorgt schielte Mager auf die Anzeige für den Strom und entspannte sich ein wenig: Der Akku hatte noch Saft. Aber besser wäre es schon, wenn Klink bald zur Sache kommen würde – sobald Lehrer und Professoren ein Mikro volldröhnen durften, war ihr Redefluss kaum noch zu bremsen.

»Ich klage diese Herren an: wegen permanenten Missbrauchs ihrer Amtsgewalt, wegen Verstoßes gegen das Prinzip der Verhältnismäßigkeit von Maßnahmen und Mitteln, vor allem aber wegen gemeinschaftlicher fahrlässiger Tötung meines Sohnes Alexander ...«

Prima, dachte Mager, gib's ihnen! Aber zugleich befiel ihn wieder die Sorge um die Tonqualität. Das Gejaule der Martinshörner war jetzt so nah und laut, dass Klinks Stimme in dem Lärm zu ersaufen drohte.

»Die Wahrheit über den Tod meines Sohnes ist einfach: Er hat sich letzten Samstag nachweislich friedfertig und ohne Waffen auf diesem Platz aufgehalten. Er ist nachweislich von der Polizei völlig willkürlich verschleppt worden. Diese Beamten waren nachweislich die letzten Menschen, die ihn lebend gesehen haben – und sie gehörten zu einer Truppe, die darauf gedrillt ist, mit brutaler Gewalt alles wegzuräumen, was den spießigen Ordnungsvorstellungen ihrer Vorgesetzten missfällt. Und jetzt ist Alexander tot: misshandelt und ermordet. Wer, frage ich, kommt für dieses Verbrechen wohl in Frage?«

Kreischende Bremsen, schrille Pfiffe, scharfe Kommandos. Mehrere Trupps von Polizisten nahmen Aufstellung: hinter Schilden verschanzt, die manchem mittelalterlichen Ritter das Leben gerettet hätten; mit Knüppeln, die zur Produktion von Gehirnerschütterungen konstruiert waren; hinter Masken, die nicht nur vor Steinen, sondern auch vor Strafanzeigen schützten.

»Zurück auf die Bank!«, schrie Susanne. »Von da aus ...«

Mager sprang wieder auf seinen Hochstand, rammte einen neuen Akku ins Gehäuse und wechselte die Kassette: »Hier, Kalle! Die darf auf gar keinen Fall ...«

Der Sohn winkte ab und starrte zur Platzmitte, wo plötzlich heftige Aktivitäten zu beobachten waren: Statt der bunten Punks beherrschten Gestalten in schwarzen Kapuzenshirts und Skimasken die Szene. Das Megaphon war hinter einem Wall erhobener Arme kaum noch zu sehen. Farbbeutel segelten durch die Luft, ein paar Bierflaschen folgten, dann flogen Steine auf Laternen, Fensterscheiben und Polizisten zu.

»Wo kommen denn die Schwarzen plötzlich her?«, wunderte sich Mager.

»Tiefgarage!«, wusste Kalle. »Zeitgleich mit den Bullen!«

Mager konzentrierte sich wieder auf die Optik, aber Klink war inmitten der schwarzen Kapuzen verschwunden. Stattdessen wirbelten ein paar bunte Haare durchs Bild, ein zerplatzter Plastikbeutel zog einen Kometenschweif roter Farbe hinter sich her – und mitten im Chaos leuchtete eine Glatze auf.

Unwillkürlich blickte Mager über die Kamera hinweg, ohne sie auszuschalten: Unter der Glatze prangte eine unverkennbare Geiernase – das war der Mann, den sie so dringend für eine Zeugenaussage brauchten!

»Kalle!«, brüllte er und wies mit dem Finger auf den Trupp in der Mitte. »Die Glatze! Hol ihn her, bevor die Bullen ihn greifen!«

Mit der Linse verfolgte er den Weg seines Sohnes durch die Menschen, die trotz der Unruhe abwartend zu den Polizisten hinüber starrten – nur wenige setzten sich bereits ängstlich Richtung Huestraße ab.

Schneller!, flehte Mager stumm. »Beeil dich, Kalle!«

Jetzt war der Sohn bei dem Glatzkopf angelangt. Er tippte ihm auf die Schulter und redete auf ihn ein. Überrascht sah Geiernase ihn an. Erwiderte etwas, worauf Kalle zu Mager und seiner Kamera hinüberzeigte und den Oberarm des Mannes packte. Doch Glatze schüttelte die Hand ab.

Da peitschten erneut Kommandos über den Platz. Sofort setzten sich an der Viktoriastraße die Polizisten in Trab. Genauso schnell reagierten aber auch die Obdachlosen und Alkis, die neugierig auf ihren Bänken ausgeharrt hatten; für sie war es Zeit zu verschwinden.

»Was haben denn die Bullen vor?«, rief Mager. Statt weiter auf Kalle und den Glatzkopf zu achten, verfolgte er den Weg der Polizisten. Er hätte jede Wette gewagt, dass sie zuerst ein paar Greiftrupps zur Platzmitte schicken würden, um Klink, den Mann mit dem Mikro oder ein paar Vermummte zu kassieren. Sie rannten dicht an den Hauswänden entlang auf die Kortum- und Huestraße zu.

»Die kesseln uns ein!«, schrie es in der Gruppe, aus der heraus die Steine geflogen waren. Augenblicklich rannte dort alles auseinander: die Bunten zu den Ausgängen, die in die Kortumstraße und tiefer in die Fußgängerzone führten, die Vermummten aber auf das Glascafé zu.

»Wir bleiben!«, entschied Susanne. »Hast du den Klink noch?«

Erschrocken wandte Mager seinen Blick der Mitte zu: kein Klink, keine Geiernase – nur Kalle, der mit ausgebreiteten Armen seine Erfolglosigkeit signalisierte. Augenblicklich winkte Mager ihm zu und brüllte: »Komm!«

»Du hast es versaut!«, schrie Susanne, aber Mager schüttelte nur den Kopf. Eilig hob er die Kamera, um die Schwarzen einzufangen. Rasch verschwanden sie links hinter dem Glascafé, aber keiner von ihnen tauchte auf der rechten Seite wieder auf.

»Clever!«, lobte er. »Die laufen einfach durch die Tiefgarage unter den Häusern durch und kommen auf dem nächsten Platz wieder hoch!«

»Da!«, rief Susanne und wies die Richtung. Aber das sah Mager selbst: Die Polizisten hatten jetzt alle Fluchtwege abgeriegelt, bildeten mehrere Ketten und trieben alles, was ihnen vor die Knüppel kam, auf den Platz zurück: Kids und Greise, Hausfrauen und Schlipsträger, Omas am Krückstock und Mütter mit Kindern. Die Schreie der Getroffenen übertönten das Klatschen der Schlagstöcke.

»Diese Schweine!«, fluchte Mager, während er versuchte, möglichst viele Details heranzuzoomen. »Diese Schweine!«

Zehn Minuten später war alles vorbei. Zügig hatten die Polizeikommandos die Festgesetzten selektiert: Wer auf Grund des Alters, der Kleidung oder seiner Einkaufstaschen unverdächtig aussah, wurde mit ein paar freundlichen Worten wieder auf Tour geschickt, den Rest prügelte man flott in die Wannen, die im Pendelbetrieb unterwegs waren. Von Klink und dem Glatzkopf hatte PEGASUS in der ganzen Zeit nichts mehr gesehen.

»Meine Fresse«, stöhnte Mager. Der Saft in den Akkus hatte gereicht, um die Knüppelei zu filmen – und jetzt gab es für PEGASUS ohnehin keine Bilder mehr. Aufatmend ließ der Bärtige die Kamera sinken und zündete sich eine von den Filterlosen an. »Diese Aktion kostet den Präsidenten den Job!«

»Glaub ich nicht!«, widersprach eine harte, aber zufrieden klingende Stimme. Ein Polizist mit viel Silber auf den Schultern war vor den Journalisten aufgetaucht. »Die Aufnahmen her!«

Erst nach zwei, drei Herzschlägen dämmerte es Mager, wen er vor sich hatte: Scheppmann, den Einsatzleiter vom Samstag.

»Die Kassetten!«, wiederholte der Polizeirat und streckte fordernd die Hand aus.

Mager lachte höhnisch los, während ihm das Blut in den Adern versackte. Hilflos sah er sich um. Und fand jemanden, an den er all seine Hoffnungen kleben konnte: die Vermummten. Statt durch die Tunnels der Tiefgarage von den Polizisten weg zum Dr.-Ruer-Platz zu flüchten, hatten sie den Angriff an Ort und Stelle unterlaufen. Einer nach dem anderen verließen sie das Treppenhaus am anderen Ende des Platzes und machten sich davon.

»Hilfe!«, brüllte Mager. »Helft mir!«

Scheppmann lachte, als hätte der Kameramann einen neuen Witz gerissen. Dann ließ er Stirn und Kinn diese auffordernde Bewegung ausführen. Augenblicklich bauten sich mehrere kräftige Beamte im Halbkreis um das Team auf. Ungeduldig klatschten ihre Knüppel in die Handflächen.

»Also, machen Sie!«, forderte Scheppmann.

Endlich erwachte Susanne aus ihrer Erstarrung und redete auf ihn ein. Doch der Polizeirat schien gar nicht zuzuhören, sondern schaute über ihre Schultern hinweg zur Viktoriastraße – mit einem Gesicht, als wäre dort soeben der Papst eingetroffen.

Arsch, dachte Mager und folgte dem Blick des Mannes. Was er dann sah, hätte er niemandem geglaubt, der es am Stammtisch erzählte: Die Schwarzen liefen locker am Gericht vorbei und tauchten links daneben in der schmalen ABC-Straße unter, wo noch etliche der grünen Wannen standen. Niemand verfolgte sie, niemand trieb sie, niemand prügelte auf sie ein. Dennoch steuerten sie zielstrebig auf die Fahrzeuge zu, nahmen nacheinander ihre Kapuzen ab und kletterten grinsend hinein.

Automatisch hob sich der Arm, an dem Magers Kamera hing: Für diese Aufnahme wird es Preise hageln, dachte er.

Aber dann hagelte etwas anderes.

37

Am Mittwoch fiel Lohkamp die Fahrt nach Bochum noch schwerer als am Tag zuvor. Aus Gewohnheit war er von Hillen aus direkt auf die Innenstadt von Recklinghausen zugefahren und hatte erst vor diesem Elektro-Discounter auf dem Königswall gemerkt, dass es kürzere Wege ins Ruhrgebiet gab. So bog er am Steintor nach Westen ab und kam auf dem Weg zu dem neuen Dienstort nur knappe hundert Meter hinter seinem alten Präsidium vorbei – ein Umstand, der ihm den demütigenden Aspekt dieser plötzlichen Abschiebung nur noch bewusster machte.

Hatte er seine Tour am Dienstag unter dem Eindruck der Abschiebung eher mechanisch abgespult, so nahm er jetzt erste Einzelheiten an der Strecke wahr. Dabei wurde ihm dieses Bochum noch unsympathischer, als er es ohnehin schon gefunden hatte. Statt Pendlern wie ihm auf dem Weg zur City eine grüne Welle zu schalten, schickte man ihn in stinkender Doppelreihe von einer roten Ampel zur nächsten. So blieb ihm genug Zeit, die Kreuzungsbereiche in ihrer ganzen Hässlichkeit zu bewundern – und sich umso stärker nach Recklinghausen zurückzusehnen.

Die spinnen, die Bochumer, dachte er, als er zwischen A 40 und Hofsteder Straße erneut warten musste – direkt vor dem Polizeigelände, auf dem sich die Waffenkammer und der Schießstand befanden. Gereizt zündete er sich die dritte Zigarette dieser Fahrt an. Wenn die Gerüchte stimmten, sollte die Herner Straße sogar auf eine Spur pro Richtung zurückgebaut werden. Wer sich dann noch weigerte, in die U-Bahn zu klettern, würde mit einem Tretroller auf dem Bürgersteig schneller sein als mit dem Wagen auf der Fahrbahn.

Von diesen Zukunftsaussichten gründlich aufgeheizt, betrat Lohkamp schließlich das Präsidium. Kaum hatte er seinen neuen Arbeitsplatz erreicht und die Kollegen begrüßt, besuchte ihn eine kräftige Frau im Strickpullover: »Hauptkommissarin Hell. Ich komme vom Polizeibüro II.«

Lohkamps Begeisterung hielt sich in Grenzen.

»Wir haben doch was über diesen Alexander Klink gefunden.«

Skeptisch betrachtete er den dünnen Ordner, den sie ihm unter die Nase hielt.

»Dieser Alexander war ein Schwerenöter: Keine Schürze war vor ihm sicher. Wir haben hier eine Liste der Damen, die ihm zwischenzeitlich zugetan waren. Ob Sie damit etwas anfangen können, weiß ich natürlich nicht. Sie haben ja schon einen Verdächtigen ...«

Lohkamp schlug die dünne Akte auf und blätterte sie durch: zwei Ausgaben einer skurrilen Zeitschrift, die Meldung über eine Personenüberprüfung im August samt Foto und dem Vermerk, dass A. K. jede Aussage verweigert habe – und die Namen und Daten von sieben, nein acht weiblichen Personen zwischen achtzehn und fünfundzwanzig Jahren.

»Und warum ist das beim Staatsschutz gelandet?«, wollte er wissen.

»Wie meinen Sie das?«

»Naja – die Kollegen von der Sitte würden daraus keinen Vorgang machen. Sondern den Mist in den Reißwolf stekken.« Aus den Augenwinkeln bemerkte er, dass sich Hardenberg tief über seine Schreibunterlage beugte.

Aber die Frau mit der Unfrisur verzog keine Miene: »Wir wissen schon, was wir tun. Wie Sie unser Material interpretieren, ist Ihre Angelegenheit.«

»Was mich viel mehr interessiert als diese Bettgeschichten: Welche engeren Kontakte hatte Alexander in der Punk-Szene? Hatte er Bindungen zu Autonomen? Und wer war der zweite Mann, der mit ihm in den Wagen geklettert ist?«

»Die letzte Frage stellen wir uns auch«, erklärte die Hell. »Ansonsten war Klink nicht so tief in die Szene eingewoben, wie es auf den ersten Blick aussieht.«

»Wie ist das: Ich möchte zwei Beamte abstellen, um diese Verbindungen zu überprüfen.«

Sie sah den Hauptkommissar einen Moment durchdringend an und schien zu überlegen, wie viel sie ihm verraten konnte. Dann gab sie sich einen Ruck: »Lassen Sie das uns machen. Sobald wir etwas Relevantes wissen, melde ich mich.«

Kaum war sie verschwunden, schob Lohkamp die Akte zu Hardenberg hinüber: »Gucken Sie sich das Zeug mal an. Und nageln Sie den Vater fest, damit er uns das Tagebuch gibt.«

»Und was ist mit den Bettgeschichten? Ignorieren können wir sie nicht.«

Lohkamp nickte: »Klar. Aber Westhoff hat uns noch zwei Leute versprochen. Die können dann die Damenbesuche erledigen. Und was haben Sie vor?«

Dagmar Eulenstein sah auf: »Die Nachbarn abklappern. Und ich möchte Herrn Hardenberg mitnehmen.«

»In Ordnung. Ich trete Herrn Scheppmann auf die Füße.«

Lohkamp steckte das Video mit den Aufnahmen vom Samstag ein und stand auf.

»Dann nehmen Sie ihm bitte das mit!«, sagte Eulenstein und übergab dem Hauptkommissar einen Zettel.

»Was ist das?«

»Eine Aktennotiz. Scheppmann hat gestern ein Fernsehteam verprügeln lassen und den Leuten die Filme abgenommen.«

»Bei welcher Gelegenheit?«

Die Kommissarin schob ihm einen Zeitungsbericht hinüber: »Hier war eine unangemeldete Kundgebung, und die Einsatzhundertschaft hat sie beendet. Dabei sind auch diese PEGASUS-Leute zu Schaden gekommen.«

»Wer?«, fragte Lohkamp erschrocken.

»Dieses Fernsehteam aus Dortmund. Heißen PEGASUS. Ihr Anwalt wartete schon im Vorzimmer des Präsidenten ...«

Lohkamp stöhnte auf.

Ein Hauch von Schadenfreude wehte durch den abgedunkelten Hörsaal, als das Video mit dem *WDR*-Bericht abgelaufen war: Die Polizisten, die Klink und den Glatzkopf festgesetzt hatten und mit ihnen losgefahren waren, konnte man auch beim besten Willen nicht erkennen.

»Also«, fragte Lohkamp. »Wer von Ihnen war's?«

Niemand meldete sich.

»Kolleginnen und Kollegen, es geht um eine Tötung. Und wenn Sie weiter schweigen, bleibt der Verdacht auf uns sitzen.«

Die rund fünfzig Beamten und Beamtinnen starrten den dunklen Bildschirm oder die Wände an, betrachteten ihre Fingernägel oder kratzten sich, scheinbar nachdenkend, das Kinn oder die Nase. Und ein breitschultriger Polizist mit einem Gesicht wie ein Kirmesboxer fragte mit geheucheltem Interesse bei seinen Nachbarn herum: »Habt ihr diese Chaoten eingesackt?«

»Wir? Nein, an diese Typen könnte ich mich erinnern ...«

Lohkamp sah sich das Theater eine Weile schweigend an. Schließlich stand er auf: »Vielen Dank für die Mitarbeit. Ich fürchte, wir sehen uns bald wieder. Wenn's sein muss, im Präsidium. Vielleicht überlegen Sie sich bis dahin, was Sie anrichten.«

Er verließ den Saal und spürte Scheppmanns Schatten hinter sich. Abrupt drehte er sich um: »Wo sind eigentlich die Aufnahmen, die der Dokumentationstrupp gemacht hat?«

Der Polizeirat breitete die Arme aus: »Beim Staatsschutz.«

»Und Sie haben keine Kopie?«

»Aber nein«, sagte er. Sein Tonfall verriet, dass er noch etwas auf der Seele hatte: »Herr Lohkamp, ich glaube, Sie verrennen sich. Sie haben doch gestern selbst festgestellt, dass diese Leute nicht im Polizeigewahrsam waren.«

»Zumindest stehen sie nicht im Wachbuch.«

Scheppmann schüttelte den Kopf: »Ich will nicht leugnen, dass auch wir Fehler machen können. Aber Sie sind auf der falschen Spur. Wären die beiden Burschen hier im Bereich der Unterkunft gewesen, wären sie im Gewahrsam gelandet. Und dort hätte man sie registriert. In jedem erdenklichen Fall.«

Grübelnd blickte Lohkamp auf den Hof hinab. Hatte Scheppmann mit dem letzten Satz bereits den Rückzug angetreten? Enthielt er die erste Andeutung eines Eingeständnisses?

Aus der Unterkunft gegenüber lief ein Zug Polizisten ins Freie und verschwand bald wieder aus seinem Blickfeld. Die Trainingsanzüge verrieten, wohin sie trabten.

Nein, dachte Lohkamp, dieser Scheppmann gibt gar nichts zu. Er will nur ein wenig Luft aus dem Kessel lassen.

Vor dem Eckgebäude, in dem sich das Gewahrsam befand, hielt ein vergitterter Häftlingstransporter. Der Fahrer öffnete die Tür, und mehrere Männer kletterten hinein. Die Szene erinnerte den Hauptkommissar an ein Versäumnis ...

»Herr Scheppmann«, sagte er, »warum haben Sie mir die Fahrtenbücher nicht mitgegeben?«

»Die Fahrtenbücher?«

»Ja.«

»Da werden Sie die Angaben auch nicht finden, die Sie suchen.«

»Ich möchte sie trotzdem haben.«
»Die müssen bei den Fahrzeugen bleiben.«
»Dann will ich sie kopieren. Alle. Und zwar sofort!«

38

Hätte es an diesem Morgen einen Wettbewerb für die mieseste Tagesform gegeben, wäre Lohkamp bestenfalls Zweiter geworden: In den Herzen des PEGASUS-Teams sah es noch düsterer aus. Die Erinnerung an die Niederlage vom Vorabend schwebte wie eine Krähe über dem Firmensitz, und so fiel das gemeinsame Frühstück außergewöhnlich schweigsam aus.

Mager musste neben den psychischen auch noch physische Probleme bewältigen: Die Schlagstöcke der Polizisten hatten auf Rücken, Schultern und Oberarmen neun ärztlich attestierte Blutergüsse hinterlassen. Diese Blessuren machten ihn derart kraftlos, dass es ihm kaum möglich war, seine Brötchen mit eigenen Händen aufzuschneiden.

»Noch keine Nachricht von Mohnkopf-Karwatzki?«, fragte er Susanne.

Die Blonde schüttelte den Kopf.

»Bochums bester Anwalt, was?«

»Vorsicht«, warnte Karin. Emm-Ka hatte manchen großkotzigen Politiker und Verwaltungsboss der Stadt bei dümmlichen Formfehlern ertappt und manches Projekt torpediert, das nur einem Zweck diente: dem Oberbürgermeister oder Stadtbaurat mit Steuergeldern ein Denkmal zu setzen. Seit er Mager einmal aus dem Knast geholt hatte, war er der Lieblingsanwalt der Firma, und PEGASUS hatte ihn noch in der Nacht in Marsch gesetzt, um die beschlagnahmten Kassetten frei zu bekommen.

»Ich weiß immer noch nicht, was ihr an diesem schrägen Vogel so toll findet«, meinte Kalle mit vollem Mund.

»Seltsam ist er«, bestätigte Karin. Niemand widersprach: In der Öffentlichkeit mimte der Anwalt den geldgeilen, hyperarroganten Yuppie – aber dadurch, dass er die reichen

Klienten gut zahlen ließ, konnte er auch schon einmal eine arme Sau kostenlos vertreten. Zu Magers Bedauern zählte der Anwalt PEGASUS jedoch nicht zur Gruppe der bedürftigen Klienten ...

»Aber«, fuhr die Rote fort, »ohne ihn säße Klaus wohl noch immer wegen dieser Nierengeschichte in U-Haft.«

Nach dem Frühstück trugen Karin und Kalle das Geschirr weg und warfen die Spülmaschine an.

»Also los!«, seufzte Susanne. »Wie schlagen wir zurück?«

Überrascht starrte Mager die Chefin an: Solche Gelüste waren sonst allein ihm vorbehalten, während Susanne auch in den schwierigsten Situationen einen klaren Kopf behielt.

»In Bochum gibt es jede Menge an Polizeiskandalen«, berichtete Karin, die jeden Morgen aufmerksam die Lokalteile der beiden Bochumer Blätter las. »Flenner hat den Laden noch nicht voll im Griff, und die Leute tun, was sie wollen. Ein Feature über ihn wäre nicht schlecht.«

»Dazu kommt noch die Geschichte mit dem schwarzen Block«, warf Mager ein. »Das waren alles Bullen. Kaum zu glauben, dass der Präses so etwas nicht weiß.«

»Es gibt noch eine andere Hypothese«, warnte Karin.

Mager sah auf.

»Die Rechten lassen den ehemaligen Linken so oft vor die Wand laufen, bis sie einen Präsidenten nach ihrem Geschmack bekommen.«

»Dann stell mal das Material zusammen«, entschied Susanne. »Könnte schön sein. Aber damit haben wir noch nichts im Fall Alexander Klink erreicht.«

»Die Glatze!«, erinnerte Mager. »Ohne den Kerl kommen wir nicht weiter!«

Kalle senkte den Kopf: »Schade, dass mir der Typ durch die Lappen gegangen ist. Er wollte mir erklären, warum er nicht mit den imperialistischen Medien zusammenarbeitet.«

Mager tippte sich an die Stirn: »So 'n Arsch!«

Schweigen, dann sagte Karin: »Aber du triffst doch heute ein paar Leute ...«

Kalle nickte, zog aber sofort die breiten Schultern hoch: »Erst mal abwarten, was die auf der Pfanne haben.«

Man stand auf, um die Routinearbeiten zu erledigen. Karin hielt Mager fest: »Du weißt, dass wir nachher ein Date haben?«

Der Bärtige nickte und nahm die Rote in den Arm.

»Geheimnisse?«, fragte Kalle.

»Ja«, sagte Mager kurz und spürte Karins Ellenbogen im Rücken: War das eine Ermunterung – oder nicht?

Die Entscheidung der Frage wurde vertagt: Das Fax meldete sich und begann zu arbeiten. Interessiert beugte sich Karin über das Gerät und sah zu, wie es eine Seite nach der anderen ausspuckte. Ein Alt-Achtundsechziger schickte die Pressemitteilungen eines Komitees, das vor über zehn Jahren in Dortmund Furore gemacht hatte: *Bürger beobachten die Polizei.*

»Spannend«, sagte Karin. »Die Dortmunder Bullen waren ja genau so mies drauf wie die Bochumer.«

»Sind«, sagte Kalle. »Sie sind es immer noch.«

Plötzlich begann die Rote laut zu lachen.

»Was ist?«, fragte Susanne erschrocken.

»Naja. Presserechtlich verantwortlich für die damaligen Enthüllungen war der damalige Juso-Vorsitzende von Hombruch. Weißt du, wie er hieß?«

Die Blonde zog die Schultern hoch: »Eigentlich wäre das ein Job für Klaus-Ulrich gewesen – aber bei den Jusos war er nie.«

Karin grinste.

»Na, sag schon.«

»Flenner«, verriet die Rote. »Der heutige Polizeichef von Bochum ...«

39

Wie üblich war die Konsumstraße auf den ersten hundert Metern zugeparkt, und Hardenberg ließ den Opel, den er diesmal im Fuhrpark ergattert hatte, langsam bergab rollen. Ein Stück unterhalb der Siedlung, gleich nach einer Einfahrt, lenkte er rechts heran und stellte den Wagen Zentimeter hinter einem uralten Käfer ab. Es war etwas knapp – aber wenn der Garagenbesitzer keinen Trecker fuhr, würde er es schaffen.

Fast gleichzeitig mit Eulenstein stieg der Hauptkommissar aus. Während er abschloss, konnte er einen unbeobachteten Blick auf die Kommissarin werfen. Normalerweise hätte sie jetzt schon fünf Schritte Vorsprung gehabt. Aber sie stand wartend auf dem Pflaster und sah nachdenklich zu den Balkonen der Siedlung hoch.

Die hat überhaupt keine Lust, dachte Hardenberg. Das Klinkenputzen war sowieso ein nerviger Job. Aber auf Eulenstein musste es wie Beschäftigungstherapie wirken. Sie hielt Waldemar für den Täter und wartete nur darauf, dass diese Barfrau aus der *Farm* wieder auftauchte und das Alibi des jungen Borodjuk zerfetzte.

»Wo fangen wir an?«, fragte er.

Die Kommissarin blickte auf den Plan und entschied sich für Klinks direkte Nachbarn. Aber als sie die Häuserreihe westlich der Stichstraße entlangliefen, fürchtete Hardenberg schon, sie würden niemanden antreffen: Die Parkplätze waren leer, niemand putzte seine Fenster, keiner der Hundebesitzer drehte seine Runde.

Der einzige Hinweis auf die Anwesenheit menschlicher Wesen fand sich schließlich vor dem Hause Thürk: Der Richter hatte in seinem Vorgarten eine schöne Korkenzieherweide gefällt, die nun quer über dem Bürgersteig lag und die halbe Fahrbahn blockierte.

Sie wichen dem toten Baum aus, und der Hauptmeister stellte beiläufig fest, dass Thürks Haustür weit geöffnet war. Offenbar holte der Hüne gerade das passende Werkzeug, um das Grünzeug vor seinem Haus zu zerlegen.

»Also«, sagte die Kommissarin und bog in den vorletzten Vorgarten ein. Auf dem Weg zur Haustür hatten ihre Schritte wieder das gewohnte Tempo und verkündeten Zielstrebigkeit und Entschlossenheit.

Frau Waggershausen-Rosenholz meldete sich kurz nach dem ersten Klingeln.

»Ja, bitte?«, fragte sie durch einen Spalt, der einer Mücke

zu unbequem gewesen wäre. Erst als er genauer hinsah, bemerkte Hardenberg zwei schwere Ketten, die ein gewaltsames Eindringen ins Haus verhindern sollten.

»Eulenstein. Polizei.«

»Zeigen Sie mir bitte Ihren Ausweis!«

Die Polizistin zwängte das Plastikkärtchen durch den Türspalt. Während die Psychologin das Dokument prüfte, starrte der Hauptmeister auf das handgearbeitete Holzschild mit den eingebrannten Namen: Die Psychologin bewohnte das große Haus mit dem Gatten Paul und Sohn Florian.

»Momentchen, bitte«, hauchte es endlich von innen. Die Tür schloss sich, aber bevor man sich Sorgen um den Ausweis machen musste, wurden geräuschvoll ein paar Sperren beseitigt.

»Bitte, treten Sie ein!«

Die Dame Rosenholz wurde sichtbar – bleich und beherrscht, schmal wie nach einem Hungerwinter, angetan mit einem schwarzen Hosenanzug. Die kleine Zuchtperle an ihrer Silberbrosche war lebendiger als ihre Augen.

»Sie kommen sicher wegen Alexander?«

Eulenstein nickte.

»Dann wissen Sie noch nicht, wer es getan hat?«

Eulenstein schüttelte den Kopf.

»Schrecklich«, bekannte Klinks Nachbarin. »Ich möchte jetzt nicht in der Haut des Täters stecken ...«

Eulenstein wartete ab, und Hardenberg hütete sich, zu laut zu atmen.

»Seine Qualen müssen fürchterlich sein: einerseits das Gewissen und andererseits die Angst vor der Entdeckung.«

So hatte Hardenberg den Fall noch nie betrachtet.

»Aber kommen Sie doch erst einmal herein ...«

Klinisch weiße Wände mit dezenten Strukturen und abstrakte Gemälde, die an Labyrinthe, leere Plätze oder türlose Gänge erinnerten. Möbel mit klarer Linienführung aus schwarz gebeizter Eiche. Auf Regalen und Ablagen in geometrischem Design Geduldspiele und Geschicklichkeitstests, die auf spielerische Weise Naturgesetze veranschaulichten – in extravaganten Geschenkläden gab es sie ab hundert Mark aufwärts.

»Einen Tee, Frau Eulenstein?«

Die Kommissarin nickte.

»Herr ...«

»Hardenberg. Ja, bitte.« Der Hauptmeister sah zu, wie die Unterernährte das heiße Getränk in hauchdünne Tässchen füllte und servierte. Wie herbeigeflogen stand plötzlich auch ein Schälchen mit Vollwertgebäck vor ihnen.

»Was kann ich für Sie tun?«

»Mir alles erzählen, was Sie über Alexander wissen.«

Die Hände neben ihren Schenkeln auf der Stuhlkante abgestützt, schien die Dame tief in ihr Gedächtnis zu tauchen. Schließlich lockerte sich diese Haltung, und sie griff tatsächlich nach einem Keks. Als sie ihn vor sich auf den Tisch legte, fehlte ein Eckchen von mindestens zwei Gramm.

»Es fällt mir nicht leicht ...«

»Versuchen Sie's!«

Sie nickte, biss weitere zwei Gramm von ihrem Keks ab und überwand sich: »Alexander war immer ein sehr frühreifes Kind, aber die Eltern haben ihn schlecht gelenkt. Meine Erfahrung sagt mir, dass es nicht gut sein kann, wenn man so früh ein derart ausschweifendes Geschlechtsleben führt. Darüber hat er oft die Pflichten in Familie und Schule vernachlässigt ...«

Gott im Himmel, dachte Hardenberg. Wenn man hier laut ›ficken‹ sagt, fällt die Alte tot um.

»Wie kam Alexander mit den Nachbarn aus?«

War ihr Zögern eine Spur zu lang? Hardenberg warf einen knappen Blick auf Eulenstein, aber die hakte nicht nach, sondern wartete ab.

»Ich weiß es wirklich nicht«, gab die Frau endlich zu. »Rein äußerlich war er freundlich zu allen. Aber das hier war nicht seine Sphäre. Es zog ihn in andere Kreise.«

Draußen kreischte eine Säge los, und Waggershausen-Rosenholz zuckte zusammen. Dann stand sie auf und schaute vom Küchenfenster aus nach. Mit einem befriedigten Lächeln kehrte sie zurück.

»Etwas Besonderes?«

Sie lächelte zum ersten Mal seit dem Beginn des Gesprächs: »Wir haben Herrn Thürk gebeten, dieses wuchernde Gewächs ein wenig einzudämmen. Es freut mich, dass er sich endlich zu einer Maßnahme durchgerungen hat.«

40

Knutschend standen Karin Jacobmayer und Klaus-Ulrich Mager vor dem Haupteingang des Dortmunder Stadthauses. Sie gaben sich diesem Tun mit einer Hemmungslosigkeit hin, als müsste Mager anschließend auf viele Jahre in Einzelhaft. Dass sie dabei etlichen eiligen Leuten im Wege stehen könnten, fiel ihnen nicht weiter auf, und von den empörten oder spöttischen Blicken der Passanten merkten sie nicht das Geringste.

»Wunderbar«, stöhnte Mager, als Karin die Luft ausging und für eine Sekunde Atem schöpfte. Immerhin war es lange her, dass sie sich mitten an einem Werktag so viel Zeit für Privates genommen hatten. Doch der Anlass war danach. Und so ließ Mager, von seinen Gefühlen überwältigt, seine Hände langsam tiefer rutschen. Als sie Karins Sitzfläche fanden, packte er zu.

»Bis du wahnsinnig, Klaus-Ulrich?«, flüsterte Karin. »Wenn jetzt deine Mutter vorbeikommt! Du wirst mindestens enterbt!«

»Ist doch egal«, flüsterte er. »Von dem bisschen Rente kann sie sowieso nichts sparen.«

Karin gicksterte: »Und die Moral? Du in deinem Alter ...«

»Na und? Vergiss nicht, wir gelten jetzt als verlobt!«

Diese Nachricht musste die Rote erst einmal verdauen, und sie glaubte Mager erst, als er ihr noch einmal den amtlichen Beleg zeigte.

»Naja – in vier Wochen ist das auch vorbei!«, grinste sie.

»Wehe!« Er steckte die Bescheinigung über das Aufgebot ein und spürte, dass seine Blutergüsse wieder schmerzten. Diese verdammten Bullen!

»Und jetzt?«, fragte er. »Zurück ins Büro?«

»Quatsch!«, meinte Karin. »Für mich ist es immerhin das erste Mal. Das muss begossen werden ...«

Sie schlenderten die Betenstraße in Richtung Reinoldikirche hinunter. So lange hatte Mager für diese kurze Strecke zuletzt als Schüler gebraucht.

»Und wohin?«, fragte Karin, als sie vor der *Krone* standen. »Hier rein oder in den *Alten Markt*?«

Mager brauchte nur eine Sekunde, um sich daran zu erinnern, mit wem er dort schon alles gesessen hatte: »Bloß nicht. Lieber in eine Kneipe, die es damals noch nicht gab.«

Fünf Minuten später befanden sie sich an einer wahrhaft historischen Stätte: Im *Marché*, das in den Räumen des einstigen Edelrestaurants *Zum Ritter* residierte. Genau hier hatten sich einst die Handelswege gekreuzt, denen Magers Geburtsstadt ihre und seine Entstehung verdankte.

»Prost, Alter!«, seufzte Karin überwältigt und hob ihr Sektglas. »Weißt du, dass ich unheimlich glücklich bin?«

Mager spürte plötzlich einen dicken Kloß im Hals und war froh, ihn mit einem Getränk herunterschlucken zu können.

»Aber was Ernstes: Samstag oder Sonntag musst du mit zu meinen Eltern. Wäre peinlich, wenn sie ihren Schwiegersohn zum ersten Mal auf dem Standesamt sehen würden.«

Mager nickte stumm: Dieses Opfer musste er bringen.

»Und was machen wir mit deiner Mutter? Bringen wir die Angehörigen vorher zusammen?«

»Muss wohl sein«, meinte der Bärtige. »Aber bitte nicht im privaten Rahmen, sondern irgendwo in der Kneipe.«

Karin sah ihn fragend an.

»Privat wird's peinlich. Aber in der Öffentlichkeit kann sie sich noch richtig gut benehmen ...«

Sie kicherten und tranken die Gläser leer. Dann musterte Karin den Rest in der Flasche: »Wer fährt eigentlich?«

Mager meldete sich mit erhobenem Zeigefinger: »Ich bin dran.«

»Wunderbar«, grinste sie und goss ein. »Auf uns!«

Er druckste herum, gestand schließlich: »Hömma, ich bin auch schon richtig aufgeregt.«

»Wieso?«, staunte sie. »Du hast doch schon Routine?«
»Blöde Kuh!«

Eine Stunde später zogen sie Hand in Hand zurück zum neuen Rathaus, wo Karins roter Astra in der Tiefgarage stand. Auf dem Markt herrschte das übliche Durcheinander der Menschen, deren Wege sich hier schnitten. Wenn man nicht aufpasste, geriet man unter die Hufe.

Zwischen Karstadt und der Baulücke, die nach dem Abriss der alten Stadt- und Landesbibliothek entstanden war, kam eine Frau um die vierzig auf sie zu: Die Haare sahen aus, als hätte sie gerade erst die Lockenwickler abgenommen, der gepflegte Mantel war weit genug von jeder Mode der letzten zehn Jahre entfernt, um auch auch bei einer Nonne als züchtig zu gelten. Ihre Augen leuchteten, als hätte sie gerade in der Lotterie gewonnen, und sie streckte den beiden spendabel ein bedrucktes Blatt Papier entgegen: »Darf ich Ihnen etwas zu lesen geben?«

Mager fuhr schon den Arm aus, aber dann entdeckte er in der Überschrift den Namen des Gekreuzigten.

»Nein, danke«, bekannte er erschrocken, »ich bin Atheist.«

Die Frau strahlte, als hätte sie ein Leben lang auf eine solche Herausforderung gewartet: »Jesus hat Sie lieb!«

»Freut mich!«, meinte Mager. »Aber muss ich deshalb sein Altpapier entsorgen?«

41

»Was hat sie mich? Gebeten?«

Richter Thürk lachte höhnisch auf. Mit durchgeschwitztem T-Shirt stand er vor dem Laderaum seines Kombis und stopfte die abgeschnittenen Äste und Zweige der Korkenzieherweide in den Wagen. Wenn man den zersägten Stamm mitzählte, musste er mindestens drei Mal zur Kippe fahren, um das tote Gewächs ordnungsgemäß zu entsorgen.

»Gedroht hat mir die liebe Nachbarin. Mit ihrem Anwalt.«

Wütend blickte er zum Nebenhaus hinüber, sah kurz auf den Stumpf, den er noch roden musste, kraulte seiner zottigen Promenadenmischung den Hals und schaute die Kommissarin an. »Umbringen könnte ich sie.«

Sie sah ihn ausdruckslos an, und er grinste: »In Gedanken natürlich. Ich möchte schließlich nicht da landen, wohin ich meine Klienten so gerne schicke. Könnte böse enden.«

Aus Eulensteins Gesichtsausdruck schloss er offenbar, dass ihr für diese Art Humor schlichtweg das Verständnis fehlte, und deutete mit seinem mächtigen Schädel auf die geöffnete Haustür: »Aber gehen wir doch rein. Da redet es sich besser.«

An der Spüle der schmalen Küche wusch er sich die Hände, setzte Kaffee auf und stellte seinem Hund eine Schale Wasser zurecht. Dann blickte er auf die Uhr, nickte zufrieden und entkorkte eine Cognacflasche: »Auch einen?«

»Kaffee ja, Cognac nein«, antwortete Eulenstein und ließ Hardenberg damit keine andere Wahl.

»Na, denn. Es ist wirklich ein guter Tropfen ...«

Thürk schenkte sich ein und setzte sich zu ihnen an einen geräumigen Esstisch, der mindestens acht Personen Platz bot. Während er seinen Cognacschwenker kreisen ließ, gab er bereits die Antwort auf die wichtigste Frage, die sie stellen wollte: »Einen Mörder suchen Sie hier allerdings vergebens. Nur honorige, höfliche Leute in der Siedlung, die sich gegenseitig achten und tolerieren.«

»Und was ist mit dem Baum?«, fragte sie.

»Treffer«, konstatierte Thürk und schickte einen flehenden Blick zum Himmel. »Ab und zu flog wirklich mal ein Blättchen in ihren Vorgarten. Aber die Forderung, das ganze Ding zu entfernen, weil die Blumen auf der Fensterbank in der Küche nicht gedeihen ...«

Er nippte an seinem Cognac, goss einen kräftigen Schluck nach und schaute ins Glas, um in gespielter Überraschung seinen Kopf zu schütteln: »Nicht viel drin in so einem Behälter.«

Er steckte sich einen Zigarillo an und deutete mit der glühenden Spitze auf die Wand, die sein Haus vom Domizil der Nachbarin trennte: »Die Dame hat wirklich einen Knall. Sehen Sie ja schon an dem bescheuerten Doppelnamen. Leidet an Bulimie. Eine frustrierte Frau in den Wechseljahren, während der Mann mit den Auszubildenden in seinem Reformkostladen vögelt. Und das Söhnchen ist verkorkst bis zum Geht-nicht-mehr. Würde mich nicht wundern, wenn die arme Sau bei Mama beichten geht, wenn er unzüchtige Handlungen an sich vorgenommen hat. Aber sonst ...«

»... ehrenwerte Leute«, ergänzte Eulenstein.

»Genau«, sagte Thürk. »Im Rahmen des Üblichen zumindest. Aus Sportgeist bescheißen wir ein wenig die Steuer, fördern die Schwarzarbeit in Haushalt oder Garten, der eine oder die andere hat vielleicht einen Nebenjob ohne Karte.«

Nach einem weiteren Blick auf die Uhr goss er sich noch ein wenig Cognac ein und trank schneller, als das Gesöff handwarm geworden sein konnte.

»Der Einzige ...«

»Ja?«

»Underberg. Der Maulwurf. Unterhalb der Siedlung, das nächste Haus an der Straße. Wo der als Maurer das viele Geld herhat, ein altes Haus so aufwendig zu renovieren ...«

»Im Lotto gewonnen«, meint die Eule. »Oder eine Erbtante.«

»Quatsch. Der karrt sein Rohmaterial immer am Wochenende an.«

»Die meisten Leute gehen samstags in den Baumarkt. Weil sie die Woche über arbeiten.«

»Stimmt. Und all die schönen Baustellen mit den Baustoffen liegen brach – und unbewacht.«

»Und was hat das mit Alexander zu tun?«

Thürk zog die Schultern hoch: »Eben. Jugendliche in seinem Alter interessieren sich für solche Sachen doch höchstens am Rande.«

»Und was interessiert sie mehr?«

»Ich kann Ihnen nur sagen, was mich in Alexanders Alter interessiert hat – und zwar ausschließlich.«

Hardenberg wusste es auch so: Seit damals war offenbar nur der Alk hinzugekommen.

42

Ohne Alkohol konnte auch das Bermuda-Dreieck nicht leben: An guten Wochenenden wurde in Bochums Kneipenviertel mehr Bier verkauft, als in den Kemnader See passte. Und in diesem Jahr trieb das gute Wetter den Umsatz auch wochentags in die Höhe. Schon am Nachmittag waren die Tische vor Kneipen und Cafés so dicht besetzt, als müssten in Bochum statt der Steuerzahler die Millionäre arbeiten gehen. Über allem fehlte nur noch ein Transparent mit dem Slogan *Sponsored by Petrus*.

Auch vor dem *Konkret* war die Chance, einen Platz in der Sonne zu finden, gleich Null. So schob sich Kalle durch den engen Windfang in das Innere des Lokals. Einen Moment schwankte er, ob er in dem langen Schlauch gegenüber der Theke bleiben oder sich im Hinterzimmer niederlassen sollte. Vorne fand man ihn schneller, hinten war's gemütlicher.

Ein Pärchen von höchstens achtzehn nahm ihm die Entscheidung ab. Die beiden gaben ihren Luxustisch am Fenster auf, um ihre Turtelei an einem intimeren Ort fortzusetzen. Kalle setzte sich, bevor ihm jemand den Platz wegschnappen konnte.

Die Bedienung brauchte keine zehn Minuten, um den Kundenwechsel zu bemerken: »Hallo! Was bekommst du?«

Kalle sah hoch: schwarze Nylons, schwarzer Minirock, im Nabel ein Glitzersteinchen und weiter oben ein heftig geschminktes Gesicht. Die Augen der Frau waren so gleichgültig, als müsste sie Sockenhalter verkaufen.

»'ne heiße Schokolade.«

Die lila Lippen über ihm zuckten: Wer so etwas bestellte, war uralt oder uncool. Wenn sie wiederkommt, siezt sie mich, dachte Kalle amüsiert, während ihr endlich die nächste Frage einfiel: »Mit Sahne?«

»Ohne.«

Während er auf den Kakao wartete, blätterte er unaufmerksam in einer Szene-Zeitschrift, die auf dem Tisch lag.

Die schrillen Typen auf den Buntfotos waren meist so alt wie er, kamen ihm aber vor wie aus einer anderen Welt.

Er legte das Blatt wieder weg. Sah auf den Platz hinaus. Der übliche Trubel einer Fußgängerzone. Und an dem Mäuerchen, das den Eingang zur U-Bahn begrenzte, lungerten ein paar Junkies herum.

»Bitte!«

Die Geschminkte knallte die Tasse auf die Platte, als wollte sie ein Loch hineinstanzen. Das Fußbad, in dem seine Tasse schwamm, hätte für mindestens drei Leute gereicht.

Draußen schob sich einer der Junkies an der Reihe seiner Leidensgenossen vorbei, die rechte Hand eng am Körper, aber geöffnet. Einer nach dem anderen steckte ihm ein Scheinchen zu, das blitzschnell in den Hosentaschen verschwand. Als alle gezahlt hatten, wandte sich der Typ ab und verschwand aus Kalles Blickfeld. Zwei Männer mit verspiegelten Sonnenbrillen, die vor dem *Konkret* im Freien gesessen hatten, schraubten sich in die Höhe und folgten dem Verschwundenen.

»Der Geldbote soll sie zum Dealer führen!«, sagte eine warme Stimme.

Kalle sah auf. Eine junge Frau Anfang zwanzig hatte sich an den Nebentisch gesetzt: grüne Jeansjacke, struppiges Kurzhaar, das mit etwas Farbe schön punkig aussehen würde, die Augen irgendwo zwischen Blau und Grün.

»Aber sein Depot bekommen sie sowieso nicht. Da müssten sie die ganze City umkrempeln.«

»Und wenn sie den Dealer nicht kriegen?«

Sie zog kurz die Schultern hoch, die so breit und kräftig wirkten, als würde sie täglich fünfzig Bahnen schwimmen: »Dann greifen sie nur den Geldboten ab. Kommt für die armen Junkies auf dasselbe heraus: Die sind das Geld los und haben immer noch keinen Stoff.«

Beiläufig bestellte sie einen Kaffee, schaute wieder auf den Platz, zog ein paar Zigaretten heraus, suchte weiter in den Taschen.

»Feuer?«

Sie nickte.

Er reichte ihr das Teil hinüber, sie blitzte ihn an, wandte sich wieder der Szene vor dem Fenster zu. Nicht schlecht, die Frau, dachte Kalle und bekam sofort Gewissensbisse: Seine große Liebe Rosa war noch keine zwei Tage weg, und er ...

Die Typen mit den Sonnenbrillen tauchten wieder auf. Sie liefen gezielt auf die Junkies zu und sprachen sie an. Die Unruhe auf den Gesichtern verwandelte sich in Bestürzung und Verzweiflung.

»Jetzt erzählen sie den Junkies, dass Heroin sowieso scheiße ist und dass sie zur Drogenberatung gehen sollen«, sagte die Frau am Nebentisch.

Einer der jungen Leute ging auf die Beamten zu, redete, gestikulierte, packte einen schließlich am Arm, tippte ihm mit der freien Hand auf die Brust, redete weiter, steigerte sich und schrie. Ehe er sich versah, hatte er eine Acht am Handgelenk und wurde von den Bullen abgeschleppt. Ein Teil der anderen verzog sich, die Übrigen sahen sich ratlos an.

»Jetzt müssen die neues Geld beschaffen«, sagte das Mädchen. »Wenn du 'ne billige Nummer willst ...«

Einer der Junkies wandte sich von der Gruppe ab, lief auf den Platz hinaus und quatschte Passanten an, die Hand geöffnet. Drei, vier Leute schlugen vor Schreck einen Haken, einer gab eine Mark, der Nächste redete auf ihn ein: Kleidung, Gesicht und Gesten verrieten den Pädagogen, der noch immer an die Kraft der Vernunft glaubte. Als der Kranke sich wegdrehte, prallte er fast gegen einen grünweißen VW-Bulli. Er saß drin, bevor Kalles Uhr fünf Mal getickt hatte.

»Und jetzt wird gerade wieder irgendwo ein Portemonnaie geklaut oder ein Automat geknackt«, meinte die Frau mit den blau-grünen Augen.

»Irgendwie paradox«, meinte Kalle. »Die Bullen selbst steigern die Verbrechensquote.«

»Genau. Arbeitserhaltungsmaßnahme.«

Die Frau wurde Kalle immer sympathischer. Und er begann, den unglücklichen Umstand zu bedauern, dass er hier auf seinen Kontaktmann wartete. Unauffällig sah er sich um: Ob der Typ schon da war und nur darauf wartete, dass die Frau endlich abzog?

Sie sah ihn amüsiert an: »Nur keine Panik.«

»Bitte?«

»Du heißt Kalle?«, fragte sie.

Er nickte.

»Ich bin Simone. In zehn Minuten müssen wir los.«

43

Kaum hatten sie den Richter verlassen, sagte Hardenberg: »Komisch, was? Wenn man Thürk glaubt, wohnen hier nur brave Bürger. Das Böse kommt bei uns immer von draußen.«

Eulenstein sah ihn forschend an und deutete mit dem Kopf zu dem Aussiedlerheim hinüber: »Könnte in diesem Fall sogar stimmen.«

»Ich weiß nicht«, sagte der Hauptmeister und suchte nach einer möglichst diplomatischen Formulierung. Fand keine und wählte den Klartext: »Sie sollten sich nicht verrennen.«

Dreieinhalb Stunden später hatte Hardenberg diesen Satz gründlich bereut. Als wollte Eulenstein ihm beweisen, dass sie für alle Ermittlungsergebnisse offen sei, scheuchte sie ihn und sich quer durch die Siedlung und befragte alle, die sie antraf, mit penetranter Ausführlichkeit – auch wenn nach drei Minuten klar war, dass die Betreffenden nichts als unwichtigen Dorfklatsch zu bieten hatten.

Besonders erfreut über ihren Besuch war Frau Scheppmann, die Gattin des Kollegen Polizeirat. Endlich wurde sie all jene Geschichten los, die ihren Gatten offenbar nicht interessierten.

So erzählte sie alles über den Ablauf des Straßenfestes am letzten Samstag: Wer was getragen hatte, wer wann zur Toilette gegangen und nach dem wievielten Bier Sawitzkis Hand so sehr gezittert hatte, dass er sich zu Hause umziehen musste: »Blau, wie er war, hat er fast eine halbe Stunde dafür gebraucht.«

Außerdem wusste Frau Scheppmann eine Menge über das Innenleben der Nachbarhäuser. Die Frau des Richters Thürk zum Beispiel war vor den Sommerferien weggelaufen, weil sie ihren Gatten mehrfach in den Armen ihrer Mieterin vorgefunden hatte: »Mit solch einem Schwein hätte ich auch nicht mehr leben wollen.«

An dieser Stelle hatte sie den Monolog unterbrochen und war erschrocken in die Küche gestürmt. In einer halben Stunde kam der Sohn aus der Schule, und der arme Junge brauchte dann dringend etwas zu essen ...

Während sie für Darius Kartoffeln schälte, fiel ihr ein, was der Filius im Frühjahr erzählt hatte: Marie-Luise, die älteste Tochter des Rechtsanwaltes Sawitzki, hatte nach einer Klassenfahrt eine Schulstrafe bekommen, weil die Lehrer sie nachts in einem Jungenzimmer erwischt hatten: »Naja – dass jemand aus einem guten Hause kommt, sagt heute auch nichts mehr aus.«

Wortkarg geworden war die Frau erst, als Eulenstein sie auf den toten Alexander ansprach: »Mein Gott, so 'n netten Jungen. Und 'n höflichen war das. Aber sonst – da weiß ich wirklich nix.«

Hardenberg war froh, als sie wieder im Freien standen, doch Eulenstein kannte kein Erbarmen: Sie frästen sich quer durch die Siedlung.

Stunden später errreichten sie ihre letzte Station: Das Haus des Rechtsanwalts Sawitzki. Auch hier wusste die Hausfrau eine Menge über die Nachbarn und war dankbar über die unverhoffte Gelegenheit, all ihr Wissen anbringen zu können. Hardenberg freute sich schon auf den Moment, da Eulenstein sie auf die eigenen Töchter ansprechen würde, aber die Reaktion der Frau war enttäuschend undramatisch.

»Stimmt«, sagte sie. »Aber den Lehrern ist die Phantasie durchgegangen. Es ist nämlich überhaupt nichts Schlimmes passiert.«

»In der Siedlung erzählt man sich etwas anderes.«

»Ich weiß. Aber so sind die Leute.«

Sie schwieg einen Augenblick, dann sah sie die Kommissarin offen an: »Ich habe eine Bitte: kein Wort zu meinem Mann. Er würde sich fürchterlich aufregen, wenn er davon erfährt. Und sein Herz ist nicht das gesündeste ...«

Ihr Wagen stand immer noch hinter dem alten Käfer vor dem Klinkerbau. Aber dicht an ihrer hinteren Stoßstange klebte ein dicker Benz – so nah, dass Hardenberg im ersten Augenblick glaubte, sie müssten einen Kran bestellen, um den Wagen herausheben zu lassen. Blödmann, dachte er und musterte die Stoßstange an ihrem Dienstwagen.

Sein Tun blieb nicht unbemerkt. Ein Glatzkopf, der in der Einfahrt eine Schubkarre belud, ließ die Schaufel sinken und kam ein paar Schritte näher: »Da ist nichts dran.«

»Schön. Aber Sie verstoßen gegen Artikel 1 der StVO.«

Der Riese verriet nicht, ob er diese Ziffern und Buchstaben schon einmal gehört hatte: »Was immer auch da drin steht: Parkt da, wo ihr wohnt.«

Hardenberg musterte demonstrativ die Garage. Voll gestopft mit Baustoffen. Schöne Kanthölzer für ein Giebeldach. Ein Stapel Dachpfannen, ein weiterer mit Außenfliesen. Und schöne, abgerundete Hölzer für einen Jägerzaun.

»Was ich mich frage: Ob es für all diese Anschaffungen Rechnungen gibt.«

Die Glatze lief rot an. Mit geballter Faust kam er auf Hardenberg zu. Da zückte die Eule ihren Dienstausweis.

Der Mensch mit der Schaufel grinste: »Aha, so läuft das. Aber ich weiß schon, wer mir das eingebrockt hat. Nehmt euch lieber den alten Spanner da oben unter die Lupe.«

»Wen meinen Sie?«

»Helgoland. Wissen Sie, was der alles treibt? Haben Sie seine Fotoalben gesehen?«

Hardenberg nickte: »Wenn es Sie so stört, was er treibt, warum haben Sie ihn noch nicht angezeigt?«

Underberg tobte los. Seine Auslassungen hätten für mehr als eine Strafanzeige und zwei Beleidigungsklagen gereicht. Aber die Eule ignorierte den Auftritt. Kalt fragte sie: »Wo waren Sie eigentlich Samstagnacht?«

Der Maulwurf stutzte, dann lachte er auf, als hätte die Kommissarin einen guten Witz abgelassen: »Wo schon? In der Siedlung. Saufen.«

»Die ganze Zeit?«

»Nein. Zwischendurch habe ich meine Töchter nach Hause gebracht. Und war zwei Mal pissen.«

»Was noch?«

»Wie – was noch?«

»Nun«, mischte sich Hardenberg ein, griff sich eines der Hölzer für den Jägerzaun ab und ließ es ein paar Mal in die Hand klatschen. »Vielleicht haben Sie zwischendurch einfach mal ein bisschen herumgeprügelt?«

Underberg glotzte ihn sprachlos an. Und sah widerstandslos zu, wie Hardenberg das Teil in den Kofferraum ihres Dienstwagens packte.

44

Geschickt lenkte Simone ihren blauen Fiesta durch den dichten Feierabendverkehr. Mehrfach zwischen den Fahrbahnen pendelnd, hetzte sie über den Ring in Richtung Alleestraße. Knappe zwanzig Meter vor der Ampel setzte sie den Blinker und quetschte sich in die letzte Lücke auf der Abbiegespur. Die Signale standen auf Rot, und Simone stieg so hart in die Bremse, dass Kalle der Mageninhalt in die Speiseröhre hochschwappte.

»Mann«, sagte er, nachdem er das Zeug im letzten Moment wieder heruntergeschluckt hatte.

Dann begriff er: »Meinst du, ich hätte einen Schatten mitgebracht?«

»Hast du?« fragte sie und hängte sich an den letzten Wagen, der vor ihr fuhr.

Bis zum Krupp-Hochhaus folgte sie brav den anderen Fahrzeugen, aber an der Ampel startete sie ohne Vorwarnung den zweiten Teil ihres Testprogramms: Ohne den Blinker zu setzen, bog sie hart in Richtung Wattenscheid-Mitte ab, folgte einige hundert Meter der Straßenbahn und zog vor dem alten Hochbunker erneut nach rechts, in die Gahlensche Straße.

Im Schatten einer alten Eisenbahnbrücke hielt Simone an und beugte sich zu ihm herüber. Zwischen Schrebergärten und Glascontainern war draußen niemand zu sehen, der sich zu intensiv für sie interessieren könnte.

»Tut mir ja außerordentlich Leid«, flüsterte sie so nah an seinem Ohr, dass er ihren warmen Atem spürte. Während man von draußen den Eindruck haben musste, die Fahrerin wäre von einem anfallartigen Bedürfnis nach Zärtlichkeit überfallen worden, gingen ihre Hände auf Reisen: tasteten Kalles Kleidung ab, fuhren in alle Taschen und suchten unter den Achselhöhlen und in den Kniekehlen. Zum Schluss packte sie ihm in den Schritt.

»Bist du bescheuert?«

»Nein – vorsichtig«, grinste sie. »Außerdem dachte ich immer, dass man Männern keine größere Freude machen kann, als an ihren Sachen herumzuspielen ...«

»Das hängt vom Zweck der Untersuchung ab«, flüsterte er. »Unter gewissen Umständen ...«

Er schwieg und musste der Versuchung widerstehen, die Frau einfach in den Arm zu nehmen und ihren Nacken zu küssen. Sie roch nicht schlecht, und was sie da anstellte ...

Minuten später waren sie wieder auf dem Weg nach Westen. Als am rechten Straßenrand ein alter Wasserturm in die Höhe wuchs, nahm Simone Gas weg, passierte die beiden Flügel eines hellen Flachdachbaus und bog vor einer Metzgerei rechts ein.

Zwei weitere Haken. Vor ihnen lag eine Häuserzeile, für die ein Begriff wie ›marode‹ noch gestrunzt war. Und die Kneipe an der Ecke sah aus, als würde sie freiwillig höchstens von Verdurstenden aufgesucht. Hier etwa?

Simone hielt an und stieg aus: »Komm!«

Von innen sah die Kneipe fast noch schlimmer aus als von außen, aber sie hatte Gäste. An einem Kicker-Automaten kämpften vier Kids mit Baseball-Kappen und jenen Hosen, die außer dem Hintern auch eine volle Pampers tarnen würden. Drei Mini-Punker bereiteten die grüne Bespannung eines Pool-Billards für die Herbst-Aussaat vor. Und in einer Ecke hockten zwei auf Hard-Rock getrimmte Teens vor Gläsern, die das letzte Mal gegen Ostern gespült worden waren.

Kalle sah sich um und schluckte: »Was sollen wir in diesem Kindergarten?«

Simone grinste und deutete mit ihrer Nasenspitze auf eine Schiebetür, die in einen Nebenraum führte: »Geh rein!«

Kalle zögerte, dann tat er ihr den Gefallen. Ein staubiger Saal, der scheinbar kaum noch genutzt wurde. Ganz hinten, neben dem Notausgang, ein Tisch, der mit drei Leuten besetzt war. Aber irgendetwas stimmte mit dieser Skatrunde nicht.

Kalle trat näher und war verblüfft: Wo andere Leute Gesichter hatten, zeigten die drei Gesellen nur schwarze Masken.

»Du bist Kalle?«, fragte der Mittlere der drei Vermummten.

Magers Sohn lag schon eine flapsige Antwort auf den Lippen, doch er nickte nur brav: Diese Burschen spielten ihre Verkleidungskomödie, als hinge davon der Lauf der Geschichte ab.

»Bleib mal da stehen!«, kommandierte der Pate des Bochumer Untergrunds, während seine Gorillas sich erhoben und dicht an Kalle herantraten.

»Arme abspreizen!«

Kalle tat ihnen den Gefallen und hob die Hände in Kopfhöhe. Augenblicklich fingen die Bodyguards an, ihn zu filzen. Sie taten es erstaunlich gründlich und vermieden dabei jeden weiteren dramatischen Effekt. Trainierten die Autonomen das neuerdings – oder waren es wirklich Profis?

Bei dieser Überlegung ging Kalles Puls plötzlich schneller. Wer garantierte ihm, dass er hier nicht eine Fortsetzung des Maskenballs vom Vortag erlebte? Dass diese Brüder nicht zu derselben Truppe gehörten, die auf dem Husemann-Platz mit Flaschen und Farbbeuteln geworfen hatten?

»Hier«, sagte einer der Filzer. Er zog Kalles Portemonnaie und den Umschlag mit den Fotos heraus und warf dem Häuptling beides auf den Tisch.

»Sind nur noch zehn Mark drin«, sagte Kalle. »Die hättet ihr auch mit weniger Aufwand kriegen können.«

»Schnauze!«, sagte der General und durchwühlte Kalles Papiere. Endlich hatte er den Ausweis gefunden und verglich das Foto mit dem Gesicht des Mannes, der vor ihm im Raum stand. Kalle wusste, dass er mit seinem Abbild kaum noch Ähnlichkeit hatte.

»Okay«, sagte der Chef. »Ist er sauber?«

Die beiden Kontrollettis nickten, und der Mann am Tisch gab ihnen mit cooler Geste ein Zeichen. Einer der beiden Befehlsempfänger stellte Kalle einen Stuhl vor den Tisch und bedeutete ihm, dass er sich setzen durfte.

»Was willst du von uns?«

Ohne Umschweife erklärte der PEGASUS-Bote sein Anliegen.

»Punks«, sagte der Boss voller Verachtung. »Mit diesen Kids haben wir nicht viel am Hut.«

»Aber ihr kennt einige. Und dann ist da noch dieser Glatzkopf. Er müsste erzählen können, was mit Alexander Klink im Polizeigewahrsam passiert ist.«

Der Chef zog die Fotos aus dem Kuvert und betrachtete sie. Ohne einen Kommentar steckte er sie an ihren Platz zurück und verbarg sie unter seiner Jeansjacke. »Angenommen, wir können euch Informationen geben. Wer garantiert uns, dass ihr in eurem Filmbericht keine Scheiße dreht und den falschen Leuten die Tat anhängt.«

»Wir hängen sie niemandem an. Wir wollen herausfinden, wer es war.«

»Ich dachte, ihr hättet die Bullen im Visier?«

Kalle zuckte die Achseln: »Haben wir auch. Sie benehmen sich verdächtig genug. Aber einen Beweis dafür, dass sie den Mord begangen haben, gibt es bisher nicht.«

»Und den könnte der Typ mit der Glatze haben?«

»Wer weiß das schon? Er benimmt sich etwas seltsam. Als ich ihn gestern angesprochen habe, ist er abgehauen.«

Der Wortführer der Verhandlungskommission schwieg einen Augenblick. Dann stand er auf. »Wenn wir die Leute kennen und finden, fragen wir, ob sie mit euch reden wollen. Simone ruft dich an und sagt dir ein Datum. Das ist die Uhrzeit für denselben Tag im *Konkret*.«

»Okay.«

Der Boss wickelte sich ein Palästinensertuch um den Hals und trat bereits den Rückzug zur Hintertür an.

»Du drehst dich jetzt zum Fenster und wartest ab. Zwei Minuten, nachdem wir weg sind, kannst du gehn.«

»He – und wie komme ich nach Bochum zurück?«

»Simone fährt dich.«

45

Der Donnerstag begann für rund fünfzig Beamtinnen und Beamte der ersten Einsatzhundertschaft mit einer bösen Überraschung: Kaum hatte man sich zur Nahkampfausbildung in der nahen Rundsporthalle umgezogen, tauchte Hauptkommissar Lohkamp auf und fischte sich diejenigen Beamtinnen und Beamten heraus, die am letzten Samstag eingesetzt worden waren. Und bevor sie überhaupt zum Nachdenken kamen, standen sie statt in der Rundsporthalle im verdunkelten Hörsaal.

»So, meine Damen und Herren. Ich zeige Ihnen jetzt noch einen Film. Diesen hier hat der Dokumentationstrupp aufgenommen. Und dann werden wir sehen, wer wen festgenommen hat.«

In das Raunen hinein startete Lohkamp die Aufnahme. Die sattsam bekannten Bilder liefen ab – alle aus einer etwas anderen Perspektive als der Film des Fernsehteams.

Als die Festnahmen begannen, kam Unruhe auf. Und kaum zeigte die Kamera die beiden Beamten, die der jungen Frau den Pullover hochgezogen hatten, stoppte das Bild.

»Wer war's?«, fragte Lohkamp und blickte in die Runde.

Forsch ging ein Arm hoch, zögernd folgte ein anderer.

»Und was wollen Sie jetzt von uns?«, fragte der Mutigere der beiden. Seine Stimme sollte wohl selbstbewusst und trotzig klingen, aber Lohkamp hörte den Unterton heraus, der die Beunruhigung des Menschen verriet.

»Setzen Sie sich bitte hinten rechts in den Saal.«

Ein Schulterzucken signalisierte den Kollegen, dass sie Lohkamp für einen Spinner hielten, dem man nur aus lauter Sympathie gehorchte – aber sie taten, was verlangt war. Der Forsche zog ein Kaugummi heraus und schob es in den Mund. Gelangweilt sah er auf den Monitor, als der Film wieder anlief – bis zu dem Zeitpunkt, als der Mann mit dem Irokesenschnitt vor der Kamera auftauchte. Die Kollegin und der Kollege, die ihn festgenommen hatten, waren mit aller Deutlichkeit zu erkennen. Auch sie landeten hinten im Saal.

»Und was soll das Ganze?«, fragte Mister Kaugummi.

Der Hauptkommissar ignorierte die Frage und machte weiter. Nach und nach wurden die Beamten aussortiert, die mit ihrer Beute vor der Kamera aufgetaucht waren.

Dann erschien ein Beamter auf dem Bildschirm, der sich einen schmalen Burschen unter den Arm geklemmt hatte. Das Gesicht des Abgegriffenen war nicht erkennbar, aber dafür seine Lederjacke: *Schieß doch, Bulle!*

Als er in den Wagen verfrachtet wurde, war auch das Gesicht des Abliefernden klar: Es war der Kollege mit der forschen Stimme.

»Und wo soll ich jetzt hin?«

Schadenfrohes Gelächter, aber Lohkamp ließ sich nicht beirren: »Bleiben Sie hinten – aber gehen Sie auf die andere Seite.«

Auf diese Weise sortierte er alle Beamten aus, die nachweislich bis zum Schluss auf dem Platz im Einsatz gewesen waren. Sechs Leute, darunter zwei Frauen, blieben übrig: Sie waren auf keinem der Filmausschnitte aufgetaucht.

»Pech für Sie«, meldete sich der Forsche. »Die Festnahme von diesem Axel Flink ist gar nicht drauf.«

»Stimmt«, gab Lohkamp zu, ohne sich auf eine Debatte über den Namen einzulassen. »Warum, das werde ich noch klären. Aber zwei von diesen sechs Kolleginnen und Kollegen waren zum Schluss nicht auf dem Platz. Wer von Ihnen hat Klink und den anderen eingesackt?«

Keine Antwort.

»Wer von Ihnen ist mit dem Wagen mitgefahren?«

Wieder nichts. Die Leute starrten Lohkamp mit unbewegten Gesichtern an, und ihre Augen sahen aus, als gingen die Blicke glatt durch ihn durch.

»Zwei von Ihnen waren es!«

Keine Reaktion, stattdessen aber organisierte Kaugummi hinten ein kleinen Tumult: »Unverschämt!« – »Jetzt reicht's!« – »Schnüffler raus!« – »Nestbeschmutzer.«

»Ruhe!«, brüllte Lohkamp.

Er erreichte das Gegenteil. Und gerade diese Reaktion machte Lohkamp klar, dass es irgendeine Form von Absprache geben musste, die sie so sicher machte. Im Normalfall hätten sie vor einem Hauptkommissar stramm gestanden.

So wandte sich der Kripomann zu den sechs Ausgesonderten: »Ihre Ausweise!«

Zögernd reichten sie ihre Fleppen nach vorn.

Lohkamp las der Reihe nach die Namen vor, und die motzende Meute wurde ruhiger. Da sagte der Hauptkommissar: »Ich nehme Sie alle wegen des Verdachts eines gemeinschaftlich begangenen Totschlags vorläufig fest. Kommen Sie mit.«

So still war es im Hörsaal lange nicht mehr gewesen.

46

»Fehlanzeige!«, sagte der Kollege von der Spurensicherung. »Anderes Holz, viel zu dick und gröber bearbeitet – in der Wunde wären sichtbare Splitter zurückgeblieben.«

Enttäuscht blickte Hardenberg auf das Stück Jägerzaun, das er in der Konsumstraße entliehen hatte. Allzu groß waren seine Hoffnungen ohnehin nicht gewesen. Er hatte das Holz vor allem mitgenommen, um Underberg zu provozieren. Aber der Testschuss war nach hinten losgegangen: Er hatte diesem Großkotz sogar noch zu einem Entlastungsargument verholfen.

»Außerdem«, ergänzte der Kollege, »war die Tatwaffe mit Leinsamenöl gewalkt. Das hier ist eine industriell erzeugte

Imprägnierung. Tut mir aufrichtig Leid, Ewald – aber mit solch einer Latte wurde Klink nicht erschlagen.«

Schweigend ließ Hardenberg den Dienstwagen die Königsallee hinaufrollen. Wie zum Hohn zeigte sich Bochums berühmteste Straße von ihrer besten Seite. Die beiden Platanenreihen auf dem Mittelstreifen hatten sich die Haare bunt gefärbt, und die schräg einfallende Sonne schuf aus Licht und Schatten in Serienproduktion romantische Effekte. Und er musste an einem solchen Morgen bei diesem Säufer Abbitte leisten.

»Und was hat Wattenscheid gesagt?«, erkundigte er sich bei Eulenstein. Die Kriminalbeamten in der Polizeiinspektion West waren seine letzte Hoffnung in Sachen Underberg: Der Mann arbeitete dort als Polier bei einer großen Baufirma und musste wissen, wo und wie man am leichtesten eine Ladung Material klemmen konnte.

Doch Eulenstein zog die Schultern hoch: »Keine Vorgänge, in die Underberg verwickelt sein könnte. Er ist nicht mal im Computer.«

»Und wenn man ihn nach den Rechnungen ...«

»Wir sind nicht vom Finanzamt«, beschied ihn die Kommissarin. »Aber es gibt hier ja noch mehr Mistkäfer!«

»Sie schon widda?«

Die Kommissarin hielt sich gar nicht mit der Vorrede auf, sondern nagelte den Rentner mit einer harschen Geste auf seinen Küchenstuhl fest. Bevor Helgoland dazu kam, störende Fragen zu stellen, begannen sie, seine Wohnung auseinander zu nehmen.

Hardenberg war zum ersten Mal richtig froh darüber, dass es diese dünnen Plastikhandschuhe gab: Stapel von Pornoheften, zwei Dutzend Video-Kassetten mit Hardcore, im Kleiderschrank eines dieser aufblasbaren Püppchen. Bei allem, was er anfassen musste, hatte der Hauptmeister das Gefühl, in eine dichte Schicht Schleim zu packen.

»Was wollen Sie überhaupt von mir?«, quengelte der Rentner. Eulenstein gönnte ihm keinen Blick, sondern deutete nur auf das Schrankfach mit den Fotoalben.

Hardenberg packte die oberste Reihe auf den Tisch: Sechs Bände mit bunten, abwaschbaren Umschlägen enthielten den optischen Beweis, dass Helgoland mal in einer richtigen Familie gelebt hatte.

»Weiter«, sagte Eulenstein, und wie auf ein Stichwort schimpfte der Rentner los. Die Kommissarin schien das Zetern gar nicht zu registrieren, aber Hardenberg ging es bereits mächtig an die Nieren.

»Mensch, mach den Kopp zu!«, empfahl er dem Mann und wuchtete fünf weitere Alben auf den Tisch: die Einbände ganz in Polizeigrün gehalten und fortlaufend mit Daten beschriftet. Ein einziger Blick in jeden Band reichte: Helgoland hatte alle Parksünder, die er bei der Stadt angezeigt hatte, noch einmal zu Hause gesammelt.

Wenn den mal einer umbringt, dachte Hardenberg, brauchen wir Monate, um alle Leute mit Motiv zu checken ...

»Die letzte Reihe!«, kommandierte Eulenstein und deutete auf fünf rote Alben.

Als der Hauptmeister zupackte, heulte Helgoland auf: »Ich verklage Sie! Das ist ein Eingriff ...«

Schon die ersten Seiten zeigten den Grund für das Geschrei: mehrere Aufnahmen von Corinna Karstadt, die mit blankem Busen auf ihrer Terrasse lag, dann eine Serie, die im Garten des Buchhändlers spielte und in deren Mittelpunkt eine schlanke blonde Frau stand, die im knappen Bikini Blumen goss oder Unkraut zupfte ...

Die Motive wiederholten sich etliche Male, und langsam begriff Hardenberg die Veränderungen: Helgoland musste mit den Aufnahmen begonnen haben, als die Siedlung gerade gebaut worden war. Die Bäume in den Gärten wuchsen höher, der Rasen wurde dichter, die Frauen auf den Fotos älter. Meine Güte, dachte Hardenberg, was ist der Typ krank!

Ungerührt blätterte Eulenstein die fünf Bände durch. Nach den Fotos, die vom Balkon aus aufgenommen worden waren, folgten Aufnahmen durchs Küchenfenster. Helgoland hatte einen ausgezeichneten Blick auf die drei Gärten und Balkone der zweiten Häuserreihe, während er in der ersten Reihe nur hinter Sawitzkis Haus sehen konnte. Zum Ausgleich dafür lag das Giebelfenster des Rechtsanwalts genau gegenüber seinem Standort.

Die Motive ähnelten den anderen Fotos. Wann immer der Rentner eine Nachbarin in Badeanzug oder Bikini erwischen konnte, war er mit seiner Kamera zur Stelle gewesen. Er musste Tage und Wochen auf der Lauer gelegen haben.

Besonderes Interesse hatte Helgoland an Sawitzkis Dachstube gezeigt: Ein Mal hatte der Spanner eine der Töchter nackt erwischt, ein anderes Mal ein Pärchen, das über Nacht einquartiert war, und dann sogar den Anwalt und seine Frau. Keiner von ihnen hatte damit gerechnet, dass im Fenster gegenüber ein Spanner wartete.

Geduldig arbeitete sich Eulenstein durch die Sammlung, und Hardenberg fragte sich bereits, warum sie sich das antat. Dann aber stoppte sie, riss, ohne zu fragen, ein Stück Papier von der Küchenrolle und legte es wie ein Lesezeichen zwischen die Seiten, bevor sie weitersuchte. Was wollte sie?

Gespannt sah der Polizist genauer hin: Die Perspektive hatte sich verändert – auf den letzten Fotos konnte man die Balkone der Häuserreihe erkennen, in der auch Helgoland wohnte. Und dann tauchte auch Alexander Klink auf. Er saß auf seinem Balkon und schäkerte mit einer Dame: dunkle Haare, fast so kurz wie ein Bubikopf, und etliche Jahre älter als der Knabe. Von beiden waren nur die Köpfe zu sehen, doch so viel war klar: Noch waren sie deutlich auf Abstand, aber die Art und Weise, wie der Bursche die Frau ansah, sprach für sich.

Schon auf dem nächsten Foto waren sie auf Tuchfühlung. Sie, die schmalen Schultern nackt, stand neben seinem Sessel, beugte sich über ihn, küsste seine Stirn, die Brust in sein Haar gedrückt. Alexander sah nicht so aus, als hätte er gegen diese Entwicklung der Situation protestiert.

Bei der dritten Aufnahme waren beide aufgestanden und fast bis zur Taille sichtbar. Arm in Arm passierten sie die Tür zu seinem Zimmer. Die nackte Haut ihrer Rücken glänzte im Sonnenlicht.

»Wer ist die Frau?«, fragte Eulenstein so ansatzlos und

beiläufig, dass Helgoland beflissen reagierte: »Die Thürk. Die ehemalige Frau ...«

Er brach ab und zog seine Augen von der Kommissarin weg, erkannte aber gleich darauf seine Chance: »Ich weiß ja nicht, ob der Thürk von der Affäre weiß. Aber er soll seine Frau sehr geliebt haben, heißt es.«

Hardenberg hatte am Vortag anderes gehört, und auch Eulenstein war unbeeindruckt: »Und von wo aus haben Sie geknipst?«

Der Rentner schwieg verbissen. Da stand Hardenberg auf und trat auf den Balkon: Die alten Häuser in der Nachbarstraße lagen deutlich niedriger als die Siedlung. Aber wenn man bis unter das Dach kletterte und eine der Luken als Aussichtspunkt wählte ...

»Spielen Sie da drüben manchmal Hausmeister? Oder gießen in den Ferien die Blumen ?«

Helgolands Mund schwieg, doch die Augen und der Schweißfilm auf der Stirn sagten genug.

»Und was für ein Foto haben Sie hier entfernt?«, fragte Eulenstein.

Keine Antwort. Aber nach einer Stunde hatten sie die Negative gefunden. Das fehlende Foto musste das vierte der Serie mit Alexander und der Nachbarin sein. Noch in der Balkontür drehte sich der Bursche um und blickte genau in die Kamera: die rechte Hand leicht erhoben, den Mittelfinger ausgestreckt.

»Er hat Sie entdeckt, nicht wahr?«

Helgolands Augen glänzten wie im Fieber.

»Und dann hat er Sie zur Rede gestellt. Wollte er Sie erpressen?«

Noch immer keine Reaktion. Der Schädel des Rentners leuchtete wie eine reife Tomate, und Hardenberg fürchtete schon, der Mann würde sich mit einem Schlaganfall von ihnen verabschieden. Ob man einen Arzt holen sollte?

Eulenstein kannte diese Bedenken nicht. Kalt sagte sie: »Also gut – Sie haben es ja so gewollt. Kommen Sie mit!«

47

Um kurz vor zwei tauchte Kalle wieder im *Konkret* auf. Noch immer war er von der Schnelligkeit überrascht, mit der sich Simone bei ihm gemeldet hatte. Entweder waren die Autonomen wirklich so heiß darauf, endlich einen Bullen als Mörder abzuschießen, oder sie hatten im Computer eine umfangreiche Kartei, die sie mit ein paar Maus-Klicks aktivieren konnten. Damit verrieten sie mehr über ihre Möglichkeiten, als zu ihrem sonstigen konspirativen Gehabe passte: Kalle hätte schon aus Gründen der Verschleierung eine Schamfrist von mindestens zwei Tagen eingehalten.

»Ganz schön fix seid ihr«, sagte er, als er die Frau mit dem breiten Kreuz entdeckt hatte. Sie saß im hinteren Raum der Kneipe, die Wand im Rücken und freien Blick in Richtung Tür.

»Wenn's wichtig ist, können wir schnell sein«, lächelte sie und deutete auf den Platz, der ihr gegenüber lag.

Kalle zögerte. Von dort aus hätte er ihr zwar direkt in die graugrünen Augen sehen können, aber den gesamten Raum im Rücken gehabt. Schließlich setzte er sich an Simones Seite und fing ein kleines, spöttisches Lächeln auf.

»Wie geht's?«

Statt einer Antwort legte sie einen braunen Umschlag auf den Tisch. Kalle schielte hinein und entdeckte drei Fotos, die er den Häuptlingen der Bewegung in der Wattenscheider Vorstadtkneipe ausgehändigt hatte: ein Mädchen um die siebzehn, der Knabe mit dem Schießbefehl auf der Jacke und der Typ mit dem Irokesenkamm.

»Die Namen und Adressen stehen auf dem Zettel«, sagte sie und schob eine Packung *West* hinüber. »Hinten, zwischen Silberpapier und Pappe ...«

Der Form halber griff Kalle zu und rauchte eine an. Er war längst nicht so süchtig wie sein Erzeuger, wusste aber, wie es ging. Achtlos ließ er die Schachtel vor sich liegen – er würde sie nachher beiläufig einstecken.

»Die Leute sind bereit, mit euch zu reden. Aber ohne Kamera und Tonband. Sie haben keine Lust ...«

»Verstehe«, brummte Kalle. Für die Recherche war's sowieso egal – nur der Film würde um ein paar schöne Sequenzen ärmer.

»Und was soll ich mit dem Kindergarten?«, fragte er und schob den braunen Umschlag zu ihr zurück.

»Wieso – Kindergarten?«

»Wirf mal einen Blick auf die Kids. Die können sich ja kaum allein die Nase putzen. Und von denen sollen wir etwas *erfahren*?«

Er merkte, wie sie sich versteifte und auf Abstand ging. Aber darauf wollte er es, allen persönlichen Sympathien zum Trotz, ankommen lassen.

»Wahrscheinlich haben die Knaben in der Kneipe gestern nicht richtig zugehört. Oder ihr Gehirn war schon damit überfordert, ihre coolen Rollen halbwegs glaubhaft zu spielen.«

»Was willst du damit sagen?«

»Deine Leute haben gar nicht richtig gesucht. Sie haben einfach ein paar Figuren aus der Kartei herausgepickt, die sie zufällig da drin haben. Verarschen kann ich mich allein.«

»Es gibt keine Kartei.«

»Und woher kommen die Namen?«

Nachdenklich rührte sie in ihrer Kaffeetasse.

»Simone!«, sagte er und legte seine Hand auf ihren Arm. Sie war überrascht, zog ihn aber nicht zurück. »Wir suchen einen Mörder. Dazu brauchen wir Leute, die sich ein wenig in der Szene auskennen. Die den Durchblick haben. Und der wichtigste Mann bei dieser Sache ist dieser Glatzkopf mit der Geiernase, den sie zusammen mit Alexander eingesackt haben. Der allein weiß, was nach dem Abtransport passiert ist. Aber als ich ihn vorgestern auf der Demo angequatscht habe, war er erschrocken und ist einfach abgehauen. Und wir fragen uns die ganze Zeit: Warum? Hat er kein Interesse daran, dass der Mörder gefunden wird?«

Jetzt zog sie doch den Arm weg. Schade, dachte er und sah zu, wie sie sich eine Zigarette anzündete. Dann legte sie ihre Hand wieder auf den Tisch. So dicht neben seine, dass er ihre Wärme spüren konnte.

»Beschreib ihn mal!«

Statt einer Antwort kramte er in seinem Rucksack und zog den Reservesatz mit den Fotos vom Punkertreff heraus. Dicht unter der Tischkante suchte er ihn durch – im Saal würde es so aussehen, als mischte er ein Kartenspiel.

»Hier«, sagte er und tippte auf die Geiernase.

Sie warf einen Blick auf das Foto und nickte: »Kenne ich. Die Bullen haben ihn auf dem Kieker. Ist bei allen Demos dabei. Immer vorn, wenn die Situation eskaliert. Ein cooler Typ, der so schnell nicht aufgibt.«

»Bekommt er demnächst einen Orden?«

»Wieso?«

»Hört sich alles so gut an. Was sucht solch ein toller Typ bei den Punkern?«

Sie schwieg, und er berührte erneut ihre Hand: »Wie heißt er?«

»Lukas. Lukas Nagel. Ich weiß sogar, wo er wohnt.«

»Fahren wir hin?«, fragte Kalle.

»Okay. Aber ich ruf ihn vorher an.«

Er verzog das Gesicht, als hätte er Zahnschmerzen.

»Nur testen, ob er da ist. Oder willst du umsonst nach Hattingen fahren?«

Dazu hatte Kalle nun doch keine Lust.

48

Lohkamp hatte vor der Einsatzhundertschaft nicht gescherzt. Er hatte die sechs verdächtigen Beamten ins Präsidium schaffen lassen, um sie einzeln durch den Wolf zu drehen.

Bis sie an die Reihe kamen, hockten sie beaufsichtigt und voneinander isoliert in verschiedenen Dienstzimmern des Präsidiums – und schworen diesem Angeber von der Kripo ewige Rache.

»Sie wissen, was Sie tun?«, hatte Westhoff gegrunzt, als

der Hauptkommissar eine junge Beamtin bis zur Vernehmung in seinem Vorzimmer deponierte.

Lohkamp nickte nur. Auch ohne Erläuterung war ihm klar, dass er Ergebnisse liefern musste – oder als Kameradenschwein und Nestbeschmutzer verschrien war, wohin auch immer sie ihn anschließend versetzen würden. Aber die sechs Frauen und Männer waren noch so jung und unerfahren, dass er bei einem von ihnen den Panzer knacken würde. Denn dass da etwas war, was sie verbergen wollten, war so klar wie eine Bergquelle.

Aber so sehr er sie auch in die Mangel genommen hatte und so blöde sie sich dabei in Widersprüche und Unsinn verwickelten – er kam ganz einfach nicht an sie heran. Zu tief saß in allen die Angst vor dem Augenblick, da sie Scheppmann und den anderen Leuten der Einsatzhundertschaft wieder allein unter die Augen treten mussten.

»Setzen Sie sich«, sagte er, als die junge Polizistin aus Westhoffs Vorzimmer vorgeführt wurde. »Haben Sie etwas gegessen?«

Sie nickte: »Die Sekretärin da oben hat mich versorgt. Aber wenn Sie einen Kaffee hätten ...«

Der Hauptkommissar goss ihr eine Tasse ein und stellte Milch und Zucker daneben.

»Wie ist das«, fragte er, während er ihr gegenüber Platz nahm. »Wollen Sie mir auch die üblichen Lügen auftischen?«

Sie sah ihn an. Ihre großen dunklen Augen waren das Hübscheste in ihrem etwas zu breiten Gesicht, das durch die kleine Himmelfahrtsnase und die vollen Lippen fast ein wenig einfältig wirkte.

»Sie wissen doch, wie das läuft«, sagte sie, vom langen Warten deutlich ermüdet. »Wenn die Scheiße vorüber ist, sind Sie weg – und ich sitze wieder oben in der Kaserne.«

»Was war am Samstag los?«, fragte er ohne Übergang.

»Was schon?«, fragte sie zurück. »Die dritte Bereitschaft an den letzten vier Wochenenden. Fußball, die Atom-Demo – und dann diese Punker.«

»Was ist an denen so schrecklich?«

»Schrecklich? Gar nichts. Aber ich habe diesen Job gewählt, weil ich Verbrecher hasse und die Leute schützen will. Sogar die Punker. Und was ist? Man muss sich den Tag um die Ohren schlagen, rennt von hier nach da und von da nach hier, steht wieder sinnlos herum – und dann kommen diese Blagen, die noch nie im Leben Geld verdient oder für irgendetwas die Verantwortung übernommen haben, und quatschen einen dumm an: ›Kennen Sie eigentlich das Grundgesetz?‹«

Sie hustete heiser, suchte dann in den Taschen ihrer Uniformjacke. Lohkamp schob ihr seine Zigarettenschachtel über den Tisch, doch die Frau schüttelte den Kopf und zog eines dieser grün eingewickelten Bonbons heraus: »Darf ich?«

Der Hauptkommissar nickte und sah zu, wie sie die Eukalyptus-Bombe auspackte, daran lutschte und sie dann hinter die Backe schob.

»Ist die Frage nach dem Grundgesetz so gemein?«

»Unsinn. Aber dann stehen diese Vierzehnjährigen vor einem, grinsen einen an und fragen: ›Na, wie ist das als Frau bei den Bullen? Bisse nur für den Präses da oder dürfen auch die anderen ran?‹ Können Sie sich vorstellen, was für eine Wut man da bekommt? Und wenn ich dann daran denke, dass ich meine Tochter die ganze Woche über höchstens drei Stunden gesehen habe, werde ich manchmal richtig aggressiv. Dann juckt es in der Hand, wenn Sie verstehen, was ich meine – dann *muss* ich einem von diesen verwöhnten Blagen einfach den Arsch versohlen.«

»Wie letzten Samstag«, sagte Lohkamp mehr, als dass er es fragte.

Sie zögerte, dann nickte sie. Überlegte noch einen Augenblick, deutete auf das Foto mit dem Gesicht Alexander Klinks und holte Luft: »Ja. Als wir diesen Kackarsch zum Wagen führten, machte er mich an: Er werde mich wegen sexueller Belästigung anzeigen. Wir sind zu ihm in den Wagen geklettert und haben ihm unterwegs einen kleinen Denkzettel verpasst. Als der Wagen hielt, standen da schon die Kollegen von der Wache und haben ihn in Empfang genommen.«

»Wache?«, stutzte Lohkamp. »Ich dachte, die kämen ins Gewahrsam?«

Sie zog die Schultern hoch: »Hat mich ja auch gewundert. Wir waren nach zwei Minuten da. Und da erst habe ich gemerkt, dass wir gar nicht an der Castroper Straße waren.«

»Sondern?«

»In der Humboldtstraße. Auf der Wache eben ...«

Lohkamp musste die Nachricht erst einmal verdauen: Kein Wunder, dass Alexander Klink im Wachbuch des Gewahrsams nicht aufgetaucht war.

»Wer hat den Befehl gegeben, zur Humboldtstraße zu fahren?«

»Weiß ich nicht. Ich habe wirklich nicht darauf geachtet. Auf jeden Fall hat dieser Glatzkopf davon profitiert.«

»Wieso?«

»Naja – bevor wir ihm ein paar überziehen konnten, waren wir schon da.« Sie starrte auf den leeren Schreibtisch, als wollte sie sich die Maserung des Kiefer-Imitats einprägen.

»Wie hart haben Sie zugeschlagen?«

Sie zog wieder die Schultern hoch: »Zwei oder drei Mal hat er wirklich etwas abgekriegt. Volles Rohr auf die Schultern – so weit das in dem engen Wagen eben geht. Dann war meine Wut auch schon verraucht, und ich habe ihn liegen lassen.«

»Er hatte Trittspuren ...«

»Ich weiß. Aber nicht von mir – und nicht von meinem Kollegen.«

»Hat der den anderen Typen vermöbelt? Den mit der Glatze?«

»Nein. Ich sagte doch: Dazu sind wir nicht mehr gekommen.« In ihrer Stimme schwang noch immer ein wenig Bedauern mit.

Sie schwiegen eine Weile, und Lohkamp versuchte, sich das Szenarium des Samstags auszumalen. Aber irgendwie passte das alles nicht zusammen.

»Und dieser Kollege – wie heißt er?«

»Brauckhoff«, sagte sie, und Lohkamp seufzte. Er hatte ihn schon vernommen. Der Typ war gerade zwanzig, aber aalglatt und nicht zu packen. Nun sah die Sache anders aus.

Als er der Kollegin wieder in die Augen sah, waren sie mit Tränen gefüllt: »Scheiße. Jetzt kann ich mir einen neuen Job suchen.«

49

Das ehemalige Amtsgericht hatte einst zu den imposantesten Gebäuden von Hattingen gehörte. Auf dem Weg zur Bahnstation und zur Ruhr einige hundert Meter außerhalb der Altstadt gelegen, verfügte es über alle Einschüchterungssymbole königlich-preußischer Architektur: hohe Räume, wuchtige Pfeiler und kostspielige Türmchen. Zusammen mit den Villen und Bürgerhäusern der Nachbarschaft bildete es ein Viertel, in dem lange Zeit nur die Wohlhabenden gewohnt hatten – kaum belästigt vom gemeinen Volk und begünstigt von der Vorherrschaft des Westwinds: Denn der wehte den Dreck, den die rauchende Henrichshütte einst in den Himmel spie, weiter nach Osten in die Wohngebiete derer, die auf dem Stahlwerk malochten.

Als Kalle Mager zum ersten Mal vor dem alten Justizpalast stand, war der Glanz längst verblasst. Das Gericht der Kleinstadt war zweihundert Meter weiter in einem ungemütlichen Neubau untergebracht worden, und wo früher gut bezahlte Richter über das Volk urteilten, konnte das Volk inzwischen gegen gutes Geld elektrische Geräte aller Art erstehen. Der Laden schien zu laufen – zumindest hatten die Einnahmen für einen schönen weißen Anstrich der Fassade gereicht.

»Hier?«, fragte Kalle zweifelnd.

Simone nickte: »Du wirst sehen. Innen ist das 'ne Bruchbude.«

Sie führte Kalle auf die Rückseite des Gebäudes, wo sich der Eingang für die Mieter befand. Die Tür hing, Zentimeter vom sichernden Schloss entfernt, auf dem unebenen Steinboden fest. Als Kalle sie aufstieß, schrammte sie mit einem Geräusch über die Fliesen, das nach den Kriterien der Haager Landkriegsordnung als inhuman verboten werden musste.

»Aber die Fassade ist wirklich schön«, sagte Kalle, nachdem er sich von dem Schreck erholt hatte.

Simone gicksterte und suchte nach dem Lichtschalter. Als die 40-Watt-Funzel endlich in die Gänge kam, setzte Kalle schon zu einem bissigen Kommentar über den knickerigen Hauswirt an, doch ein kurzer Blick auf Wände und Treppenstufen erstickte den Protest: Stärkeres Licht hätte den maroden Bau nur zum Einsturz gebracht.

»Wo?«

»Ganz oben natürlich.«

Die Dünste im Treppenhaus verrieten, dass der Vermieter zumindest tierlieb war. Die Erinnerung an Frittenfett und Majonäse wurde von einer gehörigen Dosis Hundeschweiß erschlagen. »Nagels Köter?«

Die Breitschultrige schüttelte ihre Fransen: »Lukas hat keinen Hund. Ich wüsste auch nicht, von welchem Geld er das Futter kaufen sollte ...«

Begleitet von dem Lärm der Talkshows, die hinter den Türen liefen, kämpften sie sich bis unter das Dach vor. Dort hatten sie die Auswahl zwischen zwei verglasten Flurtüren. Auf jener mit den bunten Gardinchen stand ein türkischer Name, auf der anderen nichts. Dafür waren die Scheiben so sorgfältig abgeklebt, dass man von außen nicht erkennen konnte, ob in der Wohnung Licht brannte. Das brüchige Gestell wurde von einem Schloss gehalten, das ein Teenager mit seiner Zahnspange knacken konnte.

Simone drückte auf den Klingelknopf. Innen sprang ein Gong an, der sich nicht entscheiden konnte, ob er den Kreml oder Big Ben imitieren sollte. Aber nichts geschah: Kein Stuhl wurde beim Aufstehen gerückt, keine Schritte schlurften heran, niemand fragte, wer im Treppenhaus sei.

»Ist der taub?«

Simone versuchte es ein zweites Mal – dieselbe Reaktion.

»Der ist getürmt«, vermutete Kalle, doch seine Begleiterin widersprach: »Der ist bestimmt nur eben zur Bude, um Tabak und Blättchen zu holen.«

»Wenn du meinst ...«

Nach dem vierten Klingeln war auch Simone überzeugt: Lukas Nagel hatte kein Interesse an einem Gespräch mit ihnen.

»So 'n Blödmann. Hätte er doch gleich sagen können ...«

Kalle sah sie an: »Oder er hat dich bewusst verarscht. Damit wir uns nicht allzu sehr beeilen und ihm Zeit lassen, seine Klamotten zu packen.«

Sie wandte sich zum Gehen, aber Kalle hielt sie fest. Sie schwenkte zu ihm zurück, und für drei oder vier Sekunden spürte er den Druck ihrer Brüste an seinem Arm. Erschrocken sahen sie sich an, und endlich ging das Mädchen auf Abstand: »Was ist?«

Magers Sohn hielt schon eine Telefonkarte in der Hand: »Traust du dich?«

Ihre Augen flatterten. Dann nickte sie. Und stellte sich so vor ihn, dass man von der anderen Wohnung aus nicht erkennen konnte, was er mit der Tür anstellte. Sekunden später standen sie in Nagels guter Stube und konnten es nicht fassen: Lukas hatte es erfolgreich geschafft, einen Schrottplatz mit einer Müllhalde zu kreuzen.

50

Noch immer lamentierend, ließ sich Hugo Helgoland in den Streifenwagen fallen. Seine aufgeblasenen Backen verrieten, dass er sich als Opfer eines furchtbaren Justizirrtums sah. Ausgerechnet ihn, den ordentlichsten Menschen der Siedlung, nahm man fest, während die Russen von gegenüber ...

»Wohin mit ihm?«, fragte der Fahrer genervt.

»Präsidium«, bestimmte Eulenstein. »Der Mann ist vorläufig festgenommen und darf mit niemandem reden.«

Der Kollege nickte und startete in dem Augenblick, als Mutter Sawitzki mit ihren Töchtern die Szene betrat. Verblüfft blieb sie stehen und zog die Mädchen enger an sich. Eine Glucke, die ihre Küken unter ihre Federn ruft, dachte Hardenberg und richtete seinen Blick auf Helgoland, der vor die Wahl gestellt war, seinen Kahlkopf schamhaft zu senken oder die Frauen unverschämt anzugaffen. Er unterlag seiner Lüsternheit.

»Was ist mit ihm?«, fragte die Frau Sawitzki. Dem Tonfall nach war sie bereit, diesen Mann bei einer ungünstigen Auskunft ab sofort nicht mehr zu kennen.

»Nichts«, bemerkte Eulenstein. »Wir brauchen ihn als Zeugen ...«

»Na dann«, bemerkte Mutter Sawitzki und schien erleichtert darüber zu sein, dass in der Siedlung doch keine bösen Menschen wohnten. »Kommt, Mädchen.«

Eulenstein setzte sich ohne Vorwarnung in Trab. Zügig stieß sie den Häuserblock entlang tiefer in die Siedlung vor, und Hardenberg musste sich beeilen, um nicht den Anschluss zu verlieren. Die Plastiktüte mit den roten Alben schlug ein paar Mal schmerzhaft gegen sein Bein, aber das konnte eine leichte Vorfreude nicht trüben: Er war gespannt, wie Richter Thürk auf Helgolands Schnappschüsse reagieren würde.

Als der Hauptmeister den Rückstand aufgeholt hatte, wechselte er auf die Fahrbahn, um den Rest des Weges neben seiner Chefin gehen zu können. Im selben Augenblick spürte er einen heftigen Schlag gegen seinen Knöchel. Vor Schreck und Schmerz hätte er beinahe die Tüte mit den Fotos fallen lassen.

»Passen Sie doch auf!«, schrie eine noch junge Stimme.

Verwundert betrachtete der Hauptmeister das Modellauto zu seinen Füßen. Es war nach dem Rammstoß aufs Dach gefallen und lag hilflos wie eine umgekippte Schildkröte auf der Fahrbahn.

»Wehe, wenn der Wagen kaputt ist!«

Der Polizist sah auf und suchte den Knaben, dem das Spielzeug gehören musste. Doch statt eines Zwölfjährigen rannte ein junger Mann herbei: mindestens fünfundzwanzig, die hellen Haare zwei Millimeter kurz gestutzt, im glatten Gesicht nichts als tiefe Empörung. Erst jetzt entdeckte Hardenberg die Fernbedienung in den Händen des Burschen.

»Sie können doch nicht einfach gegen mein Auto treten. Die Dinger sind teuer ...«

Er stellte den Rennwagen wieder auf die Räder und ließ ihn versuchsweise einen Meter vor- und zurückfahren.

»Mann, haben Sie ein Glück! Ich hätte Ihnen eine schöne Anzeige wegen Sachbeschädigung an den Arsch gehängt ...«

Hardenberg hatte die Faxen satt. Er zog seinen Dienstausweis und sah den Menschen so blasiert an, wie sonst nur Eulenstein gucken konnte: »Junger Mann, für Sie wird es gleich noch viel teurer. Wenn Sie meine Sitzfläche noch einmal als Arsch bezeichnen, kommen Sie wegen Beamtenbeleidigung dran!«

Der Rennfahrer war fast so schnell weg wie sein Gefährt. Nur den Powerslide im Wendehammer schaffte sein Auto eleganter als er.

»Ja?«, fragte Thürk und zog die Tür vollends auf. »Oh, die Kripo. Was kann ich diesmal für Sie tun?«

Statt einer Antwort hielt ihm Eulenstein die Fotos vor die Augen: seine Ex-Frau, halb nackt, mit Alexander Klink.

»Schöne Aufnahme«, sagte Thürk und grinste. »Wer hat die denn gemacht? Ich tippe auf Helgoland, das alte Ferkel. Ganz schön einfallsreich. Musste für das Foto bestimmt in der Pilgerstraße unters Dach klettern ...«

Hardenberg schluckte seine Enttäuschung herunter. Der Mann war zu cool, um sich von Eulenstein hereinlegen zu lassen – falls er überhaupt etwas mit dem Mordfall Klink zu tun hatte. Und genau daran hegte der Hauptmeister inzwischen tiefe Zweifel. Diese Lösung wäre zu einfach gewesen.

»Cognac?«, fragte der Richter und bot den beiden einen Sitzplatz an. Wie beim ersten Besuch musste er allein trinken. Aber es sah nicht so aus, als würde er sich deswegen das Leben nehmen.

»Falls Sie wirklich glauben, ich hätte ein Motiv, dann muss ich Ihnen diesen Zahn sofort und ohne Betäubung ziehen. Das Foto ist gut zwei Jahre alt.«

Er setzte das Glas ab und griff nach Stift und Zettel, schrieb ein paar Ziffern auf.

»Das ist die Nummer von meinem Ex-Weib. Sie wird Ihnen bestätigen, dass wir schon lange vor der Trennung eigene Wege gegangen sind. Und dass Gerlind den Alexander zum Mann gemacht hat, wusste ich von Anfang an. Ich in seinem Alter habe von solch einer Premiere nur träumen können. Wir haben nämlich ...«

Eulenstein stand auf: Den Rest des Vortrags kannte sie.

Die Fahrt zum Präsidium legten sie schweigend zurück: Der Hauptmeister kannte die Kommissarin gut genug, um zu wissen, dass sie lange an solchen Schlappen kauen musste. Vermutlich würde sie am Abend nicht zum Joggen gehen, sondern einen Sandsack so lange malträtieren, bis dessen Hülle in Fetzen hing – anders kam sie nicht wieder ins Gleichgewicht.

In der Uhlandstraße griffen sie Helgoland im Warteraum ab und schleppten ihn die Treppe hoch ins Kommissariat. Auf dem Flur kam ihnen Lohkamp entgegen. Er hatte Mühe, seine Zufriedenheit nicht allzu offen zu zeigen.

»Was wollen Sie denn mit dem?«

Hardenberg staunte erneut über die Fähigkeit der Kommissarin, Vorgänge auf das Wesentliche zu reduzieren: Für ihren Bericht brauchte sie keine zwei Minuten.

»Gut, drehen Sie ihn durch die Mangel«, sagte der Mann aus Recklinghausen. »Aber ich war auch nicht faul.«

Er schickte Helgoland ins Büro und teilte ihnen im Flüsterton mit, wohin Alexander Klink nach dem Punker-Treff verfrachtet worden war.

»Morgen früh knöpfe ich mir die Leute vor, die in der Zelle noch eine private Knüppelorgie veranstaltet haben. Ich glaube, die Leute werden das noch bedauern.«

Das Gesicht der Kommissarin blieb unbewegt: »Sie glauben wirklich, dass Kollegen ...«

»Ich weiß, dass sie ihre Befugnisse überschritten haben. Und wer Klink und diesen anderen in die Humboldtstraße geschickt hat, bekomme ich auch noch heraus. Aber mehr Prognosen werden Sie nicht von mir hören.«

Er überlegte, zeigte auf Hardenberg und fragte: »Brauchen Sie den Kollegen noch?«

»Nicht unbedingt«, sagte sie. »Den alten Spanner nehme ich alleine auseinander!«

51

»Meine Fresse«, flüsterte Kalle, als er sich vom ersten Schock erholt hatte. »So was habe ich noch nie gesehen. Du etwa?«

Simone hatte die Lippen zusammen gepresst und schüttelte nur den Kopf. Mit dem Finger deutete sie auf die Spüle neben dem Fenster: In dem schmutzigen Becken standen ein paar Teller und Tassen, auf denen Pilzkulturen blühten, auf Ablaufbrett und Unterschrank schimmerten die Tropfspuren von Kaffee, Tee und Bier, die ursprüngliche Farbe der Kacheln war unter einer Zentimeter dicken Schmierschicht versteckt. Gleich neben dem Unterschrank parkten zwei Aldi-Tüten, in denen Nagel offenbar einen Komposthaufen anlegen wollte. Den passenden Gestank verströmte das Kunstwerk bereits jetzt.

»Ist das ein Schwein«, sagte Kalle. Er öffnete das Fenster und tankte ein paar Atemzüge Frischluft, bevor er sich wieder umdrehte. Immer noch entsetzt, musterte er den schlauchartigen Raum: ein Tisch mit leeren, aber ungespülten Konservendosen, drei Stühle, die den Kleiderschrank ersetzten, ein Computerarbeitsplatz, der unter Handbüchern, Disketten und diversen Audio-Kassetten ächzte, daneben mehrere Zeitungsstapel, vier bis sechs Paar ungeputzte Schuhe, ein Haufen schmutziger Wäsche und ein zerwühltes Bett, vor dem sich jeder Straßenköter geekelt hätte.

»Ein Anruf beim Gesundheitsamt«, spekulierte Kalle, »und die Bude ist dicht.«

Simone nickte abwesend, während der PEGASUS-Mitarbeiter an den Computertisch trat und den Rechner anwarf. Eine uralte Windows-Version meldete sich bei Kalle, und er begann, die Platte zu checken. Jede Menge Spiele – wenn man den Titeln trauen durfte, ging es bei den meisten darum, feindliche Panzer, Flugzeuge und Raumschiffe zu atomisieren. Nach irgendwelchen Textdateien suchte Kalle vergebens.

»Komischer Vogel«, sagte er. »Kennst du einen Computer-Besitzer, der nicht ein einziges Mal etwas auf dem Ding schreibt?«

Mit einer leichten Kopfbewegung verriet das Mädchen, dass sie niemanden kannte, auf den das zutraf. Noch immer musterte sie den großen Raum und schien über irgendetwas nachzudenken. Dann lief sie zum Fenster und sah hinaus, guckte nach rechts und nach links und verglich, was sie sah, mit dem Raum, in dem sie standen. Sagte schließlich: »Der wohnt gar nicht hier.«

»Wie bitte?«

»Diese Müllkippe ist nur Tarnung.«

Kalle starrte sie an: »Klar. Ich sag doch: Die Bude ist gesundheitsschädlich.«

Sie grinste, kehrte vom Fenster zurück und lief die Wand entlang, die dem Eingang gegenüber lag: ein brüchiger Geschirrschrank, ein Metallregal mit ungeordneten Kassettenstapeln, ein paar Poster und dann ein Wandteppich, der eine aufgehende Sonne zeigte. Einen Augenblick zögerte sie, dann hob sie das Teil an und schaute dahinter: »Da!«

Überrascht starrte Kalle auf die massive Tür, die hinter dem Vorhang verborgen gewesen war.

»Vergleich mal die Hauswand neben dem Fenster mit der Breite dieses Raums«, sagte Simone. »Da liegen noch mindestens zwei Zimmer!«

Kalle glaubte ihr auch so. Er prüfte die beiden Schlösser, mit denen die geheimnisvolle Tür gesichert war, und zog etwas aus seiner Jacke, das an einen Schlüsselbund erinnerte: »Sollen wir?«

Einige Augenblicke lang lauschten sie ins Haus zurück. Die Geräusche waren leiser geworden, hatten sich aber im Prinzip nicht verändert. Noch immer schienen Nagels Mitbewohner vor allem damit beschäftigt, Talk- und Rateshows zu verfolgen. Was hier passierte, kümmerte scheinbar niemanden.

»Mach!«, sagte sie und sah zu, wie Kalle seine Schlüsselsammlung an der Tür erprobte. »Wie ist das? Im normalen Leben arbeitest du als Einbrecher?«

Der Bursche grinste nur und probierte weiter. Nach zwei Minuten knurrte er zufrieden: Das erste Schloss gab auf.

»Klasse!«, staunte sie, aber er zog die Schultern hoch: »Das nächste dauert länger ...«

Zehn Minuten später war er in Schweiß gebadet, aber dem unbekannten Reich hinter der Tür nicht einen Millimeter näher gekommen. Resigniert steckte er sein Besteck wieder ein.

»Damit geht's nicht.«

»Was jetzt?«

Er suchte eine Weile in der Schuttkippe und fand schließlich einen Werkzeugkasten. Mit einer Art Meißel und einem kräftigen Hammer kehrte er zurück: »Wie Goethe schon sagt: Und bist du nicht willig, dann brauch ich Gewalt ...«

Er klemmte den Meißel in die Fuge zwischen Türblatt und Rahmen und wog den Hammer in der Hand: »Schmeiß mal die Stereo-Anlage an!«

Wilder Punk-Rock wummerte durch den Raum – und beim ersten Schrei des Sängers schlug Kalle zu. Der Türrahmen ächzte, Holz splitterte ab, Staub wirbelte auf.

»Au Backe«, sagte sie. »Die Nachbarn rufen gleich die Bullen an.«

»Glaub ich nicht«, sagte er und holte erneut aus. Drei, vier weitere Schläge – und das Schloss hing schief in dem morschen Holz. Dann lehnte sich Kalle mit der Schulter gegen das Hindernis. Ein letztes Krachen, und die Tür schwang auf.

Simone lief zur Stereo-Anlage, um die Begleitmusik abzustellen, doch Kalle hielt sie zurück: »Warte noch. Das würde jetzt wirklich auffallen ...«

Er legte das Werkzeug ab, ein letztes Zögern, dann passierten sie die Schwelle. Und wunderten sich ein zweites Mal. Ein Wohnzimmer vom Feinsten: Polstergarnitur, Schrankwand, Breitwand-Fernseher, eine Sammlung von drei- bis vierhundert CDs, eine Anlage für mindestens 5000 Mark mit riesigen Boxen auf stoßgeschützten Podesten.

»Der Typ hat Knete ohne Ende!«, konstatierte Kalle, erntete aber für diese geniale Schlussfolgerung kein Lob.

Simone bestaunte inzwischen die Kochnische, die vor Sauberkeit blitzte. Öffnete die nächste Tür und fand ein Bad, in dem man vom Fußboden essen konnte. Und im Schlafzimmer ein Bett, das auch dem schärfsten Stubendurchgang bei der Bundeswehr standgehalten hätte. Lukas Nagel war in Wirklichkeit ein Putzteufel.

»Ich glaub's nicht«, sagte Simone endlich. »Was muss der für eine schreckliche Kindheit gehabt haben!«

»Hä?«

Sie strich vorsichtig über die Oberkante des Kleiderschranks und präsentierte ihm die Fingerkuppe: »Hier: makellos. Beweis für eine zu frühe begonnene Sauberkeitserziehung. Der Typ durfte seine anale Phase nicht ausleben ...«

Die beiden grinsten sich an und kehrten ins Wohnzimmer zurück. Kalle deutete auf die aufgeräumte Kochnische: »Glaubst du jetzt, dass der Knilch abgehauen ist?«

»Vermutlich.«

»Und warum?«

»Darüber denke ich lieber gar nicht nach.«

»Und wo könnte er sein?«

»Weiß nicht. Lass uns suchen.«

Eine Weile stöberten sie in Schubladen und Schrankfächern herum, aber nichts von dem, was sie fanden, deutete auf den Ort hin, an den sich Lukas Nagel verzogen haben könnte.

»Vielleicht ist es ganz einfach«, sagte Kalle schließlich. »Zurück zu Mama oder so etwas.«

»Glaube ich nicht. Irgendwer hat mal erzählt, Lukas käme aus Sprockhövel. Wäre mir als Asyl viel zu nahe.«

Ratlos glitten ihre Blicke über Möbel und Wände. Über der Couch hing ein wunderschönes, gerahmtes Poster von einem repräsentativen, schlossartigen Gebäude: zwei Geschosse Gotik, darüber zahlreiche barocke Türmchen und verschnörkelte Balustraden. Eingebettet in einen so fehlerlos blauen Himmel, wie man ihn nur nahe am Meer erleben kann.

Simone trat näher, buchstabierte die Worte, die rechts unten auf dem Poster prangten: »Middelburg. Stadhuis.«

»Nie gehört«, sagte Kalle. »Hört sich holländisch an ...«

Simone suchte bereits die Regale ab. Fand einen Atlas und schlug das Register auf. Sie blätterte, suchte, tippte dann mit dem Finger auf einen Fleck: »Holland. Ganz im Süden bei Vlissingen. Gegenüber der belgischen Küste.«

»Schön«, sagte er. »Aber was sagt uns das?«

Sie lief auf den Schrank zu, den sie soeben durchsucht hatte: »Warte. Lukas ist doch nicht umsonst so ein ordentlicher Mensch ...«

Ihre Finger pflückten einen Stapel Prospekte und Touristenkarten auseinander: »Hier! Sechs verschiedene Jahrgänge mit Quartiernachweisen und Freizeittipps. Alle aus diesem Middelburg.«

Dann zog sie einen niedrigen Ordner für Bankquittungen heraus und begann zu blättern: »Gute Partie, der Typ. Bekommt an jedem Ersten fünfhundert Mark von seinem Vater. Und zweitausend Mark von – steht hier nicht ...«

Kalle beugte sich über sie und versuchte mitzulesen. Ein unaufdringlicher, nicht zu süßer Hauch von Parfüm stieg in seine Nase. Dass eine Frau wie die Parfüm nimmt, dachte er verwundert und schnupperte noch einmal. Nicht schlecht. Recht angenehm sogar. Wie das Zeug wohl heißt ...

Bevor ihn die romantische Empfindungen überwältigen konnten, holte Simone ihn in die Wirklichkeit zurück: »Hier. Der Typ hat im Mai Urlaub gemacht. Hat viermal mit seiner EC-Karte Geld abgehoben. Kannst du das lesen?«

Gemeinsam versuchten sie, die Angaben zu entziffern. Die *Volksbank*, fand Kalle, war ganz schön knauserig mit dem Toner für den Kontoauszugsdrucker gewesen. Aber dann hatten sie's:

EC-GA, KARTE 0, GEB. DM 5,00 226,98 –
NLG 250,00, KURS 88,79100, MIDDELBURG
AM 15.05.97, VSB BANK N. V.

»Was sagt das schon?«, zweifelte Kalle. »Vielleicht war er nur ein einziges Mal da ...«

Sie seufzte und nahm sich die Bankquittungen von 1996 vor. Als sie die Belege durchgesehen hatten, wussten sie: Im Vorjahr war Nagel insgesamt fünf Mal in der Provinz Zeeland gewesen. Vier Kurztrips und ein fünftes Mal für zwei Wochen.

»Wenn du mich fragst«, begann Simone, »dann gibt es ...«

»Scht!«, machte Kalle und hielt ihr den Mund zu: Die Musik in der Mülldeponie war plötzlich verstummt, stattdessen hörten sie schwere Schritte, die eilig näher kamen. So schnell hatte Kalle noch nie eine Gänsehaut bekommen.

»Iss da einer?«, fragte eine tiefe Stimme. Die Sprache war eindeutig menschlich, aber der Sound ähnelte mehr dem Grunzen eines Schweins.

»Hier iss noch 'ne Tüa, Gustav!«, brüllte eine andere Stimme, und dann schoben sich zwei Typen in Uniform über die Schwelle: groß und kantig der eine, fett wie eine Pommesbude der andere.

»Foten hoch!«, forderte der Kantige. »Aber ein bissken dalli, sonss ...!«

Die Drohung war unnötig: Zwei gezückte Dienstpistolen reichten Kalle als Argumente vollkommen aus.

52

Der Eingangsbereich der Polizeiwache in der Humboldtstraße erinnerte an den Nierentisch-Bazillus, der in den fünfziger Jahren die meisten Architekten und Städteplaner befallen hatte. Doch auch hinter der freundlich gemeinten Fassade hauste nur der muffige Charme, der deutsche Amtsstuben so unverwechselbar machte. Jetzt stand der Laden kurz vor der Schließung, und entsprechend abgewrackt sah er aus.

Nach zwei vergeblichen Runden um das Lehrinstitut für russische Sprache und die Marienkirche war Lohkamps Geduld erschöpft. Er lenkte seinen Wagen direkt vor die Wache auf einen Platz, der für Streifenwagen reserviert war, und stieg aus.

»Und wer bezahlt das Knöllchen?«, fragte Hardenberg.

Lohkamp winkte ab und stürmte voran ins Revier. Hinter der obligaten Theke nahm ein uniformierter Kollege gerade das Einheitsfrühstück der Truppe ein: Kaffee, Brötchen, *BLUT*. Es sah nicht so aus, als wollte er vor Weihnachten damit fertig werden.

»Wo ist der Chef?«, fragte Lohkamp harsch.

Der Kollege sah kurz über seine Brille hinweg und schien zu überlegen, ob die beiden Figuren vor dem Tresen wichtig oder gefährlich sein könnten. Dann biss er mit einer Behutsamkeit, die den frisch gekürten Prothesenträger verriet, in sein Brötchen und zog sich gründlich kauend wieder das bunte Blatt vors Gesicht. Mit demselben Gestus versteckte Hardenberg in kalten Dezembernächten seine Ohren unter dem Oberbett.

»Herr Kollege«, sagte der Hauptkommissar leise. »Sie stehen jetzt vor einer klaren Entscheidung: Entweder weiß ich in zehn Sekunden, wo Ihr Chef sitzt, oder Sie sind in zehn Stunden suspendiert!«

Zwei Minuten später hatten die beiden Kriminalpolizisten die erste Auskunft erhalten. Am fraglichen Samstag hatten in der Humboldtstraße acht Leute ihren Dienst versehen – zwei im Büro, sechs auf der Kutsche.

»Und die waren die ganze Zeit unterwegs?«

»Nun«, wich der Polizeihauptkommissar aus, entschied sich dann aber für die nachprüfbare Variante: »Ab elf war nur noch ein Wagen unterwegs.«

»Und warum?«

»Der Punkertreff. Da gibt es immer jede Menge Ärger. Die Kollegen von der Einsatzhundertschaft brauchen unsere Hilfe.«

»Wobei?«

Der Polizeihauptkommissar sah Lohkamp verständnislos an: »Nun, wir müssen die Ordnung ...«

»Indem Sie hier auf der Wache Leute verprügeln, die eigentlich im Polizeigewahrsam landen sollten?«

»Hören Sie«, sagte der Mann und blies die Backen auf. »Bei mir hat alles seine Ordnung. Hier wird niemand ...«

»Und die beiden hier?«, fragte Lohkamp und knallte dem Chef der Wache zwei Fotos auf den Tisch: Alexander Klink und den Mann mit der Glatze, der noch immer keinen Namen hatte.

»Kenn ich nich«, behauptete der Uniformierte. »Nie gesehen.«

»Hatten Sie Samstag keinen Dienst?«

»Doch.«

»Die beiden sind von der Einsatzhundertschaft hier abgeliefert worden.«

»Unmöglich. Wir hatten nur eine Einlieferung. Ein junger Mann, der auf dem Transport renitent geworden ist. Hat eine Kollegin vom Begleitpersonal angefallen und getreten. Da haben sie ihn zur Beruhigung hierher gebracht.«

»Und wer hat ihn beruhigt?«

»Weiß ich doch nicht, Mann. Wir hatten alle Hände voll zu tun: Verkehrsstau auf dem Ring, Riesenauftrieb im Bermuda-Dreieck ...«

»Eben haben Sie noch etwas anderes gesagt. Außerdem: Samstag ist Prinzessin Diana beerdigt worden. Das Begräbnis lief live im TV. Da war in der City überhaupt nichts los. Bis auf den Punker-Treff ...«

Der Mann schluckte.

»Ist jetzt dieselbe Schicht dran?«

»Ja.«

»Dann holen Sie die Kollegen her!«

Eine knappe halbe Stunde später waren die vier in Frage kommenden Polizisten eingetrudelt. Lohkamp versammelte sie im Büro ihres Chefs und platzierte sie im Viereck um den Schreibtisch, während Hardenberg Papier und Kugelschreiber verteilte.

»Sie waren Samstag alle im Dienst?«

Die Leute nickten.

»Dann machen Sie jetzt Folgendes ...«

In den nächsten zehn Minuten war es still. Die Kollegen konzentrierten sich auf die schwere Aufgabe, aus der Erinnerung aufzuschreiben, was sie am Samstag zuvor im

Dienst getan hatten. Immer wieder hoben sie die Köpfe und suchten fragend die Augen ihres Streifenwagenpartners, aber Lohkamp und Hardenberg unterbanden jedes Flüstern.

»Fertig?«

Sie nickten und gaben ihre Zettel ab. Schweigend sahen sie zu, wie die Besucher die Texte überflogen und sie tuschelnd miteinander verglichen. Mehr als einmal schlugen die Kripobeamten überdies in den Fahrtenbüchern nach.

»Wunderbar«, sagte Lohkamp am Ende und sah einen der Uniformierten an: »Können Sie mir sagen, wie das geht? Ihr Fahrer hat um elf hier eine Pinkelpause eingelegt, während Sie mit dem Wagen in Hamme am Amtsplatz waren, um sich um eine hilflose Person zu kümmern?«

Die beiden sahen ihn an: kleinlaut und rot angelaufen der Fahrer, der seinen Streifenführer mit der halben Wahrheit hereingerissen hatte, kackfrech grinsend der Boss, der das Fahrtenbuch gefälscht hatte.

»Und Sie!«, wandte sich der Hauptkommissar an die nächste Streifenwagenbesatzung. »Ihnen beiden ist auf dieser Schicht schlecht geworden. Gleichzeitig – und zum selben Zeitpunkt, als auch der erste Wagen hier war. Merkwürdiger Zufall – was?«

Schweigen. Die beiden Männer rutschten auf ihren Stühlen hin und her, als müssten sie dringend aufs Klo, aber keinem von ihnen fiel eine plausible Ausrede ein.

»Tolle Truppe!«, konstatierte Lohkamp. »Wenn unsere Zeugen alle so klasse wären wie Sie, müssten wir die Mörder mit der Wünschelrute suchen!«

Keiner der Gerügten rührte sich. Aber auf ihren Gesichtern zeichnete sich die Sehnsucht ab, jetzt ganz weit weg zu sein – an einem sonnigen Ort, den dieser Lohkamp nicht kannte.

»Hat keiner was zu sagen? Auch gut. Dann klären wir die Sache anders ...«

Lohkamp stand auf und öffnete die Tür zum Wachraum: »Herr Polizeihauptkommissar! Kommen Sie doch bitte mal!«

Hardenberg konnte sehen, wie sich die Körper der Kollegen plötzlich versteiften. Als wollten sie sich innerlich gegen eine lange erwartete Katastrophe wappnen.

»Ja? Und was geht's?«

»Wer von diesen Leuten hat von Ihnen am Samstag den Auftrag bekommen, Alexander Klink in die Zelle zu bringen?«

»Tja. Äh ...«

Der Polizeihauptkommissar sah mit einem Male äußerst unglücklich aus. Was immer er antworten würde, war falsch. Wenn er sich an nichts Konkretes erinnerte, bekam er Ärger mit der Dienstaufsicht; und bei seinen Männern hatte er verschissen, wenn er sie jetzt an die Kripo verpfiff.

»Herr Lohkamp, lassen Sie den Quatsch«, sagte schließlich einer der beiden Beamten, denen es auf ihrer Streifenfahrt gemeinsam schlecht geworden war. Er mochte um die vierzig sein und wäre ohne Uniform als gutmütiger Papi durchgegangen, der mit seinen Kindern voller Begeisterung *Memory* spielte. »Diesen Klink habe ich nach unten gebracht.«

»Und?«

»Naja ...«

Bevor er etwas Falsches sagen konnte, fiel ihm sein Fahrer ins Wort. Der Mann war höchstens Mitte zwanzig, und sein Gesicht hätte gut auf so manches Fahndungsplakat gepasst: »Der Punk ist nämlich renitent geworden. Auf der Treppe hat er meinen Streifenführer angegriffen. Hat ihn getreten und versucht, ihn nach unten zu stoßen. Da musste ich natürlich eingreifen. Der Kerl hat wie wild um sich geschlagen, und ich ...«

»Also Widerstand gegen die Staatsgewalt?«

»Genau!«, strahlte der Mann. Offenkundig war er froh darüber, dass dieser Zivilbulle endlich begriff, worauf es ankam. »Der Typ hat keinen Schlag mehr bekommen, als nötig war.«

»Und wo ist Ihre Anzeige?«

»Meine was?«, staunte das Schlitzohr.

Jetzt hat er ihn, dachte Hardenberg. Gleich kackt der Arsch ab.

»Widerstand gegen die Staatsgewalt ist ein Offizialdelikt.

Sie wissen doch: Das sind diese Straftaten, bei denen wir kein Auge zudrücken dürfen. Die wir verfolgen müssen.«

Der Mann nickte eifrig, hatte aber nicht kapiert, dass er jetzt in der Falle saß.

»Also«, fragte Lohkamp. »Wo ist die Anzeige, die Sie entsprechend den Vorschriften gegen Alexander Klink geschrieben haben?«

Zwischen den Augenbrauen des Kollegen bildete sich eine tiefe Kerbe. Dann hatte er die Sache geschnallt. In seinen Augen lag kalter Hass.

»Haben Sie eine Anzeige geschrieben?«

Kollege Schlitzohr blieb die Antwort schuldig.

»Also nein.« Lohkamp griff in die Tasche und steckte sich umständlich eine an. Verlängerte die Folter noch dadurch, dass er zwei, drei tiefe Züge nahm und sie offensichtlich genoss. »Aber das wundert mich nicht: Sie nehmen einen Punker oder Berber in die Mangel, und wenn er Sie anzeigen will, dann drohen Sie Ihrerseits mit einer Anzeige wegen Widerstandes. Zeugen waren ja genug da. Ist es so?«

Der Mann senkte seinen Blick.

»Hardenberg, nehmen Sie den Kollegen mit nach nebenan: Tathergang und Geständnis so kurz und präzise wie möglich, sauber tippen, Unterschrift. Anschließend machen Sie dasselbe mit seinem Streifenführer. Okay?«

Hardenberg nickte nur.

»Gut«, sagte Lohkamp und wartete, bis Hardenberg und der Galgenstrick den Raum verlassen hatten. Dann wandte er sich an das zweite Kollegenpaar: »Und Sie haben den anderen Punker vermöbelt?«

Die Beamten sahen ihn empört an – und diesmal schien ihre Verwirrung echt zu sein.

»Die Kollegen von der Einsatzhundertschaft haben zwei Leute hierher gebracht: Klink und diesen Glatzkopf!«

»Nein. Hier war nur der eine. Der mit diesen gelben Strähnchen.«

Jetzt war Lohkamp erstaunt. Dachte nach und schickte den Chef des Ladens hinaus: »Das Wachbuch!«

Der Mann verschwand und kehrte binnen Sekunden mit

einer schweren Kladde zurück. Ohne Aufforderung ließ er Lohkamp sehen, was am vergangenen Samstag eingetragen war. Im Buch stand tatsächlich nur der Name Klink.

»Und wo ist der andere geblieben?«

Nachdenken. Dann sagte einer: »Der muss abgehauen sein.«

Lohkamp sah ihn an: »Wie kann das passieren?«

Erneut überlegten die Männer. Schließlich meinte einer: »Naja, wir haben erst einmal diesen Alexander weggesperrt – und irgendwie haben wir dabei vergessen, uns um den anderen zu kümmern.«

Erst nach einigen Sekunden fiel Lohkamp auf, dass der Kollege soeben ein Geständnis abgelegt hatte: »Also waren Sie auch dabei, als Klink durch den Wolf gedreht wurde ...«

Der Mann ließ den Kopf hängen, und Lohkamp wandte sich sofort an den Chef der Wache: »Wissen Sie, was mit dem Glatzkopf ist?«

Der Polizeihauptkommissar holte tief Luft. Seine Augen flatterten für einen Moment, doch dann hatte er sich wieder im Griff: »Nein. Es muss so sein, wie die Kollegen es gesagt haben.«

»Keiner von Ihnen hat mit dem Mann gesprochen?«

Wieder das Flattern. Und dann die Antwort: »Nein. Ich habe ihn nicht einmal gesehen.«

Warte, dachte Lohkamp. Dich kriege ich auch noch.

Eine Stunde später waren die Kriminalbeamten fast fertig: Sie hatten fünf schriftliche Stellungnahmen, von denen vier der Wahrheit sehr nahe zu kommen schienen und als Geständnis angesehen werden konnten. Lediglich der Chef der Wache blieb bei seiner Darstellung. Und weigerte sich beharrlich, ohne Rücksprache mit seinem Anwalt auch nur einen einzigen Satz zu unterschreiben.

Lohkamp sammelte die Schriftstücke ein, und die Kollegen atmeten bereits auf. Doch sie waren noch nicht erlöst.

»Vorletzte Frage: Wer hat Klink weggebracht?«

Allgemeine Proteste, und der Chef tippte noch einmal aufs Wachbuch: »Alexander Klink ist wirklich um 15.05 Uhr entlassen worden. Und er war so gut in Schuss, dass er noch laufen konnte.«

»Schön, dass Sie das noch extra betonen. Muss ein zäher Bursche gewesen sein ...«

Lohkamp verstummte für einen Augenblick und musterte die Kollegen: Die harten Burschen der Innenstadtwache hatten sich in ein Häufchen armer Sünder verwandelt. Aber lange würde dieser Zustand nicht vorhalten.

»Noch was.« Er sah den Chef der Truppe an. »Haben Sie Samstag diese Schuhe getragen?«

Verwundert peilte der Mann zu seinen Füßen hinab.

»Haben Sie?«

»Im Dienst trage ich die immer«, sagte der Mensch.

»Und die anderen?«

Bis auf einen nickten alle.

»Gut. Herr Hardenberg, fahren Sie bitte mit diesem Mann nach Hause, damit er Ihnen die Schuhe vom Samstag gibt. Und die anderen ziehen ihre Schuhe jetzt bitte aus.«

»Was?«

»Ausziehen. Die sind als Beweismittel beschlagnahmt.«

Lohkamp zog ein weiteres Foto heraus und ließ es herumgehen: der tote Alexander Klink vor der Obduktion. Die Trittspuren auf seiner Haut waren unverkennbar.

»Die Schuhe gehen in die kriminaltechnische Untersuchung. Legen Sie bitte einen Zettel mit Ihrem Namen hinein. Ich will wissen, wer auf ihm herumgesprungen ist.«

Einen Moment lang herrschte Schweigen, dann begehrte der Chef der Wache auf: »Sollen wir gleich auf Socken weitermachen?«

»Sie haben doch noch einen Wagen auf der Piste. Die Kollegen besorgen sicher gern Ersatz. Und Ihre eigenen Schuhe sollen die Leute ins Präsidium bringen. Denn Sie nehme ich vorläufig fest, Herr Polizeihauptkommissar.«

Die Männer starrten ihn an, und einen Augenblick fühlte sich Lohkamp wie in einem Eishaus. Dann ließ er sich eine Plastiktüte geben, sackte die Schuhe ein und nickte dem Chef der Wache zu: »Kommen Sie!«

Ohne Abschiedsgruß marschierten sie los. Doch auf der

Schwelle holte den Kriminalpolizisten die Meinung der Kollegen ein – fast geflüstert, aber immer noch laut genug, dass Lohkamp es hören musste: »Solch ein Kameradenschwein!«

53

»Aufstehen! Fresse zur Wand! Arme hoch, abstützen! Die Füße zurück! Keine Bewegung!«

Noch nie zuvor hatte Kalle Mager solch eine Angst verspürt. Wie ein großes X hilflos an die Wand genagelt, musste er das Gebrüll der beiden Bullen über sich ergehen lassen. Bis seine Füße weit genug auseinander standen, hatte er drei Tritte gegen die Knöchel abbekommen. Und als die Typen endlich anfingen, ihn zu filzen, spürte er die Mündung einer Pistole im Nacken. Inständig hoffte er, dass die Waffe wenigstens gesichert war.

»Der Kerl iss sauber, Gustav!«, dröhnte es schließlich dicht hinter ihm.

»Dann kontrollier die Tusse. Mach's gründlich, aber lass ihre Titten in Ruhe! Sonss ham wir wieder 'ne Beschwerde am Arsch ...«

Aus den Augenwinkeln versuchte Kalle herauszufinden, was mit Simone geschah. Aber es war vergeblich, und er richtete seinen Blick wieder nach vorn. Lukas Nagel hatte die Wand verdammt sauber gestrichen.

»Alles klar, Gustav. Auch nix!«

»Okay. Ihr könnt die Hände runternehmen! Auf dem Rücken zusammenlegen!«

Was im ersten Augenblick nach einer Erleichterung klang, wurde im nächsten zur Erschwernis: Jemand zog Kalles Arme energisch nach hinten, dann klickte etwas und legte sich kalt um seine Handgelenke. Das war's, dachte er.

»So, ihr Gauner, jetzz könnta euch umdrehen!«

Kalle drehte sich in Simones Richtung und konnte dabei einen flüchtigen Blick auf ihr Gesicht werfen. Sie war kalkweiß und hatte vor Schreck blutleere Lippen.

»Und jetzz erzählta mal, was ihr hier getrieben habt«, forderte der Anführer der Truppe und baute sich vor Kalle auf. Er warf sich mit einer tausend Mal geübten Bewegung eine Ladung Gummibärchen zwischen die Backen. Seine Augen glänzten vor Freude. Er hatte zwei Einbrecher auf frischer Tat gefasst und spielte nun auch noch den großen Ermittler.

»Komm schon, Junge, erzähl!«

Scheiße auch, dachte Kalle, was soll ich dem Kerl denn erzählen?

»Ganz einfach!«, hörte er plötzlich Simones Stimme. Und dann gab das Mädchen die Linie vor, an die sie sich beide fortan halten mussten. »Lukas, also Herr Nagel, hat vor einer Stunde bei mir angerufen. Sagte, es gehe ihm saudreckig. Und fragte, ob ich nicht mal vorbeikommen und nach ihm sehen könne.«

»Und? War er da?«

»Nein.«

»Wie seid ihr dann reingekommen?«

»Brauchse gannich fragen, Gustav. Die ham ainfach die Tüan geknackt!«, schlussfolgerte der kantige Polizeihauptmeister Haggeney und schien mächtig überrascht, als Kalle nickte: »Genau! Wir hatten unheimliche Angst, dass Lukas hier im Sterben liegt.«

Die Beamten glotzten ihn ungläubig an, doch Kalle spielte weiter den braven Jungen: »Wenn Lukas anruft, geht es um Leben und Tod. Er ist nämlich Epileptiker, und ...«

»Watt iss der?«

»Mensch, datt sind die Leute, die app und zu mit Schaum form Maul auffem Teppich liegen«, klärte Lusebrink seinen Untergebenen auf. »Und wenn die nich sofort geholfen werden, dann gehnse übern Jordan.«

»Genau«, sagte Kalle. »Endlich einer, der Bescheid weiß!«

Mit dem letzten Satz war er eine Spur zu weit gegangen: So intim war man noch nicht. Jedenfalls sah Lusebrink ihn mit frisch erwachtem Misstrauen an und ließ seinen Blick anschließend über die Szene gleiten. An den Kontoauszügen auf dem Wohnzimmertisch biss er sich fest.

»Ich glaub euch kein Wort«, sagte er dann. »Wenn datt

allet stimmt – wieso habta dann hier auffe Couch gesessen und in den Sachen gewühlt?«

Kurzes Schweigen, dann fiel es Simone ein: »Das Zeug lag schon herum, als wir hereinkamen. Da wollten wir nachsehen, ob Lukas uns eine Nachricht hinterlassen hat. Wenn nicht, hätten wir sofort die Polizei angerufen.«

Hauptmeister Gustav Lusebrink lachte laut auf. Er trug die Uniform lange genug, um zu ahnen, wann man ihn verschaukeln wollte. Aber noch schien ihm der Beweis für dieses Verbrechen zu fehlen. Die rettende Eingebung erreichte ihn, als er dem Raum einen erneuten Rundblick gönnte. Er hob den Telefonhörer und drückte auf Wahlwiederholung. Kalle hielt den Atem an, und er hörte, wie Simone leise seufzte. Wo würde der Ruf landen?

Es dauerte eine Weile, bis die Leitung stand – aber am anderen Ende war offenbar besetzt.

»Auch gut«, grunzte Lusebrink und sah Simone an: »Wie machse datt? Häls hier en Pläutschken und telefoniers zur selben Zeit von zu Hause?«

»Muss Gesine sein. Meine Freundin. Wir haben 'ne WG.«

»'ne watt?«, fragte Haggeney.

»Wohngemeinschaft!«, erklärte Lusebrink. Dann fiel sein Auge auf das Display des Apparats: »Nee, ich lass mich doch nicht vereimern, Mäusken. Nie und nimmer hat dieser Herr Nagel zuletzt bei dir angerufen. Erstens: Du woonz ja auch in Hattingen, da braucher von hier aus keine Vorwahl, und zweitens: Diese Nummer iss gannich fon Deutschland.«

Kalle nutzte die Chance. Er beugte sich vor und schielte auf den Apparat: Die Nummer begann mit 0031. Das war die Vorwahl für Holland. Und dann ...

Haggeneys kräftige Faust drückte ihn wieder gegen die Wand: »Nee, Bursche, hier wird nich spioniert!«

»Also«, riss Lusebrink das Zepter wieder an sich. »Wie erklärsse dir datt, Mäusken?«

»Gar nicht«, sagte Simone. Ihre Stimme war ganz auf die Tonlage eines kleines, hilflosen Mädchens getrimmt. »Aber das passt doch alles: Irgendjemand hat uns hierher gelockt und das Haus beobachtet. Als wir oben waren, hat er die

Polizei angerufen. Das war nichts anders als eine Falle – und sie hat ja auch funktioniert.«

Wunderbar, dachte Kalle, die Frau ist spitze.

Auch Lusebrink schien beeindruckt. Zumindest nickte er leicht, winkte seinen Partner heran und begann zu flüstern. Für ein paar Augenblicke ließen sie ihre Gefangenen aus den Augen.

In dieser Sekunde drehte sich Simone zu Kalle herüber: »Was immer passiert: Wir bleiben bei dem, was wir ihnen erzählt haben.«

Das alles war rund sechzehn Stunden her. Kalle hatte in dieser Zeit höchstens drei Stunden Schlaf gefunden. Bis in die späte Nacht hatte die erste ordentliche Vernehmung auf dem Revier gedauert, und als man ihn endlich in eine Zelle führte, hatte er lange gebraucht, bis er einschlief.

Jetzt saß er erneut im Vernehmungszimmer der Polizeiwache in der Bahnhofstraße. Er sehnte sich nach einem heißen Kaffee, einem frischen Brötchen und einem warmen Bett. Doch die beiden Beamten vom Einbruchskommissariat glaubten ihm noch immer kein Wort und fingen gerade wieder von vorne an: »Sie heißen?«

Etwas jedoch war neu an der Situation. Heute Morgen saß noch ein dritter Mann im Vernehmungszimmer: ein langer, dünner Kerl mit Nickelbrille. Stumm hockte er schräg hinter Kalle und schien ihn beim Zuhören genau zu beobachten. Wer immer der Kerl war: Er brachte jedenfalls eine Menge Geduld mit und verhielt sich so still, dass Kalle seine Anwesenheit zwischenzeitlich immer wieder vergaß.

»Also noch mal«, sagte der Bulle Nr. 1. »Sie heißen?«

»Noch immer Karl Mager.«

»Geboren?«

»Noch immer am 15.8.1975.«

»Wo?«

»Ach, leck mich doch am Arsch«, platzte es aus Kalle heraus. »Was soll das Spielchen? Die Daten dürften Sie inzwischen überprüft haben. Also können Sie sich diese albernen Fragen schenken.«

»Aber Ihre Geschichte stimmt nicht!«

»Das sagen Sie!«, korrigierte Kalle. »Alles war so, wie ich es gesagt habe und wie es meine Freundin Ihnen nicht anders erzählt haben kann ...«

»Ihre Freundin?«, meldete sich der Mann mit der Nickelbrille. »Seit wann ist Simone Olsok Ihre Freundin?«

Kalle brauchte ein paar Atemzüge, um sich von der Überraschung zu erholen. Zugleich aber hätte er den Mann vor Erleichterung knutschen können: Jetzt brauchte er die Frage nach dem Namen nicht mehr zu fürchten.

»Meines Wissens sind Sie mit Rosa Pawlak befreundet. Und wenn Sie uns schon in diesem Punkt anlügen ...«

Kalle drehte sich um und sah die Nickelbrille hochnäsig an: »Sie sind einfach nicht auf dem Laufenden.«

»Sagen Sie das nicht. Aber zurück zu Ihrer Geschichte: Die hört sich wirklich prima an. Ich würde sie auch vielen Menschen ohne weiteres glauben. Aber jemandem, der bei den Autonomen war? Und vergessen Sie Ihren Zivildienst in Datteln nicht – beim *Guten Deutschen Kreuz* haben Sie doch auch eingebrochen. Oder?«

»Blödsinn. Dieses Gerücht hat meine Chefin damals verbreitet. Ihre Geschichten sind es, die nicht stimmen.«

Der Mann lachte nur freundlich: »Theater spielen konnten Sie schon immer gut.«

»Wer sind Sie überhaupt?«, fragte Kalle.

»Ich bin auch Polizist.«

»Aber nicht vom selben Kommissariat wie die beiden anderen Herren.«

»Nein«, sagte der Mann.

»Von welcher Dienststelle sind Sie denn?«

Der Mann lächelte nur.

»Sehen Sie, dann haben wir beide uns gar nichts zu sagen.«

»Gut geimpft. Ein treues Abbild seines Vaters. Der war auch immer so stur. Aber dass ein vernünftiger junger Mann wie Sie noch in diesen alten Klassenkampfmustern denkt ...«

Halt die Schnauze, dachte Kalle. Halt endlich deine Schnauze. Laut sagte er: »Also, ich mache von jetzt an keine

Aussagen mehr. Sie wollen mir offenbar sowieso nicht glauben und halten mich hier unter einer falschen Anschuldigung fest. Ich will mit meinem Arbeitgeber telefonieren, damit der mir einen Anwalt schickt.«

54

Es hätte alles gepasst: Von Alexander Klink beim Spannen erwischt, wäre Helgoland brauchbares Opfer für eine schöne kleine Erpressung gewesen. Im Gegenzug hätte er ein wunderbares Mordmotiv und alle Möglichkeiten gehabt, die Tat auch auszuführen: Zur rechten Zeit hatte er sich nahe genug am Tatort aufgehalten und war zudem angesoffen genug, um einem cholerischen Ausbruch freien Lauf zu lassen. Außerdem gehörte er zu jener besonderen Sorte von Arschlöchern, die Eulenstein mit wirklicher Genugtuung in der *Krümmede* ablieferte und den Richtern zum Fraß vorwarf.

»Die Sache hat nur einen Haken«, verriet sie Lohkamp am Freitagmorgen.

»Er hat ein Alibi!«, tippte der Hauptkommissar, und sie nickte resigniert: »Gegen elf haben ihn zu viele Leute beim Zapfen gesehen.«

Sie trank ihren Kaffee aus und schnappte sich ihr Jäckchen: »Aber Alibi ist ein gutes Stichwort!«

Das *Papageienhaus* verdankte seinen Namen einer Fassade aus bunten Plastikplatten, die sich deutlich von der grauen Betonwüste des Vorortes Steinkuhl abhoben. Innen sah es in Bochums größtem Studentenheim anders aus. Generationen von Studierenden litten unter engen Zimmern mit feuchten Wänden, dunklen Gängen und einer bürokratischen Verwaltung, die nur beim Eintreiben der Miete pünktlich war. So kam es einem Wunder nahe, dass die Mehrzahl der Studierenden überhaupt noch das Examen machte, anstatt sich nach dem zweiten Semester vom Dach des Baus in die Tiefe zu stürzen.

Kommissarin Eulenstein brauchte mehrere Anläufe, bis sie den richtigen Eingang entdeckte und das Zimmer der Barfrau aus der *Farm* fand. In der 5. Etage bewohnte sie ein Eckzimmer, dessen Fenster auf die viel befahrene Markstraße hinausging. Die Eule klopfte, aber nichts rührte sich.

»Wen suchse?«, fragte ein dünner Knabe mit strubbeligen Haaren, der ein Tablett mit Frühstückszubehör durch den Korridor balancierte.

»Ist Frau Krukenberg nicht da?«, fragte Eulenstein und blickte zur Sicherheit auf die Uhr. Ihr war um diese Zeit eher nach einem Mittagessen.

»Frau – wer?«

Eulenstein begriff, dass Familiennamen hier nicht mehr Wert besaßen als der Wind, der ums Gebäude pfiff. »Jana.«

»Ach die. Sitzt in der Küche. Da hinten.«

›Da hinten‹ – das musste der Raum sein, der den Flur mit dem Wumm-Wumm einer Techno-CD beschallte. Eulenstein ging dem Lärm entgegen und stellte sich in die geöffnete Tür: ein großer Tisch in der Mitte, an den Wänden eine Sammlung von Schränken, Kochplatten und Kühlschränken. Zwei Leute saßen noch beim Frühstück, zwei weitere brutzelten bereits ihr Mittagessen, ein fünfter Mensch war offenbar nur zum Gucken und Klönen hergekommen.

»Frau Krukenberg?«

Eine schlanke Studentin in dem unvermeidlichen schwarzen Outfit sah sie an. Im Gegensatz zu den anderen schien sie nicht nur gewaschen und gekämmt zu sein, sondern hatte bereits ein aufwendiges Make-up aufgelegt. Sie wirkte neben ihren MitbewohnerInnen wie eine Persianerdame unter einer Rotte Hinterhofkatzen.

»Kann ich Sie mal sprechen?«

»Um was geht's?«

»Können wir ...?«

»Ich brauche keinen Computer. Und eine Lebensversicherung ...«

Die Kommissarin hielt ihren Ausweis hin: »Wir brauchen Sie möglicherweise als Zeugin.«

Die Frau stellte ihre Kochplatte ab, schob das Gemüsepfännchen zur Seite und ging voran. Vier Leute sahen den Frauen neugierig hinterher.

»Bitte!«

Die enge Hucke wirkte sauber und aufgeräumt. Auf dem Schreibtisch stand tatsächlich ein Computer, daneben lagen Fachbücher und Hefte, an der Wand eine Schautafel mit den menschlichen Muskeln.

»Biologie?«

»Medizin. Aber erst im 4. Semester. Um was geht es?«

»Sie haben letzten Samstag in der *Farm* gearbeitet?«

Die Frau nickte.

»Wie lange?«

»Von sechs Uhr abends bis morgens um drei.«

»War dieser junge Mann da?«

Aufmerksam betrachtete Jana Krukenberg Waldemars Porträt.

»Der gehört zu den Russland-Aussiedlern.«

»War er da?«

»Seine Freunde ja. Er nicht.«

»Kein Irrtum möglich?«

Die Frau lächelte: »Wir haben so ein Ritual: Er bestellt jedes Mal ein Glas Kwas. Ich frage ihn, was das ist, und er erklärt's mir – obwohl ich das inzwischen singen könnte. Dann erkläre ich ihm wie immer, dass niemand in Deutschland solch ein Gift trinken würde – und anschließend bestellt er grinsend seine Cola.«

»Und?«

»Letzten Samstag hat mich niemand nach Kwas gefragt.«

55

»Aalglattes Arschloch!«, fluchte Lohkamp und ballte hilflos die Faust. Mit zusammengekniffenen Brauen fixierte er die Tür, die der Chef der Innenstadtwache soeben hinter sich geschlossen hatte. Der Mann war noch längst nicht entlassen, aber ein Gespräch mit seinem Anwalt konnte man ihm nicht verweigern.

»Der lügt uns eiskalt die Hucke voll!«, schimpfte er, ließ sein Feuerzeug aufleuchten und sog gierig an der Zigarette. »Oder haben Sie einen anderen Eindruck?«

Hardenberg schrak auf: Dagmar Eulenstein fragte ihn höchst selten nach seiner Meinung.

»Stimmt schon«, sagte er endlich. »Aber wir können es ihm nicht nachweisen.«

»Das ist es ja!«, ärgerte sich Lohkamp und ließ seine flache Hand auf die Schreibtischplatte knallen. »Vielleicht sollte ich gerade deshalb einen Haftbefehl beantragen. Es würde dem Kerl gut tun, übers Wochenende in der Zelle zu schmoren.«

»Sinnlos. Den Haftbefehl kriegen Sie nicht!«, sagte der Hauptmeister.

»So?«

»So! Wie wollen Sie den Antrag denn begründen?«, fragte Hardenberg und zählte auf: »Dass die Kollegen sich an Klink vergriffen haben, steht fest – aber der Hauptkommissar hat nicht mitgeprügelt. Er hat nicht einmal zugesehen.«

Widerwillig nickte Lohkamp.

»Auch die Eintragung im Wachbuch scheint zu stimmen: Sie haben Klink um fünf nach drei laufen lassen.«

»Mit Blutergüssen und Prellungen ...«

»Aber er hatte nicht einmal eine gebrochene Rippe. Und die Kollegen haben ihn bei der Entlassung gefragt, ob er laufen kann. Und er hat ja gesagt.«

»Behaupten sie jedenfalls!«, fuhr Lohkamp auf.

»Ja. Aber wir können es nicht widerlegen. Außerdem: Mit welchem Wagen sollen sie ihn weggebracht haben? Die Streifenwagen waren wieder unterwegs. Hatten Einsätze. Das steht nicht nur in den Berichten der Leute, sondern das bestätigt auch die Leitstelle.«

»Aber dennoch lügt der Kerl!«

Hilflos breitete Hardenberg seine Arme aus: Lamentieren lag ihm nicht. Stattdessen verfiel er wie Lohkamp ins Grübeln. Aber nichts kam dabei heraus. Nur die Luft im Raum wurde immer dicker. Das Versprechen, nur eine Lunte pro Stunde zu rauchen, hielt Lohkamp an Tagen wie diesen nicht durch. Er war schon bei seinem Kontingent für November.

»Vielleicht ...«

»Ja?«

»Vielleicht haben wir den Haken nur an der falschen Stelle gesucht«, tastete sich Hardenberg vor.

»Wie meinen Sie das?«

»Wir haben die ganze Zeit auf der Entlassung Alexanders herumgehackt. Aber genau an der Stelle ist die Geschichte, die uns die Kollegen erzählen, wasserdicht. Wir sollten nicht am Ende, sondern am Anfang ansetzen: bei der Einlieferung. Da stimmt doch einiges nicht.«

Lohkamp blickte überrascht auf: »Die Sache mit dem Glatzkopf, der ihnen durch die Lappen gegangen ist?«

»Zum Beispiel.«

»Sie sind ein Ass«, fand Lohkamp, grübelte noch einen Moment und griff zum Telefon. Aber bevor er wählen konnte, klopfte es an der Tür.

»Herein!«

Vorsichtig schaute eine Frau um die fünfzig in den Raum: jugendlich, gepflegt, aber keineswegs aufgedonnert.

»Ja?«

»Jelinek. Untersuchen Sie den Mord an Alexander Klink?«

Lohkamp nickte.

»Dann bin ich ja richtig«, sagte sie und trat ein.

»Was können wir für Sie tun?«

»Nichts«, sagte sie lächelnd. »Aber ich vielleicht für Sie.«

Sie setzte sich, kramte eine leicht zerknitterte Zeitung aus der Handtasche und hielt sie hoch. Es war der Artikel über den Mord und über die erste Pressekonferenz, die am Sonntag stattgefunden hatte: »Wollen Sie immer noch wissen, ob jemand diesen Alexander am Samstagnachmittag gesehen hat?«

»Ja«, sagte Lohkamp heiser. Wenn jetzt wirklich das kam, was sie angedeutet hatte, war der Chef der Innenstadtwache aus der Mordermittlung heraus.

»Dieser Alexander Klink war am Samstagnachmittag bei uns im Bergmannsheil und hat sich untersuchen lassen.«

Hardenberg warf einen schnellen Blick auf seinen neuen Chef. Lohkamp gab sich alle Mühe, aber er sah in diesem Augenblick mächtig angeschlagen aus.

Als er wieder auf den Beinen war, klang seine Stimme etwas brüchig: »Wann war das?«

»Er muss zwischen halb vier und vier gekommen sein. Ich habe heute nämlich die letzten Abrechnungen aus der vorigen Woche auf den Tisch bekommen und fertig gemacht. Eine habe ich Ihnen gleich kopiert.«

Sie reichte Lohkamp ein Blatt, das er gierig überflog. Seine Mundwinkel kerbten sich noch tiefer ins Gesicht, und er reichte das Papier an Hardenberg weiter: Es war eine Rechnung. Alexander Klink hatte sich am Samstag um 15.35 Uhr in der Notaufnahme gemeldet und war wenig später geröntgt und untersucht worden. Das Bergmannsheil attestierte ihm Hämatome und Prellungen, die offenbar von Prügeln mit stumpfen Gegenständen und Tritten stammten.

Lohkamp schwieg erschüttert, aber Hardenberg fragte: »Und wieso hat dieser Arzt sich nicht schon am Montag oder Dienstag bei uns gemeldet?«

Die Frau lächelte: »Dr. Kihago ist ein hervorragender Arzt. Aber er kommt aus Afrika. Ich glaube, die Zeitungen hier interessieren ihn nicht so besonders.«

Der Hauptmeister zeigte auf das Foto des Getöteten: »Erkennen Sie den jungen Mann wieder?«

»Wie denn? Ich bin doch nur Schreibkraft und bekomme die meisten Patienten nie zu Gesicht. Aber ich habe unsere Schwester Erika gefragt. Sie sagt: Ja, der müsse es gewesen sein.«

Tschüss, Haftbefehl, dachte Hardenberg.

56

Nachmittags um vier wurde Kalle Mager ganz undramatisch entlassen. Eine Stunde nach der letzten Vernehmung holte ihn ein Uniformierter aus der Zelle, schob ihm die zeitweise in Verwahrung genommenen Gegenstände über den Tisch, legte einen Kugelschreiber daneben und knurrte: »Quittieren!«

Kalle unterschrieb, ohne auch nur einen Blick in seine Geldbörse zu werfen. Es wäre zweifelsohne ein starker Abgang gewesen, erst seine Pfennige zu zählen und dann anhand der zuletzt gewählten Nummern zu kontrollieren, ob sie sein Handy nicht missbraucht hatten – aber so cool war er auch nicht. Stattdessen beherrschte ihn völlig ein übermächtiger Wunsch: Nur raus hier!

Dann war er draußen und wunderte sich, wie schnell das ging. Eben noch hatte er in der düsteren, miefenden Zelle vor sich hin gebrütet, jetzt blinzelte er in die ungewohnte Helligkeit. Die Herbstsonne tauchte die Fassaden auf der anderen Straßenseite in ein angenehmes Licht, das Grün der Bäume erschien ihm fast frühlingshaft frisch, und das Geräusch des Straßenverkehrs war im Vergleich zu dem Gequatsche der Bullen die reinste Musik.

»Hi!«, sagte eine vertraute Stimme.

Kalle drehte sich um: An der Hauswand lehnte Simone.

»Wartest du schon lange?«

»Eine Stunde.«

Ein Augenblick des Zögerns, dann lagen sie sich erleichtert in den Armen. Genossen die Wärme des anderen Körpers und das Prickeln der ungewohnten Nähe. Machten sich schließlich verlegen voneinander los.

»Und jetzt?«, fragte er.

»Erst mal einen Kaffee. Und dann 'ne Dusche oder etwas Ähnliches ...«

Sie liefen die Bahnhofstraße entlang Richtung Altstadt. Als sie an der Stätte ihrer Festnahme vorbeikamen, grinsten sie sich an: »Wer hat uns wohl verpfiffen?«

Sie zog die Schultern hoch: »Keine Ahnung. Vielleicht doch die Türken auf demselben Flur. Aber was soll's? Viel mehr interessiert mich, ob unsere Karren noch da sind.«

Scheinbar unberührt standen ihre Wagen noch nebeneinander in denselben Parkbuchten, in denen sie sie am Vortag zurückgelassen hatten – unter den Scheibenwischern blinkte nicht einmal ein Knöllchen.

»Ob sie uns zum Schluss doch geglaubt haben?«

Kalle wurde bei dieser Frage warm ums Herz: Simone war offenbar bei der improvisierten Story geblieben und setzte einfach voraus, dass auch er sich nicht hatte einwickeln lassen.

»Keine Ahnung«, gab er zu. »Vielleicht sind wir einfach nahe genug bei der Wahrheit geblieben. Und da wir offenbar nichts geklaut haben ...«

»Hör mal, ich bin tot umgefallen, als ich seine richtige Wohnung gesehen habe. Lukas läuft herum und hat oft keine Mark in der Tasche – und dann diese Bude.«

»Ich habe auch schon darüber nachgedacht. Aber alles, was mir dazu einfällt, ist böse.«

Am Krämersdorf vorbei steuerten sie *Fietes Café* an und bestellten sich Kaffee und Baguettes. Erst als die duftenden Brote vor ihnen standen, merkte Kalle, wie ausgehungert er war.

Als er zum dritten Mal Nachschub bestellte, schüttelte die junge Frau, die an diesem Nachmittag bediente, den Kopf: »Mann, du solltest dir eine Bäckerei kaufen. Das wird billiger.«

»Und jetzt ein Schnäpschen?«

Die Gläschen mit dem Klaren kamen, und sie prosteten sich zu. Als die Bedienung die nächste Runde brachte, fragte Simone: »Sag mal, hast du Lukas in den letzten Tagen gesehen?«

»Lukas?«

»Den Typen mit der Glatze.«

»Und dieser Nase?«

»Genau.«

Die Frau setzte sich zu ihnen und dachte nach, sagte dann: »Nee, seit Samstag war er nicht mehr hier.«

»Bist du sicher?«

Sie nickte: »Hat sich hier mit 'nem Punk getroffen und lange mit ihm gequatscht. Haben zuerst richtig Zoff gehabt, dann haben sie aber zusammen gesoffen. – Fiete, hat Lukas inzwischen seinen Deckel bezahlt?«

Der Besitzer der Kneipe sah hinter dem Tresen nach: Offenbar hatten hier mehrere Leute das Privileg, einen unbezahlten Bierdeckel hinterlassen zu dürfen.

»Nee«, brummelte der Mann schließlich. »Und damit das klar ist: Der kriegt hier nur noch was gegen Bares. Keine Deckel mehr!«

»Wie sah der Punk denn aus?«

»Lass mich überlegen ...« Sie steckte sich eine an und hängte ihren Blick irgendwo unter der Decke auf. »Dunkle, leicht lockige Haare. So gelbe Strähnchen. Naja – und dann sah sein Gesicht so aus, als hätte ihm jemand mächtig eine gelangt. War aber absolut nett, der Typ.«

Simone und Kalle wechselten einen kurzen Blick.

»Um was ging es denn bei dem Streit?«

»Hör mal, die Bude war voll. Nur einmal hörte ich so etwas wie: ›Im Stich gelassen. Sonst kommt keiner da heile heraus ...‹ Aber Lukas hat den anderen wohl irgendwie ruhig gestellt.«

»Und wie lange waren die hier?«

»Sag mal: Ist das ein Verhör?«

»Quatsch. Aber es ist wichtig ...«

Die junge Frau dachte erneut nach: »Der mit den Strähnchen war schon gegen sechs hier. Lukas ist so gegen sieben gekommen. Und gegangen – vielleicht um zehn. Oder ein paar Minuten später.«

»Zusammen?«

»Ja.«

Die Frau ging wieder an ihre Arbeit, und die beiden schwiegen. Schließlich fragte Simone: »War es das, was du erwartet hast?«

»Oder befürchtet. Wie man's nimmt.«

Pause.

»Und jetzt?«, fragte sie. Simones Stimme klang mit einem Mal etwas belegt – als wollte sie etwas sagen, was sie eine Menge Mut oder Überwindung kosten würde.

Kalle sah sie lange an. Lächelte dann: »Du hast irgendwas von einer Dusche gesagt. Könnte ich auch gut gebrauchen.«

Zwanzig Minuten später stellten sie ihre Wagen vor einem großen, altertümlichen Haus direkt am Ruhrufer ab. Sie umrundeten das Gebäude, um zum Eingang zu gelangen, und stiegen die Treppen in den ersten Stock hinauf.

»Gesine?«

Niemand antwortete. Stattdessen fanden sie auf dem Küchentisch einen Zettel mit der Mitteilung, dass Simones Mitbewohnerin übers Wochenende zu ihren Eltern gefahren war.

»Sturmfreie Bude!«, grinste sie.

Ein letzter Blick, und sie fielen ohne jede Hemmung übereinander her. Die Dusche musste warten.

57

»Glauben Sie bloß nicht, die Welt wäre wieder in Ordnung!«, mahnte Lohkamp. »Dienstrechtlich kommt auf Ihre Wache noch einiges zu. Und wie der Staatsanwalt die Dinge sieht, ist auch noch nicht raus!«

Der Leiter des Reviers gönnte Lohkamp ein spöttisches Lächeln. Er fühlte sich wohl als Sieger, und genau das bestärkte den Kriminalbeamten in der Meinung, dass sie noch nicht die ganze Wahrheit über die Vorfälle an der Wache kannten. »Außerdem: Auch wir haben noch einige Fragen an Sie. Ich melde mich!«

Auffordernd sah der Mann seinen Anwalt an, und der Advokat beeilte sich, kurz vor Schluss der Aktion noch etwas für sein Honorar tun. Wie ein Pfau setzte er sich vor den Kriminalbeamten in Szene: »Können Sie uns nicht bereits jetzt mitteilen, um was es dabei ...«

»Nein. Aus ermittlungstaktischen Gründen ist mir das nicht möglich.«

Die beiden Herren rauschten ab.

»Arschlöcher!«, sagte Lohkamp, als die Schritte auf dem Flur verklungen waren. Dann zählte er auf, was noch zu tun war: »Auf jeden Fall brauchen wir noch einmal die Leute von der Einsatzhundertschaft. Da muss etwas gelaufen sein, das uns bisher entgangen ist.«

Hardenberg nickte leicht.

»Sie besorgen morgen endlich das Tagebuch. Dann brauchen wir einen Bericht von Thalbach und Hoffmann über die Befragung der Mitschüler und Freunde Alexanders. Was ist mit den Telefonnummern aus seinem Notizbuch?«

Der Hauptmeister hatte die Liste fertig.

»Überprüft?«

»Wann denn, Herr Lohkamp?«

»Morgen früh. Übrigens: Hat sich der Staatsschutz schon gemeldet?«

Hardenberg suchte in dem Körbchen mit den Posteingängen und sah zur Sicherheit noch einmal in der Ermittlungsakte nach. Die versprochenen Recherchen unter den Punks waren noch nicht dokumentiert.

»Oder die haben noch gar nichts gemacht«, spekulierte Lohkamp. »Manchmal frage ich mich, womit diese Schlafmützen eigentlich ihr Geld verdienen? Für richtige Polizeiarbeit sind die meisten von ihnen doch untauglich.«

Hardenberg zog es vor zu schweigen: Kritik am Polizeibüro II war in Bochum nicht sehr beliebt – und schadete nur der Karriere. Stattdessen sagte er: »Morgen ist Samstag.«

»Was wollen Sie mir mit dieser ungeheuren Behauptung andeuten?«, fragte der Hauptkommissar.

»Dass ich schon siebzig Überstunden habe.«

»Meinen Sie, ich hätte weniger?«

Die Schultern des Hauptmeisters wippten auf und nieder.

»Kommen Sie«, sagte Lohkamp. »Wir fangen erst um neun an und machen um eins Schluss. Und nächste Woche seilen wir uns zwei Mal vorzeitig ab ...«

»Diese Versprechungen kenne ich. Meist wird nichts daraus.«

»Bei mir schon«, betonte Lohkamp, während er seine Kaffeetasse auffüllte. Doch schon nach dem ersten Schluck setzte er sie wieder hart ab: »Ich kann das elende Zeug nicht mehr sehen. Habt ihr hier nichts Vernünftiges zu trinken?«

Hardenberg zögerte. Er fand zwar auch, dass sie einen ordentlichen Tropfen verdient hatten, aber es gab im Hause eine Dienstanweisung in Sachen Alkohol. Sie war zu neu, um sie einfach zu vergessen.

»Nichts da?«, fragte Lohkamp und grinste. »Wenn einer kommt, können wir behaupten, wir hätten schon Feierabend gemacht.«

»Mal sehen«, meinte Hardenberg und öffnete schon seinen Schreibtisch, aber da flog die Bürotür auf.

Eulenstein kam herein, dicht gefolgt von Waldemar Borodjuk. Der Bursche trug zwar noch sein selbstsicheres Grinsen, aber zumindest die Elvis-Tolle hatte schon mal besser gesessen.

»'namd«, sagte Lohkamp. »Auch Überstunden?«

Sie nickte knapp und fragte: »Was ist mit Ihren Ermittlungen gegen die Kollegen?«

Der Hauptkommissar wurde sehr ernst: »Mit dem Mord haben sie vermutlich nichts zu tun ...«

Ein leichtes Lächeln erschien auf Eulensteins Lippen, war aber schnell wieder verflogen.

»Aber mein Verdacht war nicht unbegründet: Alexander Klink wurde von Polizisten misshandelt. Allerdings nicht in der Kaserne, sondern in der Humboldtstraße. Hat es da vorher schon mal Beschwerden gegeben?«

Sie ließ die Jalousien herab: »Weiß ich nicht. Ist nicht mein Job.«

»Dann werden wir es herausfinden. Auf jeden Fall wird es ein paar Disziplinarstrafen geben. Und was der Staatsanwalt mit diesen Folterknechten macht, werden wir sehen. Aber es wird ihm schwer fallen, die Sache einfach unter den Teppich zu kehren. Den Gestank kriegt er damit nämlich nicht weg.«

Lohkamp schob seine Kaffeetasse weg, griff zu den Zigaretten und deutete auf den jungen Mann in ihrem Schlepptau: »Wer ist das?«

»Waldemar Borodjuk. Der junge Mann, der für die Tatzeit so ein schönes Alibi hatte.«

»Und was ist damit?«

Sie hob ihre linke Hand bis auf Schulterhöhe, und Waldemars rechter Arm ging automatisch mit: Sie hatte den Burschen in Handschellen mitgebracht.

»Wie gesagt: Er hatte ein Alibi. Aber jetzt nicht mehr.«

58

Abends um acht füllte sich das Hinterzimmer der Gaststätte *Pennekamp,* die am tiefsten Punkt der Konsumstraße lag. Helgoland hatte zusammen mit seinem Schwiegersohn Achim Franke und der Psychologin Elvira Waggershausen-Rosenholz per Flugblatt zu einer *Bürgerversammlung* geladen.

Als der Rentner seine Einwohnerliste auf den Tisch legte und die Namen der Anwesenden ankreuzte, strahlte er zufrieden: Bis auf Klink und den abwesenden Historiker Ohmsen waren alle Hausbesitzer mit mindestens einem Familienmitglied vertreten.

»Watt iss denn mit die Mieters?«, fragte Helgoland leise und deutete vorsichtig in den Hintergrund des Saals, wo Hedwig Schulte, der Pilot der Modellautos und die Mieterin aus dem Hause des Buchhändlers Diesel Platz genommen hatten. »Die sinn doch gannich eingeladn. Und abstimmn dürfn die au nich.«

»Mensch, Hugo!«, ärgerte sich Achim Franke. »Du biss doch selber nur Mieter.«

Beleidigt verstummte Helgoland, während sein Schwiegersohn aufstand und mit dem Kugelschreiber gegen sein Bierglas klopfte. Augenblicklich ebbten die zahlreichen Gespräche ab.

»Meine Damen und Herren!«, begann er. »Es ist schön, dass Sie so zahlreich gekommen sind. Und noch schöner wär's, wenn wir einen anderen Anlass zu diesem Treffen hätten.«

Zustimmendes Gemurmel wogte nach vorn.

»Wie die meisten von Ihnen inzwischen wissen, ist heute Nachmittag ein junger Mann aus der Russensiedlung verhaftet worden. Damit hat sich bewahrheitet, was eine große Zeitung schon am Wochenanfang geschrieben hat: Unser Nachbar Alexander wurde von einem dieser Aussiedler umgebracht.«

Die Stimmen im Saal schwollen wieder an. Alle redeten durcheinander, und eine Zeit lang konnte man kein Wort verstehen. Doch dann setzte sich Richter Thürk mit seinem dröhnenden Organ durch: »Seien Sie etwas vorsichtiger! Ohne rechtskräftiges Urteil ...«

Anwalt Sawitzki und ein paar andere stimmten zu, doch Achim Franke fegte den Widerspruch mit einer einzigen Frage weg: »Glaubt jemand von Ihnen, dieser Russe ist unschuldig?«

Schweigen. Kein Arm fuhr in die Höhe. Aber nach einer Schamfrist stand Rechtsanwalt Sawitzki auf und knöpfte sich mit geübtem Griff den mittleren Knopf seines Jacketts zu: »Ich glaube nicht, dass Herr Thürk die Sache an sich bezweifelt. Es geht nur darum, dass wir uns juristisch nicht angreifbar machen dürfen. Auch wenn wir es besser wissen, darf man jemanden erst nach einem Urteil einen Mörder nennen.«

»So sind die Juristen«, grinste Paul Rosenholz, der Gatte der Psychologin. »Ohne Fallschirm gehen die nicht mal auf den Balkon!«

Helgoland klinkte sich ein: »Watt der Achim sagn will: Es iss doch alles so gekommn, wie wir damals, als die Anlage gebaut wurde, befürchtet ham. Die Russen machen nix wie Ärger: Lärm, Dreck, Verbrechen. Wir müssen entlich watt tun, damit unsere Kinna vor denen geschützt wern.«

Beifall brandete auf.

»Nicht nur unsere Kinder!«, meldete sich die Psychologin. »Ich als Frau fühle mich immer sehr unwohl, wenn ich an den jungen Männern vorüber muss. Die gaffen einen an – Sie verstehen, was ich meine.«

»Nee«, murmelte Helgoland, erntete aber nur einen Rippenstoß seines Schwiegersohns.

»Was ich sagen wollte: Diese Menschen passen einfach nicht hierher. Kulturell hinken sie noch eine ganze Stufe hinter uns her. Man hat ihnen keinen Gefallen getan, als man sie in dieses Heim steckte.«

Erneuter Beifall leitete eine Phase ein, in der jeder seine Negativerlebnisse mit den Bewohnern der Russensiedlung zum Besten geben durfte: Sylvia Franke fand am Wochenende keine Ruhe mehr, weil die Russen immer sangen und auf dieser Quetschkommode spielten, Frau Sawitzki konnte überhaupt nicht mehr schlafen, weil drüben Tag und Nacht zahlreiche Autos ein- und ausfuhren ...

»Sach ich doch imma!«, fuhr Helgoland dazwischen. »Die leben nich schlecht da drübn. Und wer muss datt alles bezahln? Wir von unsere Steuan!«

»Du zahlst doch gar keine mehr!«, warf Franke ein, erntete aber diesmal entschiedenen Widerspruch: »Wohl wahr! Selbst die Rentners werden gezz zur Kasse gebeten!«

Die Lamentationen der Anwesenden gingen noch eine Weile weiter, und ein neutraler Zuhörer wäre sicher zu dem Ergebnis gekommen, dass die Bewohner der Siedlung von einer Bande gewalttätiger Gewohnheitsverbrecher terrorisiert wurden. Die Folgerung war klar, und sie wurde unter tosendem Beifall von Frau Waggershausen-Rosenholz auf den Punkt gebracht: »Wir dürfen nicht eher Ruhe geben, als bis das Aussiedlerheim verschwunden ist!«

Thürk war es, der das Klima wieder etwas mildern wollte: »Ich finde, man muss aber auch an diese armen Menschen denken ...«

Gejohle, Buhrufe, aber Thürk ließ sich nicht aus der Ruhe bringen: »Wäre es nicht besser für diese armen Menschen, wenn sie endlich vernünftige Wohnungen in einer freundlicheren Umgebung bekämen?«

»Von unsere Steuan?«, fragte Helgoland. »Die solln zurück in ihrn Kuhstall nach Kasitstan!«

Trotz der Zustimmung, die der Rentner geerntet hatte, stand Sawitzki auf und warf sich mutig in die Schanze: »Sie haben alle nicht richtig zugehört. Ich halte das Argument von Herrn Thürk für völlig richtig. Wenn wir nämlich einfach nur fordern, dass die Leute wegkommen, dann heißt es hinterher wieder, wir wären fremdenfeindlich ...«

Einige Anwesende lachten, aber der Mehrzahl war es egal, für was man sie hielt.

»Also stimmen wir ab!«, schlug Achim Franke vor. »Wer ist dafür, von der Stadt zu fordern, dass das Aussiedlerheim möglichst schnell wegkommt. Ich bitte um das Handzeichen!«

Ein Wald von Armen ging hoch.

»Was ist mit Ihnen, Herr Gloria?«

»Ich enthalte mich. Mich stören diese Leute nicht.«

Tumulte, dann sprang Frau Sawitzki ein: »Sie kriegen da hinten von all dem auch nichts mit, was da passiert. Seien Sie froh, dass Sie unser Haus als Lärmschutzwand haben!«

»Herr Diesel?«

Der Buchhändler zog die Schultern hoch, schüttelte dann seinen Kopf: »Selbst wenn dieser junge Mann der Täter wäre ...«

Ein Proteststurm erstickte den Rest des Satzes.

»Herr Karstadt?«

Der Software-Experte sah seine Frau an, und die stand auf: »Nein!«

»Versteh ich nicht!«, meinte Franke. »Sie haben doch zwei kleine Kinder. Wollen Sie etwa ...«

Sie stand auf, griff nach ihrer Jacke und nach ihrem Bierdeckel: »Ich halte Sie alle miteinander für unvernünftig. Und dabei mache ich nicht mit. Komm, Heinz-Walter.«

»Das wird euch noch Leid tun!«, schrie Helgoland ihnen hinterher. »Uns so im Stich zu lassen!«

Auch an diesem Abend hatte Frau Sawitzki Probleme mit dem Einschlafen. Aber diesmal waren es keine Autos, die den störenden Lärm verursachten. Ihr war, als hörte sie auf der anderen Straßenseite Glas klirren. Und dann stampften schwere Schritte an ihrem Haus vorbei und verklangen in der Siedlung.

59

»Aus dem Bett gefallen?«, fragte Lohkamp, als er am Samstagmorgen ins Büro kam und Eulenstein an ihrem Schreibtisch vorfand. Sie hob den Kopf, und er konnte ihr Gesicht sehen. Ihre Augen hatten mehr Ringe als der Saturn.

»Nee. Noch gar nicht zu Hause gewesen?«

»Die zweite Variante«, gab sie zu. »Und dieser Kerl hat mich geschafft.«

Sie deutete auf die Audio-Kassetten, die sich vor ihr stapelten: »Ich habe ihn bis Mitternacht verhört. Nichts. Dann habe ich die Kassetten angehört, um einen Ansatzpunkt zu finden. Auch nichts. Der Bursche verhält sich gegen alle Regeln – und gegen jede Vernunft.«

»Und beim Nachdenken sind Sie eingeschlafen ...«

Sie zögerte, dann nickte sie.

»Kommt in den besten Familien vor«, grinste Lohkamp. »Wo ist Waldemar jetzt?«

»Im Gewahrsam. Aber er wird gleich wieder gebracht.«

Der Hauptkommissar schniefte. Empfindlich, wie die Frau reagierte, durfte er nicht den Eindruck erwecken, er wollte ihre Kompetenzen beschneiden.

»Wie wär's, wenn Sie erst einmal paar Stunden schlafen würden?«

»Und Waldemar?«

»Wenn er so eine harte Nuss ist, werde ich wohl auch nichts herausbekommen. Aber wenn Sie nichts dagegen haben, würde ich mir gern selbst ein Bild von ihm machen ...«

Er ließ ihr Zeit zum Nachdenken, und sie brauchte eine Weile. Aber dann griff sie nach ihrer Handtasche: »In Ordnung. Um eins bin ich wieder hier.«

Zähes Kaliber, dachte er, als sie den Raum verlassen hatte. Eines Tages übernimmt die den Laden ...

Er zog sich die Akte an Land, kam aber nicht dazu, seine Rückstände aufzuarbeiten. Ein Polizist in Uniform brachte einen schlanken Jüngling mit Elvis-Locke herein. Der Beamte sah sich um: »Ist Frau Eulenstein nicht da? Die hat diesen Herrn zum Frühstück bestellt.«

»Kollegin Eulenstein kommt später. Aber Sie können den Burschen bei mir lassen«, sagte Lohkamp und quittierte den Empfang der Sendung. Dann wandte er sich dem Festgenommenen zu.

»Ich bin Lohkamp. Ein Kollege von Frau Eulenstein. Aber heute Morgen musst du auf sie verzichten ...«

Der Bursche lächelte rotzig und zog einen Kamm, um seine Frisur zu richten. Als Spiegel benutzte er das geöffnete Fenster, aber Lohkamp bezweifelte, dass er darin viel erkennen konnte.

»Können wir?«

Grinsend nahm Waldemar Platz: »Sind Sie besser als die Frau?«

»In welcher Hinsicht?«

»Als Polizist.«

»Keine Ahnung. Ich arbeite erst seit ein paar Tagen hier.«

»Wenn Sie nicht besser als die Frau sind, können Sie einpacken ...«

Lohkamp deutete auf den Kassettenrekorder: »Einverstanden?«

Waldemar nickte, auf den Lippen ein geringschätziges Lächeln. Entweder ging er davon aus, dass sowieso abgehört wurde, oder er bezweifelte, dass jemand beim Abhören der Bänder seinen Spaß haben würde.

»Gut. Warum kann ich einpacken?«

»Weil ich nichts sagen werde.«

»Und warum nicht?«

»Weil ich eine Dame schützen muss.«

»Sehen Sie, da haben Sie doch schon eine ganze Menge gesagt.«

Waldemar riss die Augen auf: »Mit den paar Sätzen wollen Sie etwas anfangen?«

»Vielleicht werden es ja noch mehr.«

»Wohl kaum.«

»Abwarten. Ist es angenehm da, wo Sie geschlafen haben?«

»Sie werden's nicht glauben: ja!«

»Warum?«

»Ich habe zum ersten Mal im Leben ein Schlafzimmer für mich allein gehabt.«

Auch ein Gesichtspunkt, dachte Lohkamp. Laut sagte er: »Sie wissen, dass wir einen Mordfall untersuchen?«

Waldemar reagierte mit keiner Wimper.

»Mord ist eine üble Sache«, machte Lohkamp weiter. »Unter fünfzehn Jahren kommen Sie nicht weg. Wollen Sie eine so lange Zeit für etwas sitzen, das ein anderer gemacht hat?«

Waldemar gab sich unbeeindruckt: »Sie haben doch gehört: Es ist ganz nett hier. Montag fällt meine Klassenarbeit in der Berufsschule aus. Und ich brauche nicht für mein Essen malochen. Was sollte da schlimm sein?«

»Im richtigen Knast geht es härter zu.«

»Ich habe keine Angst.«

»Sie stehen auf Frauen?«

»Klar, Mann.«

»Im Knast gibt's nur Männer. Aber die nehmen Sie zuerst als Frau.«

»Verstehe ich nicht.«

»Mit Mord kommen Sie in einen Langzeitknast. Da sitzen ein paar harte Jungs, die haben seit Jahren keine Frau mehr gesehen. Aber wenn dann so ein frischer Knackarsch kommt, ist es ihnen auch recht: Fünf Mann halten Sie fest, der sechste rammt Ihnen seinen Schwanz in den Arsch und spritzt ab. Und dann ist der Nächste dran. Und wenn sie alle einmal abgespritzt haben, geht's von vorne los. Muss unglaublich schön sein.«

Waldemar schwieg. Brauchte Zeit, um Lohkamps Rede zu verdauen. Schließlich fragte er: »Das – gibt es doch nicht in Deutschland? In Amerika vielleicht – aber hier doch nicht!«

»Sie werden's sehen«, meinte Lohkamp. »Das heißt: Sehen werden Sie gar nichts. Die schmeißen Ihnen nämlich eine Decke oder einen Mantel über den Kopf. Aber Sie werden es spüren. Und wenn Ihnen der Hintern so wehtut, dass Sie nicht mehr sitzen können, ist es zu spät.«

Waldemar verzog spöttisch das Gesicht.

»Junge, du wirst tagelang Blut scheißen!«

Waldemar stand auf, trat ans Fenster und sah hinunter aufs Pflaster. Lohkamp stützte seine Hände auf die Tischplatte und stemmte den rechten Fuß gegen den Boden, um schnell genug zu sein. Aber Waldemar drehte sich wieder um.

»Nicht schlecht«, sagte er. »Nennt man so etwas Schocktherapie?«

Lohkamp zog die Schultern hoch: »Die Schocktherapie verpassen dir die Knackis.«

»Sollen wir nicht lieber beim Sie bleiben?«

Er kapiert's nicht, dachte Lohkamp. Wie kriege ich den Burschen nur?

Aber der Bursche ließ ihm keine Zeit, sondern griff selbst an: »Haben Sie jeden Mörder gekriegt?«

»Meinen Sie die gesamte Kriminalpolizei oder nur mich?«

»Beides.«

»Die Polizei kriegt achtundneunzig Prozent aller Mörder.«

»Und Sie?«

Teufel auch! Habe ich wirklich alle gekriegt? Er schüttelte den Kopf: »Nicht alle. Einige konnten abhauen, andere haben sich vorher umgebracht. Aber es wurden alle Fälle gelöst, an denen ich beteiligt war.«

»Sehen Sie?«

»Was?«

»Sie sind eben doch ein guter Polizist. Da brauche ich doch gar nichts zu sagen. Wenn Sie Ihre Arbeit gut machen, stellt sich zwangsläufig heraus, dass es ein anderer war und ich unschuldig sein muss. Dann können wir auf das Alibi scheißen.«

Ein Witzbold, dachte Lohkamp, steckte sich eine an und machte weiter.

»Kriege ich auch eine?«, meldete sich Waldemar.

Scheiße, dachte Lohkamp, ist er Raucher oder Nichtraucher? Er blickte schnell auf die Hände des jungen Mannes, aber Waldemar hatte seine Fingerkuppen versteckt.

»Nein«, sagte Lohkamp. »Ich verdiene mein Geld nicht, um es anderen Leuten zu schenken ...«

Als Eulenstein um fünf vor eins den Raum betrat, atmete der Hauptkommissar erleichtert auf: Waldemar Borodjuk war ein angenehmer Plauderer, aber wenn es um den konkreten Fall ging, biss man auf Granit.

»Und?«, fragte sie.

»Viel Spaß«, sagte er und ging ins Nebenzimmer, wo Hardenberg wartete und ihm als Erstes einen Kaffee anbot.

Lohkamp schloss die Tür und setzte sich: »Danke. Kann ich brauchen. Haben Sie mitgehört?«

»Die letzte Stunde. Harte Nuss, der Bursche.« Hardenberg goss ihm den Kaffee ein. »Frau Eulenstein will einen Haftbefehl. Sie müssen den Antrag unterschreiben.«

Der Hauptkommissar setzte seinen Namen unter das Papier, ohne es wirklich zu lesen: »Vielleicht bringt eine Woche in der *Krümmede* ihn doch zur Besinnung.«

»Weiß nicht«, meinte Hardenberg. »Der quatscht jeden tot.«

»Danke«, sagte Lohkamp. »Also: Wie sieht's aus? Haben Sie das Tagebuch?«

»Das ist nicht mehr da.«

»Bitte?«

»Nein, es liegt beim PB II.«

Ungläubig starrte Lohkamp den Hauptmeister an, aber der grinste hilflos.

»Haben Sie wenigstens die Adressen aus dem Notizbuch gecheckt?«

»Ja. Die meisten sind harmlos. Aber zwei stehen im Computer: einer wegen Drogen, der andere ist irgendwie in einen Betrugsfall verwickelt. Die Ermittlungen laufen noch.«

»Um was geht's dabei?«

»Raubkopien von CDs. *Nirvana* und noch härteres Zeug.«

»Für unseren Fall von Belang?«

Hardenberg zögerte, doch Lohkamp drängelte: »Sie haben sich doch schon dasselbe gefragt. Also?«

»Nein!«

Der Hauptkommissar nickte erfreut: »Sehen Sie, das ist doch eine klare Antwort. Also können wir die Adressen vergessen?«

»Auch nicht.«

Lohkamp sah ihn fragend an.

»Mir ist etwas Merkwürdiges passiert: Ein Name war dabei, den gab der Computer nicht frei. Verlangte ein Codewort für die Zugriffsberechtigung. Aber das konnte mir keiner geben.«

»Ach du Scheiße!«, sagte Lohkamp.

»Wissen Sie, was das bedeutet?«
»Ja. Und nein. Es gibt da verschiedene Möglichkeiten.«
»Eine Quelle von uns?«
Der Hauptkommissar zögerte, dann schüttelte er seine Locken: »Wohl kaum. Dann hätten Sie einfach einen negativen Befund bekommen und den Mann wieder vergessen ... Wie heißt der Mensch denn?«
»Lukas Nagel.«
Lohkamp dachte nach, fand aber nichts: »Nie gehört.«
Er schnappte sich das Telefon, suchte in der Liste nach der passenden Nummer und fragte dann nach der Kollegin Hell.
»Staatsschutz? Meinen Sie, die wissen was?«
»Mehr, als Ihnen lieb ist ... Morgen, Lohkamp hier.« – »Ja, gut, Mittag. Zwei Fragen, Frau Kollegin ...«
Er drückte die Taste zum Mithören. »Der Fall Alexander Klink. Was ist mit dem Tagebuch? Wir sind seit Tagen da hinterher.«
»Wir sollen das haben?«
»Meinte mein Kollege.«
»Die zweite Frage!«
Lohkamp rollte die Augen und hob den ausgestreckten Mittelfinger, aber Hardenberg fasste sich an die Stirn und schüttelte dann demonstrativ den Kopf.
»Nagel, Lukas. Der Computer verlangt einen Code.«
»Bei uns auch, lieber Kollege. Bei uns auch. Aber wir arbeiten dran.«
»Schön«, sagte Lohkamp. »Genauso schnell wie an den Berichten über die Befragung der Punker?«
Ihre Stimme wurde entschiedener: »Bitte keine Ironie! Wir sind verdammt unterbesetzt und haben folglich die meisten Überstunden.«
»Behauptet jeder. Glaube ich aber nicht. Und Sie haben doch seit dem Fall der Mauer nur noch halb so viel zu tun.«
»Solch ein Quatsch!«, fauchte sie. »Sie haben von unserer Arbeit wirklich keine Ahnung.«
»Stimmt. Aber dafür sind Sie ja über unsere Arbeit informiert, hoffe ich.«

»Wie soll ich denn das verstehen?«

Lohkamp zögerte, dann sagte er: »Nun, die Berichte über unsere Arbeit gehen sogar an die Presse. Ihre dagegen kursieren nicht mal im Haus.«

»War schön, mit Ihnen gesprochen zu haben.«

»Ebenso. Also: Treffen wir uns in der Frage Tagebuch beim Prä...«

In der Leitung ertönte ein leises »Klick«. Die Verbindung war tot.

»Jetzt brauche ich wirklich einen Schnappes«, sagte Lohkamp. »Wo ist Ihre Flasche?«

Hardenberg goss beiden einen Doppelten ein und hob sein Glas: »Heißt das, wir haben Feierabend?«

Lohkamp blickte auf die Uhr: Es war inzwischen zwei Uhr. »Jau«, sagte er. »Bis Montag sollen die uns alle am Arsch lecken.«

60

Die verschiedenen Akteure verbrachten den Sonntag auf höchst verschiedene Art und Weise – wobei eine Umfrage, ob der Tag eher angenehm oder unangenehm war, eine wohl negative Gesamtbilanz erbracht hätte.

Hauptkommissar Lohkamp erwachte am Sonntag genervt und berufsmüde wie lange nicht mehr. Bis vier Uhr morgens hatte immer wieder sein Telefon geklingelt. Die ersten Anrufer hatten ihn während des *Aktuellen Sportstudios* gestört, vergaßen es aber, ihren Namen zu nennen und ein Anliegen zu formulieren.

Als Lohkamp zum ersten Mal die Metapher »Kameradenschwein« in den Gehörgang gebrüllt wurde, schaltete er den Anrufbeantworter ein und die Mithörfunktion aus. Dennoch bekam er es regelmäßig mit, wenn das Gerät ansprang und sich wieder abschaltete – und das Knacken verfolgte ihn noch in die Träume. Nur gut, dachte er am Sonntag beim Strohwitwer-Frühstück, dass Gaby übers Wochenende bei den Kindern ist.

Lohkamps Bochumer Kollegen konnten, sozusagen in seinem Windschatten, einen eher geruhsamen Tag verbringen. Hardenberg hatte die bessere Hälfte der Nacht in verschiedenen Diskotheken verbracht und schlief bis spät in den Nachmittag seinen Rausch aus.

Wesentlich aktiver verlief der Tag für Dagmar Eulenstein: Zum Mittagessen besuchte sie Schwester und Schwager und verbrachte den Nachmittag mit ihnen und den beiden Kindern im Dortmunder Tierpark – an einem Ort, den man am Wochenende bei gutem Wetter tunlichst meiden sollte, da er wegen des Besucherandrangs eine Menge von seiner Friedfertigkeit einbüßte.

In der Konsumstraße war alles wie früher – und doch ganz anders. Als Rentner Helgoland auf seinen Golf zulief, um für sich und die Kinder ein paar Frühstücksbrötchen einzukaufen, stutzte er – irgendwie lag der Wagen tiefer als sonst. Zehn Sekunden später fand er den Grund: Alle Reifen waren platt.

Auch auf der ›bösen‹ Seite der Konsumstraße gab es eine Veränderung. So wollte einer der Umsiedler an diesem Morgen mit seiner Familie zu einem Sonntagsausflug starten, musste jedoch entdecken, dass sein blauer Vectra über Nacht die Farbe gewechselt hatte: Während im vorderen Drittel jetzt ein schmuddeliges Weiß dominierte, war das Dach von gelben Streifen überzogen, die auf dem Heck in eher unästhetische orange-rote Flecken übergingen. Die Art, in der man die Malaktion durchgeführt hatte, verbot es, im selben Atemzug von deutscher Qualitätsarbeit zu sprechen.

Unberührt von dieser Aufregung fuhr gegenüber Familie Sawitzki vierköpfig zur Kirche, um voller Andacht eine Predigt über die Gleichheit aller Menschen vor dem Thron des Höchsten zu hören.

Abgang und Rückkehr der Frommen wurden wie immer von zahlreichen Siedlern verfolgt und kommentiert. Die Hundefraktion stand die ganze Zeit tratschend an der Einfahrt der Stichstraße; Herr Diesel entschloss sich ausgerechnet am heiligen Sonntag etwa ein Drittel des Unkrauts aus seinem Vorgarten zu beseitigen, und Scheppmanns infantiler Untermieter liess rund sechzig Minuten lang sein neues Modellauto per Fernsteuerung im Wendehammer herumjagen – bis es irgendwann doch aus der Kurve flog und mit dem im Wendehammer abgestellten Wagen seines Vermieters letal kollidierte.

Beiden Seiten der Konsumstraße war gemeinsam, dass sich je eine Familie vollkommen von den Sonntagsritualen fernhielt: Weder von der Familie Borodjuk noch von den Klinks war jemand unter freiem Himmel zu sehen.

Die MitarbeiterInnen der Filmfirma PEGASUS sollten den Sonntag in höchst unterschiedlicher Erinnerung behalten. Susanne war, wie so oft, einfach weggetaucht und ging irgendwelchen höchst privaten Neigungen nach, die Mager nie hatte richtig ergründen können. Bei ihrer Mutter war sie dabei, wie der Kameramann von diversen Suchaktionen wusste, nur höchst selten anzutreffen. Auch der Verdacht, sie könnte ein heimliches Verhältnis mit einem liebenswert abgewrackten Privatdetektiv aus Münster unterhalten, hatte sich längst als Hirngespinst erwiesen. So blieb Mager, wenn er wirklich einmal darüber nachdachte, nur der Argwohn, sie könnte sich die Streicheleinheiten, die jedes Lebewesen hin und wieder braucht, bei dem ehemaligen PEGASUS-Mitarbeiter Holger Saale holen. Nachdem Saale aber zu einem in Köln ansässigen Privatsender desertiert war, hätte der Kameramann eine Liaison mit dem Abtrünnigen als einen solchen Abgrund von Firmenverrat betrachtet, dass er der Frage lieber nicht weiter nachging, sondern das Problem einfach verdrängte.

An diesem Wochenende hatte der Bärtige ohnehin keine Zeit, sich um etwas so Nebensächliches zu kümmern: Er war voll damit beschäftigt, sich seinen zukünftigen Schwiegereltern von der bestmöglichen Seite zu präsentieren.

Dieses Abenteuer begann damit, dass Karin ihren Verlobten am Samstag in die Innenstadt schleppte, um ihm ein neues Outfit zu verpassen. Als sie Stunden später mit Sakko, Hemd, Krawatte und neuen Schuhen zurückkehrten, fühlte sich Mager so zerschlagen, als hätte er sich in einem Überlebenstraining mit der Machete durch einen unerforschten

Dschungel gekämpft. Nachts wurde er von Alpträumen überfallen, die derart heftige körperliche Reaktionen auslösten, dass Karin sich, um Nasenbein und Rippen in Sicherheit zu bringen, mit einer Flasche Rotwein auf die Couch zurückzog; von dort aus konnte sie miterleben, wie neben dem Bett nacheinander die Leselampe, der neue Radiowecker und schließlich der gesamte Nachttisch in Einzelteile zerlegt wurden.

Nachdem Mager am Sonntag einige Kubikmeter Kaffee und Duschwasser vergeudet hatte, verbrachte er mehr als eine Stunde vor dem Spiegel, um der neuen Krawatte einen halbwegs akzeptablen Knoten zu verpassen. Als die dabei aufkommenden Wutanfälle und Schweißausbrüche endlich durchlitten waren, sprühte er sich eine halbe Flasche Deo unter das Hemd, bevor er sich unter Karins Augen traute: »Na?«

»Schön«, sagte sie, nachdem sie den Krawattenknoten begutachtet hatte.

»Wirklich?«

»Ja«, nickte Karin. »Die Henker von Blackmoore brauchen Jahre, bis sie solche Knoten können ...«

Das Mittagessen bei Karins Eltern verlief dann erstaunlich komplikationslos und harmonisch. Die Konversation war leicht und locker, die Rouladen zart und saftig, und der Cognac, den Vater Jacobmayer anbot, so mild, dass alle erstaunten, wie schnell zwei Männer ein solches Fläschchen leeren konnten.

»Wirklich, er ist mir sehr sympathisch«, sagte die Hausherrin, als Karin ihren Auserwählten auf dem Beifahrersitz des Astra festgeschnallt hatte.

»Aber?«, fragte die Tochter.

»Naja«, sagte die Mutter und warf einen letzten Blick auf den Soßenfleck an Magers Jackenärmel und die in Frühlingssuppe getränkte Krawatte. »Ich wollte mir ja schon lange ein neues Tischtuch kaufen. Und Schokoladenpudding in einem Wollteppich sind auch kein wirkliches Problem. Aber ...«

»Ja?«

»Schade ist es nur um das Tablett mit den Suppentassen – Oma hat sie vor vierzig Jahren in London gekauft ...«

So kam es, dass nur Kalle und Simone den Tag ohne jede Einschränkung genießen konnten. Und sie taten das so extensiv, dass sie Bett, Teppich und Wanne, die drei Hauptschauplätze ihrer Aktivitäten, nur zum Wechseln der Platten und für die hygienisch unerlässlichen individuellen Verrichtungen verließen.

61

»Morgen, Darius!«

»Mojn auch. Hasse Mathe?«

Florian Rosenholz nickte. Wie an so manchem anderen Tag, machte er sich zusammen mit Darius Scheppmann um zehn vor acht auf den Schulweg zum Schiller-Gymnasium.

»Aber die Matheaufgaben sind diesmal ziemlich lang – in einer Pause schaffst du das nicht.«

»Abwarten. Vielleicht haben wir ja in Deutsch wieder Vertretung ...«

Eigentlich trennte die beiden jungen Männer ein Weltraum: Der muntere Darius interessierte sich lebhaft und leidenschaftlich für Frauen, Fußball und *Fiege*-Bier, der blasse Florian lebte für und mit Schiller, Schach und Stochastik. Nicht einmal über Musik konnten sie vernünftig reden: *Die fantastischen Vier* waren doch zu weit von Florians geliebten Streichquartetten entfernt. Aber dennoch – oder gerade deswegen – mochten sie beide diesen Kilometer Fußmarsch: Er bildete ihre einzige wirkliche Gemeinsamkeit.

»Schon gehört? Karstadts Katze lag heute Morgen auf der Fußmatte. Corinna hat sie gefunden, als sie die Zeitung reinholte.«

»Aber die Katze liegt doch öfter da. Immer, wenn ich ...«

»Mensch, die hatte den Bauch aufgeschlitzt.«

Florian schwieg erschüttert: Wer konnte so etwas tun?

»Aber die Russen drüben werden sich heute Morgen auch gewundert haben.«

Der junge Rosenholz merkte auf: »Wieso das?«

»Naja, beim Frühstücksfernsehen blieb bei den meisten wohl der Bildschirm dunkel.«

»Hat man denen jetzt den Strom abgeschaltet?«

»Mensch, bist du blöd. Heute Nacht hat denen jemand die Satellitenschüsseln verbogen.«

»Und woher weißt du das?«

Darius stöhnte: Manchmal war der Typ wirklich zu bescheuert, um eins und eins zusammenzuzählen.

Als sie die Pommesbude an der Ecke Königsallee passierten, schauten sie beide automatisch zu dem schmalen Grasstreifen hinüber, auf dem der Mord passiert sein musste. Das Absperrband, das zwei Tage lang dort gespannt gewesen war, war wieder verschwunden, aber sie würden nie wieder ohne einen beklemmenden Blick zur Seite an der Stelle vorbeigehen können.

»Weiß die Polizei etwas Neues über den Mord?«

»Keine Ahnung. Mein Vatta hat damit sowieso nix zu tun. Und wenn – der würde nichts erzählen.«

Beinahe automatisch liefen sie die Königsallee hinunter.

»Was ist eigentlich mit dir los?«, fragte Darius. »Du bist sonst nicht so still.«

Im ersten Moment war Florian spontan versucht, Darius alles zu erzählen, was ihn seit einer Woche beschäftigte – ohne Namensnennung natürlich. Aber dann fiel ihm ein, dass er zu Hause gelernt hatte, andere Menschen nicht mit den eigenen Problemen zu belasten. Und ein Problem war die Sache ja: Ob Marie-Luise ihn liebte?

Tief in Gedanken der eine, den Blick neugierig auf dessen Gesicht gerichtet der andere, so liefen sie auf die Bushaltestelle am Werk Eickhoff zu. Das durchsichtige Wartehäuschen verschwand fast unter den Blättern der Grünanlage, hinter der sich die Firmengebäude versteckten. Zehn, zwanzig Schritte noch, und die beiden Jungen hatten die große Kreuzung mit der Wasserstraße erreicht.

In diesem Augenblick wurde ihnen der Weg jäh versperrt: Vor ihnen stand eine Mauer aus sechs bis acht jungen Männern; deren Kleidung entsprach nicht unbedingt den Standards der Hausbesitzerkinder, ihre Sprache noch weniger – und die Umgangsformen waren in diesem Augenblick von völlig anderen Kommunikationsbedürfnissen geprägt. Ungeachtet des Stroms der Kraftfahrzeuge, der an ihnen vorüberfloss, brach diese Mauer plötzlich über Florian und Darius zusammen.

Als die beiden Jungs endlich aus dem Gebüsch krochen, hatten sie Aussehen und Auftreten verändert: Ihre Frisuren waren verdorben, ihre Kleidung lädiert, die Nasen bluteten, Darius fehlte eine Zahn, und die Blutergüsse in den verschiedenen Bereichen ihres Körpers konnte man erst nach dem Duschen zählen.

62

»Schießen Sie los«, sagte Westhoff und sah Lohkamp neugierig an.

»Wir brauchen Ihre Hilfe ...«

»Gegen wen?«, fragte der Chef des Elften in einem Ton, der Lohkamp am Erfolg der Mission zweifeln ließ. Einerseits war die Frage so entschlossen formuliert, als wollte der Pensionsanwärter sich wie ein Leitwolf auf alle stürzen, die seinem Rudel zu nahe kamen. Doch gleichzeitig schwang ein mitleidheischender Unterton mit – als wollte der Alte darum bitten, gut zwei Wochen vor seiner letzten Schicht nicht mehr mit irdischen Dingen belästigt zu werden.

»PB II«, beschied ihn Lohkamp ebenso knapp. »Die Parteibuchforscher behindern unsere Arbeit in zwei wichtigen Punkten ...«

Westhoff hörte sich den Vortrag an und nickte hin und wieder auch, um Lohkamp zu zeigen, dass er aufmerksam folgte. Aber der geringschätzige Zug in den Mundwinkeln verdeutlichte, dass ihn die Sache eher langweilte. Als Lohkamp den Mund schloss, atmete der Chef erleichtert auf.

»Das Tagebuch – ist das wichtig?«

Er hat ja doch zugehört, dachte Lohkamp und sagte: »Das weiß man immer erst, wenn man es gesehen hat.«

»Und dieser Glatzkopf?«

»Wichtiger Zeuge.«

Scheinbar nachdenklich kraulte Westhoff den dünnen Haarkranz, der seinen Schädel wie ein Geländer umrundete, und senkte seine Hakennase: »Nun gut. Sie hören von mir. Schönen Tag noch ...«

Wieder im Vorzimmer, fiel Lohkamp auf, was ihn so gestört hatte: Westhoff hatte zwar zugehört, sich aber nichts aufgeschrieben. Vermutlich hatte der Mann in fünf Minuten schon wieder vergessen, dass der Gastarbeiter aus Recklinghausen jemals bei ihm war.

Im Büro hatte Eulenstein wieder den witzigen Waldemar in der Mangel. Er wirkte an diesem Montag genauso unbekümmert und gut gelaunt wie zwei Tage zuvor. Das Wochenende in der *Krümmede* schien er gut überstanden zu haben. Und wenn man ihm nur eine Minute zuhörte, wurde klar, dass er die Untersuchungshaft als das größte Abenteuer seit seiner Ankunft in Deutschland betrachtete.

»Ihr Kollege«, verriet er der Kommissarin, »hat versucht, mir richtig Angst zu machen. Aber die Leute da sind nett zu mir. Ein paar haben mir auf die Schulter geklopft und gesagt: Ist schon okay, Bursche – an seine Schwester lässt man eben nicht jeden ran.«

»So war's doch auch«, konstatierte Eulenstein, doch der Knabe war zu ausgeschlafen, um in eine solche Falle zu tappen: »Ach, hören Sie auf. Ich war's wirklich nicht und werde nie etwas anderes sagen. Aber der da ...« Er deutete auf den Hauptkommissar und grinste. »Der da soll endlich seine Arbeit machen.«

Nach einer Stunde gab es die Kommissarin auf: »Der ist noch nicht weich gekocht. Der scheint wirklich noch an den Sieg der Gerechtigkeit zu glauben – und daran, dass sie wie ein Geschenk vom Himmel fällt.«

»Also glauben Sie auch nicht mehr, dass er ...«

Eulenstein zögerte mit der Antwort, dann ließ sie erstmals ihre Karten sehen: »Warum verrät er nicht, wo er angeblich war? Eine vernünftige Antwort – und ich bin von seiner

Unschuld überzeugt. Ich fürchte nur, er probt hier für die Schauspielschule.«

Lohkamp steckte sich eine Zigarette zwischen die Lippen und zündete schon das Feuerzeug, als ihm ihre Vereinbarung einfiel. Er blickte auf die Uhr, seufzte und steckte das Plastikteil mit dem Feuerstein wieder weg. Die Zigarette blieb jedoch, wo sie war.

»Mal angenommen, er war's tatsächlich nicht«, sagte er.

Die Eule sog heftig Luft ein.

»Wer könnte uns dann noch weiterhelfen?«

Die Lösung war leicht: der ominöse zweite Mann, der zusammen mit Alexander Klink festgenommen worden war.

»Und?«, fragte sie.

»Jetzt warte ich auf Hardenberg ...«

Der Hauptmeister kam eine halbe Stunde später. Er zog das Foto des Glatzköpfigen aus der Jackentasche und wedelte damit in der Luft herum: »Das ist Lukas Nagel. Wohnt in Hattingen, Bahnhofstraße. Und er war am Mordabend mit Alexander Klink in der Kneipe ...«

63

Gegen Mittag kämpften sich Kalle und Simone Meter um Meter durch die Dauerstaus, die den *Eindhoven-Randweg* so unvergesslich machten. Ursprünglich als Umgehungsstraße konzipiert, erwies sich die fertige Autobahn als moderner Ersatz für Stadtmauern und Wagenburgen: Wer schon vor der Stadt einen erschreckenden Einblick in die Abgründe seiner Seele gewinnen konnte, ging nicht mehr das Risiko ein, im Zentrum der Ortschaft einen Schaden fürs Leben einzufangen.

»Endlich«, stöhnte das Mädchen, als sie die Zufahrten zur Stadt endlich im Rückspiegel sahen. »Ich dachte schon, wir müssten unseren Rentenantrag per Handy stellen.«

»Geht nicht«, grinste Kalle. »So lange hält die Batterie nicht vor.«

Mit hundertzwanzig strebten sie weiter westwärts, aber gemütlich wurde es auch bei diesem Tempo nicht: Die Lastzug-Piloten der Niederlande fuhren an diesem Tag um den Ehrentitel ›Brutalster Fahrer des Jahres‹ und nahmen es offenbar achselzuckend in Kauf, wenn dabei ein paar Pkw-Fahrer ihre letzten Nerven ließen.

»Wenn ich dich mal ablösen soll«, meinte Simone, doch Kalle schüttelte den Kopf. Ausgerüstet mit einem PEGASUS-Handy, Susannes EC-Karte und Karins neuem Astra sollten sie in Middelburg und Umgebung nach Lukas Nagel suchen. Und vorerst fühlte er sich noch völlig fit.

»Nächstes Ziel?«, fragte er.

Simone befragte den Routenplan, den sie sich ans Armaturenbrett gepappt hatten: »Richtung Tilburg, dann nach Breda – und von dort aus immer auf Vlissingen zu ...«

Eine Stunde später hatten sie die Staus von Etten-Leur, die Schallschutzwände von Rozendaal und die Steilwandkurve von Bergen op Zoom passiert. Die Autobahn wurde langsam leerer, und als sie nach einem letzten Richtungswechsel auch noch den Verkehr nach Antwerpen abgeschüttelt hatten, besaßen sie die Piste fast für sich allein. Vorsichtig drückte Kalle das Gaspedal etwas tiefer. Für zehn Kilometer mehr, als das holländische Limit es zuließ, würde die Rijkspolitie ihm nicht gleich den Fleppen abnehmen.

»Wir müssen schon ganz nah am Meer sein«, sagte Simone plötzlich.

Kalle riskierte einen Blick in die Runde: weite Wiesen mit Kühen und Pferden, ein paar einsame Pappeln und Weidenbäume, ein Bahndamm, der parallel zur Betonspur den Sonnenuntergang überholen wollte – aber von Dünen und Strandpavillons keine Spur.

»Das Licht wird anders, der Himmel sieht viel höher aus. Und dann liegt da irgendwas in der Luft, das ...«

Kalle warf ihr einen misstrauischen Blick zu, doch Simone lachte: »Frei nach Tucholsky. Aber wo er Recht hat ...«

»Schon okay«, fand Magers Sohn. »Aber die meisten Autonomen, die ich kenne, würden so etwas nicht laut sagen. Viel zu uncool.«

»Ich bin aber nicht die meisten.«

»Zum Glück!«, grinste Kalle. »Zum Glück.«

Er ließ sich tiefer in die Polsterung sinken und zog die Sonnenblende etwas weiter herunter. Nur noch mit der Linken steuernd, legte er Simone sacht die rechte Hand aufs Knie und spürte, wie sich ihre Muskeln spannten. Auch Simone tastete sich heran und suchte einen bequemen Platz für ihren Unterarm. Kalle war mit ihrer Wahl voll einverstanden. So hätte er noch stundenlang weiterfahren können. Irgendwann würde der Highway in den Fluten versinken und bevor das Wasser über ihnen zusammenschlug, würde er noch eine Kassette in den Schacht schieben: REM mit *Nightswimming* ...

»Müssen wir nach Vlissingen rein?«, fragte er etliche Kilometer später.

Simone warf einen Blick auf den Spickzettel und schüttelte den Kopf: »Middelburg kommt früher. Am besten nehmen wir die Abfahrt Veere, hat euer Routenplaner gesagt.«

Von der Autobahn führte der Weg direkt durch die Vorgärten einer Reihe niedriger Häuser. Sie schienen älter als das sterbende Jahrhundert zu sein und sahen so aus, als hätte man die Armut der Bewohner wie einen Schornstein gleich mit eingebaut.

»Sonne Bude könntest mir schenken«, meinte Kalle, »aber ...«

Die Reifen quietschten und der linke Fahrbahnrand kam plötzlich ganz nahe. Kalle riss den rechten Arm hoch und packte zu. Ein heftiger Tritt auf die Bremse, ein kurzes Schlingern, aber dann schaffte Magers Sohn es doch noch, die enge Kurve auf dem vorgesehenen Weg zu verlassen.

»Wieso nicht? Die Häuser sind doch klasse«, nahm Simone seine Überlegung wieder auf.

»Diese Hundehütten?«

»Genau. Wenn man jede Woche vom Wohnzimmer aus ein paar schöne Unfälle zu sehen bekommt.«

Einen Kilometer weiter befanden sie sich nach einer scharfen Linkskurve plötzlich zwischen der Bahnlinie nach

Vlissingen und dem Kanal, der von Veere nach Vlissingen quer durch die Insel Walcheren führte. Jenseits der gekräuselten Wasserfläche erhob sich eine Art holländisches Disneyland: Am Ufer hatten ein schmucker Ausflugsdampfer und ein altes Kriegsschiff festgemacht, den malerischen Hintergrund bildete eine imposante Häuserfront. Rechts gab es ein paar Wohnblöcke neueren Datums, deren Fassaden auf witzige Weise von Balkonen und Geländern aufgelokkert wurden; links schlossen sich gut zwei Dutzend verschnörkelte Bauten aus einer Epoche an, die man in Deutschland Gründerzeit nannte. Das mit viel Stuck verzierte Eckhaus an der Durchfahrt zur Altstadt erwies sich als ein Hotel von nostalgischer Vornehmheit – hätte es *Imperial* geheißen, wäre Kalle weder verwundert noch empört gewesen.

»Schön«, hauchte Simone. »Komm, das nehmen wir. Und wenn's nur für eine Nacht ist.«

Die rote Ampel vor dem Bahnhof gab ihnen Gelegenheit, einen Blick auf den Stadtplan zu werfen, den ihnen das Fremdenverkehrsbüro zugefaxt hatte: Der vierstöckige Prachtbau lag nahe genug am Zentrum, so dass sie von hier aus ihre Suche starten konnten.

»Also los«, sagte Kalle. »Wenn mein Vatta für die Firma unterwegs ist, steigt er auch nicht in der Jugendherberge ab.«

Er lenkte den Wagen über die schmale Brücke und suchte eine freie Parkbucht. Mit leichtem Gepäck enterten sie das Hotel und bauten sich vor der Rezeption auf, wo ein würdiger Herr mit dem Gehabe eines Chef-Butlers residierte. Falls er mit dem Outfit seiner neuen Gäste unzufrieden war, so ließ er sie das mit keiner Silbe spüren – aber als Kalle zwei Hundert-Gulden-Scheine als Anzahlung auf den Tresen blätterte, schien er doch um eine Sorge ärmer zu werden. Er verwahrte das Geld schneller in der Kasse, als seine Wimpern zucken konnten.

»Und jetzt?«, fragte Simone, als ihre Taschen auf dem Teppichboden gelandet waren.

Kalle genoss noch stumm das Ambiente: Fast drei Meter hohe Decken und dezent gemusterte Tapeten, darunter ein üppiges Doppelbett, Farbfernseher und Minibar. Als er die Nasszelle inspizierte, entdeckte er neben dem Üblichen eine Badewanne, in der eine holländische Durchschnittsfamilie alle drei Kinder gleichzeitig desinfizieren konnte.

»Erst mal eine Runde planschen«, schlug er vor. »Und dann nehmen wir unten unseren Kaffee ...«

Simone brauchte nur Sekunden, um all die Kleidung loszuwerden, die sie in der Wanne nur behindert hätte. Aber dann zog sie Kalle in eine ganz andere Richtung: »Das Wichtigste hast du glatt vergessen ...«

64

Falls Lohkamp jemals Lust und Zeit haben würde, seine Memoiren zu schreiben – die Polizeiwache Hattingen würde darin keinen Ehrenplatz bekommen. Wann immer der Hauptkommissar in den letzten zehn, zwölf Jahren dort zu tun hatte, war er vor allem auf Inkompetenz und Selbstherrlichkeit gestoßen. Und als wollten sie seine Erfahrungen um ein neues Kapitel derselben Art bereichern, lauerten ihm auch diesmal die Herren Kollegen Lusebrink und Haggeney auf. Nach Lohkamps tiefster Überzeugung waren diese beiden Strauchdiebe nur deshalb Polizisten geworden, um ihre Mitbürger ungestraft herumschubsen und schikanieren zu können.

»Sie können hier nicht parken«, dröhnte Lusebrink in einem erstaunlich akzentfreien Hochdeutsch, als Hardenberg den Vectra einfach neben die Streifenwagen mit dem Kennzeichen des Kreises EN stellte.

Der Hauptmeister blickte den Hauptkommissar unsicher an, doch der schüttelte kaum merklich den Kopf.

»Wir müssen Ihnen sonst ein Knöllchen verpassen«, steigerte Lusebrink sein Programm.

»Versuchen Sie's«, nickte Lohkamp. »Aber die nächste Versetzung geht wirklich nach Krauthausen ...«

Man konnte Lusebrink ansehen, wie er in seinem Gedächtnis blätterte, aber Lohkamp ließ ihn mit diesem Problem allein. Stattdessen betrat er die Wache, zeigte seinen Dienstausweis und ließ sich den Weg zu den Kollegen der örtlichen Kripo zeigen: »Wohnung Nagel. Was war da los?«

Minuten später hatte er den Bericht über den mutmaßlichen Einbruch gelesen und musste ein Grinsen unterdrükken: Familie Mager versuchte es noch immer auf dieselbe Tour.

»Und? Zeigen Sie die jungen Leute an?«

Der Kollege breitete hilflos die Arme aus: »Wir müssen erst den Inhaber der Wohnung befragen. Kann ja sein, dass die Version der beiden wirklich stimmt.«

»Und: Was haben Sie getan, um diesen Lukas Nagel zu finden?«

»Was schon?«, fragte der Mann zurück und deutete auf den Stapel Akten auf seinem Schreibtisch. »Ich habe bei den Bunten angerufen. Da ist er so eine Art Verwaltungshilfskraft. Verdient sich ein paar Pfennige dazu, indem er denen den Bürokram erledigt. Aber die haben ihn auch seit Tagen nicht gesehen.«

»Und die Epilepsie?«

»Habe ich auch gefragt. Man hat mich süffisant auf den Datenschutz hingewiesen.«

Lohkamp seufzte. Dann sah er den Kollegen an: »Okay. Ich will die Wohnung sehen.«

Der Mann nickte und händigte ihm gegen Unterschrift einen Schlüsselbund aus.

»Und geben Sie mir diese beiden Pfeifen mit, die den Vorgang aufgenommen haben.«

»Lusebrink und ...«

»Haggeney.«

»Sie kennen die beiden?«

»Leider. Im Kreis Recklinghausen dürften die nicht mal als Schleusenwärter arbeiten. Die würden über Nacht ganz Norddeutschland unter Wasser setzen ...«

»Sofort. Ich lasse die Kollegen rufen.«

Die beiden Polizisten aber waren samt ihrem Streifenwagen verschwunden. Offenbar hatte sich Lusebrink doch noch daran erinnert, woher er Lohkamp kannte, und seinen

Fahrer vorsichtshalber so weit von der Wache wegdirigiert, wie es dienstlich gerade noch vertretbar war. Die Leitstelle musste sie schließlich aus dem Stadtteil Niederwenigern zurückrufen, wo sie, dicht an der Stadtgrenze von Essen, einen Obdachlosen ausgesetzt hatten.

»Schlechtes Gewissen, was?«, fragte Lohkamp, als die beiden endlich wieder in der Bahnhofstraße aufkreuzten.

Lusebrink druckste herum – die Situation schien ihn zu überfordern. Schließlich sülzte er: »Wissen Sie, wenn wir gewusst hätten, dass Sie uns hier brauchen ...«

»Zuhören!«, schnauzte Lohkamp, damit erst gar keine Vertraulichkeit aufkam. »Ihr zeigt uns jetzt die Wohnung, in der ihr letzten Freitag die jugendlichen Einbrecher festgenommen habt.«

»Machen wir!«, strahlte der Streifenführer. »In dreißig Sekunden sind wir da.«

Skeptisch blickte der Hauptkommissar auf die Sammlung von Speckgürteln, die Lusebrinks Dienstjacke wölbten, aber der Mann hatte nicht zu viel versprochen: Er legte die zweihundert Meter mit dem Streifenwagen zurück.

»Da oben isses!«, brummte er und deutete zum Dach des früheren Amtsgerichts hinauf. Noch hegte er die Hoffnung, Lohkamp und Hardenberg würden ohne ihn und seinen Fahrer auskommen, aber der Besucher kannte keine Gnade: »Ihr geht voran.«

Keuchend schleppte sich Lusebrink die Treppen ins Obergeschoss hoch, während er mit leisem Brabbeln sein Schicksal verfluchte, Lohkamp jemals begegnet zu sein. Als er vor einer versiegelten Tür Halt machte, troff sein speckiger Nacken vor Schweiß.

»Öffnen«, befahl der Hauptkommissar und gab dem Mann die Schlüssel, die er auf der Wache erhalten hatte. Lusebrink reichte sie sofort an Haggeney weiter: »Tu, was er sagt!«

Umständlich schloss der kantige Karl-Heinz Haggeney die Tür auf. Physisch schien er etwas fitter als sein Streifenführer zu sein, dafür entsprach seine geistige Beweglichkeit höchstens der eines Holzklotzes.

Endlich hatte er es geschafft: »Bitte, Herr ...« Er brach seinen Satz ab und starrte fassungslos in das große Zimmer, das hinter der Tür lag.

»Was ist?«, fragte Lohkamp und drängte sich, da er dem Mann nicht über die Schultern sehen konnte, an ihm vorbei: Der Raum war leer.

»Vasteh ich nich«, murmelte Haggeney schließlich. »Gustav, du hass datt doch auch gesehn: Hier war Donnerstag noch 'ne richtige Müllkippe.«

Lusebrink nickte, zog mit erstaunlicher Schnelligkeit seine Waffe und lud durch: »Gib mir Feuerschutz, Kalla!«

Aber die dramatische Inszenierung änderte nichts an der Wirklichkeit: Die Müllkippe war verschwunden und in den hinteren Zimmern standen nur noch die Möbel samt allem Inventar, das aus Stoff, Plastik oder Metall war. Doch sie fanden keinen Fetzen Papier.

65

Nach dem dritten Mal lag Kalle japsend in den verschwitzten Laken und wollte nie wieder aufstehen. Simone kauerte, auf einen Ellenbogen gestützt, neben ihm und hauchte ihm ein paar Vorschläge ins Ohr, die aus Gründen des Jugendschutzes an dieser Stelle verschwiegen werden müssen. Da ihre verbalen Anträge unerledigt blieben, versuchte sie, Kalles Anatomie an ihrer verwundbarsten Stelle neues Leben einzuhauchen – doch es gab Stadien der Erschöpfung, gegen die auch eine ideenreiche Frau wie sie machtlos war.

»Hab ich dir doch gleich gesagt«, lachte er, als sie endlich aufgab. »Ich brauche erstmal 'nen ordentlichen Kaffee und was zu essen.«

»Verräter«, flüsterte sie. »Du hast noch einen Orgasmus gut.«

»Schreib ihn an. Bis ich wieder flüssig bin.«

»Männerpack!«

Frisch geduscht zogen sie schließlich durch die kurze Bahnhofsstraße in Richtung Zentrum, wo sie nach wenigen

Schritten auf den *Binnenhaven* stießen – eine der beiden ringförmigen Grachten, von denen die Altstadt fast vollständig umgeben war. An der Brücke stand einer jener Kioske, an denen kaum ein Holland-Urlauber vorüberkam. Auch Kalle legte ein Zweieinhalb-Gulden-Stück auf die blanke Theke und bestellte einen Matjes mit Zwiebeln. Als er die Schwanzflosse packte und den Fisch mit zurückgelegtem Kopf zwischen seine Kiefer sinken ließ, wandte sich Simone angewidert ab.

»Lecker«, sagte er anschließend und wischte sich Mundwinkel und Finger an einer Serviette ab. »Erst am Matjes spürst du, dass du wirklich in Holland bist.«

»Ich spüre es nicht, ich rieche es«, korrigierte sie. »Glaub ja nicht, ich würde dich heute noch mal küssen.«

»Abwarten!«

Er entsorgte die stinkende Serviette und deutete auf die mittelalterlichen Fassaden und die am Kai vertäuten Hausboote: »Ich weiß gar nicht, was du hast: So viel Romantik bietet die ganze Hattinger Altstadt nicht.«

»Kann sein. Aber dafür lassen wir wenigstens die Heringe leben.«

»Welche? Die in der Ruhr?«

Kichernd überquerten sie Brücke und *Houtkaai* und gerieten bald auf die *Lange Delft*, die Haupteinkaufsstraße.

»Wohin jetzt?«

»Keine Ahnung ...«

Vom Strom der Fußgänger wurden sie nach rechts gespült und entdeckten an der nächsten Ecke mehrere kleine Cafés. Als Kalle auf das am nächsten liegende Haus zusteuerte, zog ihn Simone sanft in die schmale Gasse, die tiefer in die Altstadt führte: »Alte Regel: Nie den erstbesten Laden nehmen. Das sind nur Touristenfallen.«

Sie orderten Kaffee und Pfannkuchen und fielen ausgehungert darüber her. Anschließend breiteten sie den Stadtplan aus und überlegten, wie sie vorgehen sollten. Aber die Straßennamen sagten ihnen nichts, und der Grundriss der Stadt gab auch keine Auskunft, was sie in den einzelnen Straßen tatsächlich finden würden.

»Komm, lass uns einfach ein paar Runden drehen. Für den Überblick ...«

Zwei Stunden später saßen sie in einem kleinen, angenehmen Lokal, das gleich neben dem imposanten Rathaus lag und ihre Gäste gegen alle Trends mit Rock-Oldies verwöhnte.

»Wir suchen einen Bekannten. Einen Punk. Wissen Sie, in was für einer Kneipe wir ihn finden könnten?«, fragten sie den Wirt.

»Ein Punk?«, fragte der Mann, den Vokal wie ein ›Ö‹ aussprechend.

»Naja, so 'n halber«, schränkte Kalle ein.

Der Wirt überlegte genau so lange, wie er brauchte, um zwei Bier auf den Tisch zu stellen. Dann schoss er ein halbes Dutzend Namen ab, von denen sich Kalle vor allem einen merkte: *Rock Desert*. »Am anderen Ende von die *Lange Delft*. Da ist eine *groote plein* ...«

Kalle nickte: Hundert Meter vor jenem Platz hatten sie ihre Pfannkuchen vertilgt.

»Danke.« Er hob sein Glas und leerte es auf einen Zug – verdammt klein waren die Dinger. »Und bringen Sie uns noch zwei Bier.«

Nach der fünften Runde saßen Kalle und Simone noch immer im *Bommel* und erzählten sich ihr Leben.

»Was ich nicht verstehe«, bekannte er. »Wieso haben diese drei Bochumer, denen ich die Fotos gegeben habe, ausgerechnet eine Frau aus Hattingen angeheuert, um mich aufzugabeln und nach Wattenscheid zu bringen?«

Ein roter Schimmer stieg von ihrem Hals auf und breitete sich über Wangen, Nase und Stirn aus. Die starke Frau mit den breiten Schultern wirkte plötzlich sehr verwundbar.

»Nee«, sagte er, als sie noch immer nach den passenden Worten suchte. »Das glaub ich nicht.«

»Was glaubst du nicht?«

»Dass du mit einem von diesen Wichtigtuern ...«

»Allein sind doch viele Männer ganz nett. Aber im Dreierpack mit ihren besten Kumpels kannst du dieselben Kerle in der Pfeife rauchen.«

Darauf ging Kalle besser nicht ein.

»Außerdem frag ich dich doch auch nicht nach den Weibern, mit denen du mal was hattest.«

»Weiß ich, was noch kommt?«

»Scheißkerl.«

»Zicke.«

Sie sahen sich noch einen Augenblick fast feindselig an, dann prusteten sie los. Kalle beugte sich über den Tisch, doch Simone zog sich entsetzt zurück: »Fisch und Bier zusammen stinken erst recht!«

»Mimose.«

»Guck mal auf die Speisekarte. Vielleicht haben sie ja ein paar Zahnbürsten im Angebot.«

»Meine Rache kommt«, grinste Kalle. »Trotzdem noch eine ernsthafte Frage: Warum haben die drei ausgerechnet Lukas nicht gekannt?«

Sie schüttelte den Kopf: »Falsch. Sie haben dir nur die Namen von den Leuten gegeben, die damit einverstanden waren, dass ihr mit ihnen Kontakt aufnehmt. Das heißt nicht, dass sie Lukas nicht kennen oder nicht gefragt haben.«

»Und warum hast du mir den Namen gegeben?«

Sie zögerte, und er wartete geduldig, bis sie sagte: »Rache.«

»Wie bitte?«

»Ja. Er wollte mal Gesine anmachen. Hat ihr stundenlang in den Ohren gelegen. Hat aber nicht gezogen – und ist endlich wieder abgehauen.«

»Die Pointe?«

»Eine Stunde später haben die Bullen unsere Wohnung auf den Kopf gestellt.«

»Und?«

»In Gesines Zimmer lag plötzlich ein Päckchen Hasch ...«

»Arschloch!«

»Ja. Und der Rest passt auch. Bei den Bunten macht Nagel den Schreibkram und ist über alles informiert, was die planen. Außerdem taucht er immer da auf, wo es um Rassismus, Ausländerfeindlichkeit, Solidarität und so was geht.«

»Wovon lebt der eigentlich?«

»Hast du doch gesehen.«

»Von wem die Kohle stammt ...«

»Weiß ich doch auch nicht. Aber er spielt überall den Lauten: Weiß alles, gibt allen Ratschläge fürs Leben, ist immer vorne dabei. Und jetzt könnte er den Bullen endlich mal richtig einen reinwürgen. Doch was macht er? Er verpisst sich. Der große Held kneift. Ich würde gern wissen, warum.«

66

»Diese Russenbande!«, schimpfte Hugo Helgoland, als er die Rechnung für vier neue Reifen bezahlt hatte. Dann lud er seine Beute in den Wagen seines Schwiegersohnes und fuhr zur Konsumstraße zurück, wo sein Golf im Wendehammer aufgebockt war. Fluchend lud er ab und schraubte vorne rechts eine der neu bereiften Felgen an. Dann holte er das nächste Rad und machte an der Hinterachse weiter. »Diese verdammten Russen ...«

Eigentlich war die Arbeit gar nicht schwer. Aber viermal nacheinander dieselben Handgriffe ausführen zu müssen, war nicht nur eine Strafe für sein in sieben Jahrzehnten lädiertes Kreuz. Die Schmach, dass man ausgerechnet ihm so etwas angetan hatte, saß sehr tief.

»Na, klappt es?«, fragte Gustl Gloria, der mit seinem Riesenschnauzer die tägliche Runde machte.

Helgoland antwortete nicht.

Gloria stieß mit der Fußspitze gegen den fahrbaren Wagenheber, mit dessen Hilfe der Rentner den Wagen aufgebockt hatte: »Aber mit gutem Werkzeug ist datt ja auch 'n Kinderspiel.«

Helgoland wuchtete gerade das vierte Rad heran und setzte es auf das Gehäuse der Bremstrommel. Schweiß troff ihm in die Augen, als er die Felge auf die Halterung hob und den Arm nach der Radkappe mit den Schrauben ausstreckte. Es fehlten ganze zehn Zentimeter.

»Können Sie mal eben ...«

Gloria schob die Schrauben näher an Helgoland heran.

Mit letzter Kraft drückte der Kahlköpfige die Felge gegen die Achse und klaubte sich eine Schraube heraus. Doch bevor er sie ins Gewinde drehen konnte, rutschte ihm das neu bereifte Rad weg.

»Verdammte Scheiße, könnense nich mal ...!«

Gloria schüttelte den Kopf: »Tut mir Leid. Aber ich habe keine Handschuhe dabei.«

Von Helgolands Flüchen begleitet, zog er mit seinem Hund davon.

»So 'n Arschloch«, schimpfte Helgoland. »Unseraina hält den Kopp hin ...«

Mit letzter Kraft schaffte er es dann doch allein. Dann ließ er den Wagen wieder aufs Pflaster herab, zog die kleine Hebebühne weg und brachte sie in die Garage seines Schwiegersohns. Konnte nun, endlich zufrieden, sein Werk betrachten. Drehte eine kleine Proberunde und überlegte, wie er das Fahrzeug gegen weitere Attacken schützen könnte.

»Nochma passiert mir datt nich!«, brabbelte er und stellte den Golf zur Vorsicht nicht mehr auf der Straße, sondern im Wendehammer ab: »Bin gespannt, ob sie sich trauen!«

Da sich am Tage kein Fremder in die Siedlung trauen würde, legte er sich auf die Couch und schlief ein paar Stündchen auf Vorrat. Abends kochte er sich einen starken Kaffee und legte sich auf die Lauer. Er beäugte seinen Wagen, als könnte sich der Golf jeden Augenblick in eine japanische Tempeltänzerin verwandeln.

»Vatta, watt is?«, fragte Sylvia, als sie spät abends noch einmal nach ihm sah. »Is doch viel zu kalt am Fensta.«

»Lass ma«, sagte er, während sie ihm mit Hilfe eines Schnellkochbeutels einen Glühwein zubereitete. »Wenn diese Ganoven nochma komm – dann kriegense einen faplättet.«

Er hob die Pistole, die griffbereit neben dem Fenster lag.

»Vatta, datt is Gas. Da kriegn die unten auffe Straße nix von app. Aber ich muss mit dir zum Notarzt.«

»Von wegen!«, grinste er und hob eine der Pappschachteln, die er auf dem Küchenschrank gestapelt hatte. »Signalmunition. Watt meinze, wenn ich einem fon denen Drei-Stern-Rot inne Fresse schieße.«

Sylvia war so erschrocken, dass sie eine halbe Tasse von dem Glühwein auf den Boden schwappen ließ: »Tu's nich. Mach dich nich unglücklich.«

»Ich waiß schon, wattich tu«, beruhigte er sie und schlürfte vorsichtig etwas von der heißen Plörre. »Die könn hier nich so tun, wie wenn wir in Osbikistan wärn.«

Gegen drei kapitulierte er. Die Kälte hatte seinen ganzen Körper vereist, und vom langen Stehen taten ihm die Beine weh. Und jenseits der Straße waren längst alle Lichter erloschen.

»Also gut«, ächzte er, schloss das Fenster bis auf einen kleinen Spalt und setzte einen Topf mit Milch auf. Als sie heiß war, rührte er zwei Löffel Honig hinein und trank die Hausmedizin so schnell es ging. Dann füllte er seine Wärmflasche, warf einen letzten Blick aus dem Fenster und kletterte ins Schlafzimmer hinauf. Völlig erschöpft schlief er augenblicklich ein.

Eine halbe Stunde später hörte er wie durch einen Wattebausch eine laute Stimme, die auf ihn einredete, und spürte, wie er heftig hin und hergeschüttelt wurde. Mühsam öffnete er die Augen und erkannte seinen Schwiegersohn.

»Hugo«, sagte der. »Ein Unglück. Du musst aufstehen.«

Es dauerte, bis Helgoland begriff. Dann warf er sich in den gestreiften Bademantel und stürzte ans Fenster.

Die Straße unten war rot. Dunkelrot von den drei Feuerwehrwagen, die sich in die Stichstraße geschoben hatten. Und hellrot von den Flammen, die aus seinem Golf schossen.

»Diese Schweine. Diese gottfadammte Mördabande!«

67

»Willkommen bei der Arbeit«, sagte Susanne und deutete mit großer Geste auf den Frühstückstisch. »Ich hoffe, dein Magen hat sich erholt.«

Mager schmierte sich unbeeindruckt ein Marmeladenbrötchen: Es war lange her, dass er nach einer Sauferei einen freien Tag genommen hatte. Als Vize-Chef brauchte er deswegen kein schlechtes Gewissen zu haben. Außerdem war er wirklich wieder fit.

»Also«, sagte die Chefin, als der Tisch abgeräumt war. »Zur Sache. Gestern ist eine Menge Arbeit liegen geblieben.«

Mager schlürfte seinen Kaffee und fragte: »Was ist eigentlich mit Kalle? Hat der sich schon gemeldet?«

Die Frauen schüttelten gleichzeitig ihre Frisuren.

»Verstehe ich nicht. Der sollte ein Quartier besorgen und diese Glatze finden. Das kann doch nicht so schwer sein.«

Die Rote hob ihre Schultern: »Wer weiß? Er ist frisch verliebt und hat die Lady mitgenommen.«

Doch Magers Zweifel waren unbegründet: Kalle und Simone erschienen pünktlich zum Frühstücks-Buffet, brachten sich mit viel Kaffee und Orangensaft wieder in Form und fragten sich zu der holländischsten aller Institutionen durch: der Quartiervermittlung, die in allen Städten einheitlich VVV hieß und mit ihren blauen Hinweisschildern die Touristenströme mindestens so nachhaltig lenkte wie die Parkverbotstafeln in Amsterdam.

»Ein kleines Haus, das alleine steht?«, fragte die Angestellte. »Schwierig.«

»Wieso? Die Saison ist doch vorbei«, meinte Kalle, aber die Frau lächelte: »Eben. Viele Leute leben im Sommer in einem Gartenhaus oder in einem kleinen Anbau und vermieten ihre Wohnung. Aber jetzt sind sie wieder zu Hause.«

Die beiden Touristen sahen sich verunsichert an, doch die VVV-Frau gab noch nicht auf. Nachdem sie den gedruckten Katalog und den Computer befragt hatte, führte sie ein paar Telefongespräche und überreichte Simone einen Zettel mit vier Adressen: »Vielleicht haben Sie ja Glück ...«

Gegen Mittag war klar, dass sie kein Glück hatten. Die angebotenen Objekte waren allesamt für PEGASUS-Zwecke untauglich: Das erste war zu klein, das nächste doch zu teuer, dem dritten lag wider Erwarten ein Wohnhaus mit einer äußerst neugierigen Besitzerin gegenüber, und im letzten Bau hätte man Wand an Wand mit den Vermietern gewohnt. Die Leute waren viel zu jung, um taub zu sein, und wurden außerdem schon misstrauisch, als Simone ihnen wortreich erklärte, warum sie die letzten dreißig Seiten ihrer Examensarbeit ausgerechnet in der Einsamkeit von Zeeland tippen wollte ...

»Scheiß-Spiel«, sagte Kalle, als sie wieder im Auto saßen. »Wo sind wir überhaupt?«

Simone fuhr mit dem Zeigefinger auf der Karte ihren Weg nach. In einem großen Halbkreis, der westlich der Stadt begonnen hatte, waren sie bis weit vor die nördlichen Tore Middelburgs gelangt. Noch fünf oder zehn Minuten mit dem Wagen, und sie würden endlich die Nordsee sehen können. »Wie wär's: Kleiner Umweg?«

Kalle nickte und schaute auf die Karte .

»Wie heißt das Kaff?«, fragte er und tippte auf die Stelle, wo die Holländer zum Schutz gegen die Sturmfluten einen Mündungsarm der Schelde mit einem Deich verschlossen hatten.

»Vrou-wen-pol-der«, buchstabierte das Mädchen und schüttelte den Kopf. »Irgendwie ist dieses Holländisch doch nur ein besseres Platt.«

»Also los«, entschied Kalle, der wenig Lust auf sprachwissenschaftliche Erörterungen hatte. Stärker noch als die Sehnsucht nach dem Meer war das Gefühl des Hungers, der sich inzwischen an seinen Magenwänden austobte.

»Hier ist ja echt der Hund verfroren«, meinte Kalle, als er seine *Zeeuwsche Vissoep* ausgelöffelt hatte. Was an seinem Essen typisch für Zeeland war, hatte er nicht herausgefunden – aber die Fischstücke darin waren ohne jeden Zweifel echt. »Vrouwenpolder!«

Das Dorf bestand aus einer Kirche mit viel zu klein geratenem Glockenturm, einer Bäckerei sowie je zwei Supermärkten, Esskneipen und Restaurants.

»Ich weiß gar nicht, was du hast«, grinste Simone. »Ist doch nett hier!«

Sie saßen in einer Kneipe, die sich *Pelgrim* nannte und vor der immer noch ein paar Tische auf dem Bürgersteig standen. Bei Windstille saß man auch um diese Jahreszeit gegen Mittag noch richtig bequem.

»... *lucifers*?«, fragte eine alte, krächzende Stimme an Kalles Ohr.

Erschrocken drehte der Bursche seinen Hals. Dicht hinter ihm stand ein Doppelgänger jenes verhutzelten Männchens, an dem sich in der Eingangsszene von *Spiel mir das Lied vom Tod* drei Gangster so übel austobten, dass Charles Bronson sie anschließend erschießen musste. Dieser Mann hier aber war noch schlechter dran als sein schauspielender Zwillingsbruder.

»Er hat kein Feuer!«, dolmetschte Simone.

»Sofort«, sagte Kalle und zog sein Ex-und-hopp-Gerät. Als der Mann an seiner Zigarette sog, wehte zugleich der liebliche Duft von Genever herüber.

Der Fremde bedankte sich und sagte noch ein paar Freundlichkeiten, die Kalle nicht verstand, aber mit einem eifrigen Nicken beantwortete.

»Er will wissen, ob er Ihnen auch helfen kann!«, übersetzte der Kellner, der das Hauptgericht heranschleppte: Lammkoteletts für Kalle und eine warme Apfeltasche mit Schlagsahne für Simone.

»Helfen?« Der Bursche aus Deutschland breitete seine Arme aus, doch Simone hatte einen Geistesblitz: »Wir suchen für ein paar Tage ein kleines Haus. Zwei, drei Räume reichen, Luxus ist nicht nötig, Hauptsache, es liegt schön ruhig ...«

Kaum waren diese Sätze in Holland gelandet, strahlte das Männchen auch schon los und nickte eifrig. Seinem Krächzen entnahm Kalle nur so viel, dass es um irgendeinen Löffel ging, aber auf Deutsch hörte sich die Sache gleich besser an: »In der *Lepelstraat* hat sein Bruder ein Häuschen, das er im Frühjahr abreißen will. Aber man kann noch drin wohnen.«

»Und wo ist das?«

»Mit dem Auto fünf Minuten von hier.«

68

Lohkamp und sein Team gönnten sich am späten Vormittag die übliche Vorführung des Verdächtigen Waldemar Borodjuk. Kleidung, Haartolle und Lächeln des Burschen hatten zwar inzwischen unter den ungewohnten klimatischen Bedingungen ein wenig gelitten, auch äußerte er sich weit weniger euphorisch über den Bochumer Knast als zuvor, aber den Gefallen, endlich mit einer Aussage aufzuwarten, tat er den Beamten immer noch nicht. Stattdessen verwickelte er sie in Gespräche über das Leben, die Liebe und den Tod und nervte vor allem Lohkamp damit, dass er ihn alle halbe Stunde angrinste und forderte: »Tun Sie endlich Ihren Job!«

Mittags hatten sie die Nase voll und setzten ihn mit einem uniformierten Beamten auf den Flur. Doch als Eulenstein zum Hörer griff, um den Knaben abholen zu lassen, stoppte sie der Hauptkommissar: »Wann gibt es in der *Krümmede* Mittagessen?«

Sie sah ihn an, als hätte er ihr unterstellt, schon einmal dort eingesessen zu haben.

»Weiß ich doch nicht«, gab sie schließlich zu. »Soll ich anrufen?«

»Lieber nicht. Wer weiß, wer da Nachrichten sammelt und an die Anwälte weitergibt.«

Die Kommissarin hob die Augenbrauen, als hätte sie Lohkamp bei einer Gotteslästerung ertappt.

»Vielleicht«, schlug der Mann mit den rötlichen Locken vor, »lassen wir Waldemar erst noch draußen auf der Bank warten. Wenn er dann wieder in die *Krümmede* kommt, ist sein Essen schon wieder weggeräumt.«

»Oder kalt geworden«, grinste Hardenberg und warf einen Blick auf Frau Eulenstein.

Sie sah nicht gerade begeistert aus und hatte auch noch eine Frage: »Und wenn die Anwälte uns Schikanen vorwerfen?«

»Mensch«, sagte Hardenberg. Erst an ihrem Blick fiel ihm auf, wie ungebührlich diese Anrede war. Aber dann machte er weiter: »Wir stellen ihm um zwei noch ein paar Fragen und lassen ihn dann in Frieden ziehen ...«

Der Hauptmeister hatte inzwischen einen genauen Zeitplan des Straßenfestes vom Mordabend angefertigt und legte Lohkamp und Eulenstein eine detaillierte Tabelle vor. Fast alle Leute waren irgendwann im Laufe des Abends zumindest kurzfristig in ihre Wohnung zurückgekehrt, um Bier wegzubringen oder wärmere Kleidung zu holen. Bei mehreren Siedlern hatte Hardenberg die Abwesenheit sogar auf eine halbe Stunde genau rekonstruieren können. Wenn man alle Ungenauigkeiten in diesen Schätzungen außer Acht ließ, hatten theoretisch mindestens vier Personen die Möglichkeit gehabt, Alexander umzubringen: Richter Thürk, Anwalt Sawitzki, Kollege Scheppmann – und Jessica Klink, seine eigene Mutter.

»Das glauben Sie doch selbst nicht!«, widersprach Eulenstein, aber Hardenberg setzte sich zur Wehr: »Es geht doch nur um die Chance, es zu tun. Damit behaupte ich nicht, dass es überhaupt einer von denen war.«

»Trotzdem. Die Tabelle bringt nichts. Keine dieser Personen konnte wissen, dass Alexander um diese Zeit nach Hause kommen würde.«

»Aber Lukas Nagel aus Hattingen wusste es«, warf Lohkamp ein. »Und er besitzt ein eigenes Auto. Damit konnte er schneller an der Konsumstraße sein als Alexanders Bus.«

»Aber nach Aussage des Wirtes war der blau!«, beharrte Eulenstein. Unverkennbar war Waldemar noch immer ihr Top-Favorit.

Erneutes Grübeln. Eulenstein zupfte sich ein Stäubchen von der schwarzen Bluse, Hardenberg kraulte sich die Kopfhaut, Lohkamp spielte mit einer Zigarette, die er erst in fünf Minuten rauchen durfte. Schließlich sah er den Hauptmeister aufmerksam an: »Und was ist mit den Personen, die gar nicht auf dem Fest waren?«

Hardenberg riss die Augen auf.

»Was ist zum Beispiel mit ...«

Lohkamp sah in der Liste nach. »Ohmsen. Der Geschichtsprofessor aus der ersten Häuserreihe. Ist der überhaupt noch in Japan? War er es, als der Mord geschah?«

Keiner wusste es, aber Eulenstein machte sich eine Notiz.

»Wenn man das so sieht, fehlt noch jemand«, gestand Hardenberg. »Ann-Kathrin, die jüngere Tochter Sawitzkis.«

»Die hatte ihre Tage«, erinnerte Lohkamp, aber die Kommissarin lächelte: »Davon stirbt man nicht gleich. Wenn das überhaupt stimmt.«

»Wieso?«

Die Frau zuckte die Achseln: »Wenn ich früher nicht in die Schule wollte, habe ich meinem Vater die gleiche Ausrede aufgetischt. Kopfschmerzen hätte er nicht geglaubt, Fieber konnte er nachprüfen. Aber die Mens seiner Tochter? Er war froh, wenn er nicht weiter darüber reden musste. Und Sawitzki ist auch solch ein Typ. Er würde nie auf die Idee kommen, dass die Tochter ihn ...«

Lohkamp fielen die zahlreichen Entschuldigungen ein, die Nina sich von ihm oder Gabi hatte unterschreiben lassen, bevor sie achtzehn war. Sein eigenes Kind war wohl auch so ein durchtriebenes Blag gewesen.

Hardenberg goss die nächste Runde Kaffee ein, Eulenstein gönnte sich einen Keks dazu, der Hauptkommissar durfte endlich seine nächste Lunte rauchen. Nach dem ersten Zug entschied er sich: »Ich glaube, ich schaue mir die junge Dame morgen einmal an ...«

Auch Hardenberg fiel noch ein Programmpunkt ein: »Die Tatwaffe! Seit der Pleite mit dem Jägerzaun haben wir die völlig aus dem Auge verloren.«

»Übernehmen Sie das?«, fragte Lohkamp eher rhetorisch und erkundigte sich: »Was macht eigentlich die Fahndung Nagel? Warum haben wir noch keine Ergebnisse?«

Der Hauptmeister hing schon am Telefon und stellte die richtigen Fragen. Dann schüttelte er den Kopf und sah Lohkamp an: »Ist noch nicht raus.«

»Was?«

»Nein. Sie sollen deswegen morgen früh zum Chef.«

»Ich? Zu welchem? Westhoff?«

Hardenberg winkte ab: »Den interessiert nicht mal mehr seine Erfolgsstatistik. Sie sollen zu Flenner.«

69

Gegen acht Uhr abends schellte jemand wie wild an der Haustür. Klink sah seine Tochter scharf an: »Ist das etwa für dich?«

Hals und Wangen des Mädchens färbten sich rot: »Papa! Solange wir Alexander nicht ...«

Ihre Mutter schluchzte auf. Klink berührte tröstend ihre Hand, aber ein erneutes Klingeln verhinderte den gewünschten Effekt. Sie hob den Kopf und rief: »Mach doch endlich auf!«

Seufzend schraubte sich der Gatte hoch. Er legte seine Stoffserviette auf den Tisch und eilte zur Haustür. Wie immer öffnete er die Haustür ohne Arg – aber diesmal prallte er geschockt zurück: Dicht unter seinem Kinn gewahrte er die Mündungen einer doppelläufigen Schrotflinte.

»'namd, Herr Klink!«, dröhnte Hugo Helgoland. »Ich komm vonne Bürgerwehr und wollte kucken, ob bei Ihnen allet im Lot iss.«

Sprachlos musterte Klink den vor sich hin schwadronierenden Rentner. Erst jetzt fiel ihm auf, dass der Mann eine olivgrüne Wintermütze, einen Parka in derselben Farbe und kniehohe Gummistiefel trug. Vor der linken Brusttasche baumelte eine dieser flachen Taschenlampen, die man auf rotes oder grünes Licht umschalten konnte, und an seinem linken Oberarm leuchtete eine weiße Armbinde.

»Sie – kommen von – wem?«, stammelte der Professor.

»Ja, da staunense. Wir ham 'ne Nachtwache aufgezogen. Nochma wird es hier nich brennen. Hier passiert überhaup nix mea. Und wenn aina fon diesem Gesocks einen Fuß auf unsern Grund setzt ...«

»Wir?«

»Klar, wir. Mainense, ich mach datt im Allaingank?

Achim iss dabei, Scheppmann natüalich auch, sein Mieta sowieso und dazu noch Herr Rosenholz. Selbst Sawitzki hat gesacht, für 'ne Stunde ...«

»Sie sind doch total bekloppt!«, rief Klink, schob den Mann beiseite und lief auf die Stichstraße hinaus. Am Ende seines Vorgartens blieb er stehen und schaute unsicher den Weg entlang. Etwas war anders als sonst, und er brauchte einige Augenblicke, um den Unterschied zu erkennen. Gab es sonst auf der Straße auch tief in der Nacht noch ein wenig Licht, weil kaum jemand vor den erleuchteten Fenstern die Rollläden herunterließ, so war an diesem Abend Verdunkelung angesagt, und bis auf ihn und Karstadts hatten alle diese Anweisung befolgt. Die herabsinkende Dämmerung ließ die Straße in einem diffusen Grau verschwimmen.

»Sagen Sie mal«, wandte er sich an den Flintenträger. »Ist hier Krieg oder so etwas?«

Voller Stolz wölbte Rentner Helgoland seinen Brustkorb: »Krieg? Keine Spur. Wir ham nur alle Nachbaan gesacht, sie solln watt füre Sichaheit tun. Rollläden runter, nachts nich mehr innen Gaaten, un mitti Hunde solln se auch nua noch zusamm gehn.«

Erst jetzt bemerkte Klink, dass unten, an der Ausfahrt in die Konsumstraße, ein Hindernis aufgebaut war. Er spurtete den Bürgersteig entlang und erkannte, was es war: Achim Franke, Helgolands Schwiegersohn, hatte seinen BMW quer in die Einfahrt gestellt. Während der Fahrzeughalter hinter dem Steuer saß, hatte sich Scheppmanns Kurzhaar-Untermieter neben dem Wagen aufgebaut. Statt einer Fernbedienung für seine Modellautos trug er nun ein Nahkampfinstrument für Schädeldecken in der Hand: einen Baseballschläger.

»Seid ihr denn völlig verrückt geworden?«

Der geöffnete Mund des Burschen verriet auch ohne Worte, dass er Klinks Aufregung nicht begriff.

Ratlos irrte der Blick des Germanisten die Konsumstraße entlang. Irgendeiner musste diesem Unsinn doch ein Ende bereiten! Und dann entdeckte er sie: Ein Streifenwagen parkte oberhalb der Siedlung gleich neben der Pommesbude, der andere stand ein Stückchen bergab gegenüber der Hütte von Udo Underberg. So postiert, konnten die Insassen der Fahrzeuge bequem das Grenzgebiet zwischen Übersiedlern und Häuslebauern kontrollieren.

Da der Wagen vor dem Hause Underberg näher stand, rannte Klink schräg über die Straße auf den grün-weißen Vectra zu. Doch kaum hatte er die Fahrbahn betreten, flogen die Türen auf, und zwei Uniformierte sprangen auf den Asphalt: »Halt, bleiben Sie auf Ihrer Straßenseite!«

Wie gelähmt befolgte Klink den Rat und sah den Männern in Grün entgegen.

»Hören Sie«, sagte der Beamte mit dem meisten Lametta auf der Schulter. »Sie dürfen wirklich nicht auf die andere Seite. Ist zu gefährlich.«

»Aber – diese Selbstschutzgruppe ist bewaffnet!«

»Davon weiß ich nichts«, bekannte der Mann. »Ist mir auch scheißegal. Wir haben nämlich strikte Anweisung, die beiden Siedlungen nicht zu betreten. Also, gehn Sie schon nach Hause. Es ist besser für Sie.«

Resigniert trat Klink den Rückzug an. Bevor er sich zu Hause an den Tisch setzte, holte er sich eine Flasche Roten aus dem Keller und entkorkte ihn.

»Was ist?«, fragte Jessica.

Klink goss sich ein Glas voll, hielt seine Nase über das Glas und nahm einen tiefen Zug: »Die drehen durch. Völlig meschugge. Ich glaube, diese Welt kann man nur noch betrunken ertragen.«

70

Dreihundert Kilometer weiter westlich hatten Kalle und Simone einen harten Tag hinter sich – und wie lange die Nacht dauern würde, war plötzlich auch nicht mehr absehbar.

Mittags war zunächst alles sehr schnell gegangen: Der Bruder des Genever-Fans aus dem *Pelgrim* freute sich, das Häuschen in der *Lepelstraat* noch einmal vermieten zu können. Da es im westlichsten Zipfel von Vrouwenpolder und damit fast schon in Oostkapelle, auf jeden Fall weit vom Leben entfernt lag, ging das Bäuerlein mit der Wochenmiete freiwillig von 900 bis auf 500 Gulden herunter – und Kalle, stolz auf sein glückliches Händchen, schlug ein.

Theoretisch war dieser Preis für ein Landhaus mit vier Zimmern, Küche, Bad und Garten auch in der Nachsaison noch passabel. Praktisch aber verwandelte sich die Villa im Moment des ersten Augenscheins in eine abbruchreife Hütte: wunderschön geformte Wasserflecken an brüchigen Decken, malerisch herabhängende Tapeten auf reliefartig aufgeschwemmten Wänden, prähistorische Möbel auf einem Holzboden, der so morsch war, dass selbst die Mäuse ihn nur noch angeleint betraten.

»Scheiße!«, fluchte Kalle. Der soziale Absturz aus Middelburgs ältestem Hotel in diese Bude war so heftig, dass er mehrfach schlucken musste, um seine Augen trocken zu halten. Enttäuscht drehte er sich zu Simone um, doch die Frau mit den breiten Kreuz war härter im Nehmen. Sie drehte ein paar Schalter und Hähne in der Küchenzeile, prüfte, was passierte, und nickte zufrieden. Ging zu Kalle, schlang ihre Arme um seinen Hals und meinte: »Das Licht geht, das Wasser läuft, und der Herd wird noch heiß. So wird es uns an nichts mangeln ...«

»Reingelegt hat uns der Typ!«

»Quatsch! Wir müssen hier nicht überwintern, Mann. Außerdem ist doch alles nach Wunsch: Kein Vermieter im Haus und die Nachbarn weit genug weg, dass sie uns nicht bei der Arbeit stören. Okay?«

»Okay«, brummelte er zwei Küsse später und griff zu Besen und Wischlappen, um die Bude wenigstens halbwegs bewohnbar zu machen. Simone fuhr derweil nach Vrouwenpolder und testete die Angebote in den beiden Supermärkten. Anschließend mussten sie und Kalle drei Mal laufen, um alle Vorräte ins Haus zu schaffen – während die Kaufleute des Dorfes schon von der besten Nachsaison seit Einführung der Umsatzsteuer schwärmten.

»Machst du einen Kaffee?«, fragte Simone und wischte

sich den Schweiß aus der Stirn. »Ich muss dringend ins Bad ...«

Als Simone eine halbe Stunde später wieder in die Wohnküche trat, glaubte Kalle schon an eine bösartige Fata Morgana: Die Haare waren kürzer als Reißnägel und zugleich rabenschwarz geworden, die Lippen sahen aus, als hätte die Frau zu lange in der Nordsee gebadet, die Augen waren in pechfarbenem Make-up versunken und glichen jenen schwarzen Löchern, die Fernreisen im Weltall so gefährlich machen.

»Na? Gefall ich dir?«

»Absolut geil«, meinte Kalle. »Ich hab dich nur an der Stimme erkannt.« Er griff nach einem Glimmstängel und setzte ihn in Brand, blickte wieder hoch: »Schade eigentlich ...«

»Was?«

»Dass wir hier keinen Horrorfilm drehen!«

»Holzkopf!« Sie sah sich nach einem Gegenstand um, den sie ihm an den Kopf werfen konnte, und griff nach dem Sechserpack Toilettenpapier. »Soll Lukas Nagel mich auf hundert Meter Entfernung erkennen?«

Kalle duckte sich und ließ die Luftmine vorüberrauschen. Sie knallte gegen die Wand und fiel zu Boden, ohne das Häuschen weiter zu beschädigen. Nur gut, dachte Kalle, dass sie keinen Aschenbecher genommen hat. Dann wäre jetzt ein Loch in der Wand.

»Schon okay,« bestätigte er dann. »Aber was ist mit mir? Mich hat er vorige Woche doch auch gesehen.«

»Ja, für ein paar Sekunden!«

»Trotzdem. Wär doch blöd, wenn ...«

Sie trat an ihn heran und schnippte mit einer Nagelschere vor seinem Gesicht herum: »Setz dich! Ich verpasse dir auch so 'ne Frisur. Dann gehst du ins Bad, nimmst die volle Tube Tönung und trimmst deine Haare auf Sonnenblumengelb.«

»Und – wie geht das?«

»Männer! Gibt es einen vernünftigen Grund dafür, dass ihr auf der Welt seid?«

»Och«, machte Kalle und trat so dicht an sie heran, dass

sie alle Unebenheiten des Geländes spüren konnte. »Ich wüsste einen ...«

Doch Simone drückte ihn sofort wieder auf Armeslänge weg: »Nix da! Die Vernunft sitzt weiter oben! Wir müssen endlich an die Arbeit.«

Die Arbeit erwies sich als äußerst frustrierend. Da sie keinen konkreten Anhaltspunkt hatten, welche Örtlichkeiten Lukas Nagel bevorzugte, streiften sie stundenlang durch die Stadt und klapperten alle Cafés, Kneipen und Koffieshops ab, in denen der Typ hätte auftauchen können. Aber sie trafen ihn weder beim Apfelstriezel noch bei Bier und Hasch.

»Komm«, sagte Simone endlich, »das hat keinen Zweck. Wir setzen uns irgendwo rein und warten ab. Vielleicht kommt er ja vorbei ...«

Nicht schlecht, fand Kalle, sah aber noch ein ungeklärtes Problem: »Welchen Schuppen nehmen wir?«

Sie überlegte einen Augenblick: »*American* oder *Rock Desert*.«

Kalle nickte, kramte ein Guldenstück heraus und warf es in die Luft. Ohne einen Blick darauf zu werfen, steckte er die Münze wieder ein: »*Rock Desert*.«

»He! Du hast gemogelt! Wieso dahin?«

»Weil mir die Kneipe besser gefällt«, verriet er. Grinsend hakte sie sich bei ihm ein.

Das *Rock Desert* lag am *Damplein*, einem großen rechteckigen Platz zwischen Altstadt, Patrizierhäusern und einer in öligem Schlamm endenden Gracht namens *Prins Hendrikdok*. Der unscheinbare Eingang hätte gerade mal für einen Tante-Emma-Laden gereicht, wäre da nicht das kleine Schaufenster mit einer ausgedienten Esso-Zapfsäule und der 750er-Ducati von 1972 gewesen.

Der Schankraum selbst erschlug die Gäste mit einer Einrichtung, in der alle Wälder und Farben Eurasiens verarbeitet waren, die Wände waren mit Gitarren, Rock-Star-Postern und Konzertplakaten zugehängt. Angesichts dieser Sinfonie aus Stilbrüchen und Staubfängern zweifelte Kalle daran, dass die hinter dem Tresen aufgetürmten Tassen und Gläser auch nur halb so blank waren wie das gelb gespritzte Blech des Motorrads am Eingang.

»'namd ...«

Ihr Gruß fand keinen Widerhall. In den Boxen tobte sich gerade eine Nachwuchs-Band aus, die noch wilder als *Green Day* sein wollte, und die rund dreißig Kids, die an Stehtischen oder vor der Theke herumlungerten, hatten zumeist gar nicht mitbekommen, dass neue Gäste aufgelaufen waren.

»Nach hinten«, schlug Simone vor und tauchte schon in den Durchgang, der zu einem zweiten Raum führte. Etwa so breit wie der Schankraum, aber fast doppelt so tief, bot er Platz für einen Kicker, ein Pool-Billard und eine Reihe von Sitzgruppen, die wie Schwalbennester an der Längswand klebten und alle besetzt waren.

»Und?«

»Abwarten, bis was frei wird«, meinte Simone und lenkte Kalle an eine der runden Tischplatten, die auf abgesägten Baumstämmen ruhten. Sie teilten sich den letzten freien Barhocker und warteten auf ihre Chance. Als in einer der Nischen zwei Teenies zum Aufbruch bliesen, starteten die beiden Twens, bevor das Holz der braunen Caféhaus-Stühle kühler werden konnte.

»Alles im Blick?«, wollte Simone wissen. Sie hatte bewusst den schlechteren Platz gewählt: Nagel sollte sie nicht schon beim Auflaufen erkennen. Doch an ihrem breiten Kreuz konnte kein Make-up etwas ändern.

»Fast. Aber wenn er kommt, wird er es sicher auch hier hinten versuchen.«

Kalle schob ihr die Getränkekarte zu: Drei Sorten Bier kamen frisch vom Fass, achtzehn aus der Flasche, und die Liste der Schnäpse und Liköre umfasste gar achtunddreißig Positionen – *Kleiner Feigling* und *Remy Martin* standen in ein und derselben langen Reihe.

»Wer fährt?«, fragte Simone.

»Mir egal«, sagte Kalle. »Ich brauche keinen Alk.«

Das Mädchen nickte: »Am besten bleiben wir beide klar.«

Zwei Stunden später hatten sie mehr Kaffee, Kakao und Bitter Lemon getrunken, als der Laden sonst in einer Woche verkaufte, und die junge Kellnerin sah sie bei jeder neuen Bestellung eine Spur misstrauischer an.

»Wenn du mich fragst«, begann Simone, »wäre ich für einen richtigen Cognac zum Abschluss – und danach machen wir wirklich Schicht.«

Die Bedienung schien richtig erleichtert, als Kalle die letzte Runde orderte, und eilte geradezu beschwingt davon, um die Gläser zu holen.

»Die hat uns bestimmt für unheilbar krank gehalten«, vermutete Kalle.

»Stimmt. Aber wenn du ihr noch einmal so auf den Arsch guckst ...«

»Eifersüchtige Ziege!«, sagte Kalle. Er zog das Foto von Lukas Nagel so weit aus der Jackentasche, dass sie sehen konnte, was es war: »Ich überlege die ganze Zeit, ob wir nicht besser dieses Ding herumgezeigt hätten?«

»Keine Ahnung. Aber vielleicht doch zu riskant. Wenn ihm jemand verrät, dass hinter ihm welche her sind – dann ist er wieder weg. Und wo wir dann suchen sollen, weiß ich wirklich nicht ...«

Sie schwiegen wieder und gaben sich alle Mühe, mit dem Cognac sparsam umzugehen – aber nach einer weiteren halben Stunde waren die Gläser wirklich leer.

»Also dann«, seufzte Kalle und ließ die Rechnung kommen. Großzügig rundete er die 45,50 Gulden auf einen Fuffi auf und bat um eine entsprechende Quittung. Zehn Minuten später kam die Frau mit einem Kassenausdruck zurück, der nicht von ihrem Tisch stammte, dafür aber fast die doppelte Summe auswies.

»Okay?«, fragte sie, und Kalle nickte: »Wunderbar!«

Er hob die Augen, spürte aber plötzlich einen hämmernden Schmerz am Schienbein.

»Abmarsch!«, kommandierte Simone. »Und achte lieber auf den Weg!«

Sie schoben sich durch das Gedränge nach draußen. Die Luft war wohltuend frisch und beißend kalt. Sie schlugen die Kragen hoch und zogen eng umschlungen durch die leere Einkaufsstraße – wie immer in solchen Situationen stand ihr Wagen an der falschen Stelle. Aber schlimmer als der zusätzliche Fußweg war der Frust darüber, dass sie wohl einen ganzen Tag verloren hatten. Eigentlich, dachte Kalle, ganz schön bescheuert, auf gut Glück hierher zu fahren ...

Mit einem heftigen Ellenbogenstoß trieb Simone ihn plötzlich zur Seite. Bevor Kalle wusste, was sie wollte, stand er im dunklen Eingang eines Schuhgeschäftes und spürte ihre kräftigen Handgelenke in seinem Nacken. Fast schon brutal zog sie sein Gesicht zu ihrem Mund herab, und er gab nach, bevor sie ihm die Halswirbel brach.

»Still!«, flüsterte sie in einem Ton, der keinen Widerspruch vertrug. »Knutsch mich und guck dabei über meine Schulter!«

Einer solchen Aufforderung wäre er auch ohne Gewaltanwendung gefolgt. Also küsste er sie, aber behielt die Augen auf. Und sah. Ein paar Dutzend Meter weiter stand ein Kerl mit Glatze an der Hauswand und schien einen Automaten zu bedienen. Die Geiernase des Mannes war auch bei dieser schlechten Beleuchtung unverkennbar.

»Na?«

»Er ist es«, flüsterte er. »Holt er sich Pariser?«

»Quatsch. Guck nach oben!«

Ohne den Klammergriff zu lösen, schoben sie sich vorsichtig wieder ein Stück in die Fußgängerzone hinaus. Über der Straße leuchtete eine Neonreklame, und Kalle erkannte die Buchstaben wieder: VSB.

Lukas Nagel war zu seinem Lieblings-Geldautomaten zurückgekehrt.

71

Für Klaus-Ulrich Mager war die erste Hälfte der Nacht viel spannender als für den Sohn und seine neue Flamme. Da Karin nach Wattenscheid gefahren war, um mit ein paar

Freundinnen aus ihrer Schulzeit zu klönen, hatte der Kameramann eine Pizza Spinaci in die Backröhre geschoben und durchsuchte nun den ewigen Stapel ungelesener Bücher. Schließlich wählte er einen Krimi, der eine Mordserie im benachbarten Bochum beschrieb. Erstens konnte er das Buch mit dem schwarzen Cover mit etwas Standvermögen in einer Nacht schaffen, und zweitens faszinierte den eingefleischten Dortmunder schon der Plot: Die Typen aus der schrecklichen Nachbarstadt rotteten sich endlich selbst aus ...

Als die Pizza gar war, zerteilte er sie in handliche Dreiecke und stellte den Teller zusammen mit einer Flasche Pils neben das Bett. Dann klopfte er das Kissen als Rückenstütze zurecht, deponierte Zigaretten, Feuerzeug und einen leeren Aschenbecher in Reichweite, löschte das Deckenlicht und überlegte, ob er irgendetwas vergessen hatte, was er nicht vom Bett aus erledigen konnte.

»Okay«, knurrte er. »Dann los!«

Zwei Stunden später hatte er sich durch die Pizza, eine Tafel Schokolade und die Hälfte des Kriminalromans gefressen und fühlte sich rundum wohl. Per Fernbedienung schaltete er sich vom Oldie-Kanal zu *WDR II* und *Rocksie* durch und stellte die Hintergrundmusik auf die richtige Lautstärke. Erwischte die falsche Taste und machte das Radio aus Versehen aus. Doch still wurde es dadurch nicht: Aus dem Hinterhaus drang, schwach, aber unüberhörbar, eine fetzig gemeinte Melodie herüber, und ein paar Frauenstimmen kreischten den Refrain mit: »... vom Ruhrgebiet!«

Mein Gott, dachte Mager, jetzt ist Mechthild bei *WDR IV* gelandet!

Im selben Augenblick fiel ihm das Datum des Tages ein: Seine Ex hatte Geburtstag. Und als er nachrechnete, stellte er befriedigt fest, dass sie auch schon bei einundvierzig gelandet war.

Glückwunsch, dachte er, aber unser Geschenk kommt später! Wenn wir dich da rausklagen ...

Er streckte die Hand aus, um sich einen kräftigen Schluck zu gönnen – und stellte fest, dass die Flasche längst leer war.

Mist auch, dachte er. Er saß so bequem im wärmenden Bett, dass ihn die Vorstellung, in die Kälte des Hausflurs vorzustoßen, überhaupt nicht gefiel. Brauche ich überhaupt noch einen Schluck?

Er brauchte. Also stand Mager stöhnend auf, schlüpfte in die Schlappen und nahm die nutzlose Flasche mit, um sie gegen eine volle einzutauschen. Durchquerte das Zimmer und öffnete die Tür zum Hausflur, der in acht von zwölf Monaten des Jahres eine hervorragende Kühlkammer abgab. Auch jetzt wehte dem Bärtigen ein kalter Hauch entgegen, und er beeilte sich, hinter die geöffnete Wohnungstür zu gelangen, wo außerhalb der heißen Monate immer ein Kasten mit seiner Lieblingsmarke stand.

»Na, komm schon«, sagte er und bückte sich.

Warum er nicht einfach die leere Flasche an ihren Platz stellte und eine volle mitnahm, konnte er auch später nicht sagen. Auf jeden Fall beugte er sich, kaum dass seine rechte Hand frei war, noch ein Stück weiter vor, tastete nach den Sprossen der beiden Schmalseiten, packte zu und hob den ganzen Kasten an.

»Auaaa!«

Das Echo im Hausflur war für einen Altbau erstaunlich gut, aber dafür hatte Mager in diesen bitteren Minuten keinen Sinn. Wie gelähmt lag er auf den rot gestrichenen Brettern und wartete darauf, dass der Unbekannte erneut zustach.

Aber nichts passierte: keine Stimme, die sich über ihn lustig machte, keine Schritte, die ihn hilflos zurückließen, kein Atem außer seinem eigenen.

»Verdammte Scheiße, was ist das nur?«, flüsterte er und versuchte, seine Arme nach vorne zu bringen. Es war, als hätte ihm jemand das Kreuz durchgesägt: Keine Kraft, keine Luft – und dann dieser Schmerz! Selbst das Atmen war plötzlich zur Qual geworden.

Ob ich sterben muss? Schlagartig fielen ihm die Todesanzeigen in der *Rundschau* ein, die er täglich las. Es war direkt erschreckend, wie oft darin schon sein eigener Jahrgang genannt wurde. War er jetzt auch dran?

Dieser Gedanke schockierte ihn so sehr, dass er automatisch losbrüllte: »Hilfe! Hilfe!«

Nichts rührte sich im Haus. Karin saß sicher noch fröhlich in dieser Pizzeria am Höntroper Hellweg, aber was war mit Susanne? Was, wenn auch sie ausgegangen war? Weiterbrüllen? Wer würde ihn hören?

Mechthild, dachte er, wenn ich so weiterschreie, hört mich Mechthild oder eine ihrer Besucherinnen. Neugierig, wie seine Ex-Gattin war, würde sie es schaffen, ins Haus einzudringen. Würde die Treppe hochkommen und ihn entdecken. Würde den Anblick in jeder Einzelheit genießen: Klaus-Ulrich hilflos, vor ihr auf dem Boden liegend – das schönste Geschenk zu ihrem Einundvierzigsten!

Bloß das nicht, dachte er, bloß das nicht! Und er raffte sich auf.

Als Karin ihn eine Stunde später fand, war er in seinem Schmöker keine Seite mehr weitergekommen. Ob er sterben musste?

»Unsinn!«, sagte Karin, als sie ihm die schweißnasse Stirn abgewaschen und eine glimmende Zigarette gereicht hatte. »Du bleibst uns noch eine Weile erhalten.«

»Und was habe ich?«

»Hexenschuss!«

Erschüttert schloss Mager die Augen. Dass er nicht sterben musste, war ja ganz schön. Aber wenn er wirklich einen Hexenschuss hatte, dann war er ein alter Mann. Und er wusste nicht, welche der beiden Varianten schlimmer war.

72

»Was machen wir?«, flüsterte Simone, während der Glatzköpfige noch vor dem Automaten stand und sein Geld einsteckte.

»Weiterknutschen!«, befahl Kalle und drückte, ohne Lukas aus den Augen zu lassen, das Mädchen fester in seine Arme. Sie zitterte, aber das musste nicht unbedingt an der Kälte liegen: Auch Kalle bebte vor Spannung.

»Was macht der Arsch denn so lange?«

»Scht!«

Endlich war Nagel fertig und machte sich auf den Weg. Aber statt tiefer in die Altstadt zu laufen, kam er direkt auf sie zu. Kalle schaffte es gerade noch, sein Gesicht wegzudrehen, da hörte er die Schritte des Glatzköpfigen auch schon neben sich. Selten hatte er seine Lippen schmerzhafter gegen den Mund einer Frau gepresst – und noch nie hatte er dabei so wenig Zärtlichkeit empfunden wie jetzt. Falls Nagel etwas merkte, war er auf dem Sprung ...

Zehn, zwanzig Sekunden vergingen. Die Schritte wurden leiser, ohne dass sich ihr Rhythmus auffallend änderte. Nagel fühlte sich vollkommen sicher.

Simone löste sich aus der Umklammerung und spähte an Kalles Oberarmen vorbei: »Los, bevor er uns durch die Lappen geht!«

Hand in Hand machten sie sich auf den Weg, aber lange dauerte die erste Etappe nicht: Der Mann mit der Geiernase ging nicht nur in dieselbe Richtung, aus der Kalle und Simone gerade erst gekommen waren, sondern er steuerte auch auf direktem Wege das *Rock Desert* an – und verschwand darin.

»Schnell!«

Am Rande des Platzes gegen einen schmalen Baum gelehnt, spähten sie Nagel hinterher. Die Kneipe lag vor ihnen wie eine gut ausgeleuchtete Theaterbühne. Und von ihrem dunklen Zuschauerraum war gut zu beobachten, wie Glatze sich am Tresen auf einen freien Barhocker schob, zwei, drei Worte mit seinen Nebenleuten wechselte und dem Burschen am Zapfhahn zuwinkte. Der Typ nickte zurück und stellte ihm kurz darauf das erste Bier unter die Nase. Anstatt zu seinem Hauptarbeitsplatz zurückzukehren, blieb der Barmann stehen, steckte sich eine an und begann ein Gespräch mit dem Ankömmling. Alles sah danach aus, dass Lukas nicht zum ersten oder zweiten Male hier sein Bierchen trank.

»Siehst du«, raunte Simone. »Wenn wir sein Foto herumgezeigt hätten ...«

Kalle nickte: Die Fortsetzung des Satzes war klar. Aber völlig unklar war, ob Nagel im *Desert* nur einen kurzen Schlaftrunk nehmen oder sich gründlich volllaufen lassen wollte. Kalle wusste nicht, was ihm lieber war. Er zog seine Jacke hoch und zündete sich in ihrem Schutz eine Zigarette an. Rauchte sie, die Glut in der hohlen Hand versteckt, ohne besonderen Genuss weiter. Wie ging es da drinnen weiter?

Das Problem löste sich bereits nach fünf Minuten: Lukas Nagel bestellte ein zweites Bier, trank an und begann, auf seinen langhaarigen Thekennachbarn einzureden. Wie es aussah, hatte der Glatzköpfige noch keine Sehnsucht nach seinem Bett.

»Wir brauchen den Wagen«, meinte Magers Sohn. »Es ist viel zu auffällig, wenn wir hier zwei Stunden herumstehen ...«

» ... und uns den Hintern abfrieren.«

»Okay. Wer geht?«

»Wie beim Skat«, grinste Simone. »Und falls er doch schon abhaut, wartest du hier, bis ich zurück bin.«

Kalle zögerte, doch Simone gab ihm einen Schubs: »Mach schon. Hier tut mir keiner was.«

Kalle sah sich um: Die Autos waren fast alle weg, die Menschen auch. Eine Stadt in der Provinz, in der das Leben noch weitgehend friedlich ablief.

»Hau schon ab. Wir sind hier nicht in Amsterdam!«

»Aber sei vorsichtig!«, sagte er, drückte ihr noch einen Kuss auf die Stirn und verschwand in der Einkaufszone. Er setzte sich in Trab, sobald Simone ihn nicht mehr sehen konnte, und schaffte den Weg zum Wagen in einer Viertelstunde und den weiten Bogen des Rückwegs in fünf Minuten. Als er vom *Dam* aus auf den Parkplatz einbog, stand Simone noch an der alten Stelle. Kalle löschte das Licht lange, bevor er direkt gegenüber dem *Desert* stand, und ließ den Wagen sacht ausrollen. Simone saß neben ihm, bevor der Motor seine letzte Umdrehung geschafft hatte.

»Alles klar?«

»Alles klar. Aber eine Scheiß-Kälte!«

Eine Stunde lang sahen sie zu, wie Nagel in Konversation

machte und sich ein Bier nach dem anderen gönnte. Dann leerte sich die Kneipe, im Nebensaal wurden schon die Stühle hoch gestellt, auch Nagel kippte sein letztes Glas und setzte sich eine dieser schwarzen Strickmützen auf, die bei Seeleuten, Einbrechern und Fernsehfahndern so beliebt waren.

»Hoffentlich müssen wir jetzt nicht wieder durch die ganze Stadt«, seufzte Kalle.

»Wir können ja wetten«, schlug Simone vor, aber da stand Nagel schon vor der Tür, winkte zum Abschied und bog nach links ab – weg von der Altstadt in Richtung *Binnenhaven*. Kalle hatte die Hand schon am Türgriff, aber Simone stoppte ihn: »Warte. Lass ihm Vorsprung.«

»Und die ganzen Gassen zwischen den Häusern?«

»Warte!«

Ohne sich einmal umzusehen, schluffte Nagel auf das Ende des Platzes zu. Er passierte den tempelartigen Bau der alten Getreidebörse und das Haus, in dem die Nazi-Wehrmacht im November 1944 die Stadt an die Alliierten übergeben hatte. Hatte bereits den Anfang der Gracht erreicht, die zum *Binnenhaven* und zum *Walcheren-Kanaal* führte. Er ging noch immer geradeaus – und angesichts des Alkohols, den er getankt hatte, erstaunlich aufrecht und zielstrebig.

»Mit zehn Bier könnte ich keinen Schritt mehr laufen!«, flüsterte Simone.

Kalle grinste: »Bei ihm ist es umgekehrt: Er kann ohne den Betriebsstoff nicht mal kriechen.«

Mit fünfzig Metern Abstand liefen die Verfolger hinter Lukas her und hatten keine Mühe, ihn im Auge zu behalten.

»Der fühlt sich vollkommen unbeobachtet!«, raunte Kalle, als Nagel an der nächsten Brücke die Straßenseite wechselte. An eine Hauswand gelehnt warteten sie ab, bis Lukas drüben war. Aber der Mann mit der Geiernase drehte sich nicht ein einziges Mal um.

»Komm!«

Ohne Eile schlenderten sie über die Brücke und sahen, wie Lukas noch eine Weile in der alten Richtung weiterlief, die Straße nach Veere erreichte, die nach links abbog – und plötzlich verschwunden war.

»Scheiße!«, flüsterte Simone und rannte los, bevor Kalle sie aufhalten konnte.

»Halt!«, zischte er, doch sie hörte es nicht oder wollte es nicht hören. Da startete auch er, und gegen seine längeren Beine hatte sie keine Chance. Nach wenigen Schritten hatte er sie eingeholt, lief vorbei und drehte sich mit ausgebreiteten Armen um, schnappte sie sich und wirbelte sie lachend durch die Luft – von Ferne konnte es zur Not noch aussehen wie eine der albernen Kalbereien, die sich Verliebte manchmal leisten.

Als sie wieder auf den Füßen gelandet war, zog er sie an sich: »Bleib hier! Wenn er um die Ecke spinxt, merkt er sofort, was los ist.«

Die nächsten Meter fielen ihnen ungeheuer schwer: Was war, wenn Nagel hinter der Ecke gelauert hatte? Was, wenn er in einem der nächsten Häuser oder einer engen Gasse verschwand? So, wie er sich bisher bewegt hatte, kannte er sich in Middelburg bestens aus und würde Verfolger wie sie abhängen können ...

Ohne wirklich zu rennen, beschleunigten sie ihre Schritte und hielten an der letzten Hausecke an. Ein kurzer Blickkontakt, dann schlinzte Simone als Erste in die schmale *Nedenstraat* – und Kalle konnte hören, wie sie erleichtert auftamete.

»Da vorne!«

Als auch Kalle einen Blick wagte, sah er ihn tatsächlich noch: Kurz vor der nächsten Kreuzung überquerte Lukas die Fahrbahn und steuerte auf das letzte Haus auf der anderen Seite zu. Die rot-weiße Reklametafel an der Hauswand leuchtete bis zu ihnen herüber: Nagel wohnte in einem Hotel.

»Aber jetzt!«, kommandierte Kalle, sobald der Glatzkopf von der Straße verschwunden war. Die erste Hälfte der Strecke schafften sie im Laufschritt, dann nahmen sie wieder das alte Tempo ein und schlenderten schließlich als Liebespaar auf die Kreuzung zu. Eine Sekunde des Zögerns, und sie überquerten die Seitenstraße und quetschten sich an eine Hauswand, die dem Hotel diagonal gegenüberlag. Von hier aus hatten sie beide Außenwände im Blick.

»Worauf wartest du?«, raunte Simone.

»Mal sehn, wo das Licht angeht.«

»Und wenn er ein Zimmer zum Hof hat?«

»Dann haben wir Pech.«

Zehn weitere Sekunden vergingen – dann flammte im Hotel das Licht in der ersten Dachstube auf, deren Fenster auf die Nebenstraße zeigte. Und als wollte er auch die letzten Zweifel seiner Verfolger beseitigen, zeigte Nagel seine Geiernase am Fenster: Lärmend stellte er einen Flügel zum Lüften auf Kippe und beendete seine Vorstellung, indem er den Vorhang schloss.

»Meine Fresse, haben wir ein Schwein!«, seufzte Kalle und zog seine Zigaretten heraus.

»Weiß nicht«, meinte sie. »Wenn wir hier bis zum Morgen stehen bleiben müssen, würde ich das anders sehen.«

Er schüttelte den Kopf: »Höchstens zehn Minuten. Meinst du, der haut in diesem Zustand noch ab? Es reicht, wenn wir um sieben wieder hier sind.«

»Okay«, sagte Simone nach einigem Nachdenken. »Aber nicht mit dem Astra und einem Bochumer Kennzeichen. So blöd ist Lukas auch wieder nicht.«

73

»Eingelebt?«, fragte der Polizeipräsident, als Lohkamp vor seinem Schreibtisch Platz nahm.

»So weit das in einer Woche geht – ja«, antwortete der Hauptkommissar und sah den Mann mit dem Revoluzzer-Bärtchen aufmerksam an: Flenner hatte ihn bestimmt nicht gerufen, um sich nach seinem Wohlbefinden zu erkundigen. Abgesehen davon, dass Präsidenten grundsätzlich nicht dazu neigten, mit den niedrigen Chargen Intimitäten auszutauschen, sprach auch schon die distanzierende Sitzordnung gegen ein solches Besuchsprogramm. Außerdem: Die

Stimme des Chefs hatte zwar recht teilnahmsvoll geklungen, aber sein Blick war kalt geblieben.

Gesprächstraining reicht eben nicht, dachte Lohkamp. Manchen Leuten sollte man auf den Führungsseminaren auch Schauspielunterricht verordnen ...

»Was macht Ihr Fall?«

»Ich wusste gar nicht, dass ich ein Fall bin. Oder wird aus der Abordnung eine Versetzung?«

Flenner lächelte knapp: »Kommen Sie, Herr Lohkamp. Ich meine die Tötungssache Klink.«

»Wollen Sie's ausführlich – oder in einem Satz?« Lohkamp kramte das Päckchen mit der Krebswarnung heraus und hob es fragend in die Luft. Die Zigarette brannte, bevor Flenner reagieren konnte. »Die Kurzfassung lautet: Wir sind noch nicht fertig.«

Flenner deutete auf einen Aschenbecher aus massivem Kristallglas, der einsam an der Schreibtischkante stand. Lohkamp stand auf, um sich das Teil zu holen, und warf dabei einen kurzen Blick auf die Schreibunterlage. Sie war mit einer Batterie von Spickzetteln versehen, die unter den Seitenrändern klemmten. Ein weiteres Blättchen lag direkt vor dem Boss. Es enthielt nur die Ziffern 1 und 2 – und hinter jede hatte Flenner einen besonders schönen Punkt gemalt.

»So viel wusste ich schon beim Aufstehen«, sagte Flenner. »Ich möchte wissen, wann wir mit einem klaren Ergebnis vor die Öffentlichkeit treten können. Die Presse ist mit uns unzufrieden.«

»*BLUT*?«

»Alle.«

Lohkamp zuckte die Achseln: »Unter diesem Druck stehen wir doch immer. Und wenn die Zeitungen ...«

»Herr Lohkamp: Die Bevölkerung hat einen Anspruch darauf, dass wir gute Arbeit leisten. Wie sollen wir den Bürgern das Gefühl von Sicherheit geben, wenn wir unsere Fälle nicht lösen? Und stattdessen in pikanten Angelegenheiten herumwühlen, die uns in der Sache kein Stück weiterbringen.«

Jetzt kommt er zum Thema, dachte Lohkamp. Er fragte: »Ich fände es hilfreich, wenn Sie mir die letzte Bemerkung erläutern würden ...«

»Muss ich das überhaupt noch?« Flenners Stimme wurde deutlich schärfer. Er blickte kurz auf seinen informativen Spickzettel. »Sie sind jetzt acht Tage hier, und ich habe gegen Sie zehn Beschwerden auf dem Tisch.«

»Und wo sind die Kopien für mich?«

Erstaunt hob Flenner dem Blick.

»Sie wissen doch, wie das geht: Der Beschuldigte bekommt eine Kopie, dann wird ein Termin angesetzt, der Beschuldigte darf eine Vertrauensperson mitbringen und sich äußern ...«

»So weit sind wir noch nicht. Das ist hier auch keine offizielle Untersuchung. Ich wollte Sie lediglich darauf aufmerksam machen, dass Sie hier saubere Arbeit zu leisten haben. Saubere Arbeit, die Erfolge bringt, statt die Kollegen zu verunsichern.«

»Welche?«

»In der Einsatzhundertschaft haben Sie sich aufgeführt wie ein Prolet, in der Hauptwache Innenstadt haben Sie die Leute einen Tag mit einem Schuhappell vom Dienst abgehalten ...«

Lohkamp beugte sich vor: »Herr Flenner! Ich habe die Kollegen bei ein paar Handlungen erwischt, die in den Vorschriften nicht vorgesehen sind und die normalerweise mit einer Disziplinarstrafe geahndet ...«

»Vorausgesetzt, es hat sich alles so zugetragen, wie Sie es behaupten!«

»Herr Flenner: Ich habe die Aussagen der Leute.«

»Die Sie unter Mordverdacht mitgenommen haben.«

»Falsch: Unter dem zeitweise begründeten Verdacht des gemeinschaftlich begangenen Totschlags. Herr Flenner, ich habe die Aussagen der Leute schriftlich. Von ihnen selbst unterschrieben.«

Der Präses schluckte, und Lohkamp nutzte die Gelegenheit, ihm die verschiedenen Aussagen in fünf Sätzen zusammenzufassen.

»Und warum habe ich das noch nicht auf dem Tisch?«

»Weil ich mir erst nach Abschluss aller Untersuchungen ein Urteil bilde. Aber solange meine Arbeit sabotiert wird ...«

»Bitte?«

»Das PB II zeigt sich äußerst unkooperativ.«

Flenner nickte und schien in Gedanken die zweite Ziffer auf seinem Zettelchen abzuhaken: »Das ist Ihre Version. Der Staatsschutz ...«

»... schützt im Moment nicht den Staat, sondern einen Mann, den ich als Zeugen unbedingt brauche.«

»Herr Lohkamp, Sie sind dabei, eine laufende Aktion des PB II zu stören. Die Ermittlungen der Kollegen hängen an einem seidenen Faden.«

»Was immer PB II ermittelt: Mord ist das schlimmste Delikt von allen. Die Aufklärung eines Verbrechens gegen das Leben hat Vorrang vor allen ...«

»So redet jemand, der keinen Überblick hat.«

Lohkamp musste sich zusammennehmen, um nicht laut loszuschreien: »Herr Flenner, können Sie mir verraten, wieso die Sicherheit des Staates vom Tagebuch eines Achtzehnjährigen abhängt? Wieso wir von PB II an der Nase herumgeführt werden?«

Der Präsident erhob sich, aber Lohkamp ließ sich nicht unterbrechen: »Wir tun, was wir können – und was wir nach dem Stand der Dinge tun müssen. Aber wenn PB II eine Fahndung in einem Mordfall hintertreibt, dann richten Sie Ihre Vorwürfe bitte an die Kollegin Hell.«

»Herr Lohkamp, wir können uns nicht in die Angelegenheiten des Staatsschutzes einmischen.«

»Wieso nicht? Ich dachte, Sie sind der Polizeipräsident.«

»Herr Lohkamp, unser Gespräch ist beendet. Ich erteile Ihnen hiermit die dienstliche Anweisung, sich auf Ihr Zuständigkeitsgebiet zu beschränken. Außerdem bekomme ich noch heute alle Unterlagen über Ermittlungen gegen Angehörige der Polizei auf den Tisch. Und wenn ich ein Wort darüber in der Presse lese ...«

»Diese Anweisungen hätte ich gerne schriftlich«, erklärte

Lohkamp, stand auf und verließ den Raum, ohne sich zu verabschieden.

Doch schon im Vorzimmer ärgerte er sich über sich selbst: Er hatte sich den Verlauf des Gesprächs immer noch zu sehr von Flenner diktieren lassen und nicht einmal die leergeräumte Wohnung in Hattingen zur Sprache gebracht.

74

Zur selben Zeit würgten Kalle und Simone ein Frühstück herunter, das aus lauem Kaffee und geschmacksneutralen Sandwiches bestand. Auch die äußeren Umstände boten keinen Luxus: Wie zerschlagen hingen sie auf den Vordersitzen eines Japaners der unteren Mittelklasse, in dem weder die Standheizung noch das Autoradio funktionierte. Was ihnen aber am schwersten fiel: Immer wieder mussten sie sich zwingen, ihr Augenmerk auf das leicht lädierte Gebäude jenseits der Kreuzung *Dampoort-* und *Nedenstraat* zu richten. Dort schlief Nagel seinen Rausch aus.

»Ich darf gar nicht daran denken«, sagte Kalle, während er sich ein Fitzel rohen Schinkens aus einer Zahnlücke puhlte.

»Woran?«

»Dass wir mit drei Stunden Schlaf auskommen müssen und der Arsch da drüben bis in die Puppen pennt!«

»Hoffentlich pennt er wirklich noch da!«, sagte Simone und spähte zu dem Dachfenster hoch, hinter dem Nagel in der Nacht den Vorhang geschlossen und das Licht gelöscht hatte. Seitdem hatte sich da oben nicht viel getan. Ab und zu glitt ein Windhauch in das nach Norden liegende Fenster und bewegte die Gardine – aber von dem Kahlkopf war noch immer nichts zu sehen.

»Der ist nicht abgehauen!«, sagte Kalle. In der vergangenen Nacht hatte diese Äußerung noch sehr überzeugt geklungen, aber jetzt hörte sie sich eher an wie eine Beschwörung. Und hatte Kalle in der ersten Stunde vor dem Hotel gerade mal eine Zigarette geraucht, so zündete er jetzt bereits die dritte in knappen vierzig Minuten.

»Verdammt, verdammt, verdammt!«, rief Kalle, als die Stundenanzeige seiner Armbanduhr zweistellig wurde und die Herbstsonne ihren Wagen endlich ein wenig erwärmt hatte. »Wie kann ein Mensch so lange pennen!«

Diesmal war es Simone, die den beruhigenden Part übernahm. Ohne die Straße und das Hotel aus den Augen zu lassen, meinte sie versonnen: »Och, wenn ich jetzt ins Bett könnte – vor dem Abendbrot würdest du mich auch nicht mehr wach bekommen ...«

Vom *Rotterdamsekaai* dröhnte ein schwerer Lastzug heran, an der hinteren Stoßstange eine Kette von acht oder neun Personenwagen, deren Fahrer ungeduldig auf eine Chance zum Überholen warteten. Als die Kolonne vorüberdonnerte, spähten Kalle und Simone besonders aufmerksam über die Kreuzung – aber es sah nicht so aus, als sei ihnen Nagel im Schutz der Fahrzeuge entkommen. Die Straße leerte sich wieder, und die beiden Beobachter sanken ein wenig entspannter in die harten Sitze zurück.

»Kann der uns von oben sehen?«, fragte Simone plötzlich.

»Weiß nicht«, sagte Kalle und zog zur Sicherheit die Sonnenblende ein wenig tiefer. »Aber da muss er sich schon weit vorbeugen und aufmerksam heruntergucken. Und was sieht er? Zwei Leute in einem holländischen Auto ...«

»... die schon eine Stunde nicht mehr geknutscht haben«, grinste Simone und zog Kalle zu sich herüber. Aber der wahre Bringer war es nicht: Sie spürte, dass er die Augen geöffnet hielt und mehr auf den Hoteleingang achtete als auf sie.

»Bin mal gespannt«, sagte er anschließend, »wann die Leute hier in der Straße aufmerksam werden.«

Sie überlegte eine Weile und schüttelte den Kopf: »Das kann dauern: Die Berufstätigen sind weg, die Schulkinder auch.«

»Eine neugierige Oma reicht«, meinte er.

»Ja«, sagte sie. »Wie schön, dass es keine neugierigen Opas gibt ...«

Da Kalle keine passende Antwort und auch kein eleganter Themenwechsel einfiel, ließ er ihre letzte Attacke einfach verhallen und hielt den Mund. Das Gespräch versiegte, sie hingen ihren Gedanken nach. Die Uhr tickte.

Eine gute halbe Stunde später kam plötzlich so etwas wie Panik auf: Als hätte ihn eine telepathisch übermittelte Botschaft erreicht, meinte Kalle unvermittelt: »Ist doch Scheiße. Der Typ ist schon über alle Berge. Wir sollten abbrechen!«

»Spinnst du? Habe ich mir dafür die halbe Nacht um die Ohren geschlagen?«

»Wir haben bald elf!«

»Na und? Wenn der um zehn zum Frühstück gegangen ist und sich Zeit lässt, dann sitzt er vielleicht gerade noch mal auf dem Klo ...«

Sie brach ab und deutete nach vorn: »Da! Er hat schon gefrühstückt! Und verdaut!«

Kalle sah hinüber und stieß einen Schwall Luft aus: Nagel stand, mit einem leichten Regenjäckchen und einer Baseballkappe angetan, vor dem Hotel und musterte das Wetter. Dann ging er drei, vier Schritte auf die Straßenecke zu, wo sich ein metallener Fahrradständer befand. Unter der *Heineken*-Reklame parkte ein einsames Hollandrad mit schwerer Satteltasche und weißem Schutzblech. Nagel kramte in seiner Hosentasche, zog offenbar einen Schlüssel heraus und tat, was man mit solchen Gegenständen tun konnte. Dann schwang er sich auf die Kiste und radelte in Richtung Veere davon.

»Uff!«, sagte Kalle. »Der macht 'nen Ausflug ...«

Sie kippten den Kaffee weg und nahmen die Verfolgung auf. Eine halbe Stunde später steuerte Nagel den Deich an, der das Veerse Meer, einen alten Mündungsarm der Schelde, von der See trennte.

»Na?«

»Abwarten, wohin er fährt!«

Am anderen Ufer schwenkte Lukas nach Osten ab, Richtung Kamperland. Ein Blick auf die Karte, dann begann Kalle zu strahlen.

»Was ist?« wollte Simone wissen.

»Der fährt einmal ums Veerse Meer – und das sind sechzig Kilometer.«

Kalle überlegte, dann drehte er um.

»Wo willst du hin?«, fragte Simone.

»Wohin schon?«, fragte er zurück. »Wie es aussieht, ist Lukas die nächsten Stunden beschäftigt. Und wir gehen ins Bett.«

75

In einer seltsamen Mischung aus Resignation und Arbeitswut war Lohkamp von dem Gespräch beim Präsidenten zurückgekehrt.

»Darf man fragen, was unser Oberster wollte?«, meldete sich Hardenberg, kaum dass Lohkamp sich einen Kaffee eingegossen und einen Brennstab ins Gesicht gesteckt hatte.

»Was schon? Er will den Ruf der Polizei schützen. Und ist der Meinung, dass das Politbüro für uns mitdenkt.«

»Wer?«

»Polizeibüro II. Der Staatsschutz. Habe ich was anderes gesagt?«

Hardenberg grinste, aber Kommissarin Eulenstein blieb unbewegt: »Inwiefern sollen die für uns mitdenken?«

»Wir kriegen nichts von dem zurück, was PB II beschlagnahmt hat. Die seien an einer wichtigeren Sache dran.«

»Wichtiger als Mord?«

»Ja, Frau Kollegin.«

An dieser Nachricht musste Eulenstein eine Weile kauen. Doch dann stand sie entschlossen auf: »Mal sehen, was sich auf dem kurzen Dienstweg machen lässt.«

Sie blieb eine gute halbe Stunde weg. Als sie wiederkehrte, hielt sie ein Video in der Hand: »An das Tagebuch ist wirklich nicht heranzukommen. Die Datei Nagel, Lukas ist nicht zugänglich. Jeder, der sie öffnen will, wird registriert. Aber ich weiß jetzt, wohin der abgetaucht sein könnte.«

»Und?«

»Holland. Die Hattinger haben da eine Spur ...«

»Ein bisschen vage«, meinte Lohkamp.

»Stimmt schon. Aber das hier ist handfest.« Sie hielt eine Video-Kassette hoch.

»Was ist da drauf?«

»Die Aktion auf dem Husemann-Platz.«

»Und? Kennen wir doch.«

»Diese Aufnahme des Dokumentationstrupps nicht. Sie ist ungeschnitten, ungekürzt ...«

»Wo haben Sie denn ...«

Eulenstein hob die Hand und brachte damit den Hauptkommissar zum Verstummen: »Unwichtig. Aber ich arbeite hier schon acht Jahre. Das ist ein Vorsprung, den Sie so schnell nicht wettmachen können.«

Sie gingen in den Besprechungsraum, warfen den Fernseher an und schoben die Kassette in den Player. Sie spulten sie vor bis zu dem Augenblick, da Scheppmann den Platz räumen ließ, und sahen sich die nächsten zwanzig Minuten dreimal an. Fanden nichts. Bis Hardenberg auf die Idee kam, den Monitor in drei Bereiche aufzuteilen: Jeder sollte nur einen Abschnitt beobachten, damit ihnen auch wirklich nichts entging.

»Gute Idee!«, lobte Lohkamp. »Aber ich hole uns erst einmal eine neue Runde Kaffee.«

Als er wieder eintrat, balancierte er ein Tablett mit drei Tassen und allen Zutaten über die Schwelle. Und er deutete stumm auf den Aschenbecher, den er mitgebracht hatte. Eulenstein nickte.

»Also!«, sagte Lohkamp und starrte auf den Bildschirm. Wieder liefen die Greiftrupps los, wurde die halb entkleidete Frau in den Bus geschoben, sah man den Burschen mit dem Fadenkreuz auf der Jacke ...

»Stopp!«, rief die Kommissarin plötzlich. »Unglaublich!«

»Was?«

Sie trat neben den Apparat und zeigte mit dem Finger auf den obersten Rand: Scheppmann stand neben dem Zweiertrupp, der wenig später Alexander Klink und Nagel abführte. Die linke Hand hatte er fast vertraulich auf den Arm des männlichen Kollegen gelegt, seine rechte Hand wies in das Getümmel vor ihm. Als sie der unsichtbaren Linie folgten, entdeckten sie einen jungen Mann mit braunen Haaren, die ein paar gelbe Strähnchen enthielten.

Alles in allem dauerte diese Sequenz fünf Sekunden. Aber Scheppmann erschien in einem völlig anderen Licht.

Eine halbe Stunde später tauchten sie zu dritt in der Polizeikaserne auf, holten Scheppmann vom Mittagessen weg und führten ihn in einen der Hörsäle des Neubaus. Ohne ihn zu fragen, setzte Hardenberg die Videoanlage in Gang.

»Ich werde mich beschweren!«, versprach der Polizeirat. »Wie können Sie mich vor meinen Untergebenen derart behandeln. Damit untergraben Sie die Autorität eines Vorgesetzten.«

»Das haben Sie schon selbst getan!«, sagte Lohkamp und wandte sich an Hardenberg: »Fertig? Dann los!«

Zehn Minuten später ließ der Polizeirat resigniert seinen Schädel sinken.

»Reden Sie schon!«, schnauzte Lohkamp ihn an. »Welchen Auftrag haben Sie den Kollegen gegeben?«

Scheppmann zögerte: »Woher haben Sie diese Aufn...«

»Wir stellen die Fragen! Also: Was ist? Entweder Sie reden, oder wir holen die beiden Kollegen ...«

»Nein, nicht nötig ...« Der Polizeirat seufzte, brauchte aber noch zwei weitere Anläufe, bis er zugab, was sie längst vermutet hatten: »Meine Güte, der Bursche sollte einen Denkzettel bekommen.«

»Hardenberg, die Schreibmaschine!«

Mit gesenktem Kopf hörte Scheppmann zu, wie der Hauptmeister seine Aussage in zusammengefasster Form aufs Papier hämmerte und sie ihm laut und deutlich vorlas.

»Unterschreiben!«

Scheppmann seufzte wieder, ging den Text noch einmal durch – und unterschrieb.

»Kann ich jetzt gehen?«, fragte er, als Lohkamp den Kugelschreiber zurückgegeben hatte.

»Nein!«, sagte Eulenstein.

Überrascht blickte der Polizeirat die Kommissarin an.

»Und was war am Abend des Tages?«

Der Themenwechsel verwirrte ihn tatsächlich, und Lohkamp, der ihn aufmerksam beobachtete, ertappte sich dabei, wie er fast schon so etwas wie Mitleid spürte: Scheppmann war eindeutig angeschlagen – ein Zustand, den er im Dienst wohl über viele Jahre nicht mehr erlebt hatte.

»Das Straßenfest!«, beharrte Eulenstein. »Sie hatten was getrunken, machten eine kleine Runde, um sich die Beine zu vertreten, und da tauchte aus der Dunkelheit Alexander Klink auf, hat Sie wahrscheinlich noch frech angegrinst ...«

»Nein!«, schrie der Mann. »Ich war es nicht. Ich habe ihn zum letzten Mal mittags in der Stadt gesehen. Ich ...«

Eine Stunde lang drehten sie ihn zu dritt durch die Mangel. Dann durfte er gehen. Als er aufstand und die Tür ansteuerte, sahen sie einem alten Mann nach.

76

Es war eine dieser Praxen, in der man sich verirren konnte: Vor der Tür stand eine auf Hochglanz polierte *Harley Davidson*, die Rezeption war so breit, dass sie mit den besten Hotels von Dortmund konkurrieren konnte, und durch die verschlungenen Gänge schwirrten mindestens sechs junge Damen, die mehr Modeschmuck mit sich herumschleppten, als Magers alter Lada im Kofferraum hätte transportieren können. Und alle trugen statt der üblichen weißen Kittel ein T-Shirt mit dem Aufdruck: *Unser Doc wird's wieder richten!*

Hoffentlich, dachte Mager, als er sich durch die Eingangshalle zu dem gigantischen Tresen schleppte. Das Teil war mit so vielen Monitoren bestückt, dass er die Damen dahinter zunächst kaum wahrnahm.

»Sie wünschen?«

»Mager. Ich habe vorhin angerufen und um einen Nottermin gebeten. Hexenschuss.«

»Schön, dass Sie zu uns gekommen sind. Unser Doc wird's schon richten. Herr Mager, wollen Sie vom Chef persönlich behandelt werden?«

Er nickte und sah zu, wie die Frau ein fett gedrucktes Kästchen auf seinem Laufzettel ankreuzte.

»Waren Sie schon mal bei uns?«

Der Patient verneinte.

»Dann muss ich Sie darauf aufmerksam machen, dass wir eine einmalige Bürokostengebühr von einhundert D-Mark berechnen, die Ihnen Ihre Krankenkasse vermutlich nicht ersetzen wird.«

»Ich bin privat ...«

»Sorry, die Privaten blocken dabei leider auch. Aber wenn Sie bereit sind, diesen zusätzlichen Obulus zu entrichten ...«

Halsabschneider, dachte Mager. Warum fährt der Arsch nicht mit dem Fahrrad in die Praxis?

»Also gut«, sagte er und griff schon zum Portemonnaie, aber die Dame wehrte ab: »Diese Dinge erledigen wir bargeldlos. Wünschen Sie zu überweisen oder möchten Sie direkt von Ihrer Bankkarte abbuchen lassen?«

»Überweisung«, sagte Mager. Er kannte seinen Kontostand nicht allzu gut, wollte sich aber auf keinen Fall der Blamage aussetzen, dass seine Karte womöglich keinen Pfennig mehr hergab.

»Wenn ich dann Ihre Personalien aufnehmen darf ...«

Fünf Minuten später nahm er in einem Warteraum Platz, der besser möbliert war, als es sein künftiges Wohnzimmer im Hinterhaus je sein würde. Und kaum saß er, würde ihm auch schon ein Tässchen Kaffee kredenzt – ein Service, den er bisher nur vom Frisör kannte.

Noch immer staunend, sah er der jungen Dame hinterher, die den Kaffee gebracht hatte: Sie hatte eine Art, die Hüften zu bewegen, als würde sie für den nächsten Einsatz auf dem Laufsteg üben.

Meine Fresse, dachte er, wo bin ich hier nur hingeraten? Normalerweise hätte er einem Arzt, der solch einen Rummel veranstaltete, gründlich misstraut. Aber wen immer er an diesem Morgen angerufen und um einen heißen Tipp gebeten hatte, der hatte ihm Prosper Wehling empfohlen. Bei dem Zulauf, den der Mann hatte, mussten alle anderen Orthopäden der Bierstadt längst verhungert sein.

Eine halbe Stunde später war er auf Anweisung irgendeiner medizinischen Hilfskeule geröntgt worden und harrte im Behandlungsraum 5 darauf, dass der große Meister persönlich eintreten und alles richten würde. Die Wände des Raums waren mit gerahmten Fotos von Oldtimer-Autos behängt, aber es hätte ihn nicht gewundert, wenn der Mann einen Bart à la Miraculix und eine Wünschelrute besessen hätte. Vielleicht ...

Die Tür flog auf, und es fegte ein drahtiger Typ herein: kurzer Disco-Haarschnitt, Brille wie ein Rap-Star, Muskelpakete wie Stallone – und mindestens acht Jahre jünger als der Patient.

»Ich bin Dr. Wehling«, sagte er und umfasste, seinen Blick in Magers Augen versenkend, mit beiden Händen die Rechte des Bärtigen. »Was darf ich für Sie tun?«

Mager schilderte seine Leiden, der Doc betastete seinen geschundenen Rücken, befragte das Röntgenbild und legte einen Schleier über seine Augen: »Herr Mager, Ihr Rückgrat gefällt mir wirklich nicht. Es ist ein wahres Wunder, dass Sie ...«

Die nächsten zwei Minuten hörte der Kameramann einfach weg: Je weniger er wusste, desto gesünder würde er sich wieder fühlen.

»So«, schloss der Doc, »und jetzt haben wir zwei Möglichkeiten. Entweder Sie bekommen einen Krankenschein und wir therapieren Ihren Hexenschuss auf die schonende, konventionelle Art und Weise – dann sind Sie in einer Woche wieder fit.«

Mager schüttelte entschieden seinen Kopf: »Ich muss morgen ...«

»Alles klar. Dann bekommen Sie jetzt zwei Spritzen mit einer Medizin, die auf Cortison-Basis erstellt ist ...«

»Cortison?«, schrie Mager.

Der Doc lächelte: »Vergessen Sie alles, was Sie gehört haben. Ich will Ihnen das Zeug ja nicht über Wochen und Monate hinweg in den Körper pumpen – zwei Spritzen nur, und Sie fühlen sich zehn Jahre jünger ...«

Mager nickte begeistert.

»... sobald der Schmerz abgeklungen ist.«

»Schmerz?«

»Ja. Ich muss Ihnen die Leitungen direkt ins Rückgrat legen. Aber Sie können sicher sein: Bisher haben alle Patienten überlebt.«

Sekunden später ließ Mager seine Jeans fallen, lehnte sich stehend gegen eine dieser Liegen, auf denen die meisten Patienten gefoltert werden, und biss die Zähne zusammen.

Was dann kam, wusste er später nicht mehr. Als er die Augen wieder aufschlug, blickte er direkt in die Scheinwerfer der Dame mit dem modischen Hüftschwung.

»Schön, dass Sie wieder da sind«, sagte sie. »Ich rufe mal eben den Doc ...«

Wehling kam, als hätte sie ihn hereingebeamt, und tätschelte ihm die rechte Pranke.

»Ja«, sagte er, »das kommt schon mal vor. Aber Sie werden sehen – Sie laufen gleich wie ein junger Gott.«

Ob es wirklich die Spritze war oder doch nur der kleine, aber edle Cognac, der ihm gratis gereicht wurde, hätte Mager nicht sagen können. Aber als er wenig später in Susannes Golf sank, fühlte er sich so fit, dass er am liebsten sofort nach Holland durchgestartet wäre.

77

»Herr Lohkamp?«

Der Hauptkommissar sah von den Notizzetteln auf, die er für die fehlenden Aktenvermerke brauchte.

»Der Kollege Brauckhoff wartet draußen«, meldete Hardenberg.

»Brauckhoff?«

»Einsatzhundertschaft«, verriet Eulenstein, ohne zu zögern. »Der Mann, welcher ...«

»Klar.«

»So 'n Jüngelchen!«

Erstaunt richtete er seinen Blick auf die Kommissarin, die wieder ganz in Schwarz gehüllt war und ihre Stretchklamotten trug. In diesen Sachen muss man doch unheimlich schnell schwitzen, dachte er unsinnigerweise. Vielleicht nebeln sich diese Discotanten deshalb mit so viel Parfüm ein ...

»Wollen *Sie* ihn knacken?«, fragte er.

»Dann brauche ich noch mal die Aussage der Polizistin.«

Er legte eine Karteikarte zwischen die Seiten, die sie benötigte, und schob ihr den Ordner hinüber: »Und was ist mit dem da draußen?«

»Kann warten«, sagte sie knapp, die Augen schon in die Papiere versenkt. Knapp zwei Minuten war es so still im Raum, dass sie die Tauben gurren hörten, die sich unter der Dachkante eingenistet hatten. Und ganz plötzlich sagte Eulenstein: »Wissen Sie, wen wir vergessen haben?«

Die Antwort fiel ihm ein, noch bevor sie den Mund geschlossen hatte: »Den Fahrer der Wanne!«

Sie zuckte nur mit den Wimpern, als ihm der Szene-Ausdruck so glatt über die Lippen kam, und senkte den Blick wieder auf das Protokoll – und gab ihm damit Gelegenheit, den Tiefschlag in Würde zu verdauen: Solche Patzer durften ihm nicht unterlaufen.

»Passiert eben«, sagte sie, als sie wieder aufsah. »Man kann nicht an alles zugleich denken.«

Sie schob den Ordner wieder auf seine Seite des Schreibtisch-Dreiecks zurück: »Ich glaube, ich habe den Knackpunkt.«

Ihre Stimme blieb hängen, als ob sie auf ein Zeichen wartete, dass sie weiterreden sollte, und Lohkamp nickte.

»Die Kollegin hat über die Ankunft in der Humboldtstraße erzählt: ›Als der Wagen hielt, standen da schon die Kollegen von der Wache und haben ihn in Empfang genommen‹.«

»Alexander.«

»Klar. Nagel aber ist nach ihrer Aussage ganz plötzlich verschwunden.«

»Sagen die Herren von der Wache auch.«

»Ja. Aber vielleicht hat die Beamtin die Situation wirklich so erlebt. Erregt, wie sie war, noch voller Wut. Musste gebückt aus dem Wagen klettern. Kann gut sein, dass ihr etwas entgangen ist.«

»Und wo ist die Pointe?«

»Die Leute von der Humboldtwache. Da haben vier Mann zum Empfang bereit gestanden. Ausgeruht von einer gemütlichen Streifenfahrt. Denen entgeht doch keiner. Was ich meine: Einer von der Wache hat den Nagel herausgefischt und davor bewahrt, so behandelt zu werden wie Klink.«

»Und warum sollte er das getan haben?«, fragte Hardenberg, der die ganze Zeit nur zugehört hatte.

»Das ist die Preisfrage«, lächelte die Eule kurz und wurde wieder ernst: »Darf ich ihn holen?«

Lohkamp nickte.

Sie stand auf, klackerte auf den hohen Absätzen ihrer schwarzen Lackschuhe zur Tür, riss sie auf und steckte den Kopf hindurch: »Reinkommen, Freundchen!«

»Hörn Sie mal«, protestierte der Jüngling in Uniform, aber sie knallte ihm einen Stuhl hart vor die Füße: »Setzen!«

Der Bursche gehorchte, hatte aber immer noch empört die Backen aufgeblasen. Als er Luft holte, schnitt sie ihm jeden Widerspruch ab: »Ich rede, wann ich will, Sie nur mit Erlaubnis.«

Sie stellte sich so dicht vor ihn, dass er bequem das Muster ihrer Gürtelschnalle studieren konnte, und verschränkte die Arme. Wenn er ihr Gesicht sehen wollte, musste er den Kopf weit zurücklehnen und fast senkrecht aufschauen.

»Vorletzter Samstag, Humboldtstraße. Der Glatzkopf. Sie erinnern sich?«

Er nickte, versuchte einen Blick nach oben, fand das aber zu unbequem, und studierte lieber die Nähte ihrer Hose. Bevor er sich in seine Phantasien flüchten konnte, beugte sie sich zu ihm hinab, drückte mit einer knappen Bewegung seine Stirn nach hinten und schaute ihm ins Gesicht: »Ich rede mit Ihnen!«

Der Bursche lief rot an und vergaß dabei jeden Protest.

»Wer hat die Glatze rausgefischt?«

Er schluckte, erinnerte sich plötzlich an die beiden Männer im Raum und sah Hilfe suchend zu Lohkamp hinüber.

Aber schon schwebte das Gesicht der Eulenstein wieder in sein Blickfeld: »Ein Wort, und du hast es hinter dir.«

Über diese Aussicht schien er ernsthaft nachzudenken.

»Oder wir stellen deine Bude auf den Kopf. Irgendwas hast du doch sicher aus der Castroper Straße mitgehen lassen. Ein Paar Stiefel, damit du beim Wagenwaschen keine nassen Füße bekommst? Ein paar Patronen als Zierde für den Wohnzimmerschrank? Oder tauscht ihr einfach nur ein paar Schweine-Videos? Wir finden alles – darauf kannst du einen lassen!«

»Der Hauptkommissar«, flüsterte er plötzlich. »Der Chef der Wache. Hat sich den Kahlen herausgefischt und ist mit ihm abgedampft ...«

Der Jüngling senkte den Kopf, stützte ihn in die Hände und rieb sich verzweifelt die Stirn: »Scheiße auch. Verdammte Scheiße.«

»Los«, sagte sie, sah Hardenberg an und bewegte den Kopf in Richtung Nebenzimmer: »Protokoll, Unterschrift und weg mit ihm.«

Der Bursche von der Bereitschaftspolizei ging, ohne Eulenstein oder Lohkamp noch einmal anzusehen. Als die Tür wieder geschlossen war, holte die Kommissarin Luft und schüttelte den Kopf: »Ihr Männer seid doch wirklich alle gleich!«

78

Es war schon früher Nachmittag, als Susannes Golf die lange Straße von der Autobahn Richtung Middelburg entlangrollte. Karin war fast die gesamte Strecke durchgefahren und vom Bord-an-Bord-Kampf mit den Lastwagen so ermüdet, dass sie kaum einen Sinn für den romantischen Anblick vor den Wagenfenstern hatte – aber umso mehr genoss der Mann auf dem Beifahrersitz die Aussicht.

Mager nämlich hatte, um seinen noch immer nicht ganz wiederhergestellten Rücken für höhere Aufgaben als das Chauffieren eines popeligen Golfs zu schonen, den größten

Teil der Strecke liegend erlebt. Aber jetzt beendete er seine Auszeit, stellte die Rückenlehne wieder aufrecht, gähnte noch einmal, während er sich neugierig umschaute, und sagte: »Mensch, wir sind an einem feinen Ort gelandet.«

»Halt die Klappe!«, fauchte sie. »Es reicht, dass du mich unterwegs mit deinem Schnarchen genervt hast. Aber jetzt stör mich nicht – wir sind in einer fremden Stadt.«

Der Anschiss wirkte. Mager riss sich zusammen und sparte sich überflüssige Kommentare, griff stattdessen zu dem Zettel mit den Fahranweisungen, die Kalle ihnen per Handy durchgegeben hatte: »Am Bahnhof rechts, über die nächste Gracht und wieder rechts ...«

Minuten später rollten sie auf den Parkplatz auf dem *Damplein* und blieben unweit des *Rock Desert* stehen.

»Was bin ich froh«, sagte Karin, als sie den Zündschlüssel drehte.

Mager wertete diese Äußerung als Friedensangebot und tat seinerseits etwas für die Verbesserung des diplomatischen Klimas: »Du bist hervorragend gefahren, Liebste.«

»Kannst du doch gar nicht wissen.«

»Doch. Hätte ich sonst so ruhig geschlafen?«

»Raus hier!«, schrie Karin.

Sie bedienten, um böse Überraschungen zu vermeiden, artig die solarbetriebene Säule mit den Parkquittungen und zockelten Hand in Hand auf den Anfang der Einkaufsstraße zu. Doch von der Verträumtheit, die Middelburg laut Kalles Kurzbericht auszeichnete, war nicht viel zu spüren: Die lange Fußgängerzone war vollgestellt mit zahlreichen Verkaufsständen, die vom Imkerhonig über echte Holzschuhe und antiquarische Bücher alles boten, was zum Leben nicht unbedingt wichtig war.

»Mensch, Karin, hier ist auch ein Straßenfest!«, meinte Mager.

Zwischen Billigkleidern, CDs und Ledergürteln mit totschlägerartigen Schnallen wurde auch noch mancher Imbiss angeboten: vietnamesische Frühlingsrollen, französische Pfannkuchen und frisch geräucherte Fische. Hätte Karin ihn nicht weitergezerrt, wäre Mager von Stand zu Stand gezogen, um seinen plötzlich auftauchenden Hunger zu bekämpfen.

»Komm, wir sollten schon seit zehn Minuten in diesem *Café Bommel* sein.«

Mühsam kämpften sie sich durch die dichten Menschenmassen voran – selbst Magers geschultes Auge war nicht in der Lage, alle Eindrücke einzufangen.

Endlich hatten sie den Marktplatz erreicht, und dem schönen *Stadhuis* konnte auch Karin nicht ihren Respekt verweigern: »Toll. Hier müssten wir wohnen.«

»Weiß nicht«, knurrte Mager, »ob es hier für ein engagiertes Filmteam überhaupt genug Themen gibt ...«

Sie bogen um die südliche Ecke des Rathauses und sahen sich einer Ansammlung von mindestens zehn Kneipen ausgesetzt, die ihre Stühle noch auf den Vorplätzen stehen hatten.

»Mal gespannt, ob wir die beiden in diesem Trubel finden«, moserte Mager, aber Karin grinste nur: »Sie haben etwas von der ersten Kneipe am Platz gesagt – und da sind sie auch!«

Kalle und Simone saßen in der Nachmittagssonne und hatten sich von ihrer Nachtschicht offenbar gut erholt. Nach der Begrüßung fragte Mager: »Und wo ist unser Freund?«

»Cool bleiben, Vatta!«, grinste der Sohn. »Der geht uns nicht durch die Lappen. Macht schon wieder eine 60-Kilometer-Tour rund um diesen abgeschnittenen Mündungsarm im Norden der Insel. Müsste in zwei Stunden wieder hier sein.«

»Woher willst du das denn wissen?«

»Wir haben ihm unterwegs aufgelauert ...«

Die Bedienung kam, und Mager orderte zum Kaffee noch warmes ›Appelgebak met Slagroom‹. Erst als er damit fertig war, kamen Kalle und Simone zum Thema: »Also, wir schlagen euch zunächst eine kleine Ortsbesichtigung vor: diese Rock-Kneipe, das Hotel, der Weg zu unserem Quartier und die Bude selbst. Und heute abend geht's los.«

Mager nickte: »Was freue ich mich, wenn wir diesen Arsch erst in den Fingern haben!«

79

Als Hardenberg endlich das Vernehmungsprotokoll abheften konnte, empfand er alles andere als Befriedigung: Das Jüngelchen aus der Einsatzhundertschaft war letztlich eine arme Sau, die nur gelernt hatte, Befehle auszuführen. Seine Kumpels aus der Polizeikaserne waren zwar kein Stück besser, aber sie waren bis heute immerhin seine Kumpels gewesen – und jetzt hatte er auch noch bei denen verschissen ...

»Ich habe es gleich geahnt, als sie mich nach Bochum schickten«, hörte er Lohkamp sagen.

»Was?«, fragte Eulenstein.

»Dass man mir den beschissensten Fall auf den Schreibtisch knallt, den ihr gerade auf Lager habt. Wir wühlen im Dreck, und alles, was wir finden, ist noch mehr Dreck. Aber wer Alexander umgebracht hat, wissen wir noch immer nicht.«

Eine lange Atempause hindurch konnte man wieder den Tauben zuhören. Dann sagte die Kommissarin: »Wir brauchen diesen Nagel. Ohne diesen Typ kommen wir nicht weiter.«

»Aber das Politbüro hat den Daumen drauf!«, erinnerte Lohkamp, der an dieser Formulierung offenbar Gefallen gefunden hatte. »Wie sicher ist denn diese Holland-Spur?«

»Sicher? Die Unterlagen aus der Wohnung sind weg. Alles, was wir wissen, haben die Hattinger Kollegen von den Pfeifen, die wegen des Einbruchs in Nagels Wohnung geschickt worden sind. Sogar die Vernehmungsprotokolle ...«

Lohkamp unterbrach sie mit einem Fingerschnippen. Auf dem Gesicht des Hauptkommissars lag plötzlich ein beinahe pfiffiges Grinsen. Er blätterte in seinem Notizbuch, griff zum Telefon, drückte die Mithörtaste und begann zu wählen. Zweimal läutete es am anderen Ende, dann meldete sich eine Frauenstimme: »PEGASUS-Film. Ledig am Apparat. Was kann ich für Sie tun?«

»Lohkamp. Kriminalpolizei ...«

Einen Augenblick schien die Frau verblüfft zu sein, dann fragte sie: »Wollen Sie einen Werbefilm für die Kripo bestellen?«

»Nein, Frau Ledig. Das liegt nicht in meiner Macht. Aber ich bin mir auch nicht sicher, ob ich einen solchen Auftrag gerade an Sie vergeben würde.«

»Das nehme ich mal als Kompliment, Herr Lohkamp.«

»Ich kann Sie nicht hindern«, feixte Lohkamp und griff schon wieder zu seinen Zigaretten. »Aber etwas anderes: Ist Herr Mager da?«

»Bedaure. Kann ich ihm etwas ausrichten?«

»Hätte ich ihm lieber selber gesagt. Wann kann ich ihn erreichen?«

»Unsicher. Heute wohl kaum noch.«

»Auch nicht in Holland?«

Susannes Stimme stockte nur einen winzigen Moment, aber Lohkamp merkte es und grinste.

»Holland? Er fährt seit Jahren nicht mehr nach Ameland.«

»Ich meinte auch eher das andere Ende.«

Sie schwieg einen Moment, um nachzudenken, bevor sie in ernsthaftem Ton vorschlug: »Vielleicht sagen Sie mir einfach, was Sie wollen!«

Er brauchte dafür keine drei Minuten und schien damit auf der anderen Seite eine erneute Denkpause auszulösen. Schließlich meinte sie: »Geben Sie mir Ihre Durchwahl? Das Problem sollten Sie mit Herrn Mager besprechen. Vielleicht kann ich ihn ja übers Handy erwischen.«

Er diktierte ihr die Nummer und fügte hinzu: »Frau Ledig – sagen Sie Mager, dass uns die Sache unter den Nägeln brennt.«

Lohkamp legte auf und blickte sich nach einem Kaffee um, aber die Kanne war leer. Da sprang Eulenstein auf: »Geben Sie her. Ich mache neuen.«

Hardenberg spürte, wie sein Herz einmal aussetzte: Das war der erste Kaffee, den sie in seiner Gegenwart kochte. Und er stand immerhin schon ein Jahr und drei Monate unter ihrer Fuchtel.

»Also, ich schließe jede Wette ab«, sagte Lohkamp. »Die sitzen Nagel auf der Pelle. Das wären nämlich zwei Zufälle zu viel: Magers Sohn in Nagels Wohnung – und Mager jetzt in Holland.«

Die Kommissarin stellte die Kaffeemaschine an und setzte sich wieder hinter ihren Schreibtisch: »Aber das alles hilft uns kaum weiter. Solange PB II die Hand über Nagel hält, bekommen wir nicht mal einen Antrag auf Amtshilfe durch.«

»Nee. Aber es gibt ja noch andere Kanäle«, sagte Lohkamp und rief die Auskunft an, um eine Telefonnummer in Leeuwarden zu erfragen.

»Wo liegt das denn?«, fragte Hardenberg.

»Im Norden. Ich hatte da mal einen Kontakt. Ist zwar schon zehn Jahre her ...«

Die nächste Stunde war der Hauptkommissar damit beschäftigt, einen bestimmten Kollegen aus dem Nachbarland aufzutreiben. Der Mann hatte vor fast zehn Jahren einen Mordfall auf der Insel Vlieland bearbeitet, den Lohkamp dann im Landkreis Recklinghausen zumindest halbwegs hatte aufklären können.

»Und?«, fragte Hardenberg gespannt, nachdem der Hauptkommissar endlich mit dem Mann gesprochen hatte.

»Er ruft zurück. Und will mir die Nummer eincs Kollegen aus Middelburg geben, der eine Ader für unbürokratische Lösungen hat.«

»Die haben Sie doch auch!«, platzte Hardenberg heraus. »Oder?«

Lohkamp sah ihn aufmerksam an.

»Brauchen Sie mich in den beiden nächsten Tagen unbedingt hier?«

Schweigen. Hardenberg schaute Lohkamp an, und der schien zu ahnen, was kam. Forschend richtete er seine Augen auf Eulensteins Mimik. Wenn die Kommissarin nicht mitzog, konnte man die Sache vergessen.

»Sie sollten ganz offiziell Überstunden nehmen«, sagte sie. »Alles andere ist dienstrechtlich zu riskant.«

Hardenberg machte ein fragendes Gesicht.

»Meine Güte, wenn wir sagen, Sie wären gerade zum

Pommesholen in der Stadt, und Ihnen fährt zur selben Zeit in Holland jemand in den Wagen ...«

Der Hauptmeister zog schon ein Antragsformular aus dem Schreibtisch, füllte es aus und schob es Lohkamp zur Unterschrift hin: »Offiziell ist Westhoff zuständig – aber das interessiert in der Verwaltung keinen. Hauptsache, Sie unterschreiben schön unleserlich.«

Lohkamp grinste: »Das brauche ich nicht mal zu üben.«

Er schob das unterschriebene Formular wieder zurück, und Hardenberg stand auf: »Kann ich?«

»Klar«, sagte Lohkamp, doch Eulenstein hielt ihn zurück. Sie kramte in ihrem Portemonnaie und warf einen Hunderter auf den Tisch: »Mein Anteil.«

»Woran?«

»Sprit, Hotel, Verpflegung«, sagte Lohkamp und legte zwei Fünfziger dazu. »Oder wollen Sie alles alleine zahlen?«

Die nächste halbe Stunde verging vor allem mit Warten – aber weder der holländische Kollege noch Mager riefen an.

»Kommen Sie«, sagte Lohkamp. »Wenn wir länger hier hocken, bekommen wir kein Mittagessen mehr.«

Sie nickte und schnappte schon nach ihrem Handtäschchen, als es klopfte.

»Herein!«, rief Lohkamp.

Ein Mädchen erschien auf der Schwelle: etwa sechzehn, lange blonde Haare, sehr blass für diese Jahreszeit und eine Spur braver, aber deutlich teurer gekleidet als die meisten ihrer Altersgenossinnen. Wie einen Ausweis hielt sie jene Ausgabe der *BLUT*-Zeitung in der Hand, die mit dem Schlagwort von der *Blutrache* aufgemacht hatte.

»Guten Tag. Sind Sie – dafür zuständig?«, fragte sie und hob das Blatt in die Luft.

Überrascht sahen sich Lohkamp und Eulenstein an, dann nickte die Kommissarin: »Ja.«

»Ich heiße Ann-Kathrin Sawitzki. Konsumstraße.«

Lohkamp hielt den Atem an.

»Ich – halte es nicht mehr aus«, sagte das Mädchen.

»Was?«, fragte Eulenstein.

Die Blonde hob ihr Madonnengesicht: »Dass Waldemar unschuldig im Gefängnis sitzt.«

Weder Lohkamp noch Eulenstein sagten ein Wort – als fürchteten sie beide, dass sie Ann-Kathrin von der Aussage abhalten könnten, die jetzt kommen musste.

»Waldemar – war's nicht«, flüsterte sie. »Er war den ganzen Abend bei mir. Auf dem Zimmer.«

80

»Dieser verdammte Lohkamp!«, schimpfte Mager. »Dass der uns noch im letzten Augenblick dazwischenfunken will.«

»Du brauchst ihn ja nicht zurückzurufen!«, schlug Karin vor, doch der Bärtige schüttelte seine spitze Nase: »Dann riecht er den Braten sofort.«

Sacht drückte er sich aus seinem Korbsessel hoch und spähte vorsichtig über den begrünten Mittelstreifen, der den Marktplatz der kleinen Stadt Veere in zwei schmale Schläuche teilte. Wenn das Restaurant auf der Westseite und das Café gegenüber ihre Sommertische auf das holprige Pflaster gestellt hatten, passte gerade noch ein Lieferwagen durch.

»Ist er noch da?«

Mager nickte: »Frisst Kuchen und säuft Kakao oder Kaffee. Wir brauchen wirklich nicht weiter hinter ihm herzugurken. Der ahnt nichts und fährt planmäßig zum Hotel zurück.«

Er steckte sich eine an, zog den Reißverschluss seiner Lederjacke höher und ließ sich tiefer in den Sessel rutschen. Da Nagel einen Platz in der Nachmittagssonne gewählt hatte, blieb ihnen nur die Schattenseite des Marktes. Aber ansonsten gefiel Mager dieser mittelalterliche Ort, in dem es kein Gramm Beton zu geben schien, außerordentlich gut.

»Wirklich klasse hier. Blick aufs Rathaus, und dahinter kommt schon der Hafen mit den Segelbooten. Wenn's hier Arbeit für uns gäbe, sollte man sich das wirklich überlegen ...«

Karin grinste: Dass ein Ruhrgebietsfanatiker so etwas äußerte, besaß einen Hauch von Landesverrat.

»Trotzdem ein seltsamer Typ«, kam er auf den Glatzkopf aus Hattingen zurück. »Denk an die Geschichte mit der Wohnung: Für die Öffentlichkeit mimt er Oskar aus der Mülltonne, privat wohnt er aber wie ein Spießer. Und hier? Nachts säuft er sich die Hucke voll, tagsüber macht er den Harten und fährt fast ohne Pause rund um das Veerse Meer – sechsundfünfzig Kilometer.«

»Saufen diese Sportler nicht alle?«, fragte die Rote, aber Mager verzog keine Miene: »Ist er ein Sportler?«

Eine dunkelhäutige Kellnerin brachte eine neue Runde Kaffee, und Mager lächelte ihr dankbar zu, ehe er Milch in die Tasse kippte und umrührte.

»Wie findest du Simone?«, wollte er wissen.

Karin überlegte einen Augenblick, ehe sie sich festlegte: »Patente Frau. Und du?«

»Ich glaub, Kalle hat 'nen Fitsch gemacht. Die ist schwer in Ordnung. Hält jeden Vergleich zu Rosa aus.«

»Wieso?«

»Rosa wurde zum Schluss doch richtig kleinbürgerlich. Wollte 'ne Wohnung mit richtigem Schlafzimmer. Und unbedingt ein Kind.«

Karin seufzte: »Männer! Gestern hast du noch von deiner Schwiegertochter Rosa geredet und heute? Und Kalle hat sich ja schnell getröstet. Sind wir Frauen wirklich so austauschbar?«

»Wenn ich ja sage – verhaust du mich dann?«

»Legst du Wert darauf?«

»Besser Prügel als gar keine Zuwendung.«

»Also keine Prügel!«, versprach Karin. »Hast du gar nicht verdient.«

Sie versanken wieder in den Anblick des lebenden Museums, das die Holländer, schien es, extra für sie aufgebaut hatten.

»Was ist jetzt mit Lohkamp?«

Mager zog sein Handy: »Also gut. Aber wenn die Kellnerin kommt, halt ihr den Mund zu. Wär peinlich, wenn sie auf Holländisch dazwischenquatscht ...«

Seine Lebensgefährtin schaute ihn fragend an, aber er tippte schon die Nummer ein, die Susanne durchgegeben hatte. Bekam zuerst wohl jemand anderen an die Leitung und ließ sich weiterreichen: »Tach, Herr Lohkamp. Sie haben Sehnsucht nach mir?«

Zwei Minuten lang ergingen die beiden sich in einer Mischung aus Artigkeiten und Frozzelei, dann begann Mager plötzlich laut und herzlich zu lachen: »Holland? Da gucken Sie in die völlig falsche Richtung. Wir sind auf Rügen. Kennen Sie? Schöne Insel, nicht wahr?«

Jetzt war Lohkamp wieder an der Reihe, und Mager hörte ihm tatsächlich einen Augenblick lang zu, bevor er die Reiseschilderungen des Polizisten unterbrach: »Nein, nicht in Binz. Göhren. Genau: Südlich.« – »Nein, was mich stört, sind diese Bundeswehr-Heinis. Die haben sich hier das zweitbeste Hotel an Land gezogen. Aber der Strand ist immer noch klasse. Und am besten ist das italienische Café. Direkt am Wasser: Espresso, Grappa, Ostsee. Diesen Service zehn Jahre früher, und es hätte die ganzen Montags-Demos nie gegeben ...«

Als er das Gerät auf Stand by schaltete, grinste er still vor sich hin und äugte wieder über den Grünstreifen: »Ich glaube, wir sollten langsam zahlen. Wenn Nagel in Richtung Middelburg fährt, legen wir uns unterwegs noch einmal auf die Lauer und machen mit dem Zoom eine schöne Sequenz davon, wie er mit dem Gegenwind kämpft. In Ordnung?«.

Karin nickte und schaute auf das Handy, das Mager auf den Tisch gelegt hatte: »Meinst du, der glaubt dir?«

»Wer? Lohkamp?« Er schüttelte den Kopf. »Vermutlich kein einziges Wort.«

81

Eulenstein und Lohkamp sahen das blonde Mädchen eine ganze Weile stumm an. Die Überraschung war perfekt. Den schwersten Brocken musste dabei die Kommissarin verdauen: Wenn die Aussage der jüngeren Sawitzki-Tochter stimmte, durften sie den jungen Borodjuk nicht länger in der *Krümmede* festhalten.

»Wollen Sie damit sagen, Sie hätten ein Verhältnis mit Waldemar?«, fragte Lohkamp endlich und bot ihr gleichzeitig mit einer Handbewegung einen der freien Stühle an.

»Verhältnis?« Ann-Kathrin setzte sich, lachte amüsiert und zog die Schultern hoch. »Weiß nicht. Wir haben ein paar Mal gebumst ...«

Aus den Augenwinkeln bemerkte Lohkamp, dass Eulensteins Lider zuckten: Solche Worte passten nicht zu diesem unschuldig wirkenden Madonnengesicht.

»Ob das ein Verhältnis ist«, setzte die Blonde den Gedanken fort, »weiß ich nun wirklich nicht.«

»Seit wann – lief diese Geschichte?«

»Seit dem Sommer. Wir sind uns in der Stadt begegnet, zufällig, und kamen ins Quatschen. Ja, und am nächsten Tag sind wir zu einer Freundin von mir, deren Eltern gerade im Urlaub waren. Und da haben wir uns ein bisschen das Schlafzimmer angesehen.«

Eulenstein beugte sich vor: »Hören Sie – irgendwie kommt mir die Geschichte noch etwas ... unglaubhaft vor.«

Das Mädchen sah sie aufmerksam an.

»Wenn ich das richtig mitbekommen habe, läuft mitten durch die Konsumstraße so eine Art Mauer.«

Ann-Kathrin nickte.

»Und niemand wagt es, auf die andere Seite zu klettern.«

»Aber das ist doch das Coole daran!«, lächelte die Blonde. »Unsere Alten führen so eine Art Krieg gegeneinander – und wir – machen das Gegenteil.«

Lohkamp bot ihr einen Kaffee an, aber sie wollte nichts trinken. »Dann erzählen Sie uns doch mal der Reihe nach, was an diesem Abend passiert ist«, forderte er.

»Alles?«, fragte sie, doch Lohkamp winkte ab: »Aufklärungsunterricht brauchen wir natürlich nicht mehr.«

»Da ist nicht viel zu sagen. Als wir von dem Straßenfest erfuhren, haben wir uns für den Abend verabredet. Sobald es dunkel wurde, wollte Waldemar herüberkommen.«

»Mussten Sie nicht mit?«

Die Blonde lächelte: »Doch, eigentlich schon. Aber ich habe so getan, als hätte ich Menstruationsbeschwerden. Mama glaubt so etwas sofort, und Paps redet darüber nicht. Er wollte zwar, dass Mama da bleibt, damit ich nicht allein bin – aber wir haben ihm klargemacht, dass er von solchen Frauensachen ja doch keine Ahnung hat. Ja, und dann konnte die Sache wie geplant laufen. Und sie lief eigentlich nicht schlecht ...«

Ist das ein Früchtchen, dachte Lohkamp, fischte sich die Zigaretten und bat die Kollegin Eulenstein mit einer stummen Geste um Erlaubnis. Sie nickte, und er zündete sich eine an. Als er den begehrlichen Blick des Mädchens sah, bot er ihr eine an. Sie griff danach, als hinge ihr Leben davon ab.

»Und dann kam Waldemar«, setzte Eulenstein das Gespräch wieder in Gang.

»Ja.«

»Woher wusste er, dass ...«

»Ich habe im Wohnzimmer das Licht dreimal an- und ausgeknipst. Zum Zeichen, dass die Luft rein war. Und dann habe ich den Bewegungsmelder ausgestellt, damit man Waldemar nicht vor der Haustür sehen konnte.«

»Und danach waren Sie die ganze Zeit in Ihrem Zimmer?«

Das Madonnengesicht nickte.

»Und Sie hatten keine Angst, dass Ihr Vater ...?«

»Nein. Das heißt: ein bisschen schon. Aber das war ja das Geile daran.«

»Und wenn Ihr Vater gekommen wäre, um nach Ihnen zu sehen?«

»Paps?« Sie grinste. »Seit meine Schwester und ich unsere Mens haben, kommt Paps nachts nicht mehr in unsere Zimmer. Er meint, das gehört sich nicht.« Sie schüttelte den Kopf, als könnte sie solch ein Verhalten selbst nicht glauben. »Naja, so etwas Bescheuertes muss man doch ausnutzen.«

»Haben Sie das öfter ausgenutzt?«

Sie dachte nach: »Eigentlich nicht. Wenn man mit einem Jungen in die Kiste will und jedes Mal solch eine Show abziehen muss – ist zu umständlich. Aber mit Waldemar hatte die Sache diesen besonderen Kick. Außerdem – die wohnen da drüben so eng ...«

»Sagen Sie«, fragte Dagmar Eulenstein weiter. »Soweit ich das mitbekommen habe, ist Ihre Familie doch sehr fromm.«

»Unsere Familie? Paps hat diesen Tick: der liebe Gott vorne, die Heilige Jungfrau hinten, und Satan lauert in der Speisekammer. Muss an seiner Erziehung liegen. Und wir machen das Theater so weit mit, dass er nicht ständig herumnörgelt. Ansonsten tun wir, was wir wollen. Anwälte haben zum Glück keinen Achtstundentag.«

»Ihre Mutter – schauspielert die auch?«

»Mann, Sie glauben gar nicht, was die gefrustet ist. Seit die keine Kinder mehr kriegen kann, packt er sie doch nicht mehr an. Weil man *das* doch nur macht, um Nachwuchs zu zeugen ...«

Eulenstein und Lohkamp sahen sich an. Es gab keinen Grund, an der Aussage des Mädchens zu zweifeln. Aber eine Frage fehlte noch. Und Lohkamp ersparte es der gebeutelten Kommissarin, sie selbst zu stellen: »Und wann ist Waldemar wieder gegangen?«

»Um elf.«

Erneuter Blickwechsel – aber diesmal tauchte in den Augen der Kommissarin neue Hoffnung auf. Damit war Waldemar wieder die Nummer eins auf der Liste.

»Woher wissen Sie das so genau?«

»Weil wir uns ein Limit gesetzt hatten. Damit Waldemar wieder heile aus dem Haus kam.«

»Heile?«

Ann-Kathrin blies die Backen auf: »Was meinen Sie, wenn Paps einen fremden Kerl in unserem Haus erwischt hätte? Er hätte ihn totgeschlagen!«

Während Eulenstein die Aussage des Mädchens tippte und unterschreiben ließ, griff Lohkamp zum Telefon und ließ Waldemar Borodjuk aus der *Krümmede* herüberbringen: »Aber machen Sie Dampf. Es eilt!«

Der Hauptkommissar kehrte in ihr Büro zurück, sah zu, wie Ann-Kathrin unterschrieb, und wollte doch noch etwas wissen: »Letzte Frage: Warum haben Sie so lange gewartet, bis Sie zu uns gekommen sind?«

»Sie sind gut! Was meinen Sie, was Paps jetzt für einen Aufstand macht? Aber andererseits – ich kann Waldemar doch nicht ewig im Gefängnis sitzen lassen. Ist er nicht süß? Lässt sich einsperren, um mich nicht zu verraten ...«

Sie bat Lohkamp noch um eine Zigarette, ehe sie verschwand, und ließ zwei völlig verdutzte Beamten zurück.

»Meine Güte – ist das ein Feger!«, sagte Eulenstein endlich und schaute dann ungeduldig auf die Uhr: Sie war scharf darauf, Waldemar die richtigen Fragen stellen zu können.

Der junge Übersiedler sah nun nach sechs Tagen Untersuchungshaft doch reichlich angeschlagen aus: Die *Krümmede* war kein Kurhaus, zumal Waldemars neue Nachbarn schnell durchschaut hatten, dass der vermeintlich schwere Junge in Wirklichkeit ein Milchbart war. Härter noch als der schnelle Absturz in der Knast-Hierarchie musste den edlen Helden die Trennung von der Clique aus der Konsumstraße treffen. Mit ihrem Beifall hätten sie ihm vielleicht auch neue Kraft zum Durchhalten gespendet. So aber glich Waldemar nur noch einem jungen Baum, dem man die Wurzeln abgehackt hatte.

»Tachchen auch!«, säuselte er, als er das Büro betrat. Aber diese Begrüßung klang kaum noch provokant, sondern eher wie ein letztes trotziges Aufbegehren vor der Kapitulation.

»Tachchen auch!«, äffte Eulenstein ihn nach. Sie ließ ihn ein paar Augenblicke lang vergeblich auf jede weitere Erklärung warten und stellte ihm auch nicht zum zehnten oder zwanzigsten Mal die bekannten Fragen. Stattdessen schob sie ihm, scheinbar ohne von ihrer Arbeit aufzusehen, das frische Vernehmungsprotokoll zu: »Lies das mal!«

Überrascht blickte Waldemar auf das Blatt. Stöhnte auf, als er sah, was es war, und ging den Text zweimal durch, bevor er wieder aufschaute: »Dann kann ich ja gehen.«

Die Kommissarin schüttelte den Kopf: »Wieso? Kommt doch genau hin. Du musst Alexander direkt über den Weg gelaufen sein!«

»Das ist doch Quatsch!«, bäumte er sich auf. »Warum wollen Sie mich unbedingt zu einem Mörder machen? Habe ich Ihnen was getan?«

»Mir nicht – aber Alexander. Er ist dir in die Arme gelaufen – und du hast ihn totgeschlagen.«

Verzweifelt schloss Waldemar die Augen. Als er lange genug gestöhnt hatte, sagte er: »Alexander habe ich nicht gesehen.«

»Sondern?«, fragte Lohkamp scharf dazwischen.

Genervt holte Waldemar Luft. Kratzte sich den Kopf, sah erst Lohkamp, dann die Kommissarin an, richtete seinen Blick zur Zimmerdecke und wieder zum Boden, seufzte noch einmal und sagte dann: »Wen schon? Herrn Sawitzki.«

82

Abends um neun war PEGASUS bereit: Kalle saß, vor sich ein Glas mit reichlich abgestandenem *Dommelsch*, am Tresen des *Rock Desert*, Karin und Mager parkten mit dem Golf genau gegenüber der Kneipe auf dem *Damplein*, und Simone wartete in dem geliehenen Japaner vor Nagels Hotel in der *Nedenstraat*. Keiner von ihnen bezweifelte, dass Lukas irgendwann an diesem Abend das *Desert* ansteuern würde. Die Frage war nur, wann.

»Nervös?«, fragte Mager, doch Karin schüttelte den Kopf: »Wieso? Ihr habt doch alles unter Kontrolle.«

»Hoffen wir's, hoffen wir's. Im ersten Band von Sjöwall/Wahlöö gibt es auch so eine Szene. Glänzend vorbereitet – aber alles geht schief ...«

»Mach dir keine Sorgen! Das war im Winter. Und außerdem in Schweden.«

»Wie konnte ich das vergessen«, meinte Mager. »Wir sind ja in Holland.«

Er startete den Suchlauf ihres Autoradios. Wenn sie sich schon Schwielen in den Hintern sitzen sollten, dann zumindest mit der richtigen Untermalung.

»Glaubst du, er war es?«, fragte sie.

»Der Mörder? Was weiß ich. Aber er benimmt sich so, als hätte er's getan.«

Die nächsten zehn Minuten saßen sie aneinander gekuschelt, ohne ein Wort zu sagen. Kalle hockte in der erleuchteten Kneipe vor ihnen und gab sich alle Mühe, sich nicht zu betrinken. Aber er konnte nicht den ganzen Abend vor ein und demselben Glas Bier sitzen.

Das Handy des Sohnes sprang zehn Minuten vor zehn an: Karin bekam genau mit, wie der große Kerl zusammenzuckte, in den Taschen seiner Lederjacke suchte und den kleinen Apparat ans Ohr hielt. Ein kurzes, automatisches Nicken, dann steckte er das Gerät wieder ein, ohne auf die Blicke seiner Thekennachbarn zu achten. Ein Handy passte zum *Desert* wie ein Abendkleid ins Rock-Konzert.

Jetzt schlug auch das Gerät im Wagen an.

»Ja?«

»Er ist unterwegs!«, meldete Simone. »Richtung *Damplein*.«

»Danke«, sagte Karin und gab Mager die Meldung weiter.

»Das sagt doch noch gar nichts. Er kann genauso gut von hier aus ...«

»Hör auf!«, unterbrach sie ihn. »Sobald Kalle gezahlt hat, gehe ich rein!«

Nervös beobachtete sie, wie Kalle versuchte, sein Geld loszuwerden. Mehr als fünf Minuten würde Lukas Nagel nicht benötigen. Aber bis dahin musste Karin auf Kalles Platz stehen.

»Meine Güte, ist der Zapfer lahmarschig«, nölte Mager und steckte sich vor Aufregung eine neue Zigarette an der noch glimmenden alten an. »Dem wird das Bier noch in der Hand schal.«

Karin nickte, gab ihm einen Kuss und war draußen. Sie enterte den Laden und schob sich neben Kalle, der gerade mit einem Zehn-Gulden-Schein wedelte. Bevor der Typ hinter dem Tresen Wechselgeld holte, orderte sie schon ihr Bier.

Kalle ließ sich neben Mager in den Wagen fallen. Nagel war in dieser Sekunde keine fünfzig Meter mehr entfernt.

»Alles klar?«

Mager antwortete nicht, sondern starrte mit beschwörenden Blicken auf den Glatzkopf: Geh rein, geh rein!

»Uff!«, machte er, als die Geiernase im *Desert* verschwand. »Wenn der woanders angefangen hätte, müssten wir hier noch ein paar Stunden sitzen ...«

Karin drehte sich in dem Augenblick, da Nagel nach einem Platz an der Theke Ausschau hielt, vom Tresen weg und lief zum Nebenraum hinüber, wo sich der Eingang zu den Toiletten befand. Wenn Lukas solch ein Arsch war, wie sie vermuteten, würde er das Geschenk dankbar annehmen.

»Jau!«, meinte Mager, als er mit ansah, was der Glatzköpfige tat: Er schob sich in die Lücke, die Karin hinterlassen hatte, ruckelte mit den Ellenbogen nach rechts und links, um sich ein wenig mehr Platz zu verschaffen, und schnippte mit den Fingern. Der Barkeeper guckte auf, lächelte und nickte. Es hatte geklappt.

»Und wenn Lukas schwul ist?«, fragte Mager plötzlich.

Kalle lachte lautlos: »Das würde ganz schön peinlich.«

»Oder auch nicht«, meinte sein Erzeuger nach einer kleinen Pause. »Dann müsstest du noch mal rein.«

»Und Lukas dem Zapfer ausspannen?«

»Genau!«

Kalle tat, als dächte er ernsthaft über das Problem nach, und nickte: »Alles eine Frage des Honorars. Charakterdarsteller bekommen das Doppelte!«

Gespannt beobachteten sie das weitere Geschehen: Eigentlich müsste Karin schon längst wieder zurück sein. Andererseits konnte es gut sein, dass sich vor Aufregung wirklich ihre Blase gemeldet hatte.

»Da!«, flüsterte Kalle.

Die Rote kam vom Klo zurück und suchte scheinbar ratlos nach ihrem Platz. Dann tippte sie Lukas auf die Schulter, sagte etwas und zeigte auf ihr Bier.

»Jetzt müsste sie verdrahtet sein«, träumte Mager. »Das gäbe ein spannendes Hörspiel.«

Lukas drehte sich zur Seite, verschaffte der Frau, die er verdrängt hatte, etwas Platz, um zu ihrem Bier zurückkehren zu können. Zum Dank erntete er ein strahlendes Lächeln. Sagte etwas zu ihr. Sie lachte jetzt. Die beiden stießen an und leerten ihre Gläser auf einen Zug. Und Glatze bestellte per Handzeichen die nächste Runde.

»Arsch«, sagte Mager.

Kalles Handy ging.

»Hat alles geklappt?«, wollte Simone wissen.

»Ja. Bestens. Fahr ins Quartier und bereite alles vor. Wie lange es dauert, weiß aber nur der liebe Gott« – »Ja, ich dich auch.«

In der Kneipe war gerade die zweite Runde Bier bei den Kunden angekommen, und Karin prostete Lukas zu, auf dem Gesicht ein Lächeln, das noch die beiden Zuschauer vor der Kneipe blendete.

»Nee, ist doch besser ohne Ton!«, meinte Kalle.

»Wieso?«

»Du bist nicht cool genug Alter.«

»Hä?«

»Wenn Karin dem Arsch die Ohren vollsülzt, würdest du glatt den Laden stürmen und ihr eine Szene machen.«

Zwei Stunden später war Mager wirklich fast so weit, dem Schauspiel ein Ende zu bereiten: Von außen sah es so aus, als hätte sich das Liebespaar des Jahrhunderts gefunden. Man stand eng beieinander, und die scheinbar zufälligen Berührungen häuften sich. Als Nagel zum ersten Mal mit den Fingern über Karins Lippen strich, knurrte Mager wie ein gereizter Hund.

»Kusch!«, machte Kalle. »Denk einfach, es wäre ein Film!«

Aber genau das gelang ihm nicht. Wenn nicht bald etwas geschah ...

Nervös suchte Mager im Handschuhfach nach einem Ersatzpäckchen mit den Roten, aber es war ja nicht sein Auto. In der Ablage fand er neben einer Menge unbrauchbaren Zeugs nur ein Päckchen *Halfzware* von Karin. Doch das Drehen ohne Apparat würde der Bärtige in diesem Leben nicht mehr lernen.

»Hier, nimm von meinen!«, bot Kalle an. »Du bist ja wirklich süchtig!«

Vor Erleichterung stöhnend, zündete Mager sich die Lunte an. Sie war leichter als seine Hausmarke, aber zumindest ohne Filter. Als Ersatz gerade ausreichend.

»Jetzt geht's los!«, flüsterte Kalle. Er stieß die Beifahrertür auf, kurvte um den Wagen und kletterte hinter seinem Vater auf den Rücksitz. »Guck, sie zahlen schon!«

Diese Beobachtung stimmte nicht ganz: Anscheinend zückte nur Karin ihr Portemonnaie und reichte einen größeren Schein über den Tresen.

»Hoffentlich merkt der nichts!«, sagte Kalle. »Oder bist du schon mal von einer Frau, die du gerade erst kennen gelernt hast, ausgehalten und abgeschleppt worden?«

Mager war viel zu nervös, um in seinen Lebenserinnerungen zu kramen. Seine Hände zitterten plötzlich, und die Lippen waren mit einem Male wie ausgedörrt.

»Macht schon!«, flüsterte er.

Karin und der Glatzköpfige hatten jedoch alle Zeit der Welt. Es dauerte noch geschlagene zehn Minuten, bis das Paar endlich in die Nacht hinaustrat. Ein kurzer Blickwechsel, ein langer Kuss, Lukas schob seine Hand unter Karins Pullover, und die Rote gurrte, als fände sie das klasse. Mager wand sich wie mit Zahnschmerzen.

»Cool bleiben!«, flüsterte es von hinten. »Mein ist die Rache, spricht der Herr!«

Endlich hatte sich das junge Paar auf dem Bürgersteig für ein gemeinsames Ziel entschieden: Man ging zum Hotel. Obwohl Nagel mindestens zehn Bierchen intus hatte, war er sehr zielstrebig – und ungeduldig wie ein Jagdhund an der Leine.

»Der ist scharf wie Nachbars Lumpi!«, meinte Kalle. »Der denkt schon ...«

»Halt die Schnauze!«, fauchte Mager und ließ den Motor an.

Sachte und mit großem Abstand folgten sie den beiden, die mehr als einmal stehen blieben, um sich zu herzen. Die entscheidende Hürde aber kam noch: Wenn ihr Plan klappen sollte, durften Nagel und Karin nicht auf der Hauptstraße bleiben. So leer die Fahrbahnen und Gehsteige links und rechts der Gracht auch waren – die Gefahr, beobachtet zu werden, war hier viel zu groß.

An der historischen Getreidebörse änderten Karin und Nagel ihren Kurs und durchquerten den winzigen Park, hinter dem die Gracht begann, die den *Dam* in der Mitte teilte. Lange Sekunden blieben sie in der Dunkelheit unter den Bäumen verborgen. Dann tauchten sie an der Nordseite des Gewässers wieder auf – und Mager atmete auf.

»Vom Wasser weg«, flehte Kalle, »Karin, schieb ihn rüber!«

Als hätte die Rote seinen Wunsch gehört, ging es nun schräg über die leere Fahrbahn – näher zu den Häusern und zu den stillen Seitenstraßen. Irgendwann in der nächsten Minute musste es passieren ...

Doch nichts geschah. Ohne die geringste Kursabweichung liefen sie an der ersten Straße vorbei und ließen auch die zweite links liegen. Nur wenige Schritte später kam die letzte Chance – und ganz ohne Vorwarnung waren die beiden vom *Kaai* verschwunden.

»Jetzt!«, sagte Kalle und zog sich eine diese schwarzen Baumwollmützen über, in deren Sehschlitzen auch die unschuldigsten Augen bedrohlich wirkten. Nagel sollte keine Chancc bekommen, Kalle und Simone wieder zu erkennen – und falls er jemals der Roten und Mager etwas anhängen wollte, mussten die beiden es mit einem falschen Alibi versuchen.

Mager gab Gas. Er ließ den Wagen an die nächste Ecke heranpreschen, bremste ab und nahm die enge Kurve in die *Brakstraat*. Direkt gegenüber dem Fahrradladen, der die extravaganten Liegeräder vertrieb, standen Karin und Lukas am Straßenrand und knutschten wieder.

»Dieses Schwein!«, fluchte Mager und trat auf die Bremse. Der Wagen stoppte, und Kalle klinkte die rechte Tür auf. Nagel stand direkt daneben und starrte auf die geöffnete Luke, ohne zu kapieren, was ihm blühte. Ein heftiger Stoß ließ ihn gegen das Auto taumeln. Er wankte und hielt sich am Wagendach fest.

Da beugte sich Kalle vor. Packte Nagels Hals und zog ihn

tiefer. Ein weiterer Stoß von Karin – und er schoss kopfüber auf die Rückbank.

»He, was soll ...«

Noch waren seine Füße draußen. Kalle löste seine rechte Hand und packte Nagel kräftig zwischen die Beine. Der Glatzkopf jaulte auf, und zog die Beine automatisch an. Schon war er drin, Karin hämmerte die Tür zu und warf sich neben Mager auf den Beifahrersitz, der Wagen ruckte an. Fieberhaft suchte Kalle die Hutablage ab. Endlich fand er, was er gesucht hatte. Und drückte ein scharfes Messer an Nagels Hals: »Kusch! Ein Mucks, und du bist tot!«

83

Eulenstein und Lohkamp ließen Waldemars Eröffnung einige Augenblicke auf sich wirken: Eine Begegnung zwischen Vater Sawitzki und Waldemar musste heftig gewesen sein. Aber konnte es sie überhaupt gegeben haben?

Der Hauptkommissar schlug die Ermittlungsakte auf und suchte den Zeitplan des Straßenfestes, in den Hardenberg so viele Stunden Arbeit gesteckt hatte. Und Lohkamp hatte Mühe, sein Erstaunen zu verbergen: Sawitzki war tatsächlich gegen elf ins Haus gegangen, um seine von Bier durchnässte Hose zu wechseln. Ein knappes Kopfnicken, und Eulenstein konnte weitermachen.

»Erzählen Sie mal!«

»Da gibt es nicht viel zu erzählen.«

»Waldemar! Der Mann hat auf seine Töchter aufgepasst wie ein Wachhund. Und er hat Sie aus seinem Haus kommen sehen. Nachts. Sawitzki ist doch nicht blöd.«

Waldemar grinste: »Glaube ich auch nicht. Als Rechtsanwalt ...«

Ihr Mund wurde eine Spur schmaler: »Hören Sie doch mit dem Theater auf! Sie haben seine Tochter entjungfert!«

»Ich?« Der Bursche lachte und zerzauste das Haarbüschel, das von seiner Elvis-Tolle übrig geblieben war. »Ich doch nicht. Das muss schon viel früher geschehen sein.«

»Wie auch immer«, sagte sie, jedes Wort betonend. »Der Mann muss vor Wut und Empörung durchgedreht sein. Wie sind Sie ihm überhaupt entkommen?«

Ein selbstgefälliges Lächeln erschien auf Waldemars Lippen. Der Frust der Knasttage war verschwunden, als hätte man ihn von seinem Körper abgespült. Endlich hatte er seinen Auftritt, und er wollte ihn genießen: »Nun ja, leicht war es nicht. Und cool musste man sein ...«

Schmierenkomödie, dachte Lohkamp. Er sprang auf und musste sich beherrschen, um Waldemar nicht einfach die Hand ins Gesicht zu klatschen. Er beugte sich zu ihm hinunter und brüllte: »Schluss jetzt! Entweder du packst jetzt aus, oder wir schicken dich in die *Krümmede* zurück. In eine Gemeinschaftszelle! Klar?«

Der Bursche schluckte. Dachte nach. Nickte.

»Ich will es hören!«

»Okay«, sagte er. »Ich hör mit dem Scheiß auf!«

»Also!«, zog Eulenstein das Kommando wieder an sich. »Was ist passiert?«

Waldemar breitete die Arme aus: »Als ich aus dem Haus kam, hörte ich plötzlich eine Stimme: ›He, wer ist da? Was wollen Sie?‹ Oder so etwas.«

Er trank einen Schluck von dem Mineralwasser, das Lohkamp vor ihn auf die Schreibtischkante gestellt hatte.

»Ich war im ersten Augenblick mordsmäßig erschrocken. Aber dann sah ich, dass Sawitzki noch gut zehn Meter weit weg war. Ja, und dieser Vorsprung hat mir gereicht.«

»Genauer!«, beharrte die Kommissarin.

»Ich bin losgerannt. Auf die Straße zu. Doch mir fiel ein, dass ich am besten nicht sofort nach Hause laufe. Immerhin war es dunkel, und er hatte mich wohl nicht erkannt. Ich bin an seinem Garten entlang gelaufen, die Straße hoch, Richtung Königsallee. Aber er war nicht so dicht hinter mir, wie ich gedacht hatte. Also habe ich mich versteckt.«

»Wie soll das gehen?«, fragte Lohkamp. »Da ist doch nur eine lange, dichte Hecke.«

»Mit einem Gartentor. Im mittleren Garten gibt es zur Straße hin ein Tor. Eine kleine, dunkle Höhle in der Hecke.«

Der Hauptkommissar sah Eulenstein an, und die Frau nickte: »Stimmt. Hat sich Papke als Einziger anlegen lassen.«

»Gut. Und weiter?«

»Was schon? Ich habe mich da reingequetscht und ganz klein gemacht.«

»Wo war Sawitzki in dem Moment?«

»Noch nicht da. Gerade als ich saß, kam er um die Ecke. Und ist voller Wut an mir vorbei die Straße hoch gelaufen.«

»Voller Wut?«

»Ja. Er hat pausenlos geschrien: ›Warte, ich krieg dich, das machst du mir nicht noch mal.‹ Und als er vorbei war, bin ich über die Straße durch die Büsche und habe gewartet, bis die anderen aus der Disko kamen.«

Er verstummte, sah Eulenstein erwartungsvoll an, doch die nächste Frage stellte wieder Lohkamp: »Konnten Sie sehen, ob er irgendetwas bei sich hatte? Eine Stange oder einen Stock?«

Waldemar zog die Schultern hoch und wetzte die Zähne an der Unterlippe. »Kann sein.«

»Können Sie das beschwören?«

»Meine Güte, es war dunkel. Nein. Beschwören – nein.«

Die Polizisten tauschten Blicke: Möglich, dass er die Wahrheit gesagt hatte. Aber Lohkamp war das noch zu glatt. »Haben Sie sonst nichts bemerkt? Weiter oben?«

»Nein. Ich bin wirklich zwanzig oder dreißig Meter hinter Sawitzki über die Straße gelaufen.«

»Sie wissen, weswegen wir fragen?«

Er nickte. »Aber ich habe nichts gesehen. Und ehrlich: Glauben Sie wirklich, das solch ein Mann so etwas tut?«

Lohkamp antwortete nicht. Er hatte noch keinen Mörder getroffen, der auf der Stirn das Zeichen hatte.

»Kann ich gehen?«, fragte Waldemar.

Der Hauptkommissar hätte keine Einwände mehr gehabt, aber Eulenstein beugte sich vor: »Das war eine schöne Geschichte. Aber wie kommt es, dass Ann-Kathrin von der Verfolgungsjagd nichts erzählt hat?«

Der junge Übersiedler lächelte: »Ganz einfach: Sie wusste nichts davon. Weil ihr Zimmer auf der anderen Seite des Hauses liegt.«

84

Der Geruch war unverkennbar irdisch und stieg in kürzester Zeit allen in die Nase: Der Golf stank wie ein frisch gedüngter Acker.

»Das ist ja ekelhaft«, rief Mager und drehte das Fenster herunter. »Welche Sau war das?«

»Nagel«, sagte Kalle und drehte sein Riechorgan zur Seite, ohne das Messer vom Hals des Kahlen zu lösen. »Lukas hat die Hosen voll!«

Der Gefangene duldete den Spott ohne die geringste Gegenwehr. Noch immer kauerte er, ein Bein auf der Rückbank, das andere auf dem Boden, hinten im Wagen und hatte das linke Ohr in Kalles Schoß gelegt. Sein Bewacher passte auf, dass er den Kopf auch da unten behielt.

»Rechts!«, sagte Karin, als sie über einsame Nebenstraßen die ersten Häuser von Gapinge erreichten. Der Ort war so klein, dass er nicht eine einzige Kneipe besaß – dafür aber eine winzige Boutique, die sich gegen alle Gesetze der Marktwirtschaft seit Jahren hielt. »Und wieder links!«

Beim Schein einer Taschenlampe studierte die Rote die Radwanderkarte der Insel Walcheren und dirigierte Mager über verlassene Nebenstraßen zu ihrem Quartier. Seit sie den Highway nach Veere verlassen hatten, war ihnen niemand mehr begegnet, und es würde nur noch einmal spannend werden: Wenn sie die Landstraße zwischen Middelburg und Vrouwenpolder überqueren mussten. Aber dass es ausgerechnet dort und gerade an diesem Tag eine Verkehrskontrolle gab, war unwahrscheinlicher als alles, was sie sich vorstellen konnten.

»Ras nicht so!«, mahnte Karin, als der Straßenbelag von Asphalt zu den schmalen, holländischen Ziegeln wechselte. Mit dröhnenden Reifen tauchte der Wagen in eine enge, leicht gewundene Schlucht aus Dornenhecken, bevor sie den nächsten Bauernhof erreichten. Auch hier gab es um diese Stunde keine Anzeichen menschlichen Lebens mehr.

Um Mitternacht erreichten sie das Abbruchhaus in der *Lepelstraat*. Noch bevor der Wagen stand, zerrte Kalle zwei weitere Wollmützen von der Ablage und streifte sie Nagel über den Schädel – die Augenschlitze schön versetzt, so dass der Gefangene höchstens noch Licht und Schatten unterscheiden konnte.

Mager zog, Kalle stieß – halb blind taumelte Lukas auf die Füße und ließ sich ohne Widerstand ins Haus treiben.

»Seid ihr durch Jauche geschwommen?«, fragte Simone leise, kaum dass sich die Tür verriegelt hatte.

Kalle nahm seine Tarnkappe ab, küsste sie und schüttelte den Kopf: »Nagel hat sich aus Angst voll geschissen.«

Er dirigierte den Typ ins Bad und zog innen den Schlüssel ab, damit Lukas sie nicht aussperrte: »Mach dich sauber, du Schwein. Du hast genau fünf Minuten!«

Er schloss die Tür und lehnte sich gegen das Holz. Plötzlich spürte er, wie ihm Hände und Knie zitterten. Er ließ sich auf den Boden sinken und streckte die Beine aus. Atmete durch und schloss die Augen.

»Was ist?«, wisperte Simone. »Verletzt?«

Er bewegte leicht den Kopf: »Die Nerven. Ich möchte das nicht jeden Tag machen. Holst du mir ...«

Die Frau war schon weg. Brauchte keine halbe Minute und brachte ihm die Zigaretten und einen starken Kaffee.

»Klasse«, flüsterte er. Dankbar schlürfte er das heiße Getränk. Er hätte jetzt gut einen Cognac vertragen können – aber bei dieser Aktion musste man nüchtern bleiben.

»Alles im Lot?«, wollte sie wissen.

»Bis jetzt ja«, flüsterte er.

»Neugierige?«

»Keine gesehen. Aber eine Garantie gibt es nicht ...«

»Hunger?«

Kalle nickte

»Komm mit, in der Küche steht was!«

Magers Sohn schloss das Bad von außen ab und kam mit.

Zehn Minuten später saß Nagel im Bademantel und noch immer vermummt zwischen seinen Entführern und musste sich einem Kreuzverhör stellen. Karin ließ ein Diktiergerät mitlaufen: Den Ton konnte man später jenen Bildern unterlegen, die Lukas auf seinen Rad- und Kneipentouren zeigten.

»Erzähl mal, Freundchen! Warum hast du Alexander Klink umgebracht?«

»Ich? Den Alex? Ihr spinnt doch!«, schrie Glatze voll Panik. »Ich bin gegen jede Gewalt. Und außerdem hatte ich doch überhaupt kein Motiv.«

»Nein?«, höhnte Mager. »Wie bist du denn heile aus der Humboldtstraße entkommen?«

Keine Antwort.

»Wer hat auf der Demo am Dienstag die Hand über dich gehalten?«

Nagel schwieg.

»Worüber hast du mit Alex in *Fietes Café* gestritten? Wie kam das Rauschgift in Gesines Zimmer? Wer hat den Bullen die Demo am Dienstag verpfiffen?«

»Ich doch nicht«, grinste Glatze. »Die haben ein U-Boot in der Szene ...«

Mager trat an ihn heran und bohrte ihm mit zunehmendem Druck eine Fußspitze zwischen die Rippen: »Ich weiß auch schon, wie es heißt ...«

Irgendwann sahen sie es ein: Mit legalen Mitteln würden sie nicht weiterkommen. Und Mager spürte, dass die elende Fragerei ihn offenbar schneller und gründlicher ermüdete als den Gefangenen. Nagel hatte seine ersten Schocks überwunden und schien unglaublich sicher zu sein, dass ihm nichts Ernsthaftes passierte. Was hatte den Typen nur so stark gemacht?

Mager kam drauf, als er ins Bad musste, um den vielen Kaffee wieder loszuwerden. Nagel hatte seine notdürftig gereinigten Hosen zum Trocknen über die Heizung gehängt, aber den Rest der Kleidung scheinbar achtlos auf einen Haufen geworfen. Doch dieser Hügel aus Stoff und Leder sah eine Spur zu perfekt aus.

Mager ging in die Hocke und fledderte den Stapel auseinander. Er suchte das dünne Portemonnaie und öffnete es: ein sauberer Zweihundert-Mark-Schein, der noch nicht lange in Umlauf sein konnte, rund achtzig Gulden in geknicktem Papier, ein paar Münzen, die zusammen kaum zwanzig Gulden ergaben. Dann das schmale Ausweisfach: Personalien, Führerschein, Kfz-Zulassung, eine EC-Karte der Volksbank und eine amerikanische Kreditkarte ...

Merkwürdig, dachte Mager, der hat nichts Persönlicheres bei sich. Man muss ja nicht sein ganzes Archiv mit sich herumschleppen, wie Karin das macht. Aber selbst in einem gut aufgeräumten Männer-Portemonnaie findet man irgendeinen Fahrschein, eine Quittung, ein Bild. So sehr er auch suchte – bei Nagel fand sich nichts.

Nachdenklich blickte Mager auf die Klamotten, die noch auf dem Boden lagen. Stieß, fast schon resignierend, mit dem Fuß dagegen. Und es klang dumpf und hohl. Als er sich bückte, tauchte ein Handy auf.

»Wo warst du denn so lange?«, fragte Karin leise, als er wieder in das Vernehmungszimmer trat.

Mager legte den Finger auf die Lippen: »Mützen auf!«

Die anderen blickten ihn erstaunt an, aber als sie seine beschwörende Geste sahen, taten sie ihm den Gefallen. Der Bärtige trat auf Lukas zu und riss ihm die Vermummung vom Kopf. Bei dem, was er fragte, wollte er Nagels Augen sehen.

»Wer ist Hauptkommissarin Hell?«

»Wer?«, fragte Glatze. Das Licht blendete ihn, und er knibbelte mit den Augen. »Kenn ich nich.«

»Lüg nicht. Die hast du als Letzte angerufen!«, sagte Mager und zeigte das Display mit der zuletzt gewählten Nummer. »Also: Wer ist das?«

Nagel schwieg.

Da holte der Kameramann sein eigenes Handy, ließ sich die von ihm zuletzt angerufenen Anschlüsse zeigen, ersetzte Lohkamps Durchwahl durch eine Null und wählte. Drei Freizeichen – dann meldete eine verschlafene Stimme, dass

Mager das Polizeipräsidium Bochum an der Strippe hatte.

»Dringend. Ich brauche Hauptkommissarin Hell.«

Ein meckerndes Lachen kam aus dem Lautsprecher: »Mann, wissen Sie, wie spät es ist?«

»Frau Hell hat gesagt, sie sei die ganze Nacht erreichbar.«

»Tut mir Leid, aber das ist Unsinn. Hundert Pro: Keiner da im PB Zwo.«

Bedächtig schaltete Mager das Handy aus und verstaute es. Dann sagte er: »So, du Spitzel. Jetzt erzählst du uns haarklein, wen du schon alles verpfiffen hast. Und dann will ich hören, was du mit Alexander gemacht hast.«

Nagel saß wie erstarrt: Sie hatten ihn erwischt. Aber der Schock reichte nicht, ihm auch nur eine Silbe zu entlocken.

Da stand Kalle auf. Er verließ den Raum, aber man hörte ihn durch die geöffnete Tür in der Kochnische hantieren. Als er zurückkehrte, sah er Nagel durchdringend an.

»Hör zu! Da hinten kocht jetzt ein großer Topf Wasser. Wenn es heiß ist, ziehst du meinen Bademantel und das Büxken aus. Und dann setzen wir dich mit dem Arsch auf den Pott. Was meinst du, welch ein Gefühl das ist, wenn deine eigenen Eier kochen?«

85

Die Wagentür schwang auf, und da hörten sie es: In der Konsumstraße war Tag der Hausmusik. Durch die geöffnete Terrassentür drang die Musik durch Garten und Hecke bis an den Fahrbahnrand vor. Eine Geige, eine Flöte, eine Bratsche und Sawitzkis Cello brachten eines jener Quartette zu Gehör, mit denen der alte Joseph Haydn seinen Ruhm gemehrt hatte.

Lohkamp verzog das Gesicht, doch Eulenstein hielt ihn fest und lauschte so ergriffen, dass es dem Hauptkommissar schon wieder albern vorkam. Sonst tanzte die Frau in der Diskothek ab, und nach allem, was er gehört hatte, wurden da mit Sicherheit nicht diese Schnulzen geboten.

»Was ist?«, fragte er. »Holen wir ihn raus oder ...«

Die Kommissarin schüttelte den Kopf und musterte die Hecke. Im Sommer war hier sicher alles zugewachsen, aber jetzt hatte der kommende Herbst die ersten kleinen Breschen in den Sichtschutz geschlagen.

»Kann gut sein, dass Sawitzki Besuch hat. Ich finde, wir sollten ihn nicht vor seinen Gästen in die Mangel nehmen.«

Ihre Stimme blieb hängen, und er ahnte, was sie von Hardenberg verlangen würde: Der arme Hauptmeister hätte da hochklettern und nachsehen müssen, ob Sawitzki wirklich Gäste hatte. Und davon hätte es die Ziege abhängig gemacht, ob sie reinging oder noch zwei Stunden wartete.

Die spinnt total, dachte Lohkamp und schätzte die kurze, steile Böschung ab. Wenn er mit seinen zweiundfünfzig Jahren dasselbe versuchte, würde er unter Garantie abrutschen, sich Löcher in Hose und Jacke reißen, die Handballen aufschürfen, um dann doch noch voll auf die Schnauze zu fallen und sich einen Schneidezahn oder eine ganze Brücke auszuschlagen. Und alles nur, weil diese Tusse einen Nostalgischen hatte.

»Ja«, hörte sich Lohkamp sagen. »Wenn Sie meinen ...«

Er stieß geräuschvoll überschüssige Luft aus, pumpte frische in die Lungen, zählte stumm bis drei und stürmte todesmutig in die grüne Hölle von Wiemelhausen. Er bereute es, kaum dass seine Füße das Pflaster des Bürgersteigs verlassen hatten. Das Gestrüpp war so zäh, dass sich ein paar Äste schmerzhaft in sein Gesicht und in die Rippen bohrten, irgendwo in den unteren Regionen riss bereits der erste Fetzen Stoff, aber er stand für einen Augenblick oben und sah, dass er doch nichts erkennen konnte.

In einer letzten verzweifelten Anstrengung packte Lohkamp in den grobmaschigen Drahtzaun, der die Hecke auf der Innenseite säumte, und zog sich noch einen halben Meter höher. Für eine halbe Sekunde lag das erleuchtete Wohnzimmer offen vor ihm, er speicherte das Bild, das sein Auge empfing, und ließ wieder los. Ein langes, hässliches Ratschen verkündete das Ableben seines Jackenärmels. Als der Hauptkommissar wieder auf dem Boden aufkam, rutschte er weg.

»Scheiße, Scheiße!«, fluchte er und begutachtete im Laternenlicht seine abgeschürften Handballen. Dann befingerte er den abgetrennten Ärmel und fand endlich den Riss in der Hose. Meine Güte, was war er doch für ein Idiot!

»Sie Armer!«, sagte Eulenstein und blickte ihn fast mitleidig an. »So war das doch gar nicht gemeint.«

Damit konnte sich Lohkamp auch nicht mehr trösten. Was er brauchte, waren seine Zigaretten.

Eulenstein wartete geduldig ab, bis seine Zündschnur brannte. Auf ihrem Gesicht erschien ein kleines Lächeln, das sowohl Mitleid als auch Spott bedeuten konnte: »Ich geniere mich ja fast zu fragen – aber haben Sie etwas sehen können?«

»Ja«, sagte Lohkamp und deutete auf den Wagen. »Wir warten.«

Um halb elf verabschiedeten sich die Gäste des Hauses Sawitzki und hinterließen am Rande der Konsumstraße etliche freie Parklücken. Die beiden Beamten gaben dem Mann noch fünf Minuten, um die dringendsten hygienischen Verrichtungen zu erledigen, dann stieß der Hauptkommissar die Wagentür auf: »Also!«

Sie liefen das kurze Stück bis zum Eingang der Stichstraße, bogen ein und folgten der Hecke, die sie bis zur Hausecke führte. Kaum waren sie aus dem Schatten des Grünzeugs getreten, flammte der Bewegungsmelder auf und bohrte sein Licht in ihre Augen.

»Die Dinger sind wirklich eine Seuche!«, zischte er. »Demnächst setzen sie die noch auf der Intensivstation ein: Spart Strom, wenn sich einer nicht mehr rührt ...«

Lohkamp brach ab und starrte die Hauswand entlang. Auf den Rasengittersteinen jenseits des Eingangs parkte ein Polo, offenbar das Einkaufsauto der Gattin des Anwalts. Die vordere Stoßstange des Wagens berührte fast ein kleines Warnschild, das mit einem kräftigen Pfosten im Boden verankert war.

»Wetten, dass ...?«, flüsterte er, und Eulenstein begriff sofort.

Sie streiften die dünnen Plastikhandschuhe über und zogen an dem kleinen Schild mit der Aufschrift: *Privat*. Mit einem leichten Ratsch löste es sich aus der Halterung, der Pfosten ragte ganz allein aus dem kargen Rasen. Lohkamp brauchte nur zweimal daran zu rütteln, dann konnte er den Knüppel aus der Erde ziehen. Fragend hielt er ihr das Teil unter die Nase.

»Könnte hinkommen«, nickte sie.

Lohkamp wandte sich entschlossen um, drückte auf die Klingeltaste und fuhr zusammen: Das elektronische Hundebellen tat seine Wirkung.

»Ja?«, fragte Frau Sawitzki.

»Guten Abend. Wir müssen sofort Ihren Gatten sprechen«, verkündete Lohkamp und stand schon im Hausflur. Mit einer hilflosen Handbewegung winkte die Frau sie zum Wohnzimmer durch.

»Herr Sawitzki?«

Während die Töchter mehrere Stühle an ihre Plätze rückten, war der Anwalt gerade damit beschäftigt, die am Abend gespielten Instrumente einzupacken. Seine rechte Hand ruhte am Hals eines Cellos, die linke hielt den großen Kasten, in dem das Teil verstaut werden musste.

»Ja?«

Lohkamp hielt den Pfosten hoch, den er aus dem Rasen gepflückt hatte: »Haben Sie es damit gemacht?«

Der Mann wurde blass und schien einen Augenblick zu schwanken. Eulenstein stand sofort neben ihm und packte das Instrument, aber Sawitzki winkte ab: »Danke, es geht schon.«

Mit unsicheren Schritten trug er den Cellokasten neben die Schrankwand aus schwarz gebeizter Eiche und stellte ihn in einen kleinen Zwischenraum zwischen Möbelstück und Wand. Dann durchquerte er das Zimmer, ließ sich auf ein Sofa sinken und sah seine Töchter an: »Geht nach oben und wartet, bis wir euch rufen.«

Während Marie-Luise, die Ältere, gehorsam den Raum verließ, blickte Ann-Kathrin den Vater fassungslos an: »Du hast ihn umgebracht?«

Der Mann verfiel unter ihren Augen. Mit gefalteten Händen starrte er auf den Parkettboden und bewegte stumm die Lippen.

»Wie ist es passiert?«, fragte Lohkamp und setzte sich ihm gegenüber auf einen Sessel. Selbst auf diese kurze Entfernung war der Anwalt kaum zu verstehen.

»Ich musste nach Hause, um meine Kleidung zu wechseln. Jemand hatte mir Bier darüber geschüttet ...«

Lohkamp nickte sacht, rief sich aber zugleich das Protokoll ins Gedächtnis: Jemand anders hat dich angestoßen, aber du selbst hast geschüttet.

»Als ich kurz vor dem Eingang war, sah ich, wie ein junger Mann das Haus verließ.«

»Haben Sie ihn erkannt?«

»Nein. Zunächst nicht.«

Lohkamp seufzte unhörbar.

»Auf jeden Fall war die Situation eindeutig. Er hatte meine Tochter entehrt. Also habe ich den Pfosten aus dem Boden gezogen, das Schild abgedreht und bin hinterher gerannt. Er muss ein guter Läufer gewesen sein. Unten an der Ecke war schon nichts mehr von ihm zu sehen. Also lief ich hoch, auf diesen Kiosk zu.«

»Warum dorthin?«

Sawitzki sah den Hauptkommissar erstaunt an: »Weil ich vermutete, dass er sich dort versteckt hielt. Und so war es ja auch ...«

Er hüstelte und griff nach dem Mineralwasser, das auf dem Tisch stand. Goss sich ein und trank, bevor er weiterredete. »Also, er war tatsächlich da.«

»Wer?«

»Alexander. Er tat so, als käme er gerade von der Haltestelle, aber auf solch billige Tricks falle ich nicht herein ...« Er sprach jetzt schneller und wurde spürbar lauter: Die Vergegenwärtigung der dramatischen Situation schien ihm einen Teil seiner alten Energie und seiner Entschlossenheit zurückzugeben.

»Selbstverständlich stellte ich ihn zur Rede. Ich sagte ihm auf den Kopf zu, dass er meine Tochter zur Hure gemacht hätte. In diesem Moment wäre ich vielleicht noch bereit gewesen, ihm zu verzeihen.«

Er hob den Kopf und sah Lohkamp offen an. »Aber Alexander – lachte nur. Was ich überhaupt wolle, spottete er. Marie-Luise wäre ein ...«

»Marie-Luise?«, schrie Ann-Kathrin auf. »Marie-Luise?«

Lohkamp und Eulenstein tauschten einen knappen Blick, dem keine Worte folgen mussten: Alexander hatte es mit beiden getrieben.

»Dieser Heuchler!«, flüsterte Ann-Kathrin. »Davon hat er mir nie etwas ...«

Sawitzki starrte seine Tochter an: »Du? Du bist auch schon so verdorben?«

Er atmete heftig und blickte zu dem Kruzifix hinüber, das über der Türe hing. Schüttelte den Kopf: »Zwei Huren habe ich groß gezogen – Huren mit Madonnengesichtern. Wie konnte ich mich nur so täuschen lassen?«

»Wir sind keine Huren«, widersprach die Blonde. »Wir sind bloß nicht – so verklemmt wie du. Warst du eigentlich dabei, als du uns gezeugt hast?«

Sawitzki war fassungslos: Offenbar war dies das erste Wort der Kritik an seiner Allmacht, das in diesem Hause laut geäußert worden war.

»Geh weg«, sagte er schließlich resignierend. »Du bist nicht meine Tochter. Ich will dich nicht mehr sehen.«

Aber sie blieb stehen, hielt seinem Blick stand und erwiderte: »Du tust mir Leid. Du hättest ins Kloster gehen sollen. Hättest dort all das tun können, was du von uns verlangt hast: Reinheit, Keuschheit, Lauterkeit. Meine Güte, du bist nicht von dieser Welt ...«

Ehe sie ging, wandte sie sich an Lohkamp: »Sagen Sie's ihm!« Dann schloss sie leise die Tür.

»Was sollen Sie mir sagen?«

Lohkamp seufzte wieder: »Alexander war an jenem Samstag wirklich nicht in Ihrem Haus. Sie sind in Wahrheit hinter Waldemar Borodjuk hergelaufen.«

86

Morgens um sieben setzten sie Nagel in dem Gewerbegebiet aus, das dicht hinter seinem Hotel begann. Bevor der Mann aus dem Wagen stieg, gab Mager ihm noch ein paar gute Ratschläge mit auf den Weg: »Hör zu, du Arsch. Du hast eine Woche Zeit, aus Hattingen zu verschwinden. Klar?«

Nagel nickte. Mager hätten ihm dabei gern in die Augen gesehen, aber aus nahe liegenden Gründen war der Schädel des Mannes wieder blickdicht verpackt.

»Du weißt, wir haben dein Geständnis auf Kassette. Spätestens Montag läuft unser Bericht im Fernsehen. Danach kannst du dich nirgends mehr sehen lassen. Alle Linken werden wissen, dass du ein Spitzel bist. Du bist verbrannt und musst dir einen richtigen Beruf suchen. Kapiert?«

Dieselbe Reaktion. Aber seine Brust hob und senkte sich so heftig, dass man gar nicht mehr in seine Augen sehen musste: Der Mann kochte vor Wut.

»Letzter Tipp: Solltest du zu den Bullen gehen und ihnen irgendeine Scheiße erzählen, in der das Wort Kidnapping auftaucht, werden wir beschwören, dass du eine unserer Frauen vergewaltigen wolltest. Was das heißt, ist dir klar?«

Nagel grunzte etwas, das man als Bestätigung werten konnte.

»So, und wenn du gleich aussteigst: Du behältst die Kappe so lange auf, bis du unser Auto nicht mehr hörst. Ist das angekommen?«

»Ja.«

»Gut, du Ratte. Hau ab!«

Kalle öffnete die Tür und schob den Mann nach draußen. Dann rasten sie davon.

Zweieinhalb Stunden später saß die PEGASUS-Truppe in Veere und genoss das Frühstück, das ihnen der Wirt des *Wappen* servierte. Als Mager zum Abschluss einen Cognac für alle orderte, gab es keine Proteste.

»Aber den trinken wir draußen in der Sonne«, schlug Karin vor, und sie zogen auf die Korbstühle um, die vor dem Haus auf dem Pflaster standen.

Als die vier bauchigen Gläser auf dem Tisch standen, griff Mager zu: »Auf das Team!«

Alle nickten.

»Wenn ich ehrlich sein soll«, gestand der Bärtige. »Gefällt mir nur eins nicht: Wir hätten den Typ besser im Kanal versenkt. Irgendwo taucht der doch wieder auf, um sich einzuscheißen und den Leuten Waffen oder Rauschgift in die Bude zu schmuggeln.«

Kalle schüttelte den Kopf: »Nicht, wenn der Bericht wirklich läuft. Dann ist er verbrannt.«

»Und lebt von der Stütze, die wir mit unseren Steuern bezahlen«, grinste Mager.

»Was höre ich?«, fragte der Sohn. »Du zahlst Steuern? Seit wann?«

Mager zündete sich eine an, lehnte sich wohlig zurück und genoss die herbstliche Sonne. Er verfolgte den Weg eines struppigen Katers, der geduckt durch die Grünanlage strich, um sich ein Frühstück zu fangen.

»Ich wollte diese Viecher ja nicht im Haus haben«, meinte er. »Aber die haben ja schon was Besonderes.«

Kalle grinste: »Als Journalist kannst du doch auf Katzen gar nicht verzichten!«

»Nee? Wieso?«

»Naja, in der Eifel gibt's sonne Sorte, die sind zum Schmetterlingfangen zu dämlich, aber sie finden jeden Tag 'ne Leiche ...«

Karin lächelte. Jetzt verspürte auch sie Lust auf eine Zigarette, aber als sie ihren Tabak suchte, griff sie in leere Taschen.

»Nimm eine von mir«, bot der Kameramann an, doch sie schüttelte den Kopf. »Lieber nicht! Ich habe noch ein Päckchen im Wagen.«

Sie stand auf, überquerte den Markt und verschwand in der engen Gasse, die zu dem großen Parkplatz führte, auf dem früher oder später alle Veere-Besucher landeten.

»Schöner Ort«, sagte Mager nach einem weiteren Rundblick. »Ich glaube, wir machen hier noch mal Urlaub.«

Elf helle Glockenschläge vom Rathausturm schienen seine Worte zu bekräftigen.

»Wir kommen so bald nicht zurück«, verriet Simone. »Wir bleiben nämlich einfach noch 'ne Woche hier.«

»Ich beneide euch. Aber passt auf, dass ihr diesem Arsch nicht über den Weg lauft ...«

Aus der Gasse hallte der Aufschrei einer Frau herüber. Alarmiert sprang Mager auf: »Das ist Karin!«

Er wollte losrennen, blieb aber wie gelähmt stehen. Irgendwo krachten ein paar Schüsse, deren Widerhall durch die Gasse peitschte.

»Scheiße, Scheiße!«, schrie Mager und rannte endlich los. Hinter ihm kippten ein paar Stühle, aber er drehte sich nicht um. Hörte, wie sich die schweren Schritte des Sohnes näherten, und spürte Kalles keuchenden Atem schon neben sich. Dann war der Bursche an ihm vorbei und stürmte als Erster in die schmale Lücke zwischen den Häusern. Die Schüsse waren verstummt, aber noch immer hörte man Geschrei. Und in weiter Ferne jaulte eine Polizeisirene los.

»Schneller, Kalle!«, keuchte Mager. Die verdammte Gartenmauer, an der er entlang lief, versperrte ihm die Sicht.

Endlich hatten sie das Ende der Mauer erreicht – und blieben geschockt stehen. Zehn Meter weiter lag Karin: lang auf den Boden geschlagen, reglos, das zur Seite gewandte Gesicht blutüberströmt.

»Du Schwein!«, schrie Mager und stürmte auf den jungen Mann los, der neben Karin auf dem Pflaster kniete. »Sie können die Frau doch nicht einfach erschießen!«

Der Typ mit dem blonden Discoschnitt sah bekümmert auf. In seiner rechten Hand schimmerte der schwarze Lauf einer Pistole. Er ließ Karins Puls los, steckte die Linke in die Jackentasche und hielt Mager ein Plastikkärtchen hin: »Hardenberg, Kripo Bochum. Bin leider zehn Sekunden zu spät gekommen ...«

Unfähig, sich zu rühren, stierte Mager einen Moment lang auf die Szene.

»Ich war's nicht«, sagte der Discotyp.

Mager fiel neben Karin auf die Knie, griff nach Karins Handgelenk, suchte ihren Puls. Täuschte er sich – oder war da wirklich noch ein leichtes Pochen?

»Ich habe den da erschossen!«, sagte der Pistolenmann und zeigte nach vorn.

Mager hob den Kopf. Dicht neben Susannes Golf parkte ein älterer Benz mit deutschem Kennzeichen. An beiden Fahrzeugen waren die Kofferraumhauben hochgeklappt, dazwischen lag noch ein Mensch: Nagel. Neben ihm eine Pistole – und der Koffer mit den Film-Kassetten.

»Er hat Ihren Wagen geknackt. Wir wollten warten, bis er die erste Kiste eingeladen hatte – dann wäre der Diebstahl vollendet gewesen. Aber die junge Dame kam uns in die Quere. Und der Typ da hat sofort auf sie geschossen.«

Die junge Dame – das war Karin!

Mager blickte in ihr blutiges Gesicht. Bewegte sie ihre Lippen? Oder war das eine letzte Regung ...

Seine Augen füllten sich mit Wasser. Und durch den Tränenschleier starrte er auf den Polizisten: »Tun Sie doch was! Tun Sie endlich was!«

»Ruhig, Mann, bleiben Sie cool!«, beschwor ihn der Typ. »Der Krankenwagen ist längst unterwegs.«

»Und wann ist er da?«

»Weiß nicht. Die holländischen Kollegen sagten was von fünf Minuten!«

»Fünf Minuten?« Mager tastete nach Karins Hand und drückte sie, strich der Roten eine Strähne aus dem weißen Gesicht und konnte es nicht fassen.

»Fünf Minuten?«, stammelte er. »Kann das denn noch reichen?«

Der Polizist sah ihn düster an: »Ich weiß es nicht, ich weiß es wirklich nicht.«